SF 여름 행성

SF 여름 행성

발행일   2021년 11월 25일

지은이   이영훈
펴낸이   손형국
펴낸곳   (주)북랩
편집인   선일영   편집   정두철, 배진용, 김현아, 박준, 장하영
디자인   이현수, 한수희, 김윤주, 허지혜, 안유경   제작   박기성, 황동현, 구성우, 권태련
마케팅   김회란, 박진관
출판등록 2004. 12. 1(제2012-000051호)
주소   서울특별시 금천구 가산디지털 1로 168, 우림라이온스밸리 B동 B113~114호, C동 B101호
홈페이지 www.book.co.kr
전화번호 (02)2026-5777   팩스   (02)2026-5747

ISBN   979-11-6836-033-4 03810 (종이책)   979-11-6836-034-1 05810 (전자책)

(주)북랩 성공출판의 파트너

북랩 홈페이지와 패밀리 사이트에서 다양한 출판 솔루션을 만나 보세요!

홈페이지 book.co.kr   •   **블로그** blog.naver.com/essaybook   •   **출판문의** book@book.co.kr

작가 연락처 문의 ▶ ask.book.co.kr

작가 연락처는 개인정보이므로 북랩에서 알려드릴 수 없습니다.

* 이 책은 2019년에 출간한 『여름 행성』의 개정판입니다.

이영훈 소설집

SF 여름 행성

북랩 book Lab

Contents

여름 행성(SF)

1. 봄의 끝

관심이 전혀 없었다. 첫눈에 반한 것이 아니었다. 사무실에 자리를 배정받았을 때 가장 먼저 소개받은 사람이 아진이었다. 그때 아진이는 기다리고 있었던 것처럼 미소 지으며 인사를 해주었다. 그래서 친절하고 상냥한 여자라고 느꼈다. 그 다음 날 지구와의 교신 문제로 부서장과 다투었다. 할 수 없이 교신 시간 계산 때문에 아진이에게 부탁을 했다. 당시에 나는 지구에서 온 지가 얼마 되지 않아 향수병으로 기분이 좋지 않았다. 그런데 아진이가 "걱정 마세요! 제가 해드릴게요!"라고 시원하게 대답한 덕분에 맺혔던 마음이 풀렸다.

평소에도 아진이는 톡톡 쏘는 여자였다. 아이디어를 가지고 와서 반짝이는 눈으로 나를 볼 때면 온몸이 짜릿한 느낌이었다. 그래서 생각 없이 무조건 승낙하고는 처리 방법을 고민하곤 하였다. 때로는 퇴근하고도 업무로 아진이와 여러 차례 통화하였다. 하지만 특별한 감정은 없었다. 왜냐하면 지구 밖 우주까지 와서 아내 외에 다른 여자에게 관심을 가지거나 사귀고 싶은 마음은 먼지만큼도 없었기 때문이다.

여름 행성 지부 회사 내에서 나에 대한 평판은 좋았다. 지구에서 여름 행성으로 오는 길이었다. 여름 행성과 충돌할 가능성이 큰 혜성을, 내가 싣고 가던 작은 로켓과 부딪히게 하여 궤도를 수정했기 때문이었다. 여름 행성에서 새 로켓을 보내서 처리하는 것은 늦을 수 있었다. 그래서 내가 탄 우주선이 혜성과 거리가 가까워 명령을 받고 한 일이었다. 그 일로 지구와 여름 행성 두 곳에서 시간 차이가 나는 칭찬을 받았다.

아진이는 여름 행성 출신이라서 어딘가 지구인과 달랐다. 스스럼없이 다가왔다. 늘 다정하게 웃었다. 그녀 때문에 업무도 스트레스받지 않고 할 수 있었다. 우리 둘이 일하는 것이 좋아 보였던 것인지 부서장이 일부러 놀리는 목소리로 말했다.

"아진 씨, 기술 과장님 잘 도와줘요? 우리 행성을 구한 영웅이니까…."

"그럼요, 제가 과장님 챙겨드려야죠!"

아진이는 부서장의 말을 넉살 좋게 받아쳤다. 그때부터 우리는 부서 내에서 공식 커플이 되었다. 무슨 일이 있으면 우리 둘을 한꺼번에 불렀다. 나는 귀찮은 표정을 지었지만, 내심 싫지 않았다. 더구나 배정받은 사무실에서 한나라는 여자와 둘만 같이 있게 되었는데, 그녀는 정신적인 문제가 있어서 말을 잘 하지 않았다. 처음 보았을 때는 예쁜 모습에 반했지만, 하루 종일 아무 이야기 없이 지내는 것이 힘들었다. 한나는 될 수 있는 한 나와 말을 하는 것을 거부하였고, 꼭 필요할 때만 숨 가쁜 소리로 몇 마디 외치고는 입을 닫아버렸다. 말 없는 미인과 근무하는 것이 감옥처럼 느껴졌다. 감정을 병적으로 나타내지 못하는 한나에게 미안하기도 했지만, 답답한 마음은 사라지지 않았다.

딱 한 번 한나가 웃는 표정을 보인 적이 있었다. 그녀에게는 고위층 남자 친구가 있었다. 어느 날 그 남자가 여름 행성에서 유명하고 귀한 음식을 그녀에게 선물했다. 그녀는 그 선물을 자랑스럽게 회사로 들고 와서 주변 사람들에게 맛보여 주었다. 나는 멈칫멈칫하다가 그 음식을 받아먹었다. 소문대로 황홀한 맛이었다. 사람들이 그녀에게 그 음식을 더 먹을 수 없느냐고 사정하였다. 그때 한나는 즐겁게 활짝 웃는 모습을 처음으로 내게 보여주었다. 하지만 다음 날부터는 다시 말 없는 인형의 모습으로 돌아갔다. 그러다가 아진이를 만나 이야기를 하다 보면 오아시스에 온 것처럼 기쁨이 넘쳐났다.

사실 나는 아진이보다 나이가 스무 살이 더 많았다. 물론 우주선을 타고 오는 동안 냉동 상태로 왔기 때문에 외모는 아진이보다 열 살 정도만 많아 보였다. 그리고 지구에는 나 때문에 냉동 상태로 기다리는 아내가 있었다. 그당시 내가 다니는 우주 개발 회사에서는 많은 사람들이 식민 행성 개척을 위해 우주로 나가고 있었다. 보통 우주선에 타는 사람들은 결혼하지 않은 독신이거나 부부 동반으로 우주 이민을 가는 사람들이 대부분이었다. 하지만 회사 사장이 나를 잘 봤는지 여름 행성에 있는 회사 지부로 갈 수 있도록 추천을 해주었다. 나도 우주에 한번 가고 싶었다. 태양계 너머의 진짜 우주를 보고 싶었다. 그렇지만 내 꿈 때문에 아내를 버릴 순 없었다. 아내도 나와 함께 가고 싶어 했지만, 우주여행을 하기에는 몸이 약했다. 그래서 선택한 것이 냉동 인간이었다. 내가 여름 행성에서 돌아오면 아내는 깨어날 예정이었다. 그때는 아마 딸이 낳은 손자를 볼 수 있으리라 생각되었다. 사실 냉동 인간이 되기 전에 아내와 나는 이혼을 했다. 왜냐하면 우주에 갔다가 다시 지구로 돌아오는 사람은 여러 이유로 적었기 때문이다. 그래서 법률적으로 문제가 생길까 싶어 회사에서 은근히 이혼을 요구하였다. 할 수 없이 아내에게 미래를 위해서 법적으로 정리를 하는 게 옳다고 여러 차례 설득하였다. 대신 무사히 돌아오면 결혼식을 다시 하기로 약속했다.

말이 여름 행성이지 더운 행성이 아니었다. 봄이 더 길었다. 오히려 지구에서는 온난화로 인한 살인적인 날씨가 몇 달씩 지속되어 여름만 되면 아무 느낌 없이 어서 시간이 빨리 지나가기만 기다려야 했다. 한낮에 에어컨 켜져 있는 사무실을 벗어나면 강렬한 햇살이 쉴 새 없이 쏟아지는 지구를 생각하면 지금도 숨이 막혔다. 그러나 이곳은 늘 천국 같은 날씨였다. 온화하고 내가 좋아하는 비가 자주 내렸다. 다만 지구에서 보면 여름철에 나타나는 별자리에 위치해서 여름 행성이라고 불렀다.

여름 행성에서 하는 일은 지구에서 했던 일보다 더 복잡했다. 지구에는 로켓 전문가가 많았지만, 이곳에는 나 밖에 없었다. 자부심도 생겼고, 주변의 칭찬에 힘은 들어도 즐거웠다. 또한, 오 년 정도 있다가 지구로 돌아가면 편안한 노후가 보장될 예정이었다.

하지만 무엇보다도 여름 행성의 자연은 훼손되지 않아 좋았다. 주말에 가끔씩 숲속에 들어가면 녹색 나뭇잎 사이로 끊임없이 바람 소리가 들려왔다. 그러면 이 낯선 행성에서 혼자가 된 느낌이었다. 사는 환경이 달라서

인지 여름 행성의 곤충들은 큰 것이 많았다. 주먹만 한 매미는 사람이 옆에 있어도 꿈쩍하지 않았다. 울음소리는 땅이 흔들릴 정도로 시끄러웠다. 내가 손을 흔들면 귀찮은 듯 큰 날개를 펼치고 멀리 하늘 위로 날아서 사라지곤 했다. 이런 이곳이 너무나 편안했다. 하지만 문득 외롭다는 생각이 들고, 저절로 아진이 얼굴이 생각나는 것은 막을 수 없었다. 차라리 빨리 휴일이 지나가길 기원했다. 어서 사무실로 출근하고 싶었다.

아진이와 나는 같은 부서였지만 사무실은 떨어져 있었다. 아진이가 있는 사무실로 갈 적에는 괜히 심장이 두근대고 기분이 좋았다. 어쨌든 여름 행성에서 가장 마음에 드는 여자는 아진이었다. 막상 보면 아득한 바다 같은 아진이의 투명한 눈 속에서 빠져나오지 못했다. 나는 성격이 우유부단했다. 하지만 반대로 아진이는 적극적이고, 모험을 즐기는 타입이었다. 그래서 더 끌리는 듯했다. 우리 부서의 업무 중에 행성의 광물 자원을 파악하는 일이 있었다. 아진이의 말로는 처음에는 그 일이 싫었다고 하였다. 하지만 해나가는 과정에서 일에 대한 애정을 가지게 되었다고 하였다. 그런데 이번에는 아진이가 애정을 지나치게 가지게 된 것이 문제 되었다. 아진이는 부서장이 받아주지 않는 새로운 프로젝트 계획을 직접 총괄 개발 본부장에게 몇 번이나 제출하였다. 나중에 그 사실을 알아버린 부서장은 화를 내고 귀찮아했다.

어느 날 부서장실에서 연락이 왔다. 가서 보니 아진이가 먼저 와 있었다. 부서장은 광물 자원 연구가 내 허락을 받고 추진하는 일이냐고 물었다. 그런 적은 없었지만 내색하지 않고, 열심히 아진이를 변호했다. 하지만 결국 부서장은 몹시 언짢아했다. 그리고는 아진이가 내민 프로젝트 중에서 부족한 예산 때문이라면서 절반만 허락해 주었다. 나는 부서장실을 나서면서 기분이 상해서 흥분하여 소리를 질렀다. 그리고 아진이를 보았다. 하지만 예상과는 달리 아진이는 미소를 지었다.

"아니, 화가 나지도 않아? 예산의 절반만 받았는데…"

"화내면 뭐해요! 저 시원시원한 성격이에요. 안 되면 무시해 버려요! 헤헤…"

기가 막혀 웃었지만, 소심한 나보다 외향적인 아진이가 부러웠다.

"그럼, 프로젝트는?"

"부서장이 허락해준 만큼 추진해야죠!"

"……."

"과장님이 도와주셔야 해요! 과장님만 믿어요."

부담이 되었다. 내가 그렇게 능력이 뛰어나거나 권력이 많은 사람이 아니었기에 더욱 그랬다. 그녀의 애교에 가슴은 녹았지만, 사실 프로젝트를 위해 준비해야 할 일은 내가 더 많았다. 그러나 그녀를 위해서라면 그 이상의 일도 해주고 싶었다.

여름 행성에서 광물은 주로 사막 지역에 분포되어 있었다. 그래서 그쪽으로 출장을 가야만 했다. 그녀와 가는 출장이 기다려졌다. 나는 굴착에 사용할 기계 장비와 로봇 수십 대를 준비했다. 그런데 갑자기 아진이가 혼자 가도 된다고 고집을 부렸다. 아쉬웠지만 순순히 그러자고 했다. 나도 가야 한다고 우기면 속마음을 들킬 것 같았다. 하지만 부서장은 나와 간다는 조건으로 허락해준 거라면서 승인을 미루었다. 그래서 어쩔 수 없이 아진이와 나는 사막 지역에 같이 출장을 가게 되었다. 준비를 하는 과정에서 축구장 같이 큰 비행기를 준비하는 일이 가장 힘들었다. 로봇 수십 대를 싣고 가는 일이 만만치 않았다.

출장 가는 날이 되었다. 휴일이라 직원들은 출근하지 않아서 회사 앞 운동장은 숨소리가 들릴 정도로 조용했다. 나는 먼저 와서 비행기를 점검하면서 아진이를 기다렸다. 아무도 나타나지 않을 것 같은 시간이 지나고, 멀리 아진이가 차를 타고 오는 것이 보였다. 차에서 내리는 아진이는 노란 원피스를 입고 있었다. 작고 귀여운 노란 나비 같았다. 그녀의 옷에서 반사된 햇살에 눈이 부시고, 한편으로는 마음이 설레었다.

"규정복이 아닌데…."

"아무도 모르잖아요! 과장님과 저 둘만 가는데요."

나는 반박을 할 수 없어 얼른 비행기에 올라탔다. 조용히 운전대를 잡았다. 옆에서 아진이는 무엇이 좋은지 실실 웃고 있었다. 쇠사슬에 고정된 채고개를 푹 숙이고 있는 로봇 삼십 대를 데리고 비행기를 이륙시켰다. 다행히 비행은 순조로웠다. 사막 지역까지 비행기로는 그렇게 멀지 않았다. 우리는 미리 점찍었던 지역에 내렸다. 곧바로 사막의 열기를 피할 텐트를 치고, 로봇을 투입시켰다. 로봇들은 굳게 입을 다물고 사막을 파 내려가기 시작했다. 뿌연 모래 먼지가 끊임없이 피어올라 푸른 하늘을 가렸다. 나는 지켜보기만 했다. 로봇을 조종하는 일은 아진이의 몫이었다. 아진이는 즐거워하며 일을 하였다. 힘든 내색을 보이지 않았다. 작은 여자가 큰 로봇을부리는 모습이 낯설었다. 만약 발견되는 광물이 경제적 가치가 있다면, 이곳까지 철길이 놓이게 될 것이다. 그런 모습을 상상하니 가슴이 뛰었다. 아진이가 일에 몰두해 나를 상대해주지 않아 살짝 서운해졌다. 그래서 혼자주변 사막을 둘러보게 되었다. 지구의 사막처럼 황량하기도 하지만, 이곳은 지평선이 낮은 산으로 이어지면서 부드러운 풍경이 펼쳐졌다. 고개 너머로 누군가 걸어온다 해도 전혀 이상할 것이 없었다. 한두 시간 지나자 아진이가 나에게로 다가왔다.

"과장님! 식사하셔야죠?"

"고마워!"

사실 나는 그때까지 장기간의 우주여행과 행성 적응 문제로 인해 신체면역력이 떨어져 입 안에 염증이 계속 생겼다. 그래서 딱딱한 음식을 잘 먹지 못했다. 하지만 걱정을 끼치는 것이 싫어서 음식을 씹을 때마다 생기는통증을 억지로 참았다. 음식을 거의 삼키다시피 먹었다. 그러나 얼굴이 찌푸려지는 것까지 막을 수는 없었다. 아진이가 물었다.

"몸이 안 좋으세요?"

여름 행성

"아니야!"

"표정이 어두운데…."

"괜찮아, 정말이야!"

나는 일부러 웃으며 이야기를 이어갔다. 더 이상 아진이는 별말 하지 않았다. 아진이와 단둘이 넓은 사막에 있다는 것이 신기했다. 색깔 렌즈를 한 것인지 아니면 원래 그런지 아진이의 눈은 별처럼 푸른빛으로 반짝거렸고, 그 눈에 빨려들 것만 같았다.

"아진 씨는 나이 든 남자와 둘만 있어서 불편하지 않아?"

"과장님같이 착하신 분은 괜찮아요!"

"……."

"우리 기념으로 같이 사진 찍어요."

"……."

아진이는 사진 찍는 것을 좋아했다. 아진이는 나에게 바짝 붙어 같이 사막의 저녁노을을 배경으로 사진을 찍었다. 아진이에게서 향수 냄새가 엷게 나는 것이 기분 좋았다. 일 때문에 만났던 여자들은 대부분 아진이와 다르게 남자와 같이 사진 찍는 것을 싫어했다. 아진이는 그녀들과는 달랐다. 자신이 좋아하는 것을 숨기지 않았다.

그리고 밤이 왔다. 텐트 윗부분은 투명 플라스틱으로 되어 있었다. 하늘의 별들이 보였다. 별들이 하늘에 빈틈없이 빽빽하게 자리 잡고 쏟아질 듯이 반짝거려 무서울 정도였다. 지구의 별자리와는 다른 별의 배치에 혼란스럽고 이상한 마음이 들었다. 순간 지구에 대한 향수가 파도처럼 다시 밀려왔다. 당장 갈 수 없다는 현실에 더 마음이 답답했다. 지구로 돌아가지 못할 수도 있다고 생각하니 가슴이 먹먹했다. 눈가에 이슬 같은 눈물이 맺혀 갔다. 죽음보다 깊은 우울감에 빠져들었다.

"과장님! 주무세요? 안 자죠? 사막에서 별들이 더 밝게 보이네요!"

붙어 있는 바로 옆 텐트에서 아진의 목소리가 고요한 공간을 깨고 또렷하게 들려왔다. 갑자기 정신이 들면서 시간이 제대로 흘러가는 느낌이 들었다. 손으로 눈물을 닦아냈다.

"미인과 같이 있으니 심장이 두근거려 잠이 안 오네!"

"농담 마세요."

"그런데 짐승 울음소리가 들리네?"

"사막에 사는 짐승이에요!"

"……."

구슬피 우는 짐승 소리와 로봇들이 땅속에서 작업하는 울림이 밤늦게까지 계속되었다. 그렇지만 나는 아진이와 이야기를 나누면서 안정을 되찾았고, 비로소 편안하게 잠이 들었다.

다음 날 먼저 일어난 아진이가 일을 하고 있는 소리가 잠자리까지 들려왔다. 가만히 누워만 있을 수 없었다. 텐트 밖으로 나와서 피곤이 덜 풀린 꾀죄죄한 모습으로 한참 서 있었다. 아진이가 이런 모습을 보면 더럽다고 싫어하지 않을까 하는 생각이 들었다. 그래서 대충 씻고, 정신을 차리기 위해 텐트 주변에서 체조를 하며 몸을 풀었다. 공사하는 곳을 살펴보니 로봇들이 꽤 깊게 땅을 파놓았다. 수직으로 파놓은 큰 구멍의 끝이 보이지 않을 정도였다.

"과장님, 잠 덜 깨셨구나! 얼른 일해야죠! 식사하고 오세요."

나는 군소리 없이 식사를 했다. 입맛은 없었지만 낮에 일할 것을 생각하고 억지로 먹었다. 식사를 하고 나자 힘이 났다. 그래서 수직으로 로봇들이 파놓은 인공 동굴 주위를 몇 번이나 운동 삼아 돌았다. 이윽고 아진이가 다가와 말을 걸었다.

"광물을 발견했다고 신호가 왔는데 같이 들어가 보실래요?"

"나는 하늘은 좋은데, 어두운 지하는 싫어!"

투정을 부리듯 여러 번 거절했지만, 아진이의 저항할 수 없는 강요에 어쩔 수 없이 동굴로 들어가게 되었다. 동굴 전용복이 불편하고 갑갑했다. 아

래로 내려갈수록 수직굴이 무너질 것 같아 두려웠다. 미인과 같이 죽는 것
도 나쁘지는 않지만, 그래도 무서웠다. 몇십 미터 위에 푸른 하늘이 흘러가
고 있었다. 생각해 본 적 없는 풍경이었다. 여기서부터는 광맥을 따라 로봇
들이 수평으로 채굴을 하고 있었다. 굴에서 들려오는 땅을 파는 진동 소리
가 몸을 흔들고 귀를 따갑게 하였다. 수직굴 위로는 푸른 하늘이 보였지만,
수평굴 안쪽 구석에는 어둠이 가득했다. 들어가기 싫었지만 아진이가 자꾸
만 뒤에서 재촉했다. 굴 속은 차가웠다. 멀리서 로봇들이 작업하는 드릴 소
리가 계속해서 들려왔다. 방호 모자에 있는 전등을 켜고 앞으로 나아갔다.
머리를 들고 갈 수 있었지만, 단단한 암석 튀어나와 있는 곳에서는 허리를
숙이고 가야만 했다. 이따금 고개를 들었다가 방호 모자가 몇 번이나 암석
에 부딪혔다.

드디어 코끝에 광맥이 놓여 있는 곳까지 도착했다. 지구에서 몇 광년 떨
어진 여름 행성의 땅 속에 있다는 것이 실감이 나지 않았다. 이곳은 로봇들
이 땅을 파다가 우연히 만나게 된, 자연적으로 생성된 동굴인 듯했다. 동굴
은 큰 운동장만 하였다. 안쪽에서 반짝거리는 광물질이 보였다. 마치 이곳
이 별들이 펼쳐져 있는 우주처럼 보였다. 아진이가 시료를 조금 채취해서
현미경으로 분석을 했다.

"아싸! 함유량이 괜찮아요!"

"그래? 나도 한번 볼까?"

서둘러 현미경으로 본 광물은 아름다웠다. 마치 밤하늘의 별처럼 반짝
였다. 하지만 나는 동굴처럼 어둡고 밀폐된 곳을 좋아하지 않기에 아진이에
게 나가자고 재촉했다.

"과장님! 생각보다 겁이 많네요!"

그렇게 말하며 아진이는 웃었다. 우리는 로봇만 남겨두고, 지상으로 서둘
러 올라갔다. 하루를 더 있다가 아진이와 함께 그동안 모은 광물 표본을
싣고 본부로 돌아왔다. 로봇들과 대부분의 장비는 거기에 두고 왔기에 빨

리 올 수가 있었다. 본부에 도착하니 긴장이 풀려서 피곤함이 밀려왔다. 아쉽지만 이제 아진이와는 헤어져야 했다.

"그만 가서 쉬어! 수고했어!"

"과장님도 저 때문에 고생 많았죠! 조만간 제가 식사 한번 대접할게요!"

나는 뜻밖의 식사 초대에 어리둥절했지만 기쁘게 승낙했다. 본부에 출근해서 그동안의 성과를 보고하고 서류를 작성하는 등 한동안 바빴는데 드디어 아진에게서 연락이 왔다.

약속 장소에 아진이 혼자 나올 줄 알았는데, 서리라는 같은 부서 사람이 옆에 있었다. 은근히 둘이서만 만날 것을 기대했는데, 다른 여직원과 함께 오는 바람에 마음이 가라앉는 것은 어쩔 수 없었다. 그래도 최대한 티 내지 않으려고 노력했다. 평소처럼 아진이가 미소를 지으면 또 나는 넘어갈 수밖에 없었다.

발견한 광물 자원이 경제성이 있다고 본부에서 판정이 나서 대규모 채굴을 하기로 결정했다는 소식을 듣고 아진이는 어린애처럼 기뻐했다. 내 손을 몇 번이나 잡고 흔들었다. 한 시간 정도 달린 후에 우리가 차에서 내린 곳은 '크리스탈'이라는 마을이었다. 크리스탈은 이 마을을 최초로 개척한 사람의 이름이었다. 여기서 많은 광물질이 발견되어서 마을로 발전하게 되었다. 그래서 마을에 그 사람의 이름을 붙인 것이다. 벽마다 그 사람의 얼굴이 그려져 있었고, 기념품을 파는 가게도 있었다. 도시 전체는 노란색, 주황색 계통의 파스텔 톤으로 칠해져 있어 마음이 따뜻해진다는 생각이 들었다. 우리는 천천히 구경하며 걸었다.

저녁이 다가오면서 서서히 어둠이 내리고 불빛이 하나둘 들어오기 시작했다. 생각보다 허름한 골목길은 더 낯설어졌다. 우리는 아진이가 잘 아는 식당으로 갔다. 식당 입구에는 '불 쇼'라는 큰 현관이 걸려 있었다. 우리가 들어가자 이미 많은 사람이 자리에 앉아 떠들썩하게 이야기를 하고 있었다.

"과장님, 기대해요! 이곳은 불 쇼를 하는 곳이에요!"

나는 '웬 불 쇼?' 하며 고개를 갸우뚱거렸다. 음식 먹기 전에 여흥을 돋우기 위해 하는 것인가 하는 생각이 들었다. 많이 걸은 탓에 다리가 아파서 일부러 푹신한 의자에 앉았다. 두 여자는 생글거리며 기분 좋아했다.

"서리 씨! 왜 눈이 빨갛게…?"

"그렇죠! 요사이 피곤해서…. 전 피곤하면 눈이 빨개져요!"

서리는 직장에서 늘 미소를 짓고 있었다. 하지만 지금은 눈에서 붉은 레이저가 쏟아져 나올 것 같았다. 눈이 많이 아픈가 하는 생각이 들었다.

"시간을 잘 맞춰 왔네요! 지금 불 쇼를 할 것 같아요!"

식당 안에는 작은 마당이 있었다. 거기에는 근육질 몸을 가진 남자 거인이 웃옷을 벗은 채 당당하게 서 있었다. 주변 모든 사람이 주목하였다. 거인은 당황하지 않고 둥근 통에 들어 있는 기름을 일단 삼킨 다음 손에 든 횃불 쪽으로 불었다. 기름불이 공중으로 길게 뻗어 나갔다. 나는 뜨거운 느낌이 들어 왼팔로 얼굴을 가렸다. 두 여자도 웃고 있다가 기름불이 타오르자 몸을 움찔거리는 모습이 귀여웠다. 그런데 팔을 내리다가 군데군데 붉은 반점을 발견했다. 언제 생긴 건지 알 수 없었다. 기름불의 열기 때문이라고 하기에는 거리가 너무 멀었다. 가끔 놀라면 나도 모르게 나타나는 알레르기 증상인 듯했다. 좀 있다가 음식이 나왔다. 스테이크는 맛있었다. 특히 스테이크 위에 덮인 치즈가 부드럽고 쫄깃했다.

식당에 손님들이 계속 밀려와서 식사를 하고 오래 있지 못하고 나와야만 했다. 우리는 산책을 하기로 하였다. 걷다 보니 동상의 거리가 나타났다. 좁은 길에 동상 수십 개가 세워져 있었다. 우리는 동상을 감상하며 걸었다. 나는 예술 작품에 그다지 흥미가 없어 살펴보는 척하며 걸음을 빨리했다. 하지만 두 여자는 동상을 하나하나 감상하며 걸어서, 나와는 상당한 거리가 생기게 되었다. 느닷없이 앞에서 웬 여자아이 하나가 나타났다. 그런데 여자아이의 얼굴은 우윳빛이었다. 지구에서 여름 행성으로 오는 도중에 우주 방사능에 노출된 사람들의 유전자가 일부 파괴되어 돌연변이가 태어나고 있다고 하였다. 분명 이 여자아이는 돌연변이였다. 말을 걸어볼까 하다가 그만두었다.

잠시 후 아진과 서리가 와서 케이크를 사러 가자고 하였다. 근처에 노란색으로 칠해진 가게가 있었다. 사람들이 길게 줄을 서 있었다. 우리는 거기에서 한참을 기다려 케이크를 샀다.

"이제 어디로 가지?"

"……."

두 여자는 나를 이끌고 골목 끝까지 갔다. 그곳에는 키가 큰 나무들로 둘러싸인 찻집이 있었다. 그런데 나무들 사이로 지나가자 독특한 향기가 콧속을 강하게 찔러왔다. 처음에는 잠시도 못 있을 것 같았지만, 어느 정도 익숙해지니까 견딜 수 있었다. 아진이가 이 집 나무에서 나오는 향기가 건강에 좋다고 말해주었다. 우주 방사능을 예방해주는 효과가 있다고 하였다. 우리는 나무에서 딴 잎을 달인 차를 마셨다. 너무 떫어 못 먹을 것 같았지만 아진이는 잘도 마셨다. 우리는 웃으면서 건배하였다.

"건강을 위해서!"

"……."

사실 잠을 못 자서 눈이 자꾸 감겨 왔지만, 분위기를 망칠 수 없었다. 또한 아진이와 같이 있는 이 시간을 진심으로 즐기고 싶었다. 피곤하지만 말할 수 없는 행복이 밀려왔다. 여름 행성에 오기 전까지의 망설임과 불안감이 사라지고, 이곳이 한없이 좋아졌다.

인간은 미래에 일어날 일을 모르지만, 인공위성을 고치러 가야 된다는 말에 느낌이 좋지 않았다. 그러나 인생에는 피할 수 없는 일이 있기에 그 명령에 따르기로 했다. 나에게 주어진 일이었다. 좋든 싫든 거부할 수는 없었다. 며칠간 준비한다고 정신이 없었다. 그러던 중 메시지가 왔다. 아진이었다.

여름 행성

'잘 있었어요? 과장님!'

'안녕?'

'통 소식도 없고…'

'종종 보잖아! 본부에서!'

'그런 이야기가 아니잖아요!'

'미안!'

'우주로 간다면서요! 위험한 일 아니에요?'

'괜찮아! 걱정을 할 정도로 위험한 일 아니야!'

나는 대충 얼버무리고 메시지를 끊었다. 인공위성을 고치는 것은 지구에서도 해본 적이 있었다. 그래서 이곳 본부에서도 나에게 그 일을 시켰다. 하지만 여름 행성은 지구와 달리 태양의 방사능이 몇 배나 더 강했다. 그래서 대기권 밖에서 작업하는 것은 전자레인지 속에서 일하는 것과 같았다. 하지만 고치는 시간만 조절하면 별 위험은 없다고 계산되었다. 물론 작업시간이 길어지면 방사능에 많이 노출되고, 그만큼 위험할 수 있었다. 그래서 로켓을 타고 대기권을 벗어나 인공위성으로 가기까지 수십 번이나 수리하는 연습을 해야만 했다. 로켓을 타기 사흘 전이 되어서야 아진이를 만날 수 있었다. 이번에도 혼자 나오지 않고 서리하고 같이 왔다. 둘이만 있고 싶었지만 내색을 할 수 없었다. 아진이가 걱정하는 모습을 보였다. 하지만 곧 먹으라고 과일을 잔뜩 주고는 웃어 보였다. 지구에는 없는 과일이 많아 신기했다. 맛도 색달랐다. 아진이가 특유의 짓궂은 미소를 보이면서 이야기를 하기 시작했다.

"며칠 전에 서리 씨에게서 남자를 소개받았어요!"

"정말?"

나는 놀랐지만 괜찮은 척 이야기를 이어갔다.

"어땠어?"

"키가 작아요! 근데 나보다 두 살 어려요!"

"나도 키가 작은데…."

사진까지 보여 주었다. 지구인을 닮지 않고, 외계인 같았다. 얼굴은 두꺼비처럼 생겼고, 팔과 다리는 가늘고 길었다.

"생김새는 약간 지구인과 다르죠! 초기 이민자들에게 돌연변이가 많았어요! 돌연변이 할머니가 있었다고…!"

"그래…."

"그래도 마음씨는 착해요!"

"재산은?"

"별로 없어요! 그래도 안정된 직장이 있어 괜찮아요!"

"저번에는 부자 남자와 만났었잖아?"

"부자들은 바람둥이라서 안 돼요!"

나는 만나지 말라고 할 입장이 아니라 반대를 할 수 없었지만, 마음속으로는 싫었다. 아진이가 다른 남자를 만나는 것을 상상하기 두려웠다. 그래서 은근히 부자를 만나는 것이 인생을 쉽게 사는 길이라고 설득하였다.

아진이가 가져온 과일은 대체로 맛있었지만, 특이하게 생긴 몇 종류는 왜 먹는 것인지 이해 가지 않을 정도로 이상한 맛이었다. 맛없는 과일을 먹다가 난처한 표정으로 이리저리 주변을 둘러보다가 서리를 살펴보게 되었다. 피부도 뽀얗고, 얼굴은 예뻤다. 그런데 작은 키에 허벅지가 너무 통통했다. 더구나 허벅지는 두꺼운 바지에 둘러싸여 있었다.

"서리 씨는 왜 이렇게 두꺼운 바지를 입었어요?"

순간 서리와 아진이의 눈동자가 동시에 흔들렸다. 내가 괜한 것을 물어본 것 같았다. 서리가 간신히 입을 열어 대답했다.

"부모님이 돌연변이 유전자를 물려받았어요! 그래서 허벅지에 비늘 같은 것이 생겨요…."

"아, 그래?"

"괜찮아요! 사실인걸요! 나와 같은 사람이 이 행성에는 많아요!"

여름 행성

순간 아진이의 눈동자에서 나를 꾸짖는 레이저가 쏟아져 오는 것을 느꼈다. 그래서 얼른 다른 화제로 이야기를 돌렸다. 밤늦게 그녀들을 보내고 나니 아진이에게서 벌써 메시지가 와 있었다.

'잘 갔다 오세요! 제가 좋아하는 것 아시잖아요! 돌아오면 또 맛있는 과일 대접해드릴게요!'

아진이가 좋아한다는 말에 괜히 흥분되었다. 기분 좋게 우주로 갔다 올 수 있는 힘이 났다.

수십 번 정도 훈련을 했다. 하지만 완벽하게 작업을 하기 위해서는 더 연습을 해야만 했다. 그런데 시간이 없었다. 우주 가기 전날, 잠을 거의 이룰 수 없었다. 잠을 자야 한다는 강박감 때문인지 오히려 잠은 오지 않았다. 그래서 다음 날 진짜 우주선을 탈 때에는 꿈속을 걷는 것처럼 몸이 무거웠다. 우주선을 타자 스크린 다섯 개가 보였다. 그중 하나에 웃고 있는 아진이 모습이 보였다. 나는 의식적으로 그녀 모습 쪽으로 고개를 돌리고, 카운트다운을 하였다.

여름 행성을 벗어나서 우주 공간에 이르자 깜깜한 어둠 속에 작은 불 같은 별들이 끝없이 펼쳐져 있었다. 그 아래에는 오렌지색 바다를 가진 여름 행성이 아름답게 빛나게 있었다. 그 속에 빨려들 것만 같았다. 자동 조정 장치로 전환해두고 부족한 잠을 잤다. 코를 골았는지 깨어나서 본부에서 연락하니 헤드폰을 끼고 있던 사람들이 모두 벗을 정도로 시끄러웠다고 불평하였다. 본부에서 나와 아진이의 관계를 알았는지 특별히 통신할 시간을 주었다. 아진이는 서리와 함께 웃으며 나를 보았다.

"과장님! 기분 어때요?"

"……"

"머리 새로 했어요! 저 예쁘죠?"

그렇게 말하며 아진이는 고개를 흔들어 보였다. 나는 빙긋 웃으며 "그렇네."라고 말했다. 그리고 일 끝나고 돌아가서 보자고 한 다음에 통신을 끊었다. 스크린 속 그녀의 모습은 비현실적으로 나에게로 다가왔다. 저렇게 예쁜 여자가 나를 좋아한다는 것이 믿어지지 않았다. 그녀가 놀리는 것만 같았다. 나는 선천적으로 여자 사귀는 재주가 없었는데, 아진이 같은 여자가 나타난 것이 거짓말처럼 느껴졌다. 어릴 때부터 아는 사이였던 아내와 결혼한 이유는 사랑했기 때문이 아니었다. 주변의 친한 친구들이 다 결혼하고 남아 있는 남자와 여자가 그녀와 나 둘뿐이라서 당연한 것처럼 결혼한 것이다.

머리를 흔들었다. 이제는 아진이 생각보다는 일에 집중해야 할 시간이었다. 우주선은 인공위성 쪽으로 점점 다가갔다. 같이 간 동료인 알렉스에게 우주선에 설치된 거대한 집게 손을 펼칠 준비를 하라고 말하였다. 그동안 나는 우주복을 입었다. 헬멧을 쓰고 스위치를 누르자 산소가 공급이 되었다. 그리고 우주선을 빠져나와 인공위성 쪽으로 향했다. 눈부시게 아름다운 오렌지빛 여름 행성이 발밑에 있었고, 붉게 타고 있는 여름 행성의 태양이 뒤에 있었다.

결론적으로 말하면, 인공위성 수리는 성공이었다. 하지만 알렉스의 조작 미숙으로 인해 우주선의 집게 손이 인공위성을 잡는데 너무 시간이 걸렸다. 나는 작업을 하면서 시간이 지체되는 이유를 알 수 없었다. 하지만 우주복이 견딜 수 있는 시간 내에는 수리가 될 것이라고 긍정적으로 생각했다. 수십 번 연습한 대로 조작하면 될 것 같았다. 하지만 우주 공간에서 기계 장치를 다루는 것은 물속에서 활동하는 것과 비슷했다. 두꺼운 우주복을 입은 탓에 섬세한 작업을 하는 것이 힘들었다. 땀이 쉴 새 없이 났다. 겨우 일을 마치고 우주선에 돌아왔을 때는 우주복이 견딜 수 있는 시간을 몇 십 분 정도 초과해 있었다. 나는 어지러움을 느끼고, 그 자리에서 쓰러져 버렸다. 여름 행성의 문제점은 지구보다 기술력이 많이 떨어진다는 것이다. 그래서 여름 행성을 도는 대부분의 인공위성들은 지구에서 보내온 것이다. 알렉스도 우주에서의 작업 경험이 적다 보니 조작 미숙이 나왔고, 정직한 여름 행성 사람답게 미안한 표정으로 내가 깨어나자 바로 사과를 하였다. 머리는 아팠지만, 착륙도 내가 할 수밖에 없었다. 영웅 역할을 하는 일이 쉬운 것은 아닌 모양이었다.

여름 행성에 돌아와서 받은 검진으로 우주 방사능으로 인한 약간의 부작용이 있다고만 했고, 어떤 병이 생길지는 의사도 모르는 것 같았다. 일단은 병원에 입원하였다. 병도 고치지 못하고 일주일을 누워 있다가 병원 문을 나서자 아진이가 서리와 같이 와서 나를 기다리고 있었다.

"과장님?"

"잘 있었어? 아진?"

우리는 더 이상 말을 못하고 한참을 멈치멈칫 서 있기만 하였다.

"아진아, 어서 수고하셨다는 말씀드려."

하고 서리가 말했다. 그런데 말 대신에 아진이가 나에게 안겨 왔다. 나는 거부하려고 하다가 이내 힘껏 아진이를 안았다. 우주에서 있었던 일이 꿈만 같았다. 아진이와 같이 예쁜 여자를 안을 수 있다는 사실이 황홀하기만 하였다. 술을 마시고 싶다고 하였지만, 아진이는 내 건강을 위하여 거절하였다. 대신에 저녁을 대접할 테니 자신의 집으로 같이 가자고 하였다. 아진이의 집은 사무실에서 가까운 거리에 있었다. 두 여자는 나에게 가만히 있으라고 명령하고, 음식 준비를 한다고 난리를 떨었다. 음식은 괜찮았다. 오랜만에 좋은 음식을 먹고, 아름다운 여자들과 있으니 기분이 좋았다. 집으로 간다고 하자 아진이가 홀로 현관 밖에 나와서 다시 한번 나를 깊게 안아 주었다.

"돌아와서 기뻐요!"

"나도 살아와서 아진이를 보니 기분 좋네!"

사무실에서 다시 보자고 하고 손을 흔들었다. 아진이의 집에서 나와 거리를 걸었다. 기분이 좋았다. 따스한 날씨가 나를 더 기분좋게 만들었다. 그런데 이상한 느낌이 들었다. 배 쪽이 근질근질했다. 긁다가 배에 손을 대어 보았다. 비늘 같은 것은 껍질이 손에 잡혔다. 떼어 내니 피부 껍질이 비늘처럼 딱딱해 굳어 있었다. 급하게 뛰어 집에 도착해서 윗옷을 벗어 보았다. 배와 등 쪽 피부가 딱딱하게 굳어 비늘처럼 생긴 각질이 생겨나고 있었다. 정말감이 느껴졌다. 의사들이 말한 부작용이 시작되는 것 같았다. 얼마 전 거리에서 본 우윳빛 피부의 여자아이와 비늘이 허벅지에 생기는 서리가 생각났다. 비늘이 계속 생겨 아무래도 온몸에 퍼질 듯했다.

그다음 날 병원에 가서 의사에게 보이니, 몸에 바르라고 연고를 주었다. 며칠간 나은 듯싶더니 이내 비늘 모양의 피부 각질이 다시 생겨 온몸에 퍼져 나갔다. 배나 등에 난 비늘은 옷으로 감출 수 있지만, 얼굴까지 퍼져나간다면 어떻게 해야 할지 알 수 없었다. 우울함이 밀려왔다. 거울로 얼굴을 보기가 싫었다. 특히 혼자 있는 저녁이 되면 더 참기 힘들었다. 그래서 집에 있기가 싫어서 무작정 거리를 걸었다. 어느덧 나도 모르게 회사 건물에 앞에 서게 되었다. 갑자기 피곤함이 밀려왔다. 쉬고 싶었다. 그래서 건물 안으로 들어갔다. 내 자리에 앉아서 멍하니 생각에 잠겨 한참을 있었다. 다음 날 아침이 되면 사람들이 내 옆자리에 앉을 것이고, 그들과 이야기를 나눠어야만 했다. 그런데 이제 내 처지가 그들과 달라져 버렸다. 모습이 흉측하게 변한다면 계속해서 그들은 나를 지금처럼 편안하게 받아들일 것인지 자신이 없었다. 그때 사무실 문을 두드리는 소리가 들렸다. 그리고 바로 문이 열렸다. 뜻밖에도 아진이었다.

"아니, 웬일이야?"

"과장님은 여기서 무얼 하세요? 연구실에 있다가 사무실에 불이 켜져 있어 혹시 싶어 와봤는데…."

"여태 일한 거야?"

"예! 저번 광물 탐사 처리 마무리해야죠! 안경 낀 나미 씨 알죠? 지금 같이 일을 하고 있어요."

뜻밖에 아진이를 보아서 기뻤다. 아진이가 나를 챙겨준다고 연락은 자주 했지만, 얼굴 보기는 쉽지 않았다. 내가 아진이 얼굴을 집중해서 보자, 그녀는 부끄럽다는 듯이 얼굴을 돌렸다.

"왜 그렇게 빤히 보세요?"

"좋아서! 예뻐서!"

"과장님도 이제 농담도 잘하시네요!"

"아니 정말인데…"

"그런데 과장님…"

"……"

"과장님 우주 갔다 와서 몸에 이상 생긴 것 알아요!"

"아니 그것을 어떻게…"

초롱초롱한 눈으로 이번에는 아진이가 나를 보았다. 눈에 이슬 같은 것이 보였다.

"작업 시간도 문제였지만 그날 태양 방사능이 너무 강했어요! 그걸 고장 난 인공위성이 잡아내지 못했어요!"

내가 인공위성을 고치자마자 태양 방사능 수치가 측정되었는데, 너무 높은 수치라서 작업 자체가 무리였다는 것이었다.

"제가 부서장님이 이야기하시는 것을 언뜻 들었어요. 과장님에게는 휴가 끝나고 오시면 사실대로 말하기로 의견을 모으기로 했나 봐요!"

나는 머리가 복잡했다. 운이 없게 왜 하필 태양 방사능이 강했을 때 고치러 갔을까 하는 생각이 들었다. 하지만 어쩔 수 없었다. 시간은 되돌릴 수 없었다. 그리고 우주 탐사 중에 사람들이 죽거나 다치는 일은 흔한 일이었다. 각오는 했지만 막상 내게 일이 닥치자 후회스러웠다. 내 표정이 심상치 않으니 아진이마저 굳은 얼굴로 한참 있었다. 그러다가 결심을 한 듯이 이야기를 했다.

"과장님! 제가 보상해드릴까요?"

"뭐?"

나는 아진이가 무슨 이야기를 하는지 몰라 어리둥절한 표정을 지었다. 그때 천천히 아진이 얼굴이 가까워졌다. 나도 피하고 싶지 않았다. 아진이의 입술은 부드러웠다.

"……."

"이게 다가 아니에요!"

"뭐?"

아진이가 한 가지 제안을 했다. 나보고 여름 행성에 계속해서 남으라고 했다. 그러면서 자기와 결혼하자고 했다.

"제가 과장님 좋아하시는 것 아시잖아요? 저 간호도 잘해요. 우리 행성을 위해 고생하셨으니 제가 보답해드릴게요! 본부에도 이야기했어요!"

"그래도…. 더구나 나를 기다리는 아내가 있는데…."

"지구에 계시잖아요! 더구나 이미 법적으로 아내 분과는 헤어지셨다면서요?"

"……."

아내를 위해 임시로 이혼한 것인데 이런 상황은 예상 밖이었다. 하지만 이곳은 지구의 법률도 통하지 않고, 아내가 올 수도 없었다. 뜻밖의 제안에 마음이 흔들렸고, 머리가 혼란스러웠다. 그래도 아진이의 반짝이는 눈과 오똑한 코와 도톰한 입술에 자꾸만 눈이 갔다. 아내는 내가 사랑해서 결혼했다기보다 나이가 차서 오래 만난 인연으로 결혼한 여자였다. 물론 아내는 성실하고 마음도 착했다. 자식들도 잘 길렀고, 내 말도 잘 따라 주었다. 하지만 사랑은 아니었다. 더구나 눈길이 가는 아진이처럼 날씬하고 얼굴이 예쁜 미인은 아니었다. 나도 아름다운 여자와 한번 살고 싶었다. 그런데 미인 앞에 서면 왠지 주눅이 들고, 그래서 더 조건 좋은 남자에게 빼앗기거나 관심도 못 받는 일이 보통이었다. 그런데 이번에는 예쁜 여자가 먼저 나에게 사귀자고 하였다. 아진이가 충분히 생각할 시간을 주겠다고 하였다. 내가 지구로 간다면 서리가 소개시켜 준 남자와 결혼해버릴 것이라는 협박도

덧붙였다.

출근하여 총괄 개발 본부에 가자 아진이게서 들었던 말을 다시 들을 수 있었다. 태양 방사능으로 생기는 증상은 다양한데, 피부가 비늘처럼 굳어지는 현상은 흔하다고 하였다. 약을 계속해서 먹으면 배와 등에 생긴 비늘이 얼굴이나 다리로 번지는 것을 막을 수 있다고 하였다. 그리고 여름 행성을 위해 내가 한 일의 공로를 인정해서 병을 더 잘 치료할 수 있도록 지구로 귀환하는 것을 허락한다고 하였다. 여름 행성 계약 기간 5년 중 나머지 3년 6개월분의 보수는 따로 지급하고, 근무는 지구에서 일하는 것으로 대체된다고 하였다. 일종의 성공 보너스인 것이었다. 물론 선택할 수 있었다. 여름 행성에 남겠다고 하면 보수를 더 올려주겠다는 말도 하였다. 다음 달까지 결과를 알려달라고 하였다. 사무실 분위기는 좋았다. 모두가 나에게 우호적이었다. 약속 기한 5년을 채워야 할지, 아니면 채우지 않고 다음 달에 지구로 돌아가야 할지 판단을 내려야 하는데 쉽지가 않았다.

업무가 끝나고 나가려고 하는데 누군가 사무실에 불쑥 들어왔다. 캡틴이었다. 나보다도 나이가 많고 몇 년 먼저 지구에서 왔는데, 여름 행성에서 제일 큰 우주선의 선장이었다. 그는 덩치가 코끼리만큼 컸다. 우주에서의 어려운 작업으로 인해 방사능을 많이 쪼이는 바람에 몸이 비정상적으로 커졌다고들 했다. 그는 로봇 눈을 가지고 있었다. 우주선 사고로 시력을 잃었는데 대신 특수한 카메라를 몸에 달고 다녔다. 내가 지구에서 왔을 때 먼저 찾아와서 친하게 지내자고 하였고 식사도 여러 번 한 사이였다. 반가운 마음을 가지고 인사했다.

"괜찮으세요? 연락을 일찍 했어야 했는데…."

"안녕하세요? 그래도 잊지 않고 와주시니 고맙습니다."

나는 편안한 마음으로 그를 만났지만, 그의 표정이 심각했다.

"부탁 하나 해도 될까요? 몸 상태가 별로라고 들었지만, 제 사정이 좋지 않아 말씀을 드립니다."

"무슨 말인지?"

나는 무슨 말이 나올지 몰라 어리둥절하였다.

"제 아내의 유골을 지구로 가져가 주세요."

그의 말을 요약하면 우주선 사고로 죽은 아내의 유골을 내가 지구로 가져가서 딸에게 전달해 달라는 것이었다.

"내가 회사 측에 알아보니까 과장님만 좋다고 하면 그래도 된다고 하네요!"

"……."

유골을 가지고 가려면 내 보너스 권리의 일부를 포기해야 했다. 그것은 큰 문제가 아니었다. 하지만 나는 아직 여름 행성을 남을지 떠날지를 결정을 내리지 못해 선뜻 대답을 할 수 없었다. 머리가 혼란스러웠다.

"지금 아내의 유골이 가야지만 내 딸이 삼 년 후에 대학을 졸업할 때 지구에 도착할 수 있어요. 제발 그렇게 해주세요."

캡틴의 아내가 딸이 들어가기 힘든 명문대에서 합격한 소식을 들은 후에 사고를 당했는데, 유골이라도 졸업식에 꼭 참석해야 한다고 했다. 캡틴의 불안한 표정에 그가 원하는 대로 해주어야 한다는 압박감을 느꼈다. 나도 인간적으로 그를 좋아했다. 그는 성실하고, 다른 사람들에게 친절했다. 하지만 내 인생도 걸려 있는 선택이라서 바로 결론을 내리기가 힘들었다. 캡틴에게 시간을 달라고 했다. 캡틴이 돌아가고 나자 아진이에게서 전화 연락이 왔다.

"과장님?"

"……."

"내일이 주말인데 뭐 하세요?"

여행을 가자는 제안이었다. 아직 지구로 돌아갈지 말지 선택하기 전이라서 아진이를 만나는 것이 부담되었지만 승낙하였다. 그만큼 보고 싶었다. 그런데 다음 날 보니 위치 안내 장치가 고장이었다. 그 장치를 고치려다가 약속 시간보다 늦게 도착하였다. 나를 반기는 아진이의 표정, 하얀 피부와 말할 때 드러나는 가지런한 이빨이 나를 설레게 하였다. 같은 공간에 있는 것이 좋아 웃음이 났다.

"아직 우리 둘만 있으면… 소문나요! 그래서 저번에 본 나미 씨도 가기로 했어요!"

크리스탈 마을에 같이 갔던 서리는 일이 생겨 대신에 나미에게 같이 가자고 했다는 것이다. 서리는 어떤 종교를 새로 믿기 시작해서, 시간이 나면 종교 행사에만 간다고 하였다. 나는 나미라는 여자가 누군지 한참 생각했다. 우주 방사능을 쏘인 개척민들의 자손 중에서는 두뇌 발달이 제대로 되지 않아 지능이 평균보다 떨어지는 사람들이 많았다. 회사에서 의무적으로 그런 사람을 채용해야만 하는 법도 있었다. 그 법으로 인해 나미 씨는 회사에 다니게 되었다고 하였다. 나미는 얼굴은 예쁜데 엉뚱한 말과 행동을 자주 하였다. 그리고 어릴 때부터 사귄 약혼자 이야기를 많이 하는 사람이었다. 그래도 여행 관련 회사에 다닌 덕분에 여름 행성에 있는 대부분의 도시에 다 살아보아서, 평소에 찍은 사진으로 다른 사람들이 가본 적 없는 도시에 대해 자랑스럽게 이야기해주는 버릇이 있었다. 나는 아진이와 둘만의 여행이 아니라서 실망을 했지만 그것을 표정으로 나타내지는 않았다.

"어쩌지? 위치 안내 장치가 고장인데…."

"나미 씨한테 위치 안내 장치가 있을 거예요!"

"과장님 안녕하세요! 걱정 마세요! 제가 가져왔어요!"

나미는 서글서글하게 인사하면서 위치 안내 장치를 보여 주었다. 여행 관련 회사에 근무했기 때문인지 성능이 좋은 장치를 가지고 있었다. 나는 길게 숨을 내쉬고 차에 올라탔다. 그리고 바닷가로 차를 몰았다. 30 분을 더 차를 몰자 바다가 보였다. 여름 행성은 오렌지빛 바다를 가지고 있었다. 끝없이 넓고 아름다운 바다 모습은 가슴을 벅차게 할 정도였다. 나는 해안가를 따라서 차를 몰고 갔다. 경치가 좋은 곳에 군데군데 음식점이 보였다.

유명한 해안 도시로 가려면 다시 한 시간 정도 가야만 했다. 시원스레 펼쳐진 바다를 보며 운전하는 것이 기분 좋았다. 도시에 도착해서 무작정 길옆 모르는 음식점에 들어가려고 하니까 아진이가 아는 곳이 있다고 해서 그곳으로 차를 몰았다. 그 식당은 도시의 한적한 뒷골목에 있었다.

우리는 식당에 들어가서 주문을 하고, 음식이 되는 동안 바닷가를 산책하기로 하였다. 바람이 제법 불었다. 바닷가 모래사장에는 고운 모래가 날려서 걷기가 그렇게 쉽지 않았다. 두 여자는 신나게 이야기하면서 앞서 걸어갔다. 나는 차가운 바람을 맞으며 파도를 보면서 천천히 걸었다. 그리고 카메라에 두 여자의 모습을 담았다. 두 여자가 이런저런 자세를 취하면 나는 사진을 찍었다. 나도 모르게 눈길이 카메라 렌즈 속 아진이에게 갔다. 한참을 놀다가 식당에 들어가니 게가 한 상 가득 있었다. 지구에서 가져온 바다 동물 중에서 게가 가장 번식을 잘했다. 바다에서 잡히는 생물 중 반 이상이 게 종류였다. 지구에서보다 더 크고, 껍질 속 살도 많았다. 한 마리만 먹어도 배가 불렀다. 우리는 각자 두 마리씩 먹었다. 여자들도 보기와는 달리 잘 먹었다.

음식을 먹고 나서 아진이가 발전소에 가자고 하였다. 여름 행성의 전기 대부분을 공급하는 핵융합 발전소가 근처에 있었다. 차를 타고 가파른 길을 십여 분 정도 오르자 산 정상에 낯설고 큰 건물들이 보였다. 건물들은 산을 깎아 만든 평지 여기저기에 위치하고 있었다. 그중에서도 발전소 건물은 내가 여름 행성에서 본 가장 큰 건물이었다. 발전소는 콘크리트로 된 둥근 지붕을 가지고 있었다. 연료로 사용하는 중수소 때문에 바닷가에 있다고 했다.

"과장님! 여기에 극장도 있거든요. 영화나 보고 가죠?"

나는 그러자고 하였다. 내가 원하는 영화가 있었지만, 나미 씨가 보고 싶은 영화를 선택하였다. 남자가 여자를 위해 희생하는 내용의 영화였다. 영화 상영이 끝난 후 나는 별로 감동이 없었다. 하지만 여자들은 눈물을 흘렸고, 계속해서 영화에 대해서 이야기를 쏟아냈다.

다시 직장에 출근하자 피곤하긴 했지만, 여행으로 인해 기분은 좋았다. 그리고 바로 캡틴에게 찾아갔다. 캡틴의 사무실에는 뜻밖에도 알렉스까지 있었다. 캡틴은 반갑게 나를 껴안았다. 사고 때문에 미안한 감정을 가진 알렉스는 나와 눈을 마주치지 않기 위해 주변을 살피면서 고개를 돌리고만 있었다.

"일부러 오셨죠? 나 때문에…."

"……."

"알렉스 아시죠! 알렉스가 과장님과 식사 한번 하고 싶다는데…."

"그러죠! 알렉스! 지난 일은 이제 그만 잊고. 더 이상 미안해하지도 말고."

알렉스는 눈만 껌벅이며 아무 말 못하고 옆에 서 있기만 했다. 우주선 장치 조작은 잘 못했지만, 알렉스는 진짜 괜찮은 남자였다. 아진이에게 소개시켜 줄까 하는 생각을 해본 적이 있을 정도였다. 성격도 좋고 성실했다. 운동도 잘해서 어떤 시합이든지 하면 내가 이겨본 적이 없었다. 운동선수를 해도 될 사람이었다.

"사실 예전에 아내가 죽은 우주선 사고가 났을 때 알렉스가 부선장이었어요. 그때 알렉스는 두 팔을 잃고, 나는…."

"……."

충격을 받았다. 나는 알렉스를 보았다. 고개를 숙이고 괴로워하고 있었다. 아마 알렉스의 두 팔은 로봇 팔로 교체된 듯했다. 그래서 나와 우주에 가서 인공위성을 수리할 때 조작 미숙이 나온 듯했다. 로봇 팔은 강력한 태양 방사능으로 인해서 오작동이 발생한 듯했다. 나는 애써 놀란 표정을 감추었다.

"캡틴, 당신 아내의 유골을 지구로 가져가도 좋다는 허가를 받았습니다."

"뭐라고요? 고맙습니다! 정말로…."

내가 지구를 가든, 가지 않든 관계없이 내 보너스의 일부를 포기하는 대신 유골을 보내기로 회사와 협상을 하였다. 하지만 캡틴에게 보너스의 일부를 포기했다는 이야기는 하지 않았다.

"캡틴은 지구로 가고 싶지 않아요? 계약 기간이 끝난 것으로 아는데…."

내가 질문을 했지만 캡틴은 말이 없었다. 그때 별안간 알렉스가 울면서 말했다.

"저 때문입니다. 제 로봇 팔을 해준다고…."

"아니야! 그것보다는 내 로봇 눈이 비용이 더 많이 들었어!"

"……."

"로봇 눈은 인간의 눈보다 훨씬 뛰어나지! 줌 기능도 있어서 수백 미터 밖도 볼 수 있어. 심지어 인간이 볼 수 없는 자외선도 볼 수 있지. 자외선으로 보는 세상이 얼마나 아름다운지 두 사람은 모를 거야!"

"……."

"하지만 감정을 나타낼 수 없다는 점이 아쉽지. 심지어 울 수도 없다네!"

잘 알 수 없었지만, 캡틴과 그의 아내에게 들이닥친 우주선 사고에 알렉스도 관여되어 있다는 느낌을 받았다. 그런데도 알렉스를 감싸는 캡틴의 태도는 이상했다. 딱할 정도로 책임감이 강한 사람을 보는 것은 괴로웠다. 검은 안경을 쓴 눈에는 아무런 감정도 나타나지 않았지만, 나는 캡틴이 지구로 돌아가고 싶어 한다는 것을 알 수 있었다.

어둠이 서서히 내려오고 있었다. 나는 휴가를 며칠 신청했다. 마음 정리를 하기로 했다. 무엇보다도 아진이를 보는 것이 힘들었다. 집에서 할 일 없이 쉬니 저절로 여유가 생겼다. 하지만 아직도 생각할 시간이 더 필요했다.

다시 출근하기 전날이었다. 저녁 식사 후에 게으름을 부리다가 복잡한 마음이 풀릴까 하여 산책을 나서기로 마음먹었다. 멀리서 사람들의 말소리가 들려왔지만, 이쪽 길은 조용하고 사람도 보이지 않았다. 그런데 한참 길을 걷다가 캡틴을 보게 되었다. 덩치가 커서 금방 눈에 띄었다. 캡틴은 동네 벤치에 앉아 얼굴을 찡그리며 담배를 피우고 있었다. 평소 담배를 피우는 사람을 좋아하지 않았다. 하지만 동정심 많은 나는 캡틴이 혼자서 담배를 피우는 모습을 불쌍하다고 느껴졌다. 어쨌든 결론을 내려야 했다. 솔직히 아진이와 같이 있고 싶었다. 하지만 나를 기다리며 차가운 얼음 속에 있을 아내를 생각하면 마음이 복잡했다. 내일은 본부로 가서 결론을 이야기해야겠다고 마음먹었다. 뜬눈으로 밤을 새고 일찍 본부로 갔다. 부서장을 만났다.

"할 이야기가 있습니다."

"……."

"제가 선택할 수 있는 거지요?"

"그럼요!"

"결정을 내렸습니다."

"……."

내가 내린 결정을 이야기하고, 부서장실을 나서면 마음이 후련할 줄 알았다. 하지만 또 다른 미련이 벌써부터 나를 괴롭혔다.

며칠 후에 저녁을 같이 먹으러 가자며 아진이가 집으로 왔다. 일주일 지나면 나는 지구로 가야만 했다. 아진이를 차에 태울 때 아무 말도 할 수 없었다. 아진이는 어떤 질문도 하지 않았다. 원망하거나 슬픈 표정도 전혀 보이지 않았고, 일부러 즐거운 듯 행동하였다. 집에서 나오자 하늘에는 노을이 가득 펼쳐져 있었다. 차를 몰아 옅은 어둠을 뚫고 거리로 나섰다. 아진이가 근처에 있는 유명한 고깃집으로 가자고 했다. 나는 속이 좋지 않아 가벼운 음식을 먹고 싶었지만, 아진이의 뜻을 따르기로 했다.

고깃집은 벌써 많은 사람들로 꽉 차 있었다. 차를 주차시키고 가니 아진이는 한가운데 자리를 잡고 있었다. 가게는 특이하게 손님이 고기를 굽는

여름 행성

것이 아니고, 가게 점원이 모든 것을 책임지는 방식이었다. 무표정한 남자 점원들이 구역을 나누어 고기를 굽고 있었다. 내가 고기에 손을 대려고 하면 재빨리 점원이 나타나 고기를 적당하게 익힌 다음 뒤집었다. 가만 보니 대부분의 점원이 팔이 길었다. 일부러 그렇게 뽑은 것 같았다. 긴 팔로 구역 안을 빠르게 움직이며 고기를 굽고 있었다. 손님들은 고기를 먹기만 하면 되었다. 생각보다 고기가 맛있었다. 그래도 평소보다 절반 정도만 먹었다. 그런데 아진이는 나보다도 더 많이 먹었다. 아무 일 없고 잘 지낼 수 있다는 것을 광고하듯이 맛있게 먹었다. 고기를 다 먹은 후에 차를 타고 아진이 집으로 가는데 갑자기 아진이가 내려달라고 하였다. 속이 좋지 않아 약을 사 먹고 싶다고 하였다. 그래서 나는 아진이를 집 근처 약국에 내려주었다.

"나도 같이 약국에 갈까?"

"괜찮아요! 얼른 가세요!"

"……"

천천히 약국으로 걸어가는 아진의 뒷모습을 하나도 놓치지 않고 한참 지켜보았다. 그리고 나는 망설이다가 자동차로 향했다. 사실은 건강이 계속 좋지 않아서 정밀한 검사를 다시 받았었다. 그 결과 방사능으로 인한 몸 상태가 예상보다 나빴다. 지구로 가서 치료를 받아야만 했다. 아진이와 있을 수 있는 극단적인 방법이 하나 있기는 했다. 아진이를 데리고 지구로 가는 것이었다. 하지만 나를 기다려준 아내 앞에서 아진이를 데리고 나타날 용기가 나지 않았다. 차라리 아진이를 위해서도 여름 행성에서 사라지는 것이 내가 할 일인 듯했다. 그러나 결정을 내리고도 마음이 아팠다. 거짓말처럼 눈에 눈물이 핑 돌았다. 슬픈 영화나 노래를 보거나 듣지 않으면 눈물이 잘 나지 않았는데 이번에는 쉽게 눈물이 났다. 그래서 다시 뒤돌아보지 않고, 천천히 차에 올라 곧장 가속 페달을 밟았다.

우주선을 자동 항법 장치로 운행시키고 창가로 갔다. 창밖으로 오렌지빛 바다를 가진 여름 행성이 멀어져갔다. 이제 나도 냉동 상태에 들어가야만 했다. 하지만 얼음물 속에 들어가는 것 같은 차가운 느낌이 싫었다. 이대로 눈을 뜨고 우주를 바라보며 지구까지 가고 싶었다. 잠이 오지 않았다. 냉동 상태로 잠이 들지 않고도 갈 수 있을 것 같았다.

캡틴은 로켓에 오르자마자 나에게 말도 못하게 고맙다는 의미의 미소를 보냈다. 우리는 굳게 악수를 했다. 내가 재촉하자 캡틴은 행복해하면서 냉동 상태에 제일 먼저 들어갔다. 다행히 본부에서는 나와 캡틴 둘 다 지구로 귀환하는 것을 허락했다. 대신에 내가 받을 보너스 전부는 캡틴의 여행을 위해 포기해버렸다. 그것이 차라리 마음 편했다. 아진이를 두고 가는 길에 보너스까지 챙기기는 싫었다. 처음에 캡틴은 나의 호의를 거부했다. 끈질긴 설득 끝에 캡틴에게 동의를 받을 수 있었다. 막상 떠나기로 결정하고, 캡틴이 사무실 책상에 있는 짐을 하나하나 챙기면서 기뻐하는 모습이 나를 흐뭇하게 했다. 이 책임감이 강한 사람을 딸이 있는 지구로 데려가고 싶었다.

마지막으로 창가로 가서 오렌지빛으로 빛나는 아름다운 여름 행성을 보았다. 영원히 가슴에 담고 싶은 풍경이었다. 다시는 여름 행성에 못 오리라 생각하니 가슴이 먹먹하고 울고 싶어졌다.

아내는 이제 회복 중이었다. 몸이 약한 탓에 냉동에서 깨어난 후 정신이 바로 들지 않아 삼사일 고생하였지만, 이제는 사람들을 알아보았다. 나를 보고는 가만히 미소만 지었다. 아내는 조용하다가도 친한 모임에서 친구들과 있을 때에는 다른 사람처럼 시끄럽게 떠든다고 하였다. 그렇지만 집에서는 그렇게 수다스럽지 않았다. 회복하는 대로 결혼식을 다시 하자고 하니 아내가 진심으로 좋아했다. 그녀를 위로한 다음, 저녁을 먹고 병원 옥상으로 올라왔다. 나도 아내 몰래 같은 병원에서 치료 중이었다. 다행히 방사능으로 인해 손상된 몸은 순조롭게 회복되고 있었다. 약을 먹었더니 속이 더

부룩하여 환자들을 위해 옥상에 만들어 놓은 산책길을 걸었다. 신기하게도 지구에 오자마자 면역 기능이 정상으로 회복되어 입 안에 염증이 사라져 버렸다. 그래서 음식을 마음껏 먹어 살찐 느낌이었다.

어두운 하늘을 올려다보니 공기 중의 미세 먼지 때문에 별들이 희미하게 보였다. 밤하늘의 한 곳을 응시하며 '저기쯤이 여름 행성이 있는 별자리일 거야.'라고 생각했다. 하지만 그곳에서는 여름 행성도 볼 수 없었고, 아진이의 모습을 찾을 수도 없었다. 울고 싶은 마음이었다. 몸과 마음이 분리되는 듯한 이상한 감정이 가슴속에서 우러나왔다. 이제 두 번 다시는 그곳으로 갈 수 없다. 분명히 존재하는 데도 다시 갈 수도, 볼 수도 없었다.

몸을 회복하고 나서 회사에 복직하게 되었다. 지구에서의 일은 여름 행성에서 한 것과 별 차이가 없었다. 오히려 일은 더 적었다. 내가 맡은 전문적인 일만 하면 되었다. 그리고 직속 상관이 나와 절친한 사이였다. 여름 행성을 다녀오는 동안 승진을 해 있었다. 올라가는 보고서는 보지도 않고 결재를 해줄 지경이었다. 하지만 다 좋을 수는 없었다. 그는 술을 좋아해서 나도 한두 번 억지로 같이 마셔주어야 했다. 될 수 있는 한 퇴근 시간이 되면 집으로 곧장 갔다. 그런데 어느 날부터 자동 운전 장치를 하고 집으로 오는데 자꾸 잠이 왔다. 몸이 마비가 된 것처럼 손가락도 꼼짝하기 싫었다. 여름 행성에 갔다 온 부작용인지 술을 마시지 않아도 잠이 쏟아졌다. 그리고 집에 와서 저녁을 먹고 나면 그때부터 새벽까지 잠이 오지 않아 힘들었다. 그래서 퇴근 시간에 차 속에서 잠이 들지 않으려고 창문도 열어보고 노래도 불러보는 등 애써보았지만 소용이 없었다.

한번은 사무실에 일하는 여직원 둘과 차를 타고 집에 가는 길이었다. 평소에 나이 많은 나와는 어울리지 않으려고 하였는데, 그날은 무슨 바람이 불었는지 그녀들이 먼저 가는 방향이 같으면 차를 태워 달라고 했다. 젊은 여자들이라서 그런지 노출을 심한 옷을 입어 눈을 둘 데가 없었지만, 기분은 나쁘지 않았다. 다행히 잠도 오지 않았다. 그들 중에 한 여직원은 계속 노래를 불렀다. 노래를 못 불러 그만하라고 소리치고 싶었지만, 그렇게는 할 수 없었다. 여름 행성에서 아진이는 노래를 곧잘 불렀다. 그때 나는 그 소리를 들으며 즐거웠는데 하는 생각이 들었다.

캡틴을 보기 위해 졸업식에 가고 싶었다. 하지만 그곳은 외국이라 너무 멀고, 시간이 맞지 않았다. 그래서 휴대폰으로 연락할 수밖에 없었다. 휴대폰 화면에 보이는 대학교에는 수백 년 된 건물과 젊은 대학생들로 가득했다. 캡틴은 고마운 미소를 또 나에게 보냈다. 캡틴은 그동안 병을 치료해서 체중이 줄어들어 경주용 말처럼 튼튼하고 날씬해 보였다. 처음에는 못 알아 볼 정도였다. 캡틴이 졸업하는 자신의 딸을 소개했다. 엄마를 닮아서 미인이었다. 그녀도 우주 개발 사업에 지원했다고 하였다.

"나도 딸과 함께 우주선에 타기로 했다네! 딸은 첫 우주 개발 여행이지만, 나는 아마도 마지막 여행일지도 모르겠네! 그러면 아내만 지구에 남게 되겠지…"

"늘 건강하세요!"

나는 캡틴에게 인사하고 전화를 끊었다.

흘러가지 않을 것 같은 시간이 흘러갔다. 생각지도 못한 일도 생기고, 즐거운 일도 일어났다. 그리고 일 년이 지나고, 또 일 년이 지났다. 해마다 새해가 되고, 봄이 온다는 것이 신기했다. 나이도 들고, 점차 몸이 예전처럼 좋지 않아져서 회사를 그만두어야 하겠다는 생각이 들었다. 하지만 경제적인 문제 때문에 삼사 년은 참아야 했다. 더구나 아내의 상태가 심상치 않았다. 냉동 상태에서 깨어난 휴유중인 듯했다. 때로는 낯선 사람처럼 행동했다.

아내가 배를 타고 친구들과 여행을 다녀온 적이 있었다. 나는 아내가 도착하는 날 차로 데리러 가기 위해 선착장으로 갔다. 그런데 그날은 비가 많이 쏟아지고, 바람이 세게 불었다. 아내가 걱정되었다. 나는 깊은 밤길에 앞만 보며 차를 몰았다. 다른 차들은 궂은 날씨 탓에 거의 도로에 없었다.

비와 바람을 뚫고 한 시간을 달리자 선착장이 나타났다. 그러자 거짓말처럼 날이 좋아졌다. 비도 바람도 그쳐갔다. 그런데 힘들게 달려온 나를 보고 아내는 당연하다는 듯이 차갑게 행동했다. 예전처럼 즐거운 대화를 이끌어갈 수 없었다. 나는 불편한 속내를 드러내지 않고 묵묵히 차를 몰아야만 했다. 어쨌든 아내는 나 때문에 냉동 상태로 몇 년간을 지내야 했다. 그 때문에 몸이나 정신 상태가 완전하게 회복이 힘든 듯했다.

일기 예보는 봄을 시샘하는 추위가 온다고 하였지만, 낮이 되자 눈부신 햇살에 두꺼운 옷을 입었던 몸이 더워지기 시작했다. 근처에서 점심을 먹고 들어갔더니 여름 행성에서 메시지가 왔다고 하였다. 갑자기 흥분이 되어 호흡이 가빠졌다. 서둘러 통신 센터 사무실로 달려갔다. 사무실 안에는 이미 많은 사람들이 있었다. 내가 나타나자 화면 앞으로 가라고 말했다. 사람들이 화면 앞에서 물러나자 큰 화면에 여름 행성에서 같이 근무했던 직원들이 모두 보였다. 직원들 하나하나 차례로 인사를 건네 왔다. 아진이도 보였다. 갑자기 눈이 촉촉해졌다. 아진이 차례가 되었다. 아진이는 또박또박 말을 이어갔다. 중간에 수신 상태가 좋지 않아 목소리가 낮아졌다가 끝 무렵에는 화면 가득 선명한 아진이의 얼굴이 나타났다. 그때 그녀 눈에 언뜻 물방울이 맺히는 것이 보였다. 이것이 마지막 모습이라 생각하니 가슴이 답답하고, 우울했다. 과거를 되돌려 그녀와 함께 있던 그 시절로 다시 한번 가고 싶었다. 계절은 늦겨울에서 봄으로 막 접어들고 있었다.

2. 헛된 희망

직장 동료 부인이 냉동 인간이 되는 것을 보고 왔다. 부인은 가족들에게 손을 흔들었고, 나에게는 어색한 미소를 보냈다. 최근에는 냉동 인간이 되는 게 흔한 일이지만, 미래에 살아야 할 그녀가 부럽지 않았다. 단지 우주에 가고 싶다는 이유 하나 때문에 여자를 십 년 정도 냉동 상태로 두고 떠난 직장 동료가 미웠다. 그가 우주로 갈 때가 기억났다. 부인과 마지막 작별 키스를 하고, 연신 가족들에게 미안하다고 고개를 숙였었다. 그가 가야할 곳이 여름 행성이라는 데 지금은 가을이었다.

울적한 마음에 일찍 잠자리에 들었다. 밖에는 가을비가 내리고 있었다. 도로가 비에 젖어 더 차갑게 느껴지는 밤이었다. 몸이 약해진 탓인지 피곤하면 바로 잠이 왔다. 그런데 시끄러운 전화 소리에 잠이 깨였다. 9시 30분이었다. '이 밤중에 누구지?'라는 생각에 무시하려다가 혹시 싶어 전화를 받았다.

"우진 과장님?"

"……."

나는 머리를 굴렸지만 누군지 알 수 없었다.

"고 팀장입니다. 우주 개발청 본부에 근무하는…"

"아! 안녕하세요?"

"밤중에 죄송합니다. 다름 아니라…"

우주 비행사 매뉴얼을 새로 만드는데 참여해 달라는 이야기였다. 종종 우주 개발청에서 비공식적인 임무를 맡기는 전화가 왔었다. 근무 끝난 후 저녁에 적은 돈을 주고 시키는 일이었다. 전화를 한 고 팀장은 워낙 개발청에서 맡은 일이 많아서 눈치를 보고 다른 부서에 있는 사람들을 모아 일을 시키곤 하였다. 일에 대한 대가가 적어서 맡는 사람은 적었다. 거절해야만 한다는 생각이 굴뚝같았지만, 마음 약한 나는 승낙을 하고 말았다.

"그럼 과장님! 다음 주 금요일 보죠. 이제 매주 뵙게 되겠군요!"

나는 '또 한 건 했군.'이라고 생각했다. 매번 벅찬 일을 맡아 고생하면서도 남에게 싫은 말을 못하는 나는 딱 잘라 거절을 못하였다. 걱정을 하다가 잠을 설쳐 그런지 새벽까지 눈이 감기지 않았다. 그래도 회사에 출근해야 했다. 애를 쓰는 과정 속에서 아침 햇살이 다가왔다. 나는 고단한 몸을 일으켜 회사에 갈 준비를 하였다.

고 팀장과는 이번이 두 번째 작업이었다. 체념 상태에서 시간이 지나고, 어느새 금요일이었다. 그런데 몸이 좋지 않았다. 과학의 발전으로 신약이 개발되고, 체질 개선 유전자 프로그램 덕분에 평균 수명이 백 세를 넘었다. 하지만 새로운 바이러스나 병은 나타났기에 여전히 병원은 성업 중이었다. 병원에 가서 약을 처방받고 못 간다는 전화를 할까 고민했지만, 발걸음은 어느새 우주 개발청 쪽으로 향했다. 내비게이션을 누르자 정해진 차선을 따라 차가 부드럽게 움직였다. 멀리 우주 개발청의 웅장한 건물이 보였다. 입구는 상당히 복잡하였다. 미로 같이 생긴 길을 따라가서 겨우 주차장에 차를 세웠다. 우주 개발청 건물로 천천히 걸어갔다. 건물 안에 들어서자 안내 데스크에 로봇이 있는 것이 보였다.

"고 진수 팀장님, 몇 호실이지?"

라고 묻자 경쾌한 기계음이 울려 왔다.

"오십층, 5,022호입니다."

나는 고속 엘리베이터 앞에 섰다. 엘리베이터 문에 금색을 칠한 탓에 번쩍거리고 으리으리해 보였다. 그리고 거기에 내 모습이 비쳤다. 젊지도 늙지도 않은 남자의 모습이 보였다. 그렇게 잘생긴 모습도 아니었다. 갑자기 엘리베이터 문이 열리고, 살이 쪄 뚱뚱하고, 병이 있는 것처럼 약해 보이는 한 무리의 사람들이 엘리베이터에서 내렸다. 각자 가슴에 명찰을 달고, 검은 가방을 하나씩 들고 있었다. 서로 친한 듯이 이야기를 나누고 웃음소리를 내며 나를 지나갔다. 그들이 사라지고 엘리베이터에 혼자 타게 되니 너무 조용했다. 엘리베이터가 올라가는 소리가 희미하게 들렸다.

어느 순간 엘리베이터 문이 열렸고, 그 너머에는 사무실이 끝없이 펼쳐져 있었다. 나는 건물에서 나는 특유의 냄새를 맡으며 걸었다. 5,022호의 문을 열었다. 이미 사람들이 자리에 앉아 있었다. 열 명이 온다고 했는데 나까지 합쳐 아홉 명이었다. 아홉 명 중에 여덟 명이 여자고 나만 남자였다. 눈에 익은 얼굴도 보였다. 아는 척을 하자 반갑게 맞아 주었다. 사람들을 하나하나 살피다가 순간 멈칫했다. 소영이었다. 그녀도 나를 보고 반가운 인사를 보내왔다. 소영이는 내 가장 친한 친구의 애인이었고, 지금은 그 친구의 아내였다. 여러 번 친구와 같이 만나 식사도 하고 술도 마신 관계였다. 사실 나는 소영이가 너무 예쁜 여자라서 늘 그녀와 결혼한 친구를 부러워하곤 했었다. 보통 예쁜 여자들은 선이 고와서 몇 년만 지나도 살이 조금 찌고 빠지는 사이에 미묘한 균형이 깨져버려서 얼굴이 달라 보였다. 하지만 신기하게도 몇 해가 흘러도 소영이의 미모는 변함이 없었다.

드디어 고 팀장이 회의실에 들어왔다. 바짝 마른 몸매를 한 채 일 중독에 걸린 사람처럼 초조하게 걸어왔다. 작은 얼굴에 비해 안경은 유난히 커 보였다.

"늦어서 미안합니다. 우주 개발청에 워낙 일이 많아서…. 이번에 또 모두 수고해주셔야겠습니다."

고 팀장은 작년 매뉴얼을 보여 주었다. 거기에서 우주선의 성능과 기계 장치가 개선된 것을 골라서 고쳐주면 된다고 하였다. 듣기엔 쉬워 보이지만, 막상 일을 하면 여기저기 암초가 생겨 곤란할 때가 여러 번이었다. 모인 사람들한테 10개의 주제를 주면서 하나씩 고르라고 하였다. 우리는 서로 눈치를 보며 쉬운 주제를 고르기 위해 머리를 굴렸다. 나름 쉬운 것을 골랐는데 옆 사람과 주제가 겹쳤다. 하지만 나이가 많다는 이유로 양보를 받아 그 주제를 내가 맡게 되었다. 어느 정도 시간이 지나자 골고루 배분이 되었고 서로 맡은 주제를 어떻게 해야 하나 고민하는 분위기였다. 고 팀장은 일벌레답게 우리를 집요하게 물고 늘어졌다. 하나하나 주제에 대해 개별적으로 이야기를 나누고, 설정 방향에 대해 끊임없이 머릿속에 주입을 시켰다. 나는 살짝 피곤해졌다. 다른 사람들은 이런 일에 익숙한 것인지 아무 말 없이 고개만 끄떡였다.

나는 은근히 투덜대기 시작했다. 그제야 다른 사람들도 저녁 시간이 벌써 지났다고 몇 마디를 거들었다. 그러자 마지못해 고 팀장은 우주 개발청 앞에 있는 식당에 예약을 해두었다고 다 함께 가자고 하였다. 한두 명은 빠졌지만 대부분은 식당으로 따라나섰다. 우주 개발청의 웅장한 건물에 비해 주변에는 볼품없는 건물만 있기에 없는 줄 알았는데, 도로를 건너자 제법 식당이 많았다. 고 팀장이 잘 가는 식당에 가니 주인이 우리 일행을 보자마자 2층으로 올라가라고 했다.

음식이 오기 전에 우리는 테이블 주위에 앉아 이런저런 이야기를 하였다. 의외로 모두 유머 있게 이야기를 하였고, 분위기도 좋았다. 어쨌든 우주 개발청에서 인정하는 능력 있는 사람들이었다. 우리 중에서 리더를 맡게 된 손 부장도 달과 화성에 파견까지 갔다 왔고, 조만간 승진할 예정이라고 했다. 그 외에도 다른 사람들도 다소곳한 표정이었지만 뛰어난 능력을 감추고 있었다. 나는 왜 이 자리에 있는지 알 수 없었다. 승진에 별로 관심도 없었다. 그래도 소영이를 만날 수 있어 좋았다. 나는 그녀가 다른 사람과 이야기를 하는 것을 관심 있게 들었다. 그녀를 지켜보며 내가 여기 온 새로운 목적이 생겼다는 것을 깨닫게 되었다.

3주가 흐르고 우리 팀은 우주 개발청에 다시 모였다. 모두가 어려운 작업이라서 힘들었다고 푸념을 하였다. 소영이가 보였다. 볼수록 예뻐서 도저히 좋아하지 않을 수가 없었다. 그래서 지구를 도는 달처럼, 태양을 도는 지구처럼 소영이 주위만 돌고 싶었다. 나는 소영이를 눈으로 보면서, 그녀를 지나쳐서 테이블 안쪽 자리로 갔다. 계절이 가을인데다가 그 자리는 에어컨의 찬바람이 바로 쏟아져 나와 서늘할 정도로 추웠다. 하지만 나는 소영이를 편안하게 볼 수 있는 그 자리에 앉았다. 모든 사람이 오고, 약속 시간이 30분 정도 지나서야 고 팀장이 나타났다. 그는 하루하루 만날 때마다 살이 빠지는 것 같았다. 뼈만 남은 얼굴로 떨리는 목소리를 내면서 늦어서 미안하다고 사과하였다.

여름 행성

"여러분이 준비하신 자료가 다 여기에 있습니다. 이제부터는 서로 교차해서 검토하시면 되겠습니다."

그러면서 자료를 교환해서 검토할 사람을 정해주었다. 나는 해진 씨와 한 팀이 되었다. 처음에는 대충해야지 생각했지만, 다른 사람들이 매뉴얼에 집중하는데 무작정 놀 수는 없었다. 해진 씨도 같이 일을 해보니까 괜찮은 여자였다. 꼼꼼한 사람이라서 내가 틀리게 서술한 부분을 여러 군데 찾아 주었다. 자세히 보면 해진 씨는 나름대로 매력도 있었다. 물론 소영이보다 예쁘지 않았다. 큰 안경을 낀 해진 씨는 연약해 보이면서도 나이에 비해 늙은 아줌마 모습이었다. 그런데 쉬는 시간에 틈틈이 보니 그녀는 종교 서적 같은 것을 자주 보고 있었다.

"해진 씨, 뭘 그렇게 봐요?"

"……."

내가 무얼 하는지 물어도 그녀는 미소만 지어 보였다. 알고 보니 그녀는 신흥 종교에 열성적이었다. 그런데 그 종교는 어느 단계까지 믿으면 독신을 요구했다. 그래서 나와 비슷한 또래인 해진 씨도 결혼하지 않는 것 같았다. 그런데 해진 씨와 소영이가 친하게 지내는 것이 몇 번이나 눈에 보였다. 하지만 소영이는 이미 결혼한 여자였다.

이제 한두 번 정도 더 모여 마지막 검토만 하면 이 일도 끝이 날 것 같았다. 소영이와 다시 못 본다는 것이 아쉬웠다. 계절은 이제 늦가을이었다. 우리는 방 다섯 개를 배정받아 일을 하였다. 해진 씨가 오지 않아 나 혼자 일을 한다는 것이 어렵고, 능률도 오르지 않았다. 일하기를 좋아하는 해진 씨가 대부분의 일을 처리하였기에 더 힘들게 느껴졌다. 그녀가 종교 행사에 가야 해서 일에서 빠진다는 연락이 왔다고 했다. 고 팀장도 싫어했지만 그녀를 말릴 수 없었다. 나는 친구들과의 술자리에서 우연히 그녀와 같이 근무하는 대학 동기를 만난 적이 있었다. 그때 그녀의 종교 열정에 대해 들었다. 대학 동기는 이렇게 말했다.

"한번은 해진 씨가 승진을 하게 되었는데… 승진 대상자가 여섯 명이었지. 그런데 승진식이 있는 날 아침부터 해진 씨가 보이지 않는 거야! 난리가 났지. 나중에 해진 씨가 같은 사무실에 있는 사람들에게 이메일을 전달된 것이 알려졌어. 자신이 믿는 종교를 전파하기 위해 일 년간 달에 갔다 오겠다는 거였어. 같은 사무실에 근무하는 모든 사람이 황당하게 생각했지. 해진 씨가 믿는 종교에는 어느 단계가 되면 일정 기간 종교 선교를 위해 자신을 바쳐야 한다는 계율이 있는 모양이야. 그래서 해진 씨가 미리 부장에게 몇 번씩이나 휴직을 신청했지만, 종교 선교를 위해 일 년간 달에 간다는 것을 허락해 줄 부장이 어디 있겠어. 그래서 몰래… 그것도 지구가 아니고 달까지…. 더구나 그 당시에 달은 좀 혼란한 상태였어. 달에 있는 우주 개척 기지에 살던 사람들 사이에서 내분이 일어났지. 그런데도 간 거야. 종교에 빠지면 두려움이 없어지는 것 같아!"

그 후에 해진 씨는 다행히 달에서 무사히 살아 돌아왔고, 월급 감봉 이외는 큰 징계를 받지 않았다. 하지만 주변 사람들은 그 무모함을 보고 그녀를 두려워하기 시작했다. 그런 사실을 미리 알았기에 깐깐한 고 팀장도 아무 소리를 하지 않는 것 같았다. 종교 행사는 해진 씨에게 다른 무엇보다도 더 중요한 일인 듯했다. 문득 나에게 그렇게 소중한 일이 있는지 생각해 보았다.

혼자서 투덜대며 일하는데 전화가 왔다. 소영이었다. 느닷없이 가슴이 막히고 심장이 세게 뛰었다. 항상 먼저 연락은 하는 것은 나였지 소영이가 아니었다. 그런데 전화 상태가 좋지 않아 무슨 말을 하는지 알 수 없었다. 날이 춥다는 이야기인 것 같은데 그다음 내용을 알 수 없었다. 마지막 말은 분명히 들렸다. 조금 있다가 만나러 오겠다고 하였다. 그래서 나는 부지런히 그녀를 맞이할 준비를 하였다. 청소를 하고, 방을 따뜻하게 해놓았다. 하지만 소영이는 오지 않고 스산하게 시간만 계속 지나갔다. 그런데 어느 순간 시간이 멈추고, 그녀가 나타났다. 눈을 뗄 수가 없다. 아름다운 귀티가 그녀 얼굴과 몸 전체에서 쏟아져 나왔다. 나는 불빛을 보고 달려드는 나방처럼 그녀를 반겼다. 그런데 그녀의 표정이 좋지 않았다. 눈에 눈물이 맺혀 있었다.

"아니 무슨 일이에요?"

"우진 씨! 그이가 그만…"

그녀의 말을 듣고, 나는 할 말이 없었다. 그녀의 남편인 친구를 생각했다. 외모는 통통하였지만 세심한 남자였다. 클래식을 좋아한다고 해서 놀리기도 하였지만 나와는 몇 년간 단짝으로 지내었다. 한참 후에 먼저 말을 꺼낸 것은 나였다.

"이제 어떻게 하시려고요?"

나는 아득하게 먼 우주 공간을 생각했다. 여름 행성까지 간다는 것은 힘들었다. 개인적인 목적으로는 불가능했다.

"여기저기 알아보니까 여름 행성까지 가는 우주 이민 제도가 있데요! 그래서 이미 신청을 했어요! 우진 씨도 친구니까 알고 있는 것이 좋겠다고 싶어 왔어요!"

우주 이민 제도는 나도 알고 있었다. 하지만 원칙상 이민을 가면 시간적으로도 금전적으로도 다시 지구로 되돌아올 수가 없었다. 그녀가 대단하고 느껴졌다. 하지만 이제는 아름다운 그녀를 편하게 볼 수 없었다.

우주 이민에 대한 교육이 시작되었다. 넓은 강당은 수천 명의 사람들로 꽉 차 있었다. 벽에 설치된 대형 화면에서 황홀한 빛이 뿜어져 나왔다. 새로운 지구에서 웃고 있는 가족의 모습이 화면을 꽉 채우고 있었다. 2층에서 보고 있다가 나는 무작정 아래층으로 내려갔다. 이민 예정자들이 앉아 있는 자리 옆에는 경비원들이 쭉 서 있었다. 나는 그중에서 이미 알고 있던 경비원에게 다가갔다.

"언제까지야?"

"12시가 되기 전에 끝날 거야!"

친구인 경비원은 나에게 이동식 좌석을 하나 펴 주었다. 나는 다리가 아파서 거부하지 않고 앉았다. 강당은 완벽하게 난방이 되지 않아 냉기가 바닥에서 올라왔다. 이민 예정자들은 입장할 때 받은 노란 꽃을 하나씩 쥐고 있었다. 주변을 둘러보면 사람들의 긴장된 얼굴과 노란 꽃밖에는 보이지 않았다. 처음 보는 낯선 경비원이 지나가면서 나에게 말을 걸었다.

"당신은 솔로 팀이 아닌가요?"

"……."

"솔로 팀은 반대쪽에 있는데…"

"……."

사실 나는 솔로 팀에 속했지만 가족 팀에 아는 경비원이나 이민 예정자가 더 많았다. 소영이도 가족 팀에 있었다. 이제 우주 이민을 홍보하는 동영상을 보고 나면 모든 교육이 끝나고, 한 달 후면 여기 모인 사람들은 우주로 가게 된다. 가족 팀은 우주에 부모나 배우자가 있는 사람들로, 솔로 팀은 아무 연고가 없는 사람들로 구성되어 있었다.

가족팀 사람들은 온갖 멋을 부리며 자리에 앉아 있었다. 대체로 자리에 가만 앉아 있지 못하고 여기저기 들락거렸다. 규율을 담당하는 경비원들은 조금만 참아달라고 사정을 하며 땀을 뻘뻘 흘렸다. 나는 눈길을 돌리다가 소영이를 발견하였다. 강당 유리창 너머 하늘은 흐리고 비가 오기 직전처럼 어두웠다. 이럴 때는 따뜻한 곳에서 몸을 웅크리고 싶었다. 수많은 사람들이 나와 소영이 사이를 지나치면서, 소영이를 지켜보고 싶어 하는 나의 시선을 방해하였다. 그래도 나는 소영이 쪽으로 시선을 고정시키고, 그녀를 보기 위해 애를 썼다. 멀리서도 그녀에게서 나오는 아름다움이 느껴졌다. 친구가 여름 행성이라는 곳에서 식물인간인 채로 쓰러져 있지 않다면, 그녀는 이 자리에 없었을 것이라는 생각이 들었다.

친구는 우주 활동 중에 풍토병에 걸렸다. 걸릴 확률은 십만 분의 일이라

여름 행성

고 하였다. 여름 행성 풀숲에 사는 어떤 작은 벌레에게 물리면 생기는 병이었다. 대부분은 낫지만, 간혹 돌연변이 벌레에 물리면 피부가 보라색으로 썩어가면서 의식을 잃고 죽게 된다고 했다. 친구가 그 병에 걸린 것이다. 건물 밖에서 활동하지 않을 수도 없고, 눈에 띄지 않는 벌레에 신경을 온통 기울이면서 살 수도 없었다. 결국 백신이 개발되기까지는 행운에 목숨을 맡길 수밖에는 없었다. 그런데 돈이 되지 않다 보니까 제약 회사들은 백신에 대해 관심이 없었다. 그래서 친구는 식물인간 상태로 피부가 서서히 썩어가면서 몇 년을 누워 있게 되었다.

회사에서는 아무 대책도 세우지 않았다. 가장 큰 문제는 우주선 내부에 생명 유지 장치를 운영하는 돈이 너무 많이 들어 아픈 친구를 지구로 데려올 수 없다는 사실이었다. 그래서 회복할 가능성이 적은데도 불구하고, 소영이는 남편을 간호하기 위해 우주로 이민을 신청했다. 그런데 나는 왜 우주 이민을 신청했을까? 스스로 생각해도 한심했다. 신청할 명확한 이유가 없었다. 내가 이민을 신청했다는 것을 알고 소영이가 한 말이 가슴을 때렸다.

"우진 씨는 왜 신청했죠?"

나는 여러 가지 이유를 섞어서 준비한 대로 띄엄띄엄 대답했다. 지구의 오염과 새로운 곳에 대한 갈증, 그리고 어릴 적부터 가지고 있던 우주에 대한 꿈에 대하여 설명했다. 그제야 소영이는 가볍게 고개를 끄떡이면서, 그래도 아는 사람이 한 명이라도 더 같이 간다는 것이 안심이 된다고 하였다. 사실은 구십구 퍼센트 소영이 때문이었다. 며칠 동안 생각한 결론은 너무나 이기적인 생각이었다. 친구는 이제 깨어날 가능성이 없었다. 그러면 여름 행성에서 소영이와 나만 남을 것이고, 평생 그녀와 살 수 있을 것이라 생각했다. 미련하게도 거기에 내 인생을 걸어보기로 마음먹었다. 그리고 지구의 오염과 우주에 대한 어릴 적 꿈이 일 퍼센트 정도 작용하였다. 어떻게 하다가 소영이와 눈이 마주쳤다. 그녀가 밝게 웃어 보였다. 그 미소에 내

가슴은 녹아 없어져 버렸다. 우주 이민을 신청한 것이 조금도 후회되지 않았다.

새해가 다가오고 있었다. 고 팀장이 모임을 소집했다. 회의실에서 새로 수정된 우주 비행사 매뉴얼이 한 권씩 기념으로 우리에게 전달되었다. 고 팀장은 어울리지 않는 미소를 보이며 매뉴얼 개선 팀원들 한 사람씩 한 사람씩 돌아다니며 고맙다는 말을 하였다. 모두 무사히 일을 마쳤다는 성취감과 안도감에 행복해하였다. 나는 소영이를 찾았다. 역시 해진 씨가 소영이에게 붙어 있어 소영이에게 다가가기가 힘들었다. 그리고 불안했다. 소영이가 해진 씨에게 너무 큰 영향을 받는 것은 좋지 않을 듯하였다. 마침내 해진 씨가 회의실에서 나가고, 소영이 옆에는 아무도 없었다. 나는 빠르게 그녀에게 다가갔다. 그녀는 반갑게 나를 맞이했다.

"안 그래도 찾았어요! 우리 이제 한 달 있으면 지구를 떠나야죠?"

나는 대답 없이 웃으며 그녀 주위를 서 있기만 하였다. 그녀는 들릴 듯 말 듯 낮게 소리를 내었다.

"요새 '프록시마 센타우리'라는 영화가 인기라던데…"

"왜요? 보러 가고 싶어요?"

소영이는 머뭇거리다가 '예' 하고 대답했다. 나는 그럼 같이 보러 가자고 했다. 그녀가 미소를 지으며 고개를 끄떡였다. 아마 지구를 떠나기 전에 마지막으로 영화를 보는 추억을 쌓고 싶은 듯했다.

"해진 씨도 같이 가도 괜찮죠?"

"음, 당연히 괜찮죠!"

해진 씨와 같이 가야 한다는 말에 실망이 컸지만 얼굴에 나타낼 수는 없었다.

12월 31일이 다가왔다. 나는 약속 시간보다 30분 먼저 극장 앞 광장에 도착했다. 광장은 꽤 넓었다. 광장에 서 있으면 극장 건물이 바로 보였다. 극장 건물은 거대하지만 오래되고 낡은 느낌이 들었다. 다리가 아플 정도로 가파른 계단으로 올라가야 건물 입구가 있었다. 예전에 극장에서 영화를 보던 기억이 났다. 중앙에는 커다란 분수대가 있었다. 기다리는 동안 나는 천천히 분수대를 빙빙 돌기 시작했다. 온갖 잡다한 생각이 저절로 생겨났다가 없어졌다. 지구를 떠나 우주로 간다는 것이 가슴 뛰면서도 겁이 났다. 걷다 보니 우연히 작고 낡은 자동차가 눈에 띄었다. 운전석 차문은 열린 채였다. 거기에는 어딘가 익숙한 사람이 앉아 있었다. 어느 순간 그 사람과 눈이 마주쳤다. 해진 씨였다. 그녀도 나를 확인하고, 차에서 나오면서 활짝 웃는 모습이 보였다.

"우진 씨?"

"아, 해진 씨!"

"머리를 깎았네요?"

"예! 어때요?"

"단정하고 보기 좋네요!"

나는 놀랐다. 생각보다 해진 씨가 나에게도 관심을 가지고 있다는 생각이 들었다. 아마도 종교를 전도하고 싶은 마음 때문일 것이다.

"소영 씨는?"

"차 안에 있어요!"

"안 보이는데…"

가까이 다가가서야 차 안에 있는 소영의 모습을 발견할 수 있었다. 소영이는 휴대폰을 열심히 보고 있었다. 나는 차 유리문을 두드렸다. 그제야 소영이가 나를 보았다.

"소영 씨, 뭐 하세요?"

"아, 우진 씨! 게임 하고 있어요!"

"게임?"

뜻밖의 대답이라 잠시 당황스러웠다. 소영이의 다른 모습을 보는 듯했다.

"지금 한창 인기 있는 게임이에요!"

"아, 예!"

영화는 생각보다는 별로였다. 우주선을 타고 프록시마 센타우리라는 지구에서 가장 가까운 별을 도는 행성에 도착하는 것이 내용의 전부였다. 지구에서 출발하는 과정이 너무 길었다. 행성에 도착하고 나서의 모습이 궁금했는데 영화에는 그런 모습이 나오지 않았다. 영화를 보고 나오자 광장 전체에 어둠이 내려와 있었다. 겨울의 차가움이 얼굴 살갗에 다가왔다. 갑자기 소영이가 말했다.

"몇 시간 지나면 새해 첫날인데 우리 기념으로 근처 술집에서 술 한잔해요?"

나는 기쁜 내색을 드러내지 않고, 얼른 좋다고 했다.

"전 안 되겠네요! 미안해요!"

"해진 씨, 왜 그래요?"

"오늘 밤에 새해 첫날을 위한 종교 행사가 있어요!"

"잠깐도 안 돼요?"

"좀 있으면 행사가 시작되거든요. 아마 새벽까지 할 것 같아요!"

해진 씨가 가 버리고, 소영이와 둘이 근처 술집으로 갔다. 늦은 저녁이었지만 사람들이 많았다. 뜻밖에도 소영은 술을 잘 마셨다. 멀리 창밖으로 놀이 기구가 보였다. 놀이 기구에 달린 갖가지 전등 불빛 때문에 알록달록 예쁜 모습이었다.

"우진 씨, 술 안 마셔요?"

"……."

나는 사실 술을 잘 마시지 못했다. 그러나 소영이가 권하는 술을 마시지 않을 수 없었다. 그러자 몸 여기저기에서 서서히 취기가 오르는 것을 느꼈다.

"저기 놀이 기구 굉장히 높죠?"

"어디, 그렇네요!"

"저런 높은 곳에 어떻게 올라가서 재미로 기구를 타는 건지 이해가 안 되네요! 나는 돈 주고 타라고 해도 싫은데!"

나는 소영이가 내 말에 동조해 줄 것이라고 믿었다.

"전 타고 싶은데."

"예?"

"전 보기보다 달리 겁이 없어요! 무서운 게 없어요!"

내 눈에는 당돌하게 말하는 소영이가 낯설게 보였다. 혼란스러운 마음에 내가 가만히 있자 소영이도 한동안 침묵을 지켰다. 이윽고 그녀가 느리고 무겁게 입을 열었다.

"혹시 우진 씨가 여름 행성에 가는 이유가 나 때문이에요?"

갑작스런 소영이의 물음이 강하게 내 머리를 쳤다. 나는 소영이 눈을 보는 것이 두려워 고개를 들 수 없었다. 평소 소심한 나였다면 아니라고 말했을 것이다. 하지만 나는 술에 취해 다른 사람이 되어 있었다. 나는 끝내 고개를 끄떡이고 말았다.

"예, 맞아요! 소영 씨를 좋아해요! 아니, 사랑합니다. 마음을 숨기기 힘드네요! 미안해요!"

마음속 비밀을 말하고 나니 소리 없이 우주가 흔들리듯 몸이 떨렸다. 고개를 들어 소영이의 눈을 보았다. 보석처럼 아름다웠다. 그러나 곧 얼굴 표정과 함께 변해갔다.

"우진 씨는 그러면 안 되잖아요! 저는 우진 씨를 남편 친구로만 알고 싶어요!"

나는 더 할 말이 없었다. 소영이가 서둘러 술집에서 나가버렸다. 갑자기 후회가 밀려왔다. 친구는 먼 우주에 누워 있는데 친구의 아내에게 철없는 고백을 한 나 자신에 대한 실망감으로 다시 몸이 떨려 왔다. 하지만 이미 엎질러진 물이었다.

충격을 받았는지 그 후로 소영이에게서 아무런 연락이 없었다. 애타고 초조한 내 마음은 점점 깊은 절벽에 떨어지는 느낌이었다. 매뉴얼을 만드는 데 도움을 준 것에 대한 보답으로 고 팀장이 베푸는 마지막 식사 모임을 가졌다. 거기서 소영은 나에게 눈에 띌 정도로 냉담하게 행동했다. 심지어 식사하는 자리에서 옆에 내가 있다고 다른 곳으로 가버렸다. 나는 어쩔 줄 몰랐다. 하지만 사람들이 비난할 그녀에 대한 내 감정을 사라지게 할 수 없었다. 여전히 내 눈동자는 그녀를 찾아다녔다. 식사가 끝나자 여름 행성을 간다는 것을 알고서 팀원들은 소영이와 내 주위로 몰려들었다. 먼저 고 팀장이 우리에게 악수를 하고서 응원의 말을 했다. 어쨌든 고 팀장이 고마웠다. 그가 아니었다면 소영이를 이렇게 가깝게 만나지 못했을 것이다. 소영이 주변의 팀원들은 지구를 떠나는 그녀를 위로했다. 내 주변의 팀원들도 여름 행성으로 가는 나에게 힘을 주는 말을 했지만, 나는 다른 이유로 불안하기만 했다. 다시 그녀와 친근하게 지내지 못할까 두려웠다.

지구를 떠난다는 것이 실감이 나지 않았다. 고요한 새벽에 잠을 못 자서 붉어진 눈을 비비며 버스를 탔다. 겨울의 세찬 바람은 버스에 올라타자 온풍기에서 나오는 더운 바람으로 바뀌었다. 십 분 정도 달리는 동안 버스 안에 있는 오십 명 정도의 사람들은 아무런 소리를 내지 않았다. 멀리 산처럼 생긴 우주선 꼭대기에 달린 불빛이 계속해서 깜박이며 사람들을 유혹하고 있었다. 사람들은 차례로 로켓으로 올라가는 엘리베이터에 줄을 섰다. 로켓에 오르는 순간에도 지구를 떠난다는 현실감이 생기지 않았다.

막상 거대한 우주선에 타니 눈이 말똥말똥하니 잠이 오지 않았다. 소영이도 같은 우주선 어디에선가 카운트다운을 기다릴 것이라는 생각이 들었다. 격렬한 이륙 후에 지구를 벗어나자 무중력 상태가 되었다. 그리고 냉동 장치에 대한 안내 방송이 들려 왔다. 나는 긴 잠에 들기 위해 냉동 장치 스위치를 눌렀다. 차가운 냉기가 서서히 나를 감싸기 시작했다. 싫은 마음이 들었지만 참을 수밖에 없었다. 서서히 졸음이 몰려왔다.

시간이 얼마나 흘렀는지 모르지만, 어느 순간 의식이 돌아왔다. 차가움이 뼈 속까지 밀려와 도저히 잘 수가 없었다. 벌써 여름 행성에 도착했는지 궁금했다. 눈을 뜨고 주변을 확인했다. 사람들이 여기저기 냉동기에서 깨어나고 있었다. 나는 서둘러 냉동기에서 나와 따뜻한 옷을 입었다. 그리고 소영이에게 뛰어서 가보았다. 그녀는 아직 잠이 든 채였다. 그러다가 눈썹을 찡그리며 깨어나기 시작했다. 그녀가 나를 알아보기 전에 얼른 그 자리를 떠났다. 쓸쓸한 마음이 들었다. 그녀 때문에 온 것인데, 그녀 앞에 있을 수 없었다. 곧이어 요란한 벨소리가 들리고 내릴 준비를 하라는 지시 사항이 들려왔다. 멀리서 막 일어난 소영이가 허둥지둥 지정된 자리로 가는 것이 보였다.

여름 행성에서 해야 할 일은 지구에서와 다르지 않았다. 오히려 이곳에서는 지구보다 한가하고 여유로운 일상을 가질 수 있었다. 하지만 나는 계속해서 찝찝한 마음을 가지고 있어야 했다. 지구에서 이곳으로 출발하기 전에 친구의 아내에게 내 마음을 고백한 결과 친구의 병문안도 갈 수 없었다. 그러나 이번 휴일에는 꼭 가야지 하는 마음을 먹었다. 막상 휴일이 되어 갈 시간이 되었지만 발걸음이 떨어지지 않았다. 저녁 늦게야 병원으로 향하는 나를 발견할 수 있었다.

예상대로 병실에는 소영이가 있었다. 다소 수척하지만 빛나는 눈동자와 미모는 감출 수 없었다. 소영이는 나를 반기지 않았다. 내가 친구를 보러 왔다고 하자 마지못해 가볍게 인사를 보내고는

"내가 자리를 비켜드릴게요!"

라고 말하고는 내가 괜찮다고 하는데도 나가 버렸다. 다시 한번 참담한 마음이 들었다. 말 없이 누워 있는 친구를 보았다. 벌레에 물린 어깨 쪽이 보라색으로 변하고 있었다. 그것 말고는 평소처럼 입술을 꾹 다물고 잠자는 것처럼 숨을 쉬고 있었다. 친구와 같이 다녔던 많은 일들이 생각이 났다. 얼굴도 나보다 못 생겼지만, 그 외에는 노래도 잘 부르고 여자 사귀는 것도 희한하게 잘했다. 먼저 다가가는 것이 아니고 여자가 찾게 만드는 편이었는데, 자세한 방법은 알 수 없었다. 그리고 무엇보다도 술을 좋아했다.

다른 친구들과 모이면 테이블 위에 있는 술을 다 마실 때까지 자리를 옮기지 않았다.

나는 한참 친구를 멍하니 보다가 결심을 하고는 방문을 나서 담당 의사를 찾았다.

"혈액 검사해 주세요."

"B형인가요?"

"예!"

지구에서는 흔한 B형이지만 여름 행성에서는 드물었다. O형이 대부분이라고 하였다. 그리고 우주 방사능에 오염되지 않은 지구에서 막 온 사람의 혈액이 필요했다. 병원에 오기 전에 친구 녀석의 수술에는 피가 많이 필요한데 모자란다는 말을 듣고 수혈을 하기로 마음먹고 온 터이었다.

"특정 혈소판을 얻기 위해 선생님의 피를 한두 시간 혈액 교환기에 넣고 돌려야 합니다."

그리고 수혈 후에는 건강에 안 좋은 영향이 올 수도 있다고 겁을 주었다. 그래도 나는 해야만 했다. 피하고 싶었지만, 하지 않았을 경우 친구를 도와주지 않았다는 주위의 비난을 받을 것이고 그것을 견디는 게 더 힘들 것 같았다. 나는 동의서에 서명을 하고는 바로 혈액 교환기 옆에 누웠다. 아무 생각하지 않으려고 애쓰며 교환기가 빙글빙글 돌면서 내 혈액에서 필요한 혈소판을 뽑아내는 것을 멍하니 쳐다보았다. 그러다가 살짝 잠이 든 다음 깨어나니 언뜻 소영이가 옆에 와 있는 것을 느꼈다. 그때 그녀의 눈길에서 나를 보면 나타나던 노한 기운이 사라진 것을 볼 수 있었다.

며칠 후에 소영이에게서 연락이 왔다.

"한번 봐요."

기쁜 마음으로 응답하고 약속한 식당으로 갔다. 나는 반짝이는 눈을 하고 자리에 앉아 소영이를 기다렸다. 그녀는 10분 늦게 와서 미안하다고 말하고, 나에게 미소를 보였다.

"우진 씨가 저 좋아하는 것은 바로 알았죠! 그렇게 깊은 눈으로 나를 보는데 어떻게 모를 수가 있겠어요? 하지만 저는 우진 씨 친구의 여자잖아요! 그러면 안 되잖아요!"

나는 미안하다고 했다.

"이제는 괜찮아요! 남편에게 피를 수혈해줘서 고마워요! 부작용이 있다던데 괜찮아요? 그래서 내가 식사 한 끼 대접하고 싶었어요!"

"괜찮아요! 식사는 내가 사야죠. 잘못한 것도 사과하고…."

그녀는 나에게 친구로 지내고 싶다고 하였다. 그래서 씁쓸한 기분이 들었지만 그러자고 했다. 그녀는 기분이 좋아졌는지 웃음마저 보였다.

"우진 씨는 남편과 제가 어떻게 만났었는지 알아요?"

"아뇨. 듣지 못한 것 같은데…."

"후훗."

"왜요?"

"보통 남자가 여자에게 접근하잖아요! 근데 내가 먼저 남편을 찍었죠!"

나는 충격을 받았다. 워낙 소영이가 예쁘고, 남자가 여자에게 들이대는 것이 대부분이라 당연히 친구가 소영이에게 사귀자고 한 줄 알았는데 뜻밖의 사실에 혼란스러웠다.

"제가 남편이 살던 도시를 여행하다가 친구의 안내로 우연히 노래 동호회에 갔죠! 마침 내가 갔을 때 노래하는 남편을 보았고, 그 모습에 반했어요! 그래서 쉬는 시간에 사람들 틈에서 큰 소리로 남편에게 '노래가 마음에 들어요!'라고 말했더니 깜짝 놀라면서 나를 보더군요."

이야기를 하면서도 소영이는 미소를 지었다.

"저 생각보다 적극적인 여자예요! 결혼 전 시간 날 때마다 만나러 간 것도 나예요! 물론 결혼한 후에 한동안 직장 때문에 떨어져 살 때는 남편이 나를 만나러 왔지만…."

들을수록 소영이가 선택한 남자가 내가 아닌 것이 원망스러웠다.

"근데 무슨 반지예요? 예쁘네요! 결혼반지인가요?"

"아니에요! 내가 믿는 종교 단체에서 준 반지예요! 해진 씨 알죠! 우리하고 같이 왔잖아요."

그녀는 해진 씨의 설득으로 인해 종교에 의지하게 되었다고 했다. 그런데 종교를 믿는 사람은 독신이어야 하는데, 이미 결혼한 사람은 예비 신자로 받아준다고도 하였다.

"해진 씨에게 정신적으로 본받을 면이 많았어요. 같이 우주 이민을 오게 되어 친해졌고 힘든 일이 있을 때 많은 도움을 받았어요! 해진 씨는 정말 좋은 사람이에요! 우진 씨도 해진 씨 같은 사람을 만나면 좋을 텐데…"

그녀의 이야기를 듣다가 왜 해진 씨가 우주 이민을 신청했는지 궁금해졌다. 아마 종교 단체에서 시켰을 것 같았다. 한편으로는 소영이가 해진 씨를 소개해주면 어떻게 거절하지 하는 생각도 했다. 그러다가 소영이의 종교 시설에 같이 가자는 말에 영문도 모르고 그렇게 하겠다고 말했다. 우리 관계에서 소영이가 강자이고 나는 약자이기 때문이었다.

종교 시설은 식당에서 가까웠다. 생각보다 훨씬 큰 건물이었다. 이때까지 근처를 지나치면서 이 건물을 한 번도 본 적이 없었던 것이 이상하게 느껴졌다. 건물에 들어서자 큰 강당이 펼쳐져 있었다. 그리고 수백 명의 사람들이 의자에 앉아 의식을 준비하는 것이 보였다. 그때 기다린 것처럼 해진 씨가 웃으며 다가왔다.

"이런, 우진 씨도 같이 오셨네요! 잘 오셨어요!"

그렇게 말하는 해진 씨 뒤에는 거인처럼 생긴 남자가 묵묵히 서 있었다. 나는 그 남자가 궁금했지만 묻지 않고 조용히 소영이 옆에 있었다. 나는 어릴 때부터 종교에 관심이 없었고, 종교 생활을 할 만큼 부지런하지도 않았다. 한 번 친구 손에 끌려 종교 집회에 간 적이 있었다. 거기에서 생각대로 종교가 나에게 맞지 않는다는 것을 확인하였다. 더구나 여기는 지구가 아니었다.

여름 행성

사실, 대학 다니면서 일 년간 종교 생활을 한 적이 있긴 했다. 수업 중에 화학 약품을 가지고 실험하다가 실수로 약품이 몸에 튀어서 피부가 상해 버렸다. 그래서 병원에 갔다가 치료를 위한 강한 항생제를 처방받아 며칠 동안 먹었는데, 피부는 나았지만 위장이 탈이 나서 한두 달 음식을 못 먹고 지냈다. 그래서 몸무게가 10㎏ 이상 빠지고 힘이 없어서 대부분의 시간을 방에 누워 지냈다. 몸이 힘드니 무엇인가에 의지하고 싶은 생각이 들었고, 그 결과 종교 시설에 가서 치료 겸 지낸 것이다. 하지만 몸이 낫자마자 그 종교 시설을 떠났다.

소영이가 믿고 있는 종교는 독특한 점도 있었지만, 예식 과정은 기존 종교와 거의 같았다. 예식이 끝나고 소영이와 해진 씨가 나에게 어떤 것을 기대하고 반짝이는 눈으로 보는 것을 느꼈다. 하지만 나는 종교에는 여전히 관심이 생기지 않았다. 대충 종교에 관해서는 얼버무리고 강당을 떠났다. 소영이는 더 있으려고 해서 나만 먼저 나오게 되었다. 그런데 왠지 소영이와 해진 씨 뒤에 있는 거인처럼 생긴 사내가 자꾸만 신경 쓰였다.

그렇게 종교 시설에서 만난 후 모든 것이 달라졌다. 나에 대한 소영이의 마음이 완전히 풀린 탓인지 자주 전화가 왔다.

"우진 씨?"

"소영 씨! 안녕하세요? 저번에 보고 한두 달 됐네요!"

"요사이는 늘 내가 먼저 하잖아요! 다음엔 꼭 우진 씨가 먼저 전화해요!"

"그래…. 그러죠! 다음 주에 친구에게 갈까 하는데….'"

"다음 주에는 저 병원에 안 가요!"

"예?"

"우진 씨는 내가 믿는 종교 싫어하시죠?"

"그렇지는 않지만, 매력을 느낀다고 할 수도 없죠."

"이번 달은 제가 봉사하는 달이라서 일 마치면 저번에 갔던 시설에서 봉사해요!"

"……."

"와 보실래요? 이야기할 것도 있고…."

"예? 그러죠. 이야기는 무슨…."

"……."

종교 시설에 다시 가는 것은 싫었지만 소영이를 보고 싶었다. 그래서 간다고 말하였다.

일이 늦게 끝나 저녁이 되어서야 시설에 도착하였다. 배가 고팠지만 소영이를 보는 것이 먼저였다. 그래서 시설 안에 있는 문을 거칠게 열고 들어섰지만, 강당에는 아무도 없었다. 흐린 조명 밑에 의자들만 덩그러니 놓여 있었다. 무서운 생각도 들었다. 강당 한구석에서 환한 불빛이 흘러나와 나도 모르게 거기로 걸어갔다. 다시 작고 단단한 유리문이 보였다. 어쩔까 고민하다가 문을 열었다. 고요한데 어디선가 낮은 소음이 들려왔다. 휙 둘러보다가 깜짝 놀라버렸다. 괴물같이 생긴 난쟁이들이 누워 있는 수십 대의 침대가 복도 양쪽 방을 가득 채우고 있었다.

"놀랐죠? 우진 씨?"

깜짝 놀라 고개를 돌아보니 소영이었다.

"여기가 어디죠?"

"돌연변이 병동이에요! 우주 방사능 때문에 초기 이민자들의 후손 중에서 돌연변이가 많이 태어났어요! 그중에서도 사회 활동을 못하는 사람들만 여기 모아 두었어요!"

기괴하게 생긴 돌연변이들이 긴 복도 양쪽 방에 놓인 침대 위에 가지런히 누워 있었다. 입을 벌린 채 잠을 자고 있는 돌연변이들이 내는 거친 숨소리가 끊임없이 들려왔다.

"이번 달은 제가 여기 봉사 도우미 차례예요! 그래서 일 끝나면 바로 여기로 와요! 남편한테는 5일에 한 번 정도 가나…."

"여기에서만 돌연변이 환자들을 돌보나요?"

여름 행성

"아니에요! 정부 시설도 있고 다른 종교 시설도 있지만, 우리 종교에서 많이 맡고 있죠."

"……."

"조금만 나가 있을 수 있어요? 교대 시간이 20분 남았거든요. 바로 나갈게요!"

나는 어색한 미소를 지으며 병실을 나와서 강당을 지나 건물 밖으로 나왔다. 밖은 어둡고 차가운 공기 때문에 쌀쌀한 느낌이었다. 오염이 덜 된 탓에 별이 또렷하게 보였다. 지구와는 다른 낯선 별자리가 하늘 한가득 펼쳐져 있었다. 작은 별 하나하나가 이글거리는 태양이라고 생각하니 머리가 어지러웠다. 기다리는 동안 가볍게 걷기도 하였다. 주변은 어두웠고 아무 소리도 나지 않았다. 십여 분이 지나자 혼자 있는 것이 심심했다. 그렇다고 다시 돌연변이들이 입 벌린 채로 자고 있는 병실로 가고 싶지도 않았다. 병원 안에 가득 퍼져 있는 이상한 냄새 속에 있는 것이 싫었다. 그래서 건물 앞에서 무작정 작은 원을 그리며 걷고 또 걸었다. 드디어 소영이 모습이 다시 보였다.

"오래 기다렸죠? 미안해요."

"……."

"우진 씨와 이야기를 하고 싶은 것이 있어요."

"여기서… 아니면, 어디에 가서 이야기할까요?"

"근처에 찻집이 많아요. 거기 가요!"

우리는 말 없이 걸어갔다. 나는 앞서가는 소영이를 집중해서 보며 따라갔다. 찻집에서 음료수를 마시면서 소영이는 폭포수처럼 말을 이어 갔다.

"우진 씨, 저도 한계가 온 것 같아요. 벌써 여름 행성에 와서 일 년 반이나 지났는데, 남편은 식물인간 상태에서 전혀 변함이 없고…. 지구에서 올 때는 한 가닥 희망이 있었어요. 내가 오면 남편이 일어날 거라는 믿음이 있었어요. 그런데 지금은 절망적이네요."

소영이는 눈물을 흘리기 시작했다. 나는 어쩔 줄 몰라 하다가 소영이를 달래려고 노력했다.

"지구에서 새해 전날 만났을 때는 우진 씨가 저를 우습게 보는 줄 알고 화가 났었어요. 그런데 마지막 희망을 걸었던 혈액 교체 시술에 우진 씨가 많은 도움을 주었을 때 깨달았어요. 우진 씨도 순간적으로 실수했지만 좋은 사람이라는 것을…."

나는 속으로 부끄러웠다. 벌써 몇 년 전 일이었지만, 내가 한 실수를 생각하면 어디론가 숨고 싶은 마음이었다. 남편이 쓰러져 있는 상황에서 다른 남자가 눈에 들어올 리 없는데 남편 친구란 자가 뜬금없이 사랑 고백을 하려고 했으니 화낼 만했다. '내가 잠시 미쳤었지.'라고 속으로 자책했다.

"그런데 말이에요! 해진 씨가 종교로 인도해 주어 큰 도움이 되었어요. 종교에 의지하니 힘든 상황도 위로가 되더군요!"

"……."

나는 고개를 끄떡였다.

"참, 이건 비밀인데… 우진 씨에게만 말하는 거예요! 비밀 지켜야 해요!"

나는 느닷없이 비밀이 있다는 말에 당황스러웠다.

"해진 씨가 내가 너무 힘들어하는 것을 알고 남자를 소개시켜 주었어요. 우진 씨가 여기 처음 오던 날 해진 씨 옆에 있던 바로 그 남자예요!"

나는 순간 충격을 받았다. 그리고 어렴풋이 종교 시설을 방문하던 날 거인처럼 키 큰 남자가 생각이 났다. 그 남자가 이상하게 기분 나빴던 기억이 생생했다.

"정말 잘생긴 남자예요. 나한테는 과분하죠. 우리 종교는 정식 신자와 독신인 사람에게는 엄격하지만, 나처럼 결혼한 예비 신자에게는 느슨한 편이예요."

"그래서 어떻게 하려고 그래요?"

"저도 양심의 가책을 받았어요!"

그녀가 다시 눈물을 흘리기 시작했다. 나는 갑자기 목이 막혀 말을 할 수 없었다.

"나는 안 되면서 그 남자는 되는 건가요?"

"우진 씨와는 친구로만 지내고 싶어요."

나와는 친구로만 지내고 싶다는 소영이 말에 다시 충격을 받았다. 자리에 일어나 뛰쳐나가고 싶었지만 참았다.

"그럼 계속 그 남자와 만나면 되겠네요."

"그런데 그 남자가 장미 행성으로 가버렸어요. 원래 여름 행성으로 일 때문에 파견 나왔거든요."

나는 허탈한 마음이 들었다.

"그래요? 그럼 이제 남편에게 충실하면 되겠군요."

"하지만 남편 옆에 있어도 자꾸 그 남자가 생각이 나는걸요!"

나는 입술을 꼭 깨물고 그녀를 바라보았다.

"……."

"그래서 파견 신청을 내었어요. 장미 행성과 여름 행성에서는 서로 정기적으로 파견 근무를 실시하고 있더군요."

"거기서 살 거예요?"

"모르겠어요. 인생을 새로 시작하고 싶은 마음도 있어요. 몇 년 있으면 마음이 정리되겠지요."

"그럼 지금 소영 씨를 보는 것이 마지막이 될 수도 있겠네요?"

"그럴 수도…"

"……."

"우진 씨, 부탁이 있어요."

"……."

"남편의 인공 생명 장치는 회사에서 죽을 때까지 유지시켜준다고 약속했어요. 우진 씨, 친구니까 가끔씩 방문해 보살펴 줄 수 있나요?"

아무 대답도 할 수 없었다. 화가 나고 가슴이 답답해서 그녀를 똑바로 볼 수가 없었다. 그래도 어쩔 수가 없다는 것이 나를 더 분하고 힘들게 하였다. 세상이 푸른색에서 보라색으로, 그리고 점차 검은색으로 변해갔다.

시간은 어쨌든 흘러갔다. 소영이가 장미 행성으로 떠나고, 의무적으로 한 달에 한 번 친구를 찾아갔다. 친구의 몸은 목 아래가 온통 보라색으로 변해가고 있었다. 그렇게 어느덧 소영이가 떠난 후 9년이라는 세월이 지나갔다. 그동안 나는 여름 행성에서 안정된 직책을 맡게 되었다. 결혼도 하게 되었다. 아내는 소영이 만큼 맘에 들지는 않았으나 너무 외로워 어쩔 수 없었다. 그런데 몇 년 후 아내마저 병으로 잃어버리고 말았다. 아내에 대한 미안한 감정도 있었지만 시간이 흐를수록 소영이가 아내보다도 더 보고 싶어 눈물이 났다. 하지만 갈 수 없는 곳에 있기에 체념해야 했다. 그러나 그리운 마음 한구석에 차가운 바람이 불면 가슴이 쓰렸다. 그러던 어느 날 모르는 사람에게서 전화가 왔다. 일에 쫓겨 다니던 나는 처음에 엉뚱한 사람으로 착각하고, 다른 이름을 불렀다.

"미나 씨?"

"꽤 친한 다른 여자가 생긴 모양이네요!"

다소 퉁명스러우면서도 익숙한 목소리가 들려왔다. 나는 누군가 곰곰이 생각해 보았다. 그러나 소영이라고는 짐작할 수 없었다.

"우진 씨! 아직 전화번호가 그대로네! 저예요! 소영이…"

"아니, 소영 씨! 언제 왔어요?"

"한 달 정도 되었어요."

나는 소영이가 여름 행성에 있다는 사실 자체에 충격을 받았다. 한 달이나 지나서 전화하는 소영이가 밉기도 하였지만, 보고 싶은 마음이 더 컸다. 그래서 서둘러 만나자고 하였다. 우리는 근처 찻집에서 만나기로 하였다. 소영이는 9년 전 모습 그대로였다. 우주여행을 하면 시간은 느리게 가기 때문에, 그녀에게는 5년 정도의 시간이 흘렀을 뿐이었다. 그녀는 혼자서 술을 마시고 있었다.

"왜 혼자 술을 마셔요? 어떻게 된 거예요?"

"우진 씨 오랜만이네요! 이야기하자면 길지만…. 근데 우진 씨 결혼하셨네요! 날 기다릴 것처럼 하고선…."

나는 기가 막혀 말이 안 나왔지만 웃었다. 소영이가 먼저 내 손을 잡고 악수를 했다. 나는 아직도 옛날처럼 소영이의 손을 오래 잡고만 싶었다.

"기다렸으면 나와 결혼 했겠네요?"

"그건 모르지만… 하지만…."

"소영 씨는 여전히 나를 친구 이상으로 보지 않는군요!"

"미안해요!"

"……."

"남편은 그대로더군요! 몸이 온통 보라색으로 변해가면서…."

그렇게 말하며 소영이는 한숨을 쉬었다. 그때 누군가 소영이를 부르며 걸어왔다. 뒤를 돌아보니 키는 작지만 덩치 좋은 젊은 남자였다. 그 남자는 자연스럽게 우리 자리로 와서 소영이를 가볍게 껴안고 자리에 앉아서 나와 인사를 나누었다. 운동을 했는지 몸이 단단해 보였다. 콧수염을 기른 얼굴 때문인지 인상도 날카로운 편이었다. 코가 둥글고 팔에 비늘이 생긴 것을 보면 틀림없이 돌연변이 유전자를 가진 사람이었다. 그 남자는 10분 정도 있다가 먼저 바쁘다고 가버렸다. 그 남자가 가고 나서 내가 물었다.

"저 남자는 누구예요?"

"……."

소영이는 천천히 이야기를 이어갔다. 소영이는 장미 행성에 가서 거인 남자에게서 극진히 대접을 받았다. 장미 행성은 여름 행성과 반대로 거인증에 걸린 돌연변이들이 많았다. 그리고 미남미녀도 많았다. 왜냐하면 장미 행성이 여름 행성보다 살기 좋다는 이야기가 있어서 초기 이민자들 중에 재산이 많거나 권력자들이 많았기 때문이다. 여름 행성보다 잘 먹고, 시설

좋은 곳에서 살다 보니까 키마저 장미 행성 사람들이 더 커졌다고 했다.

"그럼 됐네요!"

"문제는 그 남자가 거짓말을 했다는 거예요! 장미 행성에 몇 달 있다 보니까 소문을 듣고 그 남자의 아내가 찾아왔다고요!"

"저런…."

"그래서 파견 기간 끝나자마자 다시 돌아와 버렸죠!"

"오늘 저 남자는 누구예요?"

"하하! 해진 언니가 미안하다며 대신 소개시켜 주었어요. 알고 보니 종교 시설에서 돌보던 돌연변이 환자의 사촌이더군요."

"남편은?"

그제야 소영이 눈에 이슬이 맺혔다.

"저도 살고 싶어요! 남편만 바라본다는 것이 너무 힘들어요…."

"……."

그리고 소영이는 한참 흐느껴 울기 시작했다. 나는 계속 지켜보기만 하였다.

"제가 여름 행성에 다시 와서 한 달 동안 무얼 한 줄 아세요?"

"……."

"극지 병원에 갔었어요."

"극지 병원?"

"가망이 없는 환자를 수용하는 병원이죠. 신약이 개발되기를 기다리면서…."

여름 행성의 북극과 남극에는 현재의 의학 수준으로는 고칠 수 없는 환자를 수용하는 시설이 있었다. 환자가 위급한 경우가 되면, 바로 냉동 인간으로 만들어서 수년, 수십 년 동안 치료제가 개발되는 날을 기다리게 하였다.

"그럼…."

"그래요! 남편을 극지 병원에 입원시켰어요!"

"…"

"극지 병원에 입원한 환자는 공식적으로 사망으로 인정이 되니까 우진 씨도 이제 더 이상 비난하지 말아요. 알았죠? 저도 많이 괴로워요!"

"……"

나는 더 이상 아무 말하지 않았다. 남편을 극지 병원에 입원시킨 이야기를 한 후에 소영이는 말없이 계속 술을 마시기 시작했다. 나중에는 소영이가 술에 많이 취해 내 차를 타고 가기로 하였다. 몸을 가누지 못해 내가 부축을 해야만 했다. 자동차 의자에 앉히자 눈물을 흘리면서 소영이는 눈을 감았다. 그러다가 안전벨트를 매고 나니, 그녀가 의식이 돌아왔는지 눈을 떴다. 그녀가 부드러운 목소리로 말했다.

"오랜만에 단둘이 있으니 지구에서 새해 전날 술 마시며 우진 씨가 고백하던 기억이 다시 나네요! 벌써 십 년도 훨씬 지났네요!"

나는 아무 말 없이 그녀를 응시했다.

"내가 이 먼 곳까지 왜 왔는지 소영 씨는 잘 알잖아요?"

"아니까 우진 씨가 부담되어 더 멀리 한 것 같아요. 우리는 그러면 안 되잖아요. 우진 씨는 남편 친구잖아요!"

"……"

"그렇게 보지 말아요."

"그래도 지금 나에게 미안한 것은 없어요?"

"미안하니까 이렇게 나왔잖아요! 그래도 우진 씨와 나는 친구 사이였으면 해요…"

"……"

"그러면 어떻게 하면 좋아요?"

나는 곰곰이 생각했다. 그리고 지금 가능한 간절한 소원을 말했다.

"마지막으로 한 번만 당신과 입맞춤할 수 있나요?"

그녀는 말이 없었다. 조금 후 생각하는 듯하더니 거짓말처럼 소영이는 눈을 감고 가만히 있었다. 심장이 빨리 뛰기 시작했다. 나는 우주 비행을 하는 것처럼 오랫동안 천천히 몸을 움직였다. 서서히 소영이의 얼굴이 커져 갔다. 마침내 나는 입술을 내밀어 소영이와 입을 맞추었다. 지구에서 머나먼 이곳까지 와서 이 여자와 키스하고 있는 것이 꿈만 같았다. 소영이는 나를 사랑하지 않지만, 그녀가 없으면 인생의 목적지가 사라져버릴 것 같았다. 살고 있는 여름 행성 전체가 우주 공간에서 지워질 것 같았다.

3. 장미 행성의 여자

여름 행성에 막 도착했다. 푸른 하늘 아래 오렌지빛 바다가 낯설었다. 간단한 수속을 마치고 우주 공항을 나서자 도시의 건물들이 보이기 시작했다. 이곳에서 일 년 정도 머물 예정이었다. 그리고 또 다른 먼 행성으로 가야만 했다. 왜 여기 온 것인지… 순간적인 선택의 결과를 책임지기가 무서웠다.

지나를 만난 것은 직원 교육 연수회에서였다. 여러 지역에서 모인 수백 명의 사람들이 한꺼번에 강당으로 들어가고 있었다. 오기 싫은 자리라서 빨리 도망가고 싶은 마음뿐이었다. 이 자리에 있어야만 하는 내가 싫었다. 강당 입구에서 사람들이 줄을 서서 출석 체크를 하고 있었다. 질서를 지키기 위한 건장한 로봇들은 잠시도 쉬지 않고 움직이고 있었다. 로봇이 무서웠다. 내게 달려들 것 같았다. 간단히 이름을 적고 내부로 들어가자 이미 많은 사람으로 강당은 꽉 차 있었다. 사람들이 내는 소리가 귀를 아프게 할 정도로 시끄러웠다. 남자들보다는 여자들이 더 많았다. 이제 우주 개발 사업에서도 여자들이 더 채용되는 것이 현실이었다. 전부 모르는 사람들이었고, 나보다 나이가 많은 사람들이 대부분인 것 같아 별로 말도 걸고 싶지 않았다. 조용히 자리에 앉아 자는 척하고 있고 싶었다.

의자가 부족한지 로봇들이 쉴 새 없이 간이용 의자를 강당 바닥에 놓고 있었다. 나는 새로 놓은 의자에 앉아 강당으로 들어올 때 로봇이 나누어준 빵과 생수를 먹을 것인지 고민하였다. 저녁을 먹은 후라 배가 고프지 않아 포기하고, 비스듬히 의자에 기대어 앞을 바라보았다. 앞쪽 무대에는 덩치가 크고 표정이 없는 로봇들이 있었다. 하나는 서 있었고, 다른 하나는 사람처럼 의자에 앉아 있었다. 이제는 로봇이 연수를 하는 세상이 된 것이었다. 로봇은 기계적인 음성으로 연수 일정에 대해 이야기를 하였다. 너무 무리한 일정이었다. 그런데도 아무도 말하지 않고 있었다. 가만 있을까 하는 생각도 했지만, 나도 모르게 손을 번쩍 들고 말았다. 그러자 사회를 보던 로봇이 말을 멈추고 "무슨 일이죠?" 하며 나에게 물었다. 나는 평소 여러 사람 앞에 서면 울렁증이 있었다. 그것은 나의 고칠 수 없는 성격이었다. 그래서 말을 제대로 할 수 없으면 어쩔까 하는 걱정도 되었지만, 큰 소리를 내고 말았다.

"일정이 너무 힘들게 구성된 것 아닙니까? 우리들은 로봇이 아닙니다."

나를 보는 사회자 로봇의 눈초리가 이상해졌다. 그리고 익숙한 기계음이 들렸다.

"아닙니다. 일정은 여러분들을 위한 것입니다."

"……."

나는 모인 사람들을 대신해서 말한다고 생각하였지만 그것은 착각이었다. 아무도 내가 하는 이의 제기에 관심이 없었다. 심지어 앉아 있던 홍보 로봇이 일어나서 나를 꾸짖기 시작했다. 로봇의 얼굴은 전체적으로 어두운 빛깔이었지만, 입을 벌리자 정교하게 만든 이빨과 잇몸이 보였다.

"제가 여러분 일정을 과학적으로 짜보았습니다. 책임감을 가지고 한 달간의 일정이 알차도록 진행하겠습니다. 하지만 하나하나 불평을 가지고 건의를 한다면, 여러분들의 연수는 회사 측에서도 인정할 수 없습니다. 저를 믿고 따라주십시오."

그렇게 말하는 로봇을 보고, 처음에는 미친 것이 아닌가 하고 생각했다. 하지만 이내 사람들이 열렬히 박수를 쳤다. 다른 사람들은 회사 연수에 와서 연수 일정에 대해 딴말을 하는 내가 미쳤다고 생각하는 듯했다. 로봇은 더 신이 나서 이상한 말만 지껄이고 있었다.

나는 더 이상 다른 사람들을 위한 일에 관심을 가지기 싫었다. 아마 연수 과정에 실제 힘든 일이 닥쳐야만 불평을 할 사람들이었다. 그래서 이리 저리 돌아보다가 뒤쪽에서도 떠들고 있는 사람들이 많다는 것을 알았다. 나는 내 말에 동조하는 사람들을 찾기 위해 그쪽으로 걸어갔다. 멀리서 로봇들이 분주하게 자리를 정리하기 위해서 왔다갔다하는 것이 보였다. 나는 이야기가 될 만한 무리에 끼어들기 위해 두리번거렸다. 사람들은 흘금거리며 나를 보았지만, 아무 말도 하지 않았다. 그때 근처에서 신나게 이야기하는 남자와 여자를 발견했다.

"이 연수를 신청하기 위해 고민을 많이 했죠!"

남자가 옆에 있는 여자에게 말을 했다.

"우리 회사에서 만들지 않는 것이 없겠죠?"

"그럼요! 심지어 저 앞에 지껄이고 있는 사회자 로봇은 제가 만들었어요! 물론 두뇌 부분은 아니지만…"

"어머! 회사 지시였나요?"

"그렇죠! 회사 부장이 와서 로봇 외모를 자기와 비슷하게 만들라고 해서 몇 번 싸우기도 하였죠!"

그때 내가 대화에 끼어들었다. 두 사람은 눈을 동그랗게 뜨고 나를 보았다.

"이렇게 무리한 일정을 짠 이유가 있을까요?"

남자가 흘깃 나를 보며 말했다.

"다 이게 계획된 일인 줄 아셔야죠. 심지어 여기 와 있는 직원 중에는 가짜로 참석한 사람들도 있어요!"

"왜죠?"

"우주 개발 때문이죠! 반대가 심한데 직원들마저 등을 돌린다면 회사 입장에서는 무척 난처하겠죠! 그래서 여기에는 분위기를 회사가 유리한 쪽으로 돌리기 위해 아르바이트로 고용된 사람들도 있어요."

그 옆에 있는 여자는 연신 고개를 끄떡였다. 절망감을 느꼈다. 회사 정책을 홍보하기 위한 한 달간의 연수라니 벌써 짜증이 났다. 하지만 나 혼자 거대한 회사를 상대하는 것이 얼마나 힘든지 알기에 저항을 포기해야 하겠다는 생각이 이내 들었다. 그렇게 마음을 정하니 차라리 모든 것이 편해졌다. 그러자 옆에 있는 여자가 눈에 들어왔다. 약간 길쭉한 얼굴이었지만, 예쁜 얼굴이었다. 눈꼬리가 올라간 것이 귀여웠다. 짧은 파마머리에 흰 스웨터가 어울렸다. 하지만 은근히 옆에 있는 남자의 잘 생기고 키 큰 모습이 신경 쓰였다. 하지만 두 사람도 처음 본 사이인 것 같았다. 로봇의 안내가 끝났는지 박수 소리가 일제히 들리고, 배정된 반으로 가라는 방송이 여러 번 들렸다.

배정된 반에 들어가서 일단 놀랐다. 나 말고는 모두 여자였다. 그리고 남자 외양을 한 강사 로봇도 있었다. 조금 전 보았던 예쁜 여자도 우리 반이었다. 나 혼자 남자라서 마음이 위축되었다. 바로 투표를 하여, 반대표를 뽑았다. 반대표는 회사에서 팀장을 여러 번 해본 노련한 여자였다. 강사 로봇은 이미 보았던 로봇보다 세련된 모습이었고, 부드러운 음성을 가졌다.

"여러분 모두 환영합니다. 회사에서 연수를 하는 이유는 한 가지입니다. 그동안 로봇에 치중했던 사업을 우주 개발 쪽으로 확대할 것입니다. 여러분이 잘 따라준다면 어려움 없이 회사가 성장할 수 있을 것입니다."

얼굴 표정의 변화 없이 강사 로봇은 이야기를 이어갔다. 로봇이 사람들의 모든 행동을 체크하는 탓에 살짝 움직이는 것조차 힘들었다. 하루 동안의 연수가 끝난 후에는 온몸이 아팠다. 하지만 사람들은 비교적 적응을 잘하는 듯했다. 심지어 강사 로봇이 내준 과제를 하기 위해 서둘러 도서관을 가는 사람도 생겼다. 사람들이 하나둘 강의실을 빠져나가고 있었다. 나는 조금 전 본 예쁜 여자를 따라나섰다. 그녀가 막 차에 탔을 때 차 안으로 내가 가지고 있던 책을 던져 넣었다.

"도서관 가실 거죠? 좀 태워주세요."

그녀는 힐끗 나를 보았다. 화를 낼까 아니면 누구를 부를까 싶어 주변을 둘러보다가 포기하는 눈치를 보였다.

"타세요."

그렇게 말하고, 운전석에서 팔을 뻗어 차 문을 열어 주었다.

"고맙습니다."

나는 우아하게 차에 올라탔다.

"저 기억나시죠?"

여자는 그제야 미소를 보이기 시작했다.

"이런 일을 많이 해보신 모양이네요! 능숙하시네요."

"아니, 그런 게 아니라…."

그녀가 나를 비꼬면서 물어보자 할 말이 없었다.

"이름이 뭐예요? 서로 이름은 알아야죠."

"지나라고 해요!"

"예쁜 이름이네요."

"그쪽은?"

"전 주호라고 합니다."

그리고 잠시 동안 우리는 말 없이 있었다.

"저는 주호 씨 전에 본 적이 있는데…."

그녀가 나를 본 적 있다는 말에 깜짝 놀랐다. 아무리 생각해도 나는 그녀를 본 것이 기억이 나지 않았다. 그녀는 몇 달 전 회사 내의 다른 연수에서 나를 보았다고 했다. 그때 내가 강사로 나갔는데, 많은 사람 앞에 서면 울렁증이 생기는 탓에 더듬거리며 강의를 했던 기억이 났다. 하지만 전혀 그녀를 기억해낼 수 없었다. 아마도 강사가 되어 당황해서 사람들의 얼굴에 신경을 기울일 형편이 되지 못하였을 것이었다. 그렇지만 나를 미리 봤다는 사실이 그녀의 경계심을 누그러뜨리는데 작용한 것은 분명했다. 대화도 잘 받아주고, 차 안에서 분위기도 좋았다.

도서관에서 예상보다 그녀는 열심이었다. 나는 따분해서 하품이 나왔지만 내색할 수 없었다. 도서관은 생각 이상으로 훨씬 넓었다. 여기에서도 로봇들이 돌아다니면서 책을 찾아주고 있었다. 강당에서의 로봇보다는 순하게 생기고 크기도 작았다. 책을 보는 척하며 옆을 곁눈질하여 그녀를 보았다. 긴 속눈썹과 올라간 눈꼬리가 다시 봐도 귀여웠다. 말을 계속 걸고 싶었지만, 그녀가 귀찮게 생각할까 그러지도 못했다. 그래서 그녀 몰래 스크린 방으로 들어갔다. 둘러싼 대형 스크린을 통해 내가 원하는 연예인 소식과 우주 탐사 동영상을 보았다. 스크린으로 보는 얼음 행성의 모습이 온몸을 서늘하게 하였다. 한 시간 지난 후 갔을 때도 그녀는 계속 그 자리에서 꼼짝하지 않고 책을 보고 있었다.

"그만 나가죠?"

"……"

"8시가 넘었어요. 배 안 고파요? 식사하러 가요."

그러자 할 수 없다는 듯이 그녀가 일어났다. 그녀처럼 보고서를 죽자사자 붙들어야 승진 할 수 있지만, 사실 그런 사람들을 이해하기 힘들었다. 나는 목숨을 걸고 어떤 일을 하는 성격이 아니었다. 그 대신 나는 식당을 고르는 안목이 있다고 스스로 생각했다. 그러나 이곳은 달랐다. 근처에는 식당이 잘 보이지 않았고, 주로 찻집이 많았다. 지나도 약간 피곤한 얼굴이었다.

"아무 데나 가면 안 될까요?"

라고 말하며 지나가 나를 재촉했다. 할 수 없이 두려움을 가지고 낯선 간판이 있는 식당으로 들어섰다. 그런데 메뉴판에는 온통 모르는 음식뿐이었다. 지나는 음식 선택을 나에게 맡겼다. 어림짐작으로 두 종류의 음식을 시켰다. 식당 자체는 인테리어가 고풍스러웠고, 분위기는 아늑했다. 20분 정도 시간이 지나자 음식이 나왔다. 그런데 지나가 한두 번 먹어보더니 얼굴을 찡그리며 도저히 못 먹겠다고 하였다. 그 음식을 내가 먹어 보았다. 그 음식은 짜고 맵기만 했다. 음식을 입에 넣자마자 위가 아플 정도였다. 내쪽에 있던 음식은 그나마 괜찮아 그녀와 같이 먹었다. 왠지 느낌이 좋지 않았다. 평소에는 여자들하고 데이트할 때마다 우연히 훌륭하고 맛있는 식당이 나타나곤 하였는데, 이번은 아닌 것 같았다.

"회사 생활이 힘들죠? 매일매일이 지뢰밭인 것 같아요!"

그렇게 내가 공감이 되는 이야기를 시작했다. 그러자 의외로 지나는 이야기에 잘 따라 왔다.

"주호 씨도 힘들어요?"

"그럼요! 저도 경제 여건만 괜찮으면 회사를 그만두고 싶지만…."

"뭐가 힘들어요?"

"새로 온 부서장이 있는데 얼마나 괴롭히는지! 개혁을 내세우며 올린 기안을 몇 번씩이나 반려하고…."

나는 마음이 약해서 도저히 부서장과 맞서는 것이 힘들었다. 그래서 병가를 내고 쉬고 싶었다.

"저하고 비슷하시네요!"

지나도 직장 상사 때문에 힘들어했다.

"갑자기 회사에서 인력을 줄여서 일도 많아졌어요! 또 부장이라는 사람이 사이코라서 저도 사이코가 되어가는 것 같아요!"

그러면서 지나는 신경을 쓴 탓에 탈모가 시작되었다고 말하며 쓸쓸히 웃었다. 돌아오는 길에 지나가 계면쩍게 웃으며 말했다.

"주호 씨, 나 노래 잘하는 것 알아요?"

여름 행성

"아뇨, 모르죠!"

그러자 그녀는 이따금 자신이 피아노 치며 노래한 것을 기억 장치에 담아 친한 친구들에게 선물한다고 하였다. 그리고 나에게도 선물하겠다고 하였다.

"꼭 할 거죠?"

"그럼요!"

내가 새끼손가락을 걸자고 하자 그녀도 새끼손가락을 내밀었다. 나는 손가락을 걸면서 일부러 윙크를 하였다. 그러자 지나는 약간 놀라며 미소를 지었다. 숙소 근처에 와서 나는 어색하게 웃으며 "다 왔군요."라고 말하고 차에서 내렸다. 그리고 지나에게 손을 흔들었다. 그녀도 비로소 환하게 웃으며 손을 흔들고는 차를 몰아 그녀의 숙소 쪽으로 숙소로 향했다.

피곤해서 일찍 잠을 잔 탓에 아침에 일어나자 몸이 개운하였다. 이제는 지나를 볼 수 있다는 사실이 연수 과정에서의 유일한 희망이 되었다. 웬일로 연수장 전체에 안개가 자욱하게 끼여 있었다. 나는 잔뜩 기대를 하고, 서둘러 회의장에 가서 지나를 찾았다. 드디어 그녀를 발견했다. 마음이 흐뭇해져 저절로 미소가 떠올랐다. 그런데 내가 인사를 하려고 하니까 순간적으로 그녀가 고개를 돌려버려 그렇게 할 수 없었다. 뭔가 느낌이 이상했다. 다시 그녀와 눈을 마주쳤을 때, 그녀는 나를 처음 본 사람처럼 행동하였다. 무엇인가 낯선 기분이 들었다.

지루한 연수가 계속되었다. 졸기도 하고 딴생각도 하면서 시간을 보냈다. 쉬는 시간에 되어 다가가서 이야기하자 그때서야 그녀가 아는 척을 하였다. 하지만 계속해서 어색한 미소를 지었다. 그리고 아픈 기색도 보였다. 단지 컨디션이 나쁜 것이라고 가볍게 여겼다. 같이 점심 식사를 하고 싶었지만, 이미 지나 옆에는 다른 사람들이 많아 말 걸기가 거북했다. 그때 회사 부하 직원에게서 문자가 왔다. 점심을 같이 먹기 위해 연수장 근처 식당에 왔으니 오라는 것이었다. 그래서 나는 건물 밖으로 나와 버렸다. 그리고 식당에 가려고 차를 빌렸다. 그런데, 안개가 심해져서 앞이 하나도 보이지 않아 차를 운전할 수가 없었다. 할 수 없이 걸어가기로 마음먹었다. 조심조심 걸어가는데 한 여자가 앞서가고 있었다. 별생각 없이 그녀를 지나쳐 가는데, 아무래도 이상한 느낌이 들어 뒤를 돌아보았다. 지나였다.

"지나 씨?"

대답이 없었다. 가까이 가서 보니 그녀는 눈물을 흘리고 있었다. 깜짝 놀라 그녀의 앞을 막아섰다.

"무슨 일이 있어요?"

"아니에요! 그저…"

내가 여러 번 강하게 묻자 그제야 지나가 말을 이어 갔다. 연수에 와 있는데도 불구하고, 직장 상사가 계속해서 전화를 해서 인력이 부족하다고 한탄하면서 일을 시킨다는 것이었다.

"그런 놈이! 악질이네, 완전히!"

내가 덩달아 화를 내자 안개 속에서 지나도 희미한 미소를 보였다.

"저 사실 약 먹어요."

"아니, 어디 아프세요?"

"마음의 병, 정신병이 생겼어요. 몇 달 되었어요. 너무 스트레스를 받다 보니까."

할 말이 없었다. 사실 나도 몇 달 전에 직장 상사가 괴롭혀 정신 병원에 갔다가 약을 받았지만 먹지는 않았다. 그 약을 먹으면 진짜 정신병자가 될까 두려웠다. 지나의 눈에서 눈물이 계속 흘렀다.

"어디 가는 길이시죠? 그만 가세요. 저도 한 바퀴 돌다가 연수 들으러 갈 거예요."

지나는 애써 웃음을 보이며 나를 보내려고 하였다.

나는 멈칫멈칫하다가 결국 그녀와 헤어지게 되었다. 몇 발자국 가지 않아 돌아보니 그녀는 안개 속에 가려서 보이지 않았다. 혹시 무슨 소리라도 들릴까 하여 가만 서 있었지만 아무 소리도 나지 않았다. 지나와 헤어져 식당에 가니 다인이와 이슬비가 와 있었다. 두 사람은 회사에서도 남들 눈치 안보고 나를 좋아해 주는 후배였다. 다인이는 씩씩하고 외향적인 성격이었고, 이슬비는 목소리도 작고 내성적인 성격을 가지고 있었다. 사실 두 사람이 입사할 때 신입 연수를 한 달간 지도한 사람이 나였다. 그래서 나를 특히 따르는 것 같았다.

만나자마자 두 사람은 고생한다고 나에게 말을 해주었다. 그리고 가져온 초콜릿 선물을 내게 주었다. 나는 웃으며 받았다. 같이 점심으로 피자와 파스타를 먹고 식당에서 나오니 안개가 비가 되어 내렸다. 비가 많이 내린 후 이내 그칠 듯하다가 다시 쏟아졌다. 할 수 없이 우산 세 개를 샀다. 별 모양의 투명한 우산이었다. 헤어지는데 이슬비가 말을 걸어왔다.

"연수받는데 세리라는 사람 못 봤어요?"

생각을 해보았지만 잘 떠오르지 않았다.

"제 사촌 언니예요! 같이 연수받는다고 하던데. 세리 언니는 과장님을 알고 있던데…"

투명한 우산을 쓰고 가는 두 사람이 보이지 않을 때까지 손을 흔들었다. 돌아오는 길에 다시 생각했다. 그제야 세리의 얼굴이 머릿속에 떠올랐다.

지나에게 정신병이 있다는 것을 들었을 때 머리가 어찔하였다. 그 후에도 계속해서 마음이 갑갑했다. 예쁘고 마음이 착한 지나에게 그런 악질 상사가 있는 것이 싫었지만, 나에게는 아무런 힘이 없었다. 직원 권익 위원회에 고소할까하는 생각도 해보았다. 하지만 지나도 가만히 있는데 내가 나서는 것은 남들 보기에 이상할 것 같았다. 답답한 마음에 실내에 있는 헬스장으로 갔다. 이미 많은 사람이 운동으로 땀을 흘리고 있었다. 미친 듯이 자전거 페달을 밟고, 역기를 들고 나자 기분이 다소 풀렸다. 하지만 이내 피곤해져 운동 기구에 기대어서 쉬었다. 그때 친한 동료가 나타났다. 말이 많은 친구라서 피할까 하다가 대화를 하게 되었다. 내가 정신병에 걸린 동료가 있다고 하니 그 친구는 전기 요가에 대해 이야기를 해주었다. 요가를 하면서 전기 치료를 겸하면 대부분의 정신병이 치료된다는 것이었다. 그리고 전기 요가를 하는 장소를 말하여 주었다.

나는 오후 연수를 끝나자마자 그곳으로 가보았다. 의외로 도로가의 허름한 2층 건물에 전기 요가 수련소가 있었다. 문을 열고 들어가니 수백 권의 책이 꽂힌 서재만 보이고, 사람은 아무도 없었다. 몇 분 기다리다가 이상한 느낌이 들어 나와 버렸다. 나와서 수련소 입구에서 동료에게 전화를 했다. 동료는 분명히 사람이 있다면서 서재 안에 또 다른 방이 있으니 찾아보라고 하였다. 다시 수련소로 올라갔다. 서재에서 찬찬히 보니 다른 방으로 통하는 문이 보였다. 그 문을 여니 수십 명의 사람으로 꽉 들어찬 방이 보였다. 거기에서 사람들을 지도하고 있는 나이 많은 여자가 보였다. 내가 들어가도 사람들은 아무런 반응 없이 그 여자에게 가르침을 받는 것에 집중하였다. 나는 전기 요가 수련이 끝날 때까지 몇십 분 기다리다가 손짓을 하여 그 여자를 불렀다. 그 여자가 내게로 걸어왔다.

"무슨 일이시죠?"

"저, 직장 동료에게서 소개받고 왔는데요!"

"그러시군요! 여기 처음이시죠?"

그러면서 수련소에 정식으로 들어오려면 일정 금액의 회비와 전기 요가 장비를 구입해야만 한다고 하였다.

"효과는 있나요?"

"그럼요! 여기 있는 분들도 효과가 있으니 왔겠죠!"

"……."

"장비만 있으면 집에서도 혼자 치료할 수 있어요!"

그녀의 말을 말을 듣고나서 나는 장비를 구입해서 저녁이지만 지나에게 전화를 하였다.

"지나 씨?"

"어머! 주호 씨? 웬일로…."

"늦었지만 잠깐 볼 수 있어요?"

"……."

"중앙탑 근처 찻집에서 봐요!"

십여 분을 기다리자 퉁퉁 부은 눈을 하고 지나가 나타났다. 쉬고 있는데 불러내어 미안하다고 말했다. 그리고 전기 요가에 대해 이야기를 하였다. 요가 장비를 그녀에게 건네주었다. 지나는 놀라는 표정을 지었다.

"고마워요. 저 때문에 신경 써 주시고…. 저, 이걸 써볼게요. 또 알려준 주소에도 한 번 가 볼게요."

"……."

"하지만 더 이상 저에게 관심을 안 가져 주시면 좋겠어요!"

그러면서 결혼할 남자가 있는데 정신병 때문에 얼마 전에 헤어졌다고 하였다. 지금은 남자라든지 결혼에 대해서는 생각하고 싶지 않다고 하였다. 나 들으라고 하는 이야기인 듯했다. 그렇게 멀어지게 되었다. 그 후로 그녀가 나를 피하는 느낌을 받았다. 스트레스를 받아서인지 사람들과 일부러 거리를 두려고 하는 것 같았다. 나도 서서히 그녀가 낯설어지고, 다가서기가 두려워졌다.

며칠 후 식사 모임이 있었다. 모임에 가기 위해 엘리베이터를 탔다. 그런데 엘리베이터 안에 '우주 개척 이민자 모집'이라는 포스터가 붙어 있었다. 새로 개척한 장미 행성으로 가는 사람을 모집하는 포스터였다. 문득 이제 오염으로 가득 찬 지구를 벗어날 때가 되었다는 마음이 생겼다.

계절 끝에는 또 다른 계절이 준비되어 있었다. 지나와 소원해진 후, 우연히 식사 자리에서 세리를 만나게 되었다. 그녀는 이미 여러 차례 만난 적 있는 여자였다. 그동안 지나에게 마음을 쏟느라 눈여겨본 적 없는 여자였다. 그런데 이슬비라는 직장 후배가 언뜻 세리에 대해 말한 것이 생각났고, 그래서 한번 찾아보게 되었다. 그러다가 마침내 세리와 만나서 같이 앉아 이런저런 이야기를 하게 되었다. 의외로 내 말을 잘 들어주고, 꽤 괜찮은 여자라는 생각이 들었다. 그런데 어느 날 이야기 도중에 갑자기 "저, 이 연수 끝나면 장미 행성으로 떠나요."라는 세리의 말이 들려 왔다.

"약혼자가 일 년 전에 선발대로 장미 행성에 갔어요! 약혼자를 따라서 저도 가야 해요! 결혼식은 장미 행성에서 하기로 했어요!"

세리는 뭔가 아쉽고 씁쓸한 표정을 지으며 말했다. 세리가 우주로 간다는 말에 나도 할 말이 없어졌다. 불현듯이 엘리베이터에서 본 포스터가 생각났다. 나는 이미 우주 이민 포스터를 보았고, 어쩌면 나도 이민자로 지원할지도 모른다고 말했다. 그러자 세리는 "다시 만날지도 모르겠네요."라면서 좋아했다. 하지만 너무 먼 행성이라서 한번 가면 다시 지구로 돌아오는 것이 힘들기에 신중히 생각해야만 했다. 이야기 도중에 구내식당에서 먹으면 맛이 없어 이제부터 근처 식당에서 밥 먹기로 했다고 내가 말을 했다. 그러자 그녀도 같이 먹고 싶다고 했다. 내가 장미 행성에 관심을 보여서 그런지 그녀는 스스럼없이 다가왔다. 그것이 처음에는 낯설었다. 하지만 자세히 보니 미인형의 여자라는 생각이 들었다. 특히 황금색 비단옷이 얼굴과 잘 어울렸다. 내가 비단옷에 대한 느낌을 말하자 세리는 빙그레 웃으며 좋아했다.

의식적이든 무의식적이든 지나가 나를 피하고, 점심마다 세리와 밥을 먹으러 다니다 보니까 지나에 대한 애틋한 마음이 사라져갔다. 대신에 세리에게 마음이 가는 것을 어쩔 수 없었다. 밥을 같이 먹을 때마다 세리의 매력은 커져 갔다. 나긋나긋한 말투부터 안경 속의 눈짓과 몸짓 하나하나까지 좋아졌다. 어느 날 세리에게서 저녁을 같이 먹자고 연락이 왔다. 나는 가슴이 두근거렸다. 장소는 우주 개발청 앞 식당이었다. 나는 음식을 먹으면서 그녀에게 고백할까 하는 생각 때문에 머리가 어지러웠다. 하지만 그녀가 나를 좋아하는지도 알 수 없고, 더구나 그녀에게는 결혼할 남자가 있었다. 그래서 마음을 가라앉히고, 저녁 식사 후에 어둠이 내린 거리를 걸었다. 세리가 먼저 말했다.

"이민 로켓을 타시면 다시 볼 수 있겠네요! 저는 연수를 다 하지 못할 것 같아요! 제가 타야 할 로켓이 출발을 석 달이나 앞당겼어요. 그래서 오늘로 연수를 마치고, 열흘 후 지구를 떠나야 해요. 그래서 오늘 보자고 한 거예요!"

나는 아직 우주 이민에 대한 결정을 내리지 못 하였다고 솔직하게 말해주고, 그녀가 무사히 장미 행성까지 가기를 빌었다. 세리는 언뜻 눈물을 비추었다.

"잘 계세요!"

라고 말한 다음 가볍게 손을 흔들어 인사하고는 되돌아서 차가 있는 쪽으로 걸어갔다. 나는 그 자리에 서서 황금빛 옷에 감싸인 세리가 멀어지는 것을 보았다. 달려가 잡을까 하는 생각도 했지만, 그래 봐야 달라지는 것은 없었다. 그녀가 나를 친구 이상으로 생각하지 않는 것은 당연했다. 잠시 후에 아무 생각 없이 세리가 사라진 쪽으로 걸어가면서 그녀를 찾았다. 여름이라서 열기가 온 거리에 가득했다. 언뜻 그녀가 탄 차와 비슷한 차가 이동하는 것이 보였다. 그쪽으로 눈을 돌렸다. 그러나 짙은 선팅으로 차의 내부는 보이지 않았다. 어둠 속에서 그녀를 확인하는 것은 불가능했다. 차는 신호등에서 좌회전 신호를 받고 멀어져 갔다. 나는 한참 동안 그 자리에서 지켜보기만 하였다.

그녀가 떠나고 나서도 이따금 생각났다. 우주 이민을 신청하면 다시 만나게 될지도 모르지만, 그때 그녀는 유부녀가 되어 있을 것이다.

드디어 지겨운 한 달간의 연수가 끝나고, 직장으로 복귀하는 시간이 되었다. 기분이 이상했다. 시간이 나와는 상관없이 흐른다는 것이 신기했다. 시간을 되돌리고 싶었지만, 아직 아무도 성공하지 못하였다. 직장으로 돌아가기 위해 연수 건물 현관을 나서는데, 군인처럼 머리를 짧게 자른 여자가 앞서갔다. 너무 말라서 보기에 거슬릴 지경이었다. 발걸음을 빨리해서 그녀에게서 멀어지고 싶었다. 그러다 우연히 그녀와 눈을 마주쳤다. 뜻밖에도, 그녀는 지나였다.

"지나 씨?"

"주호 씨?"

"머리가…."

지나는 어깨를 으쓱하였다. 그리고 슬픈 표정을 보였다. 직장 상사 때문이라고 하였다. 오후까지 연수받은 후에 직장에 출근해서 야간 근무를 계속하다가 정신병 증세가 심해졌다고 하였다.

"휴직을 하고 일 년간 병원에 들어가서 쉬려고요. 그래서 머리도 짧게 깎았어요. 직장 상사는 어제 부당 업무 지시로 고소했어요!"

그러면서 연수 들어오기 전부터 직장 상사와는 사이가 안 좋았다고 하였다.

"이제는 담담해요."

얼굴이 처음 봤을 때보다 훨씬 좋지 않았다. 입술 윗부분과 왼쪽 눈 부위가 붉게 변해 있었다. 나는 차마 다시 보자는 말을 할 수 없었다. 그래서 그녀와 악수하는 것으로 인사를 대신하였다. 그녀의 손은 몇 년간 다이어트한 것처럼 빼쩍 말라 있었다.

복귀하고 얼마 후, 회사에서 대규모 프로젝트를 준비한다는 이야기가 계속 나돌았고 드디어 팀별로 회의를 한다는 전달이 왔다. 우리 팀은 10명 정도로 구성되었다. 회의장에 들어서자 모두 입을 꾹 다물고 팀장이 하는 말을 들었다.

"우주 개발을 왜 하느냐를 여러분도 잘 알고 있을 것입니다. 지구는 포화 상태이며 오염되어 있습니다. 우주 이민을 가지 않으면 지구 전체가 멸망할 것입니다. 그래서 정부가 우주 개발에 뛰어드는 회사에 막대한 지원을 하고 있습니다. 만약 회사 사정상 우주 개발을 하지 않는다면 도산하고 말 것입니다."

회의장 내에 있는 사람들은 모두 한숨을 쉬었다.

"여러분은 회사를 다니는 동안 우주 개발 사업을 위해 최소한 한 번은 우주선을 타야만 합니다. 우리가 주목하는 행성은 개발한 지 얼마 안 된 장미 행성입니다. 몇 해 전에 근처 여름 행성의 사막 지역에서 대규모 광물 자원이 발견되어 개발되고 있는 것으로 알고 있습니다. 장미 행성에서도 그런 일을 여러분이 해주서야 합니다."

팀원들의 의견은 다양했다. 우주에 가게 된다면 회사를 그만두겠다는 사람도 있었다. 하지만 대부분은 우주에 가서 근무하는 동안은 구조 조정을 당하지 않아 다행이라고 좋아했다. 나는 세리를 생각했다. 이민은 아니지만, 회사 일을 통해서라도 그녀를 만날 수 있다는 생각에 가슴이 뛰었다. 그래서 서둘러 우주 개발 업무에 지원을 하였다. 그리고 수개월 후 드디어 여름 행성으로 가는 로켓에 탈 수 있었다.

여름 행성에 막 도착했다. 푸른 하늘 아래 오렌지빛 바다가 낯설었다. 간단한 수속을 마치고 우주 공항을 나서자 도시의 건물들이 보이기 시작했다. 이곳에서 일 년 정도 실무를 익히기 위해 머물 예정이었다. 그 뒤 또 장미 행성으로 가야만 했다. 출근한 날 아침에 회사로 전화가 왔다.

"주호 씨?"

"……?"

이곳에서 나를 찾을 사람이 없을 텐데⋯. 이상했다.

"누구시죠?"

"저예요! 세리!"

"아! 아니, 세리 씨는 장미 행성에 계셔야 하잖아요?"

"……."

나는 반가운 마음에 빨리 보자고 하였다. 예정에 없던 만남이었다. 지구에서 헤어지고 나서 벌써 몇 년이 지났기에 세리의 얼굴도 뚜렷하게 생각나

여름 행성

지 않았다. 하지만 그녀가 입고 입던 황금빛 비단옷은 기억이 났다. 그런데 퇴근 후에 만난 세리는 초록색 옷을 입고 있었다. 그녀와 굳게 악수했다.

"반가워요! 세리 씨. 정말로…"

"저도요! 이렇게 다시 볼 줄은 상상도 못했는데… 이민 오신 거예요?"

"아니요. 사실은 회사 일로…"

"아, 예."

"그런데 세리 씨, 세리 씨는 장미 행성에 있어야 하잖아요? 무슨 일 있으세요?"

"……"

갑자기 그녀의 표정이 어두워졌다. 그리고 어렵게 말을 꺼냈다.

"약혼자가 우주 탐사 중에 실종되었어요."

"저런!"

"그런데 일 년 넘게 찾지 못해…"

"……"

"그래서 원래는 실무를 익히고 장미 행성으로 가야 되는데, 약혼자와 관련된 장미 행성이 싫어서 여름 행성으로 근무지를 변경했어요."

"……"

"이젠 괜찮아요! 운명이죠!"

"어쨌든 반갑습니다."

"……"

"근데 제가 여기 도착한 것은 어떻게 알았어요?"

"여기 사람들은 늘 지구 쪽으로 관심을 가져요. 우주선 도착 명단을 살펴보다가 주호 씨를 발견했어요."

세리는 이제부터 자주 보자고 하였다. 근처에 근무하는 사무실이 있다고 하면서 놀러 오라고 하였다. 그 말을 믿고 며칠 후에 가니 사무실은 찾기가 쉬웠다. 사무실에 들어서자 세리 말고 동료로 보이는 여자 두 명이 더 보였다. 그녀들에게 커피 캔을 하나씩 주자 경계를 풀며 반가워했다. 그 후 사무실로 그녀를 보기 위해 갈 때는 엘리베이터에서 내려서 유리창으로 세리 모습을 확인한 뒤 들어가곤 하였다. 내가 가면 세리는 지구에서 가져온 녹차를 뜨거운 물에 타주었다. 그리고 이런저런 이야기를 나누었다.

어느 날 여행 이야기를 꺼냈더니 세리도 쉽게 승낙을 하였다. 가기로 한 곳은 '푸른 다리'라는 곳이었다. 근처에 큰 강이 있고, 거기에 푸른색 돌로 만들어진 긴 다리가 있었다. 여름 행성은 푸른 색깔이 나는 돌이 많아 묻혀 있어 집도 짓고, 다리를 만들 때도 사용하였다.

휴일이 되어 그녀와 약속된 장소로 향했다. 세리가 사는 집은 직장에서 꽤 멀었다. 큰 호수 옆에 집들이 모여 있었고, 학교가 하나 있었다. 학교 운동장에서 호수를 보며 세리를 기다렸다. 10분 정도 기다리자 세리가 나타났다. 나는 서둘러 차를 몰았다. 주변에 많은 차가 주차되어 있어 부딪치지 않게 조심스럽게 나아갔다.

"여기가 대표적인 부자 동네이라면서요?"

"맞아요. 저 여기 살아요. 하지만 내 집은 아니에요. 월세를 주고 있어요. 겨우겨우 구했거든요."

30분 정도 가자 푸른 다리가 눈부시게 나타났다. 거대한 모습에 압도되었다. 막상 다리 위에는 차들이 거의 다니지 않았다.

"차를 세우고 다리 구경하러 가요!"

나는 다리 옆 빈터에 차를 주차시켰다. 마침 강변 쪽으로 올라가는 계단이 있었다. 우리는 계단으로 해서 강 쪽으로 갔다. 밑에서 고개를 들어 다리를 보니 더 거대했다. 이따금 운동하는 사람들이 우리를 지나 뛰어갔다. 서늘한 바람이 불었지만 햇살은 따스했다. 가까이 있는 의자에 같이 앉았다. 바로 앞에서 보는 세리의 눈이 아름다웠다.

"주호 씨, 왜 그렇게 봐요?"

"눈이 예쁘네요?"

"······."

"세리 씨, 제가 지구에 있을 때부터 좋아했던 것 알았어요?"

"진짜?"

"그럼요!"

"······."

"언제까지 실종된 약혼자를 기다릴 거예요?"

"그건 아니에요! 갑자기 말해서 당황스럽네요."

나는 마음을 확인하기 위하여 세리 쪽으로 손을 내밀었다. 세리는 잠시 고민하다가 살포시 나의 손을 잡았다. 내 심장이 빨리 뛰는 것이 느껴졌다.

"땀나요! 좀 있다 잡으면 안 돼요?"

"미안해요."

손을 놓고 땀을 식힌 다음에 자연스럽게 다시 손을 잡았다. 이번에는 세리가 아무 말 없이 손을 잡게 허락했다. 어느 정도 강변을 걷자 키가 작은 나무들이 끝도 보이지 않게 늘어선 채 나타났다. 나뭇잎은 하나도 없고 앙상한 검은 가지만 있었다. 놀랍게도 나무에는 붉은 열매가 잔뜩 매달려 있었다. 검은 선에 붉은 점을 찍은 듯한 광경이 끝없이 펼쳐졌다.

"여러 나무를 교잡해서 만들었다고 하는데 이름은 모르겠네요. 여름 행성엔 이 나무가 엄청나게 많이 심어져 있어요. 열매는 먹을 만해요. 비타민이 많대요."

그러면서 세리는 나무에서 붉은 열매를 따서 먹었다. 나도 먹었는데, 신맛이 강해서 먹기에는 좋지 않았다. 세리의 입술은 열매를 먹다 스민 붉은 색이 물들어 예뻤다. 더 걸어가자 수십 미터 높이의 절벽이 나타났다. 절벽 위에서 사람들이 오가는 것이 보였다.

"여기서 한참 가면 절벽 위로 올라가는 길이 있을 거라고 안내판에 나오네요!"

"······."

나는 다시 세리의 손을 꼭 잡았다. 서서히 걸어가자 절벽이 팔을 벌린 모양으로 감싸는 장소가 나타났다. 중앙쯤 가서 고개를 돌려 지나가는 사람들이 보이지 않는 것을 확인했다. 그리고 멀뚱히 나를 보는 세리를 안았다. 세리의 입술에 내 입술을 맞추었다. 어렴풋이 붉은 열매 냄새가 났다.

"주호 씨, 급하게 이러면 안 돼요!"

그러면서도 세리는 놀라거나 화내지는 않았다. 나는 기분이 좋아서 그 자리에서 몇 번이나 뛰었다.

"그렇게 기분이 좋아요?"

"그럼요!"

"다음부터는 천천히 알아가도록 해요!"

"예, 그래요!"

나는 고개를 끄떡였다.

"이제 그만 차로 돌아가요. 다리 아파요."

"아, 미안해요! 그래요."

우리는 돌아와서 차에 시동을 걸었다.

"이젠 어디로 가죠?"

"어디 좋은 데 없을까요?"

"약혼자가 장미 행성 가기 전에 여름 행성에 잠깐 있었는데…"

"……"

"그때 좋다고 메시지를 보낸 곳이 있는데, 거기 갈래요?"

"…그래요!"

세리가 말한 곳은 근처 산 위에 위치한 종교 시설이었다. 여름 행성이 개척되고 나서 맨 처음 설치된 종교 시설이었다. 하지만 지금은 사람은 살지 않고 버려져 있다고 하였다.

"왜 그렇게 된 거죠?"

"큰 지진이 나서 산에 있던 큰 돌이 쏟아진 후에 종교 시설이 무너져 버렸대요."

"아… 예."

산 위로 올라가자 생각보다 도로가 험하여 운전하기 힘들었다. 겨우겨우 좁은 도로를 따라가야만 했다. 이따금 도로 양쪽에 빽빽하게 자란 나뭇가지에 차가 부딪히면서 긁히는 소리기 들렸다.

"조금 지나면 비포장도로가 나오고, 더 가면 돌이 쌓여 있어서 차는 갈 수가 없어요."

"그러면 걸어가야 하나요?"

"그래요."

"생각보다 험한 곳이네요!"

비포장도로가 시작되자 정신이 없었다. 도로도 휘어지고 경사도 엄청나서 마치 비행하는 기분이 들었다. 드디어 돌무더기가 나타나서 우리는 차를 세워두고 걸었다. 집채만 한 돌이 엄청나게 쌓여 있었다. 그 끝에, 종교 건물이 무너진 채 있었다.

"저긴가요?"

"맞아요!"

우리는 당연하다는 듯이 손을 잡고 걸었다. 세리도 싫다는 말이 없었다. 훨씬 가까워진 느낌이었다. 10분 정도 걷자 건물이 보였다.

"여름 행성 사람들이 가장 많이 믿던 종교였어요."

"세리 씨는 믿는 종교가 있어요?"

"저는 종교를 안 믿어요."

우리는 잠시 주변에서 쉬었다. 무너진 건물 사이로 종교 시설에 있었던 그림이나 동상 같은 것이 얼핏 보였다. 그리고 뒤편에는 거대한 조각상이 놓여 있었다.

"저 조각상이 여름 행성에서 제일 크다고 하네요! 종교의 상징을 새긴 거래요. 지금은 쌓인 돌 때문에 윗부분만 보이지만…"

여름 행성

조각상 주변에는 사람들이 십여 명 정도 보였다. 주로 여자들이었다. 거기에서 두 여자가 우리 쪽으로 걸어왔다. 한 명은 키가 1미터도 안 되는 늙은 어른이었고, 두 번째 여자는 보통 키의 얼굴이 하얀 젊은이였다. 그런데 그들이 우리 쪽으로 가까이 다가오자, 젊은 여자의 키가 점점 커져 2미터 정도로 보여 깜짝 놀랐다. 그들은 알록달록한 등산복을 입고 와서 사진을 찍고 참배를 하기도 하였다. 언뜻 뒤를 보니 거인처럼 보이는 큰 돌이 보였다.

"저건 뭐죠?"

"지진이 나고 굴러온 돌에 종교를 믿는 사람이 조각을 하다가 미처 완성하지 못해서 그 상태로 두었데요!"

완성이 덜 된 탓에 얼굴 생김새나 서 있는 자세가 분명하지 않았다. 그러나 분명 칼을 들고 무언가를 내리치는 거인상이었다. 거인상 근처로 가자, 햇빛이 사라진 옅은 어둠 속에 아늑한 공간이 있었다.

"이리로 와요."

"왜요?"

눈을 동그랗게 뜨고 의심하는 눈초리를 하였지만, 세리가 다가왔다. 나는 세리의 손을 내게로 당겼다. 그러자 세리가 바로 내 앞으로 왔다. 그녀를 꺼안고 입술을 맞추었다.

"또 그런다. 그렇게 좋아요?"

"그럼요!"

"참…."

우리는 다시 차로 되돌아가기 위해 돌과 돌 사이의 울퉁불퉁한 길을 걸었다. 그때 느닷없이 검은 점이 땅에서 튀어 오르기 시작했다. 그리고 검은색 점이 어지럽게 날아다니기 시작했다. 나비였다. 수천 마리의 나비가 하늘을 가득 채우고 있었다. 나는 생전 처음 보는 광경에 매료되어 서 있었다. 그런데 갑자기 세리가 불렀다.

"어머! 어서 이쪽으로 와요!"

"……."

나는 왜 그런 말을 하는지 몰라 잠시 그 자리에 서 있다가 얼른 세리 쪽으로 갔다. 그리고 무슨 일인지 물어보려고 했는데 세리가 먼저 말을 했다.

"이젠 괜찮네요! 방금 옆에 뱀이 있었어요!"

나는 뱀이라는 말에 신경이 곤두섰다. 서둘러 주위를 둘러보았지만 뱀은 볼 수가 없었다.

"어디에…"

"방금 숲으로 사라져 버렸어요. 워낙 주위하고 색깔이 비슷해서 찾을 수가 없었을 거예요!"

"……."

나는 놀란 것을 티 내지 않으려고 애썼다. 자세히 숲 쪽을 보니 초록과 붉은색으로 얼룩덜룩한 작은 뱀이 기어가는 것이 보였다. 여름 행성에서 독성이 있는 뱀을 조심하라는 매뉴얼을 읽은 터라 겁이 났지만, 세리 앞에서 호들갑을 부릴 수는 없었다. 차를 타고 산을 내려오자 마음이 조금씩 진정되었다. 계속해서 길 양옆 나뭇잎이 그늘을 만들어 주었다.

세리가 음료수를 마시고 싶다고 해서 여름 행성의 유일한 대학교 옆에 차를 세웠다. 대학교 근처라서 분위기가 달랐다. 길에는 젊은 사람들이 많이 지나다녔고, 세련된 옷을 파는 가게들이 즐비하게 보였다. 음료수 가게에도 젊은 사람들로 가득했다. 하지만 지구에서의 모습과는 달랐다. 여름 행성의 기후와 중력은 지구와 다르고, 방사능 노출이 많은 환경 때문에 돌연변이들이 많았다. 팔에 비늘이 있거나 얼굴이 지나치게 긴 사람도 보였다. 우리는 창가에 앉았다. 나는 세리를 빤히 보았다.

"그만 봐요!"

"좋아서 계속 보고 싶은데…"

나를 보는 세리의 표정도 싫지 않은 내색이었다.

6개월이 흘렀다. 세리와 두 번 정도 여행을 더 다녔다. 빛나는 계곡과 동굴 속 지하 도시가 기억에 남았다. 빛나는 계곡에서는 빛나는 나무에 달린 열매를 먹으려는 수천만 마리의 새 울음소리 때문에 귀가 따가웠다. 동굴 속 지하 도시는 여름 행성의 역사에 관심이 많은 세리가 보고 싶어서 간 곳이었다. 여름 행성 이민 초기, 태양의 방사능을 피해서 만든 곳이 지하 도시였다. 지하란 것이 썩 내키지 않는 장소였다. 하지만 서늘한 기운이 몸을 감싸서 여름을 지내기에는 시원하고 안락한 곳이었다.

우리는 여행을 다니는 동안 저절로 친해졌다. 나는 결혼까지 생각했다. 회사에서 지정된 일이 끝나도 지구로 돌아가지 않고 여름 행성에서 살아야 겠다고 마음먹었다. 그런데 갑작스레 며칠간 세리와 연락이 되지 않았다. 사무실에 찾아갔지만 그녀를 만날 수 없었다. 애타게 그녀를 찾던 중에 드디어 연락이 왔다.

"주호 씨…."

"세리 씨? 그동안 왜 연락이…."

"사실은…."

그녀의 말에 따르면 실종되었던 약혼자가 살아서 돌아왔다는 것이었다. 약혼자는 궤도를 잃고 떠돌던 우주선에서 냉동 상태로 있다가 지나가는 다른 우주선에 발견되었다고 하였다. 나는 당황스러웠다.

"그럼…."

"미안해요!"

"……"

"저도 주호 씨에게 마음이 움직였지만…."

세리는 조심스럽게 약혼자를 버릴 수 없다고 말했다. 그러면 내가 물러날 수밖에 없었다. 아무리 생각해도 이길 수 없는 게임 같았다. 그때부터는 실망스러운 날을 보내게 되었다. 어느 날은 너무 보고 싶어 무작정 세리가 근무하는 사무실 앞에서 서너 시간 기다렸지만 볼 수 없었다. 그날이 지나고 며칠 후 뜻밖에도 세리가 약혼자를 데리고 나타났다. 세리는 태연하게 약혼자에게 나를 소개했다.

"민규 씨, 이쪽은 지구에 있을 때부터 나를 도와주셨던 분이야!"

"고맙습니다. 세리를 도와주셔서…"

"아닙니다. 힘드셨죠?"

우리는 어색한 인사를 나누었다. 약혼자는 키는 컸고 피부가 검었다. 또 턱수염을 길게 기르고 눈이 착하게 생긴 사람이었다. 약혼자가 있어 더 이상 세리의 손을 잡거나 뽀뽀를 할 수 없다고 생각하니 가슴이 답답했다. 그렇게 황금색 비단옷의 그녀는 내 마음속에서 사라졌다.

드디어 일 년이 가고, 여름 행성에서의 실무 기간이 끝나서 장미 행성으로 가야 하는 시간이 되었다. 그러자 세리와 약혼자가 환송해 주기 위해 나를 만나러 왔다.

"주호 씨, 좋은 소식 있어요!"

"……"

"민규 씨가 주호 씨에게 여자 친구를 소개시켜 준대요."

약혼자가 웃으며 이어 말했다.

"정말 괜찮은 여자예요."

장미 행성은 여름 행성과는 반대로 방사능으로 인한 돌연변이로 인해 키 큰 사람들이 많이 있다고 했다. 세리의 약혼자도 여름 행성에서는 키가 큰 편이지만 장미 행성에서는 작은 편이라고 했다. 그리고 장미 행성의 사람들은 지구에서 오는 사람들에게 호감을 가진다고 했다. 약혼자가 장미 행성에서 알고 지내던 여자라고 하면서 그녀의 이름을 말해 주었다.

"그녀는 안젤리나라고 해요."

"……"

나는 희망을 가지기로 했다. 가기 전에 꿈을 몇 번 꾸었다. 꿈속에서 몸 상태가 좋지 않은 날은 괴물같이 생긴 안젤리나가 나를 죽이기 위해 뛰어와 도망치기만 했다. 기분 괜찮은 날은 안젤리나가 유명한 연예인의 얼굴로 보이기도 했다.

드디어 장미 행성으로 떠나는 날이 되었다. 세리의 눈물과 잘 가라는 손짓을 남겨 두고 우주선에 올랐다. 여름 행성과 장미 행성은 비교적 가까운 거리에 있어 우주선으로 가면 2년 정도 걸렸다. 나는 다시 한번 우주선의 냉동 장치 속에서 잠을 자야만 했다.

마침내 장미 행성에 도착하였다. 여름 행성보다는 세련되지 않은 도시가 나타났다. 사람들도 적고, 덜 개발된 모습이었다. 도착해서 석 달 정도는 정신없이 바빴다. 배정받은 일을 익히는 것에 힘이 많이 들었다. 그 후에야 사람들을 관찰할 여유가 생겼다.

장미 행성 사람들은 몸집이 대체로 컸다. 얼굴도 크고, 손도 크고, 키도 컸다. 같이 근무하는 부장만 해도 덩치가 크고 무섭게 생긴 여자였다. 나이가 백오십 살이 넘었지만 목소리도 우렁찼다. 한 번씩 가까운 곳에서 나는 소리인 것 같아 뒤돌아보면, 복도 끝에서 부장이 다른 사람을 부르는 경우가 많았다. 부장은 우주선 사고로 인해 두 다리를 잃어서 의족을 하고 있었다. 더구나 사고 전에는 날씬했다고 하는데, 지금은 하마처럼 뚱뚱해져 있었다. 그래서 의족을 사용하는 대신에 휠체어를 타고 다녔다. 그런데 회사에 와서는 휠체어의 자동 이동 기능을 껐다. 신기하게도 이동할 때가 되면 부하 직원 중 누군가가 나타나 휠체어를 밀었다. 그러면 부장은 만족한 얼굴로 돌아다니면서 일을 지시하곤 하였다. 대부분 여직원들이 그 일을 맡았다. 하지만 나도 이따금 휠체어를 밀어야만 했다. 부장의 몸이 무거워서 미는 것이 힘들었다. 더구나 부장의 몸에서는 고약한 냄새가 많이 나서 일이 분만 지나면 머리가 어지러웠다.

한편, 부장은 청결에 대해 강박증이 있었다. 부장실에 들어갈 때는 특수 신발로 갈아 신고 고양이처럼 조용히 걸어야 했다. 부장실은 먼지 하나 없이 늘 청소가 되어있어야 했다. 그런데 부장은 로봇이 청소하는 것을 싫어해서 직원들이 돌아가며 청소해야만 했다. 심지어 화분에 있는 나무의 이

파리 하나하나를 깨끗한 수건으로 닦아야 했다. 그래서 때로는 업무 시간보다 청소 시간이 더 길 때도 있었다. 그래도 무어라 할 사람이 없었다. 회사 내에서 부장보다 지위가 높은 사람은 다른 지역에 있었기 때문이다.

가끔 부장실에서 괴성이 들려왔다. 부장이 부는 피리 소리였다. 귀가 아파서 귀마개를 해야만 했다. 피리를 좋아하는 부장이 부하 직원에게 선물하는 것이 딱 한 가지 있었다. 바로 피리였다. 나도 나뭇잎 모양이 그려진 피리를 받았다. 눈치가 보여 연습을 열심히 한 덕분에 내가 부는 피리 소리도 꽤 그럴듯해져 갔다. 부장의 휠체어를 자주 밀어주는 직원 중에 유진이라는 동료가 있었다. 장미 행성 출신이었다. 그런데 부장은 유진보다 몇 배의 일을 나에게 배당하였다. 부당하다고 느꼈다. 한 번은 장미 행성 광물 탐사 지도를 프로그램으로 혼자 짜야만 했고 일주일이 넘게 걸렸다. 밤마다 남아서 내가 일하는 동안, 일이 없는 유진은 낮잠만 자고 퇴근하였다. 화가 났지만 회사에 온 지 얼마 안 돼서 불만을 이야기하는 것은 마음에 걸려 얼마 동안 참기로 하였다.

유진은 보란 듯이 게으름을 피웠다. 길고 검은 머리카락을 다듬고, 긴 속눈썹을 깜박이며 거울을 보면서 화장을 하는 시간이 서류를 보는 시간보다 길었다. 유진은 일반적인 장미 행성의 여자처럼 예뻤다. 지구에서라면 미인이라고 생각했겠지만, 장미 행성에서는 평범한 얼굴이었다. 한 번은 이런 이야기를 했더니 유진은 지구로 가고 싶다는 말을 눈을 반짝이며 하였다. 그때 그녀에게도 나름의 매력이 있다는 생각이 들었다.

유진이만큼 부장의 휠체어를 빈번히 밀어주는 미리라는 여자가 있었다. 유진보다 키도 훨씬 크고 머리카락도 더 길었다. 지구에 사는 기린 같았다. 그리고 화장을 할 때 기름칠을 해서 얼굴이 늘 번들거렸다. 둘은 근무 시간에도 툭하면 모여 딴짓을 하였다. 한 번은 내가 무어라고 꾸짖었지만, 둘 다 씩 웃으며 나를 무시해 버렸다. 직장에서 초보인 내가 두 사람에게 할 수 있는 일은 없었다. 그러면서도 어느새 그들에게 정이 들게 되었다. 한쪽 구석에서 자고 있는 그들을 위해 간단한 작업을 대신해주기도 하였다. 그 사실을 알고 유진이와 미리는 긴 속눈썹을 들어 큰 눈동자를 보이며 가볍게 아양을 떨기도 하였다. 생각해 보니 그녀들도 권력자 밑에서 고생하는 것은 나와 마찬가지라는 생각이 들었다.

그런데 어느 날, 드디어 일을 시작한 유진이가 간단한 프로그램을 짜는 일을 하고 나서 휴가를 요구하였다. 그러자 부장은 웃으며 승인하였다. 그래서 다음에 나도 어려운 프로젝트를 처리한 후에 용감하게 휴가를 신청했다. 이번에는 유진이와 다르게 부장이 싫어하는 티를 내었다. 나는 꾹 참았다. 무어라 하면 싸울 생각까지 하였지만, 다행히 별일 없이 이튿날 부장은 승인을 해주었다. 휴가 승인이 떨어지자 그동안 미루어 왔던 일을 하기로 마음먹었다. 드디어 안젤리나를 만나기 위한 여행을 시작할 수 있었다.

잠을 푹 잔 다음 날 아침 일찍 가벼운 떨림을 느끼며 출발했다. 한두 시간을 차로 달리자 끝없는 옥수수가 심어진 밭이 나타났다. 푸른색이 끊임없이 이어졌다. 기분이 이상했다. 설레는 마음이 생기다가 없어지기를 반복했다. 나는 지구를 생각했다. 늘 차가 막혀 기다리다가 음악을 계속해서 듣곤 했다. 그러나 이곳은 길에 차가 보이지 않았다. 끊임없이 텅 빈 길만이 존재했다.

서서히 하늘이 흐려지고 비가 내렸다. 차가움이 차 안까지 밀려왔다. 비는 정오가 되어도 계속해서 내렸다. 빗물에 하늘도, 도로도 보이지 않았다. 그저 감각에 의존하여 운전대를 잡았다. 외로운 마음이 들었다. 정말로 세리의 약혼자가 말한 대로 길을 따라가면 어떤 상징이 나타나 저절로 안젤리나를 찾게 되는 것인지 알 수 없었다.

오후가 되자 비가 그치고 하늘이 다시 맑아졌다. 깊게 숨을 쉬어 푸른 하늘을 마셨다. 그런데 시끄러운 소리가 들려 돌아보니 지나가는 길 양쪽이 온통 공사장이었다. 수많은 사람과 로봇이 일하고 있었다. 트럭 수십 대가 분주하게 흙을 싣고 움직였다. 나는 근처에서 일하는 사람에게 물었다.

"여기는 왜 이렇게 바쁘죠?"

"누구시죠?"

"……."

"여기에 새로 도시를 짓는데요. 그래서 각지에서 사람들이 모여…"

나는 그 사람에게 인사하고 다시 운전대를 잡았다. 십여 분이 지나자 다시 푸른 풀밭과 산이 계속 이어졌다. 서너 시간 후에 갑자기 녹슨 철탑이 십여 개 서 있는 곳이 나타났고, 산 중턱에는 큰 건물이 보였다. 나는 차를 멈추고 살펴보려고 했지만 왠지 피곤이 몰려와 운전에 집중했다. 하지만 얼마 가지 못하고 휴식이 필요하다는 것을 느꼈다. 마침 호수가 나타났다. 그 옆에는 작은 마을이 있었다. 나는 호수 근처에 차를 대고 눈을 감았다. 그러자 기다리던 졸음이 밀려왔다.

깨어나니 저녁 무렵이었다. 배가 고팠다. 그래서 마을 식당에 가보기로 마음먹었다. 호수 옆을 걸었다. 호수에는 녹색 조류가 모여 거대한 나무처럼 물속에서 뻗어 나와 있었다. 물속에서 그런 것이 수천 개가 자라고 있었다. 식당에 도착해서 음식 주문을 하였다. 대부분 호수에서 잡은 물고기를 요리한 음식이었다. 저녁을 먹고 나오는데 식당 주인이 나를 불렀다.

"신발을 벗어서 들고 가세요."

"예?"

나는 무슨 말인지를 몰라 어리둥절하였다. 알고 보니 이 마을에서는 누구나 맨발로 다녀야 했다.

"맨발로 다니면 건강에도 좋아요!"

"그것은 알지만…"

이 마을에 피부병이 유행했는데, 맨발로 다니면서 없어졌다고 했다. 할 수 없이 신발을 벗고 맨발로 걸었다. 느낌이 이상했다. 주변을 살피니 마을 사람들 모두 맨발이었다. 가만히 보니 길에 깔린 흙이 특별해 보였다. 발에 닿는 느낌도 부드럽고, 피부병을 없애는 물질이 들어 있는 듯했다.

여름 행성

이제 주위는 어두워졌다. 하늘을 보니 장미 행성을 비추는 두 개의 달이 떠 있었다. 하나는 반달이고 다른 하나는 보름달이었다. 마을에 있는 집들은 대체로 작았다. 하지만 멀리서도 보이는 큰 건물이 하나 있었다. 마치 주먹을 쥔 것 같은 모습의 건물이었다. 이 마을에서 믿는 종교와 관련된 건물이라고 하였다. 내가 걸어가자 길 양쪽에 있는 풀밭에서 벌레들의 울음소리가 끊임없이 들려왔다.

나는 저녁 식사를 많이 해서 배가 불렀다. 산책을 하기 위해 차가 있는 곳과 반대쪽으로 걸어갔다. 얼마를 걷자 귀를 때리는 시끄러운 소리가 들렸다. 호수 끝에 있는 폭포였다. 호수에서 폭포로 내려가는 하얀 물줄기가 어둠 속에서도 보였다. 물줄기는 아래로 아래로 거세게 내려갔다. 왠지 계속 보면 폭포 속으로 빨려들 것 같다는 두려움이 생겨났다. 서둘러 뒤로 돌아 차로 걸어갔다. 잠을 자기 위해 차 속 의자에 누웠다. 그러나 잠이 오지 않았다. 밤늦게까지 달과 별을 보았다. 부장이 선물한 피리를 불었다. 피리 소리는 어둠을 가르고 퍼져 나갔다. 나는 새벽이 되어서야 잠에 들 수 있었다.

다시 아침이 되었다. 또다시 차를 몰아 운전하자 푸른 들과 산이 계속 나타났다. 그러던 어느 순간 풍경이 바뀌었다. 지평선 끝까지 장미가 심어져 있는 농장이 보였다. 온통 빨갛고 노란 장미꽃 천지였다. 절로 기분이 좋아졌다. 30분쯤 차를 몰고 가자 금속으로 만든 피라미드 같이 생긴 높은 건물이 햇살에 반짝이는 것이 보였다. 나는 차에서 내려 건물로 올라가는 계단 앞에 섰다. 그 계단에는 노란 흙이 빈틈 없이 덮여 있었다. 아무 생각없이 천천히 계단을 올라가자 한 여자가 건물에서 나오는 것이 보였다. 멀리서 봐도 꽤 큰 키의 여자였다. 안젤리나 같았다. 그녀를 자세히 볼 수 있는 거리로 다가오자 나는 숨이 막혔다. 천사처럼 아름다운 여자였다. 그녀는 환하게 웃고 있었다. 그녀가 말없이 손을 내밀었다.

나는 천천히 다가가서 그녀의 손을 굳게 잡았다.

여름 행성

아가 이야기

　　　　　　　　2월은 눈이 내렸고 3월은 푸른 하늘이 계속되었다.

　피곤해 늦게 일어났다. 국을 끓이기 위해 시장에 가서 반찬 재료를 샀다. 한꺼번에 많이 산 탓에 짐이 무거웠다. 엉거주춤하게 짐을 들고 가는데 누군가 아는 척을 하였다. 미현이었다. 반가웠다. 하지만 나는 지금 볼품없었다. 수염도 안 깎았고 옷도 대충 입고 나온 터였다. 허나 이미 엎지른 물이었다. 당장 옷차림새를 바꿀 수 없었다. 거리에서 한참 이야기를 하다가 미현이가 짐을 함께 들어주었다. 그래서 아파트 입구까지 쉽게 올 수 있었다. 가는 날이 장날이라고 같은 아파트에 살아도 잘 볼 수 없었던 연희가 보였다. 연희는 외모가 예쁜 학생이었는데, 학원에 다닐 때 나를 좋아한다고 쫓아다닌 적이 있어 기억이 더 났다.

　"연희야! 오랜만이다."

　"아! 선생님, 안녕하세요?"

　"이런 우연히 있나! 오늘 한꺼번에 미현이도 만나고 너도 만나고…"

　"하하! 선생님, 사실 미현이하고 저 오늘 여기에서 만나기로 했어요!"

　"아! 그렇구나."

　나는 두 사람을 따로따로 만났다고 생각했다. 하지만 이미 미현이와 연희가 만나기로 약속을 했다는 말을 듣고 계면쩍어 웃기만 하였다.

　"가회도 오기로 했어요!"

　"가회…"

　"저기 오네요!"

　나는 사실 가회에 대해서는 생각이 나지 않았다. 그런데 가회는 이미 만난 두 아이보다도 더 나를 열렬히 반겼다.

　"와! 선생님 반가워요! 저 학원 다닐 때 선생님 좋아했던 것 아시죠? 그때는 선생님 무척 따라다녔는데…"

　"그래."

　"기억 안 나세요…?"

"아니야, 기억나지!"

"······."

"연희도 선생님 좋아하지 않았니?"

나는 당연한 것을 확인하듯이 연희에게 물었다. 그런데 연희의 대답은 뜻밖이었다. 얼굴 표정도 바꾸지 않고 부인하였다.

"선생님, 저 그런 적 없는데…."

"그래…."

나는 당황스러워 말을 잘 잇지 못하였다. 그리고 연희가 다 지난 일을 왜 부정하는지 알 수 없었다. 학원에 다닐 때 유난스럽게 나를 따라다니면서 친구들에게 공개적으로 날 좋아한다고 했는데 다 잊어버린 듯했다. 어쨌든 지난 일에 대해 지금 시시비비를 가릴 필요는 없었다.

"남자 친구와는 아직 잘 사귀고 있니?"

"잘 만나고 있어요."

대답을 하면서 연희는 특유의 미소를 지었다. 푸른 하늘과 싱그러운 바람이 더해진 오늘이 좋았다. 더구나 푸릇푸릇한 아이들과 이야기를 하고 있으니 몇 개월 동안의 우울함이 달아나는 것 같았다.

"선생님! 저 몰라보셨죠?"

느닷없이 가희가 눈을 동그랗게 뜨고 나에게 말을 던졌다.

"아니! 첫눈에 알아봤지!"

"후훗 몰라봤으면서."

"······."

"선생님! 제 이름은 가희예요! 잊어버리면 안 돼요! 다음에 만나면 꼭 알아봐야 돼요! 몰라보면 화낼 거예요! 오랜만에 만났으니 우리 사진 찍어요. SNS에 올리게요!"

나는 3명의 여학생에게 둘러싸여 아파트 입구에서 휴대폰으로 단체 셀카를 찍었다. 사람들이 지나치면서 눈길을 보내도 개의치 않았다. 다음에 보자는 의례적인 인사를 하고는 아이들과 헤어졌다. 나는 다음에 만났을 때 또다시 이름을 잊어버릴까봐 휴대폰 메모장에 아이들의 이름을 적어 두었다.

분명히 여러 번 갔던 식당이었는데 찾을 수 없는 것이 화가 났다. 약속 시간도 다 되어 갔다. 나는 몇 번이나 같은 길을 돌았지만, 식당은 보이지 않았다. 더구나 내가 모임의 총무를 맡았기에 약속 시간 전에 가서 있어야만 했다. 하지만 도저히 식당을 찾을 수 없었다. 할 수 없이 인터넷 검색을 해서 식당에 전화를 하였다. 식당 주인 말이, 한 블록 더 간 것 같다고 하였다. 서둘러 차를 돌려서 왔던 방향으로 가서 길을 찾았다. 그제야 거짓말처럼 약속한 식당이 나타났다. 숨 돌릴 새 없이 식당 안에 들어갔더니 다행히 아무도 오지 않았다. 학원에서 학생들을 지도하다가 찾아 나선 곳이 친구 소개로 들어간 IT 개발 회사였다. 적성에 맞지도 않았고, 사장하고도 많이 싸웠다. 하지만 회사 동료들하고는 사이가 좋아서 퇴직하고도 일 년에 한 번씩 이렇게 모임을 가지게 되었다. 퇴직금과 부모님에게서 받은 유산이 있어서 당장 먹고사는 데는 불편함이 없었지만, 이것저것 정보를 듣고 재취업을 하고 싶었다.

10여 분 다시 기다리자 외국 연수를 간 선배 한 사람을 제외하고 하나둘 식당에 나타나기 시작했다. 그때마다 나는 의자에서 일어나 인사를 하였다. 이제는 공무원을 하고 있는 정호 씨, 회사에서 팀장을 하다가 그만두고 다른 지방으로 가버린 미애 씨, 큰 식당을 운영 중인 지연 씨가 차례로 나타났다. 특히 미애 씨는 오랜만에 멀리서 와서 모두 열렬하게 환영을 하였다.

"반가워요!"

"다들 건강하죠?"

나는 다른 회사에 대한 정보를 얻을 수 있는 질문을 던지기로 마음먹었다.

"일이 다 힘들죠?"

"그렇지 뭐…. 정호 선배가 제일 낫지! 공무원은 안정적이잖아!"

"아니에요! 공무원도 힘들어요!"

"진석 씨도 이제 사업 구상 끝났어요?"

"아니요, 다시 회사에 들어갈까 싶어요!"

"……."

"한번 알아보겠지만 큰 기대는…."

"진석 씨는 어쨌든 부모님한테서 물려받은 건물이 있잖아요!"

"……."

우리는 점심 식사를 먹으면서 이런저런 이야기를 하였다. 식당은 처음에는 음식이 맛있었다. 그런데 벌써 3년째라서 그런지 지겨워져서 내년에는 다른 곳으로 옮겨야겠다고 생각했다. 그런데 갑자기 조용히 있던 미애 씨가 지연 씨에게 말을 걸었다.

"지연아! 아라 이야기 들었니?"

"누구? 아라…?"

"너하고 친했잖아?"

"아! 아라가 대학교 때 나를 많이 따라다녔지! 그런데 왜?"

"일이 있어 여기 오기 전에 구청에 들렀는데 거기서 봤잖아! 처음에는 살이 쪄서 몰라봤는데 아라가 먼저 나를 알아보더라. 내 얼굴이 까무잡잡해서 알아보기 쉬웠던 것 같아! 아라는 오히려 살이 찌고 나이가 드니 얼굴이 좋아 보이더라!"

"그래? 잘 살고 있대?"

나는 조금 전부터 정호 씨하고 이야기하고 있다가 아라란 말이 나온 다음부터는 미애 씨와 지연 씨가 하는 이야기에 귀를 기울였다.

"잘 사는데 남편이 술을 너무 마시나 봐! 농사짓는 남편하고는 따로 사는데, 남편이 머리도 기르고 수염도 기르고 기인처럼 행동한다고 하네."

아라 이야기

"잘 살면 됐지 뭐⋯."

나는 뜻밖에 아라 이야기를 듣자마자 망치로 머리를 세게 맞은 것처럼 어지러웠다. 그리고 불현듯이 이십 년 전 대학교 시절의 기억이 다시 생생하게 살아났다.

대학교 들어가서 가장 먼저 사귄 친구가 창호였다. 얼굴 때문에 세모라고도 불렸다. 술을 굉장히 좋아하는 친구였다. 술을 들고 가지는 못해도 배에 넣고 갈 수 있는 친구였다. 휴일에 집에 있는데 창호에게서 전화가 왔다.

"진석아! 뭐 해?"

"집에 있는데⋯."

"나와라, 산에 가자!"

"뜬금없이⋯."

"나와!"

"알았어!"

나는 잠에서 막 깨어나 대충 씻고 약속 장소로 갔다. 그런데 창호는 혼자가 아니었다. 여학생 두 명이 더 있었다. 한 명은 아는 얼굴이었다. 지영이었다. 창호와 늘 붙어 다녀 몇 번이나 사귀지 않느냐고 물었지만 결코 아니라고 부정하였다. 또 다른 여학생은 낯설었다. 그렇지만 처음 봐도 예쁘고 귀여운 모습이었다. 남녀 공학을 다닌 창호는 남자 고등학교를 나온 나와 달리 알고 지내는 여자 친구가 많았다.

"지영이는 알지! 이쪽은 아라라고 해! 못난이 자매라고 내가 부르지. 이렇게 세 명이 한 묶음처럼 고등학교 때부터 뭉쳐 다니곤 했지."

"안녕하세요?"

아라가 먼저 인사를 건네 왔다.

"처음 뵙겠습니다. 이진석이라고 합니다!"

"아, 예!"

아라와 나는 어색하게 첫 인사를 나누었다.

"그런데 어디 가는 거야?"

"동화사 쪽으로 가자!"

우리는 버스를 타고 동화사가 있는 팔공산으로 갔다. 마침 빈자리가 나서 아라를 앉히고, 나는 그 옆에 서 있었다. 가는 동안 그녀의 도톰한 붉은 입술을 흘깃흘깃 훔쳐보는데 시간 가는 줄 몰랐다. 버스에서 내리자 차가운 바람이 몰려왔다. 3월 말이었지만 이상 기후 탓인지 며칠 전에는 눈이 내렸고 날은 여전히 차가웠다. 산이라서 더 그런 듯했다. 산 곳곳에는 녹지 않은 눈들이 쌓여 있었다.

"창호야! 어디로 가는 거야? 동화사 입구로 가는 길은 저쪽이야!"

"이리로 와봐! 이쪽 산길로 가면 입장료를 내지 않아도 돼!"

입장료가 아까워서 창호 말대로 우리는 산길로 돌아서 동화사로 들어가기로 하였다. 그런데 생각보다 산길을 가는 것이 힘들었다. 군데군데 쌓인 눈이 미끄러워 길을 걷는 것 자체가 엄청 위험했다.

"너무 위험한 것 아니야?"

"이미 올라왔으니 내려가는 건 더 어려워! 그냥 가자!"

올라온 길을 보니 내려가는 것이 더 어려울 수 있다고 생각해 할 수 없이 창호의 뒤를 따라 걸었다. 겨우 입장료 몇 백 원을 내지 않기 위해 눈 쌓인 산길을 가는 것은 미친 짓 같았다. 멋을 낸다고 구두를 신고 와서 미끄러운 상황에서도 여자들은 별 불평 없이 창호를 잘 따랐다. 나는 아라를 뒤따라 걸었다.

"괜찮아요?"

"어쩔 수 없죠! 그래도 재미있네요. 집에 있는 것보다 좋은 공기도 마시고…"

하지만 눈길에 미끄러져 가면서 걷는 모습이 불안해 보였다.

아라 이야기

"손잡고 가지 않을래요?"

"……."

앞에서 가던 창호가 뒤를 돌아 우리를 보았다.

"그래, 할 수 없다. 생각보다 미끄럽네! 내가 지영이와 손 잡고 갈 테니 진석이는 아라하고 손 잡고 같이 와!"

그제야 아라가 나에게 조심스럽게 손을 내밀었다. 핏기없는 하얀 손을 잡았다. 손은 차가웠다. 손을 잡고 걸은 덕분에 미끄럽지만 넘어지지 않고 버틸 수가 있었다. 20여 분간의 위태위태한 산행 끝에 우리는 동화사 뒤쪽 길에 도착할 수 있었다. 눈이 한쪽으로 치워진 평평한 길이 드디어 나타났다. 나는 이마에 흐르는 땀을 가만히 닦았다.

"수고했다. 이것도 재미있잖아! 내려가는 길에 막걸리 한잔 하자!"

창호는 큰소리치면서 계속해서 앞장서서 걸었다. 나는 비로소 아라와의 손을 놓았다. 이젠 제법 손이 따뜻해져 있었다. 우리는 앞서거니 뒤서거니 하면서 사찰을 구경하였다. 몇백 년 손때가 느껴지는 오래된 건물도 있었고, 막 단청이 울긋불긋 칠해진 새로 지은 웅장한 건물도 있었다. 절 뒤편으로 3~4분 정도 걸어가자 높은 빌딩만 한 돌로 된 부처상이 보였다. 우리는 그 앞에서 기념사진을 찍기로 하였다. 지나가는 사람을 붙잡고 사진을 찍어 달라고 하였다. 나중에 찍은 사진을 보았더니 아라가 바로 내 옆에 있었다. 사진 속에서 그녀는 고개를 삐딱하게 옆으로 숙이면서 내 특유의 찡그린 표정을 따라 하고 있었다. 그 당시에는 별생각 없이 지나쳤는데, 나중에 추측해보니 아라는 그때부터 나에게 대한 관심이 있었던 것 같았다. 적어도 싫어하거나 관심 없는 사람의 표정을 따라서 사진 찍는 여자는 없을 것이다.

사찰을 내려와서 식당에 들어가자 바로 창호가 막걸리를 시켰다. 지영이하고 창호는 홀짝홀짝 장단을 맞추며 술을 마셨다. 아라와 나는 술을 못 마셔서 안주만 먹으면서 이야기를 나누었다. 아라는 별 의미 없는 내 이야기에도 웃어 주었다.

한 달 후 집에 가는 길이었다. 많은 학생들이 교문 쪽으로 가고 있었다. 대학 교정 여기저기에는 막 핀 장미 천지였다. 나는 4월 말의 따스한 날씨를 마음껏 즐기며 걸었다. 그런데 언뜻 아는 사람의 뒷모습이 보였다. 지난번과 다른 옷이었지만 아담한 모습이 아라였다. 나는 아라에게 정신 없이 뛰어갔다.

"아라 씨?"

아라가 나비처럼 우아하게 고개를 돌려 나를 보았다. 반가워하는 표정이 뚜렷하게 보였다.

"진석 씨! 오랜만이네요! 저번에 동화사 갔다 와서…"

"집에 가세요?"

"예. 집에 가는 길이에요."

"안 바쁘면 차 한잔 할래요?"

"……."

"교문 앞에 좋은 데를 알아요!"

나는 그녀가 싫지 않은 표정을 짓기에 얼른 찻집으로 데려갔다. 찻집 안에 들어서자 흥겨운 음악이 귀를 때렸다.

"여기 좋죠?"

"인테리어가 괜찮네요! 자주 오시나 봐요?"

"네. 가끔 옵니다. 뭐 시키실래요?"

"커피…"

우리는 음료수를 마시며 이야기를 해나갔다. 좋은 사람과 있어 그런지 대화가 즐거웠다.

"뭘 좋아하세요?"

"책 읽는 것 좋아하고요, 색깔은 파란색! 음악은 모차르트를 좋아해요!"

"저도 책 읽는 것 좋아해서 독서 토론 동아리에 가입도 했었어요."

"지금은?"

"몇 번 가다가 탈퇴했지만…"

"아, 예."

나는 이야기 중간중간 그녀의 동그란 얼굴 속에 있는 오뚝한 콧날과 붉은 입술을 쉴 새 없이 관찰했다. 특히 아라의 반짝이는 눈동자에는 빠져들 것 같은 느낌이 들었다.

"왜 그리 쳐다보세요?"

"얼굴이 예쁘셔서…"

"그런 이야긴 처음 들어요…"

"부탁 하나 해도 될까요?"

"뭔데요?"

나는 5월 대학 축제 행사 중에 댄스파티를 신청을 했는데 파트너가 되어 달라고 하였다. 아라는 잠시 멈칫하는 표정을 보이며 고민하더니 이내 파트너가 되어 주겠다고 하며 미소를 보였다. 그 미소를 마음속에 영원히 간직하고 싶었다. 감사의 표시로 저녁을 먹자고 하였다. 그녀는 처음에는 괜찮다고 하다가 내가 몇 번이나 우기자 마지못해 따라나섰다. 레스토랑에 갈 돈은 없어서 근처 분식집에 들어갔다. 나는 쫄면을 시켰다.

"쫄면이 뭐예요?"

"쫄깃한 면이라는 의미예요! 아라 씨도 한 번 먹어봐요?"

"그럼 저도 쫄면을 먹을래요!"

쫄면을 처음 먹어본다는 아라는 맛있다고 하면서 다음에 시간 나면 나에게 보답하겠다고 했다.

"그럼 다음에는 아라 씨가 쫄면 사주시는 거죠?"

"…후훗. 그래요!"

우리는 저녁을 먹고 기분 좋게 헤어졌다. 내가 손을 한두 번 크게 흔들자 아라도 작게 여러 번 손을 흔들었다. 그리고 아라는 내게서 멀어져갔다.

며칠 후였다. 창호에게서 전화가 왔다.

"진석아! 뭐 해?"

"그냥 집에 있어. 무슨 일이야?"

"…며칠 전에 아라와 만났다며?"

"소문 빠르다!"

"지영이가 말하더라."

"그래."

"너 아라 좋아하냐?"

"……."

"물론 아라가 다리는 약간 절지만 예쁘고 귀엽지!"

"뭐? 다리를 전다고? 그렇게 안 보이던데…."

"어떻게 몇 번이나 만나고 모를 수 있지?"

"이상하다?"

"너 아라가 고등학교 때부터 내 친한 친구인 거 알지! 상처 줄 거면 애초에 사귀지 마라!"

"……."

전화를 끊고 나서 아무리 생각을 하여도 아라가 다리를 전다는 것을 믿을 수 없었다. 다리가 불편하다는 느낌은 받았지만, 다리를 저는 것은 본 적이 없었다. 믿기지 않았다.

축제날이 되었다. 나는 반신반의한 마음으로 아라가 공부하고 있는 인문사회관으로 걸어갔다. 혹 다리를 다쳐 전다고 해도 그 사실은 우리 만남에는 영향을 미쳐서는 안 된다는 다짐을 하였지만 왠지 자신이 없었다. 아무튼 확인을 해 보고 싶었다. 시간이 되자 강의실에서 아라가 속한 역사학과 학생들의 수업이 끝나고, 학생들이 쏟아져 나왔다. 드디어 두꺼운 전공 책을 들고 걷고 있는 아라가 보였다. 그런데 분명히 다리를 조금씩 절고 있었다. 여러 번 다시 보아도 마찬가지였다. 여태껏 어떻게 내가 모를 수 있었을까 하는 의문이 들었다. 무언가 내 눈에 씌었던 것 같았다. 눈 쌓인 미끄러

아라 이야기

운 산길도 같이 걷고, 식사도 같이 하는 동안 아라가 다리가 불편하다는 것을 모를 수 있는지 알 수 없었다. 아라가 나를 발견하자 손을 흔들었다. 아무런 내색을 하지 않고 그녀에게 달려갔다. 아라는 나를 향해 미소를 지으며 인사했다.

"진석 씨, 많이 기다렸어요?"

"아니요, 금방 왔어요! 어서 파티장으로 가요!"

"먼저 이 책부터 처리하고요."

그러면서 역사학과 사무실 근처에 있는 사물함에 책을 곱게 넣었다.

"이제 가요! 준비 완료!"

나는 웃음을 보였지만 썩 개운치는 않았다. 댄스 파티장은 학생 회관 앞 야외 공연장이었다. 이미 많은 커플이 와서 기다리고 있었다. 흥겨운 음악 소리가 계속해서 들려왔다.

"다른 축제 행사에도 참여해요?"

"이것 말고는 없어요! 나중에 지영이하고 그냥 한번 둘러보려고 해요!"

댄스파티이다 보니까 상대방과의 신체 접촉이 많았다. 팔짱을 하고 빙글빙글 돌 때는 아라의 맨살에 닿는 느낌이 좋기도 하지만 쑥스러웠다. 하지만 춤을 출수록 아라가 다리를 저는 것이 확실하게 보였다. 다리를 저는 여자와 춤을 추는 것이 다른 사람들이 더 눈여겨보리라는 헛된 생각이 들어 마음이 위축되었다. 댄스파티가 끝나서 차도 한잔 하고 아라의 집으로 가는 버스에 태워 그녀를 집으로 보냈다. 그때부터 갈등이 시작되었다. 이제 와서 아라를 거부하는 것은 내 양심이 허락하지 않았다. 하지만 아라와 함께 다녀서 다른 사람들의 주목받고 싶지도 않았다.

노을이 붉게 하늘을 물들였고, 그 밑에 수많은 차가 달리고 있는 것을 한참 지켜보았다. 버스 정류장에서 멍하니 있다가 어지러운 마음 때문에 집에 가는 버스가 아닌 엉뚱한 버스를 타고 말았다. 하지만 나는 한동안 생각에 잠겨 버스에 내리지 않고 가만히 있었다.

"아니, 진석 씨 아니에요?"

"……."

"저, 정인이에요!"

"아, 안녕하세요?"

동아리 활동으로 만난 적이 있었던 여학생이었다. 부모님이 두 분 모두 교수라서 친구들 사이에서는 '교수 딸'이라고 불렀다. 얼굴도 예쁘고 키도 커서 소위 공주라고 할 수 있는 여자였다. 자신도 그렇게 생각하는 듯했다.

"이 버스 타세요? 한 번도 못 본 것 같은데…."

"가끔 탑니다. 축제 끝나고 집에 가는 길이에요?"

"예! 친구들이 더 있으라 하는데 술을 너무 마셔서 겨우 빠져나왔어요!"

"그렇군요."

"진석 씨도 축제 보고 가는 길이에요?"

"예."

평소에는 인사만 하고 지나쳤는데 막상 이렇게 둘만 있다 보니 기분이 이상했다. 하지만 이 순간만큼은 아라에게서 벗어나 내가 내려야 할 판단을 유보하고 싶었다. 그래서 다른 사람을 만나는 것이 오히려 무거운 책임감을 잊게 해주었다.

"무슨 생각을 그리하세요? 저 먼저 내릴게요!"

"아, 네! 잘 가세요!"

나는 정인이가 내리고 나서도 몇 정거장을 더 가서 내렸다. 그리고 걸어서 집까지 갔다. 내가 너무 비겁하다는 생각이 들었다. 하지만 그날 이후로 아라에게 전화를 하거나 찾아가지 않았다. 조마조마하게 기다렸지만 이상하게 더 이상 아라에게도 창호에게도 어떤 연락이 오지 않았다. 그것이 더 나를 힘들게 하였다.

며칠이 더 지나고, 또다시 나는 버스 정류장에 서 있었다.

"어, 진석 씨! 또, 보네요!"

"아니, 정인 씨?"

"그래도 반갑네요! 버스 왔어요! 빨리 타요."

나도 모르게 정인이의 재촉에 또다시 같은 버스를 타게 되었다. 타고 나니 '아차' 하는 생각이 들었다. 다음 번 만날 때에는 바보 같은 실수를 하지 말고 사실대로 말해야겠다고 마음먹었다. 이번에는 사람들이 많이 타서 숨쉬기조차 곤란할 정도였다. 그런 중에도 내가 정인이를 보호하려고 하다 보니 껴안는 자세로 있어야만 했고, 정인이와 몸이 닿지 않으려고 힘을 주고 버텨야 했다. 가끔 어쩔 수 없이 몸이 닿았지만 정인이는 내색하지 않았다.

"진석 씨, 괜찮아요?"

"괜찮습니다. 정인 씨, 서 있기가 많이 힘들죠?"

"아니에요. 이번 정거장만 지나면 사람들이 많이 내려 여유가 생길 거예요!"

"네."

말은 여유있게 하면서 내 앞에서 둘러싸고 있는 사람들에게 눌려 찡그린 표정을 짓는 정인의 모습이 오히려 귀여웠다. 원래 귀여운 여자였구나 하는 생각이 들었다. 내가 웃는 모습을 보이자 정인은 의아한 표정을 지었다. 이번에는 기쁘게 버스에서 내리는 정인이에게 인사할 수 있었다. 그날 이후로 일부러 몇 번이나 버스 정류장에서 기다렸지만 정인이를 볼 수 없었다. 그러던 어느 날 과학관 내에 있는 도서관에 갈 일이 생겼다. 그런데 도서관에 들어서던 순간 앉아서 책을 보고 있는 정인이를 발견했다. 내가 가서 책을 두드리자 고개를 들어 나를 보았다.

"아! 진석 씨…"

그러면서 도서관에서 나가 있으라고 손짓을 하였다. 도서관 밖에 있자 이내 정인이가 나타났다.

"여기는 웬일이세요?"

"볼 일이 있어서…. 정인 씨는?"

"전 지질학과 학생이잖아요!"

"아, 그렇군요."

"잠깐 사물함에서 지갑 꺼내 올게요! 우리 자판기 커피라도 한잔해요."

"……."

정인이는 망설임 없이 사물함 쪽으로 걸어갔다. 그리고 사물함에서 지갑을 꺼내 들고 뒤돌아 나에게로 왔다. 그 모습에 갑작스레 정인이를 좋아하는 감정이 샘솟았다. 사물함에 갔다가 오는 모습에서 왜 좋아하는 감정이 생겼는지는 알 수 없었다. 어쨌든 내 앞에 정인이가 섰을 때는 그녀 밖에는 눈에 들어오지 않았다. 같이 걸어가도 좋고, 자판기에서 뽑은 차를 마셔도 좋았다. 정인이가 옆에 있는 것만으로 좋았다.

"주말에 뭐 해요?"

"왜요? 영화라도 보여주실래요?"

"영화도 괜찮고, 날이 좋으니 놀이 공원에 놀러 가는 것 어때요?"

"그래요! 진석 씨 원하는 대로 하죠!"

"그럼 약속한 거예요?"

"……."

나는 데이트 약속까지 잡고 집에 오자마자 온통 정인이 생각만 났다. 아라에 대한 애틋함도 없어지고, 미안한 마음도 사라져 버렸다. 오직 정인이에 대한 사랑만 끊임없이 생겨났다. 주말까지 기다리는 것이 애가 탈 정도였지만 별수 없이 참아야 했다.

대구 동쪽에 있는 공원에는 큰 호수가 있고, 그 옆에 놀이시설이 있었다. 우리는 먼저 놀이시설로 갔다. 화살로 인형을 쏘아 넘어뜨리는 놀이가 있었다. 가게 주인에게 돈을 내고 활을 집어 정인이에게 주었다. 그런데 힘이 약해 정인이는 활을 당기지 못했다. 나는 도와주는 척하며 정인의 몸과 손을 감싸 안았다.

"꽤 힘드네요!"

"천천히 이렇게 줄을 당긴 후 손가락을 놓으면 돼요."

"……."

정인이의 눈을 보면 나와 스킨십을 하는 것을 싫어하지 않는 듯하였다.

그러나 반대로 360도 돌아가는 놀이기구의 경우에는 나는 어지러운데 정인이는 웃으며 탔다.

"너무 어지러워요! 그만 타면 안 될까요?"

"남자가 왜 그래요? 다른 것 하나만 더 타요!"

나는 고개를 흔들었다. 대신에 서둘러 정인이를 재촉하여 놀이시설에서 호수로 이동했다. 호수는 넓기도 하지만 주변에 수초가 빽빽이 심어져 보기에 좋았다. 수초 너머로 아파트와 빌딩 숲이 끝없이 펼쳐져 있었다. 우리는 호수에 있는 오리배에 올라탔다. 물살을 가르고 바람을 시원하게 맞으며 가는 것이 재미있었다.

"어휴! 진석 씨, 힘 안 들어요?"

"정인 씨는 가만히 있어요. 내가 다리로 페달을 밟으면 되니까…"

나는 정인이와 단둘이 있다는 것이 좋아 오리배의 페달 밟는 것이 힘들지 않았다. 나는 배를 조종하여 수초 사이로 들어갔다. 수초가 어른 키만큼 커서 주변 시선으로부터 우리 두 사람을 차단시켜 주었다. 둘만의 공간에 있으니 키스라도 할 수 있을까 하는 희망이 생기고 급한 마음에 심장이 빠르게 뛰었다.

"진석 씨, 이제 오리배 빌린 시간이 다 돼가니 선착장으로 돌아가요."

"……."

"입술은 왜 그렇게 삐죽 내요? 안 돼요!"

그렇게 말하며 정인이는 손가락으로 삐죽 나온 내 입술을 눌러버렸다. 부끄러웠다. 나는 키스를 실패하고 무안한 마음에 서둘러 선착장으로 오리배를 이동시키기 위해 페달을 열심히 밟았다.

"진석 씨?"

"예."

정인의 표정이 심각해졌다. 그 표정마저 귀여웠다.

"진석 씨가 무어라 생각할지 모르지만, 나는 결혼할 사람이 정해져 있어요!"

"……."

"그런데 전 아직 그 사람을 만나지도 못했어요! 물론 사진은 보았지만…"

나는 무슨 소리를 하는지 통 알 수 없었다.

"그게 무슨 이야기죠?"

"우리 부모님이 모두 교수라는 것은 알죠? 두 분 다 어렵게 교수가 되었는데 자식은 저 하나예요. 그런 내가 상류층에 시집가기를 원해요."

"그러면 결혼할 사람은…?"

"큰 기업을 물려받기 위해 외국 대학에 다니고 있어요. 아마 한국에 오면 만나게 될 것 같아요."

"……."

"양쪽 부모님끼리 의논해서 대략 결혼 약속을 하였어요. 물론 내가 죽을 정도로 싫다고 하면 깨지겠지만, 나는 그럴 생각이 없어요."

별안간 머리가 복잡해졌다.

"그러면 나는 왜 만나시는 거예요?"

"나도 진석 씨를 만나면서 다른 길이 있나 찾아보았지만 역시 아닌 것 같아요! 더 이상 만나는 것은 진석 씨에게 너무 미안한 것 같아요…"

나는 고개를 숙였다. 정인이는 오리배에서 내리자마자 별말 없이 떠나버렸다. 나는 따가운 햇살 속에 있다가 집으로 천천히 걸음을 옮겼다. 불현듯이 아라 생각이 났지만 도저히 연락을 할 수 없었다. 내가 지은 죄가 너무 컸다.

그 후에 나는 군대를 지원하여 가게 되었다. 입대 시점하고 복학 시점이 맞지 않아 대략 삼 년 정도 시간이 흐른 후에야 대학에 복학을 하게 되었다. 정인이가 졸업과 동시에 결혼하였다는 소리를 어렴풋이 들었지만, 아라의 소식은 들을 수 없었다. 창호를 만났지만 차마 물을 수 없었다. 그러다가 구청에 아버지 심부름으로 갈 일이 생겼다. 2월의 이른 저녁은 짙어져가는 푸른 하늘과 차가운 공기가 가득했다. 버스에서 내려 나무 그늘로 가다 보면 구청이 보였다. 구청이 산 밑에 있어 공기가 나쁘지 않았다. 구청건물로 들어가는데 멀리서 저녁노을을 배경으로 햇살에 휩싸여 웬 여자가내 쪽으로 걸어오고 있었다. 아라였다. 아라는 순간적으로 눈을 동그랗게뜨고 나를 불렀다.

"진석 씨?"

"……."

"안녕하세요?"

"아라 씨?"

뜻밖의 장소와 시간에서 아라를 만나자 할 말이 없어졌다. 아라와 함께축제에 참가한 후에 대학교에서 아라를 볼 수 없었다. 몇 년간 볼 수 없게되자 어느 정도 체념도 하고 아라를 잊어버리고 있었다.

"진석 씨, 여기는 어떻게…."

"아버지 심부름으로…."

"……."

"아라 씨는?"

"저 졸업하자마자 여기에 취직했어요!"

"아…."

"며칠 안 된 공무원 생활이 익숙하질 않네요…."

우리는 산길로 올라가는 입구로 자리를 옮겼다.

"아라 씨는 그동안 어떻게 지냈어요?"

"사실 공무원 시험 준비한다고 바빴어요. 대학 수업 외에는 다른 데 돌아다니지 않고 시험 준비에 몰두했죠! 엉덩이에 땀띠 날 정도로…."

"하하, 잘 되었네요! 원하시는 공무원이 되었으니⋯. 축하해요."

"고맙습니다!"

"전 군대 갔다 와서 다음 주에 학교에 복학합니다⋯"

"⋯⋯."

막상 할 말이 많을 것 같았지만 하나도 머리에 떠오르지 않았다. 미안하다는 말을 해야 했지만 그 말도 입에서 나오지 않았다. 노을이 옆에 있는 아라의 뺨을 붉게 물들이고 있었다. 대학 다닐 때보다 얼굴이 좋아 보였다. 다리도 더 꼿꼿이 서 있는 느낌이었다. 왠지 이 순간이 내 인생에서 중요한 시점이고, 여기에서 아라에게 다시 사귀자는 말을 해야 할 때라고 느꼈다. 하지만 나는 운명에 짓눌린 사람처럼 그 말을 할 수 없었다. 더 생각할 시간이 필요한데 시간을 달라는 말을 하기에는 비겁할 것 같아 입 밖에 낼 수 없었다. 우리는 몇 마디 이야기를 더 나누고 어색하게 헤어졌다. 아라의 얼굴과 손길, 그리고 목소리를 기억 속에 남기기 위해 안타깝게 노력하며 멀어져가는 그녀의 뒷모습을 지켜보기만 하였다.

이십 년 전이지만 생생하고 소중한 기억이 되살아났다. 그때는 모든 것이 불명확했다. 하지만 오히려 미래를 모르기 때문에 두려움도 없을 수 있었다. 나이가 들수록 심장을 흐르는 피의 속도가 느려져만 가는 것을 느낄 수 있었다. 미애 씨와 지연 씨는 다시 대화를 이어갔다.

"지연아, 너는 어떻게 아라하고 친해졌지?"

"⋯내가 시골 출신이잖아, 대학교에 입학했을 때 아는 사람이 없었어. 역사학과에 들어와서 멀뚱히 있는데 아라가 먼저 나에게 친구 하자고 접근하는 거야! 내 첫인상이 좋잖아! 그런데 아라 집이 굉장히 가난했어. 그래서 아라는 늘 아르바이트를 한다고 바빴지."

"난 한 번도 아라가 집안 형편이 어렵다고 생각한 적이 없었는데⋯"

"그 당시에 아라 아버님이 병원에 입원하고 계셔서 아라도 생활비를 벌어야 했지. 한 번은 아라가 기분이 좋아서 나에게 점심을 사주겠다고 하면서 분식집에 가서 쫄면을 주문하는 거야! 시골에는 없는 음식이라서 쫄면에 대해 물으니 아라가 웃으며 쫄깃한 면이라서 쫄면이라고 부른다는 거야. 아무튼 나를 엄청 따라다녔지! 어떤 때는 아라가 레즈 같아서 부담스럽기도 했어."

"레즈가 뭐야?"

"레즈비언! 여자 동성애자!"

"아아! 어쨌든 그렇게 가난했는데도 음식 사주는 것을 보면 진짜 아라는 널 좋아했네…."

"근데 그 후에 다시 만났을 때는 기분이 우울해져서 나를 안고 펑펑 우는 거야! 왜 우느냐고 하니까 다리를 전다고 어떤 친구와 관계가 소원해졌다고 그러는 거야! 아마 그 친구는 남자였겠지! 그래서 내가 말했지! 그런 친구는 멀리 하라고. 그날 달래준다고 엄청 힘들었지."

나는 드디어 나하고 헤어져서 아라가 느꼈을 절망을 알 수 있었다. 분명히 아라도 그녀가 다리를 전다는 사실 때문에 내가 연락을 끊은 것을 알고 있었다. 비겁한 나 때문에 마음의 상처를 받았지만, 그녀는 찾아와서 원망하거나 욕을 하지도 않았다. 아라가 천사면 나는 악마였다. 아라가 미녀면 나는 비겁한 야수라고 해야 할 것이었다. 그 벌을 받는다고 나이 사십 넘어서도 안정된 직장도 없고, 결혼도 아직 못한 것 같았다. 그동안 여자도 많이 만났지만, 직장이 변변찮은 나에게 선뜻 결혼하겠다는 여자를 찾을 수 없었다. 또 어쩌다 여자가 마음에 든다고 하면, 이번에는 내 눈에 여자의 단점만 보였다. 식사를 마치고 헤어지려는데 정호 씨가 나를 불렀다.

"진석 씨?"

"예, 선배님!"

정호 씨는 나보다 두 살이 더 많아 선배님이라고 불렀다.

"내 와이프가 나보다 일곱 살 적은 건 알죠?"

"……."

"그런데 내 와이프하고 아주 친한 친구가 있어요! 은아라고 하는데…"

"……."

"요번에 은아 씨와 청송에 같이 놀러 가기로 했는데."

"……."

"진석 씨도 같이 바람 쐬고 와요! 은아라는 여자도 한 번 만나보고. 어때요?"

나를 생각해주는 마음이 고마웠다. 그래서 나쁘지 않다고 생각해 제안을 승낙했다. 우리는 점심을 먹고 근처에 가서 차까지 마시고 기분 좋게 헤어졌다. 그리고 다음 모임을 약속했다. 모임이 끝난 후 계속 은아라는 이름의 여자에 대해 생각했다. 이상하게 이번 만남은 느낌이 달라서 기대가 되었다.

청송 여행을 약속한 날에 부모님에게 물려받은 건물에서 문제가 생겨 정호 씨 일행을 먼저 보내고 혼자 늦게 출발하게 되었다. 마음이 급해서 일도 대충 처리했다. 갈아타야 하기에 시간이 많이 걸리는 지하철이나 버스 대신 택시를 탔다. 시간은 여유가 있었지만 왠지 초조했다. 시외버스 터미널은 사람들로 붐볐다. 지나가는 사람들 사이를 가로질러 빠르게 걸어갔다. 청송 가는 버스는 한 시간에 한 번 있었다.

표를 끊고 버스에 올라탔다. 청송 가는 사람들은 별로 보이지 않았다. 좌석이 많이 빈 채로 버스는 움직였다. 세 시간 정도 걸린다고 하였다. 차를 오래 타는 것이 싫었지만 어쩔 수 없었다. 차장 밖으로 푸른 산들이 연달아 지나갔다. 버스에서 한참 잠을 자고 나서, 청송 시외버스 터미널에 도착할 수 있었다. 전화를 하니 데리러 오겠다고 하였다. 정호 씨가 차를 가지고 와서 나를 반겼다.

"어서 와요! 빨리 차에 타요."

"차가 넓네요!"

"……."

"어디로 가요?"

"우선 유명한 닭백숙 하는 집으로 가요!"

내가 닭백숙집 구석방에 들어서자 안에 있던 여자 2명이 동시에 나를 보았다.

"어서 오세요! 환영합니다."

"여긴 내 와이프, 그리고 이쪽이 은아 씨."

나는 은아 씨를 바라보았다. 소개받은 은아 씨는 서글서글한 인상이었다. 인형같이 예쁜 스타일이 아니라 어떤 매력이 숨어 있는 얼굴이었다.

"반가워요! 진석 씨."

"처음 뵙겠습니다. 정호 선배의 사모님, 그리고 은아 씨!"

나는 서둘러 닭백숙을 먹었다. 대충 먹으려고 했는데 뜻밖에도 맛있었다. 다른 사람들이 지켜보아도 식욕이 떨어지지 않았다.

"이제 어디로 가죠?"

"보통 청송 오면 '주산지'에 많이 가는데 거긴 복잡해요. '절골'이 좋아요!"

"절골?"

"절이 있었던 골짜기라는 곳이라고 하네요! 아내가 추천했어요. 작년에 가봤데요."

"가봤는데 덜 알려진 곳이지만 그늘도 많고 물도 많아 쉬었다 오기에 좋을 것 같아요."

내가 점심을 다 먹자마자 모두 절골로 향했다. 운전석에 정호 선배 부부, 뒷좌석에 나와 은아 씨가 앉게 되었다. 아직 은아 씨와는 서로 잘 몰라서 서먹서먹하였다. 용기를 내어 내가 먼저 말을 걸었다.

"은아 씨는 청송이 처음이신가요?"

"처음이에요! 진석 씨는?"

"예, 저도 그렇네요."

더 할 말이 생각나지 않았다. 그래서 은아 씨와 나는 아무 말 없이 창밖 경치를 바라보다가 절골에 도착하였다. 절골에는 큰 골짜기가 계속 이어져 있었다. 물도 흐르고 기암괴석도 많았다. 골짜기 양쪽은 거대한 절벽처럼 보였다. 정호 씨는 절골 깊숙하게 올라가지도 않고 입구 근처 물이 흐르는 바위 위에 걸터앉아 버렸다.

"더 안 올라가요?"

"더우니까 그냥 여기서 물놀이 해요!"

"난 더 조금 올라가 볼게요!"

"그래요, 그럼…."

"은아 씨는?"

"전 진석 씨를 따라 가볼래요!"

은아 씨는 서둘러 자리에서 일어나 나를 따라나섰다. 다른 사람들을 두고 은아 씨와 나는 계곡 안쪽으로 계속해서 올라갔다. 내가 은아 씨에게 물었다.

"등산을 좋아하세요?"

"가면 가는데… 내가 가자고 하는 편은 아니에요!"

은아 씨는 검은색 옷을 자주 입는 듯하였다. 위아래 옷이 검은색이었고, 운동선수처럼 드러난 팔은 단단해 보였다. 피부도 다소 검은 편이었다. 걸어 올라가는데 보이는 웅덩이마다 사람들이 들어가서 놀고 있었다. 한참위로 가자 사람들이 보이지 않았다. 사람 없는 작은 물웅덩이에는 작은 개구리들과 올챙이들이 가득했다. 그리고 작은 물고기들이 쉴 새 없이 번개처럼 빠르게 헤엄치고 있었다. 은아 씨가 나에게 물었다.

"왜 아직 결혼 안 하셨어요?"

"아직 인연을 찾지 못한 것 같아요."

"……."

"은아 씨는 한번 결혼하셨다고 들었는데…"

"했었지요! 전기 기술자였어요. 전기 사고로 왼손을 잃어버린 사람이었어요. 눈에 콩깍지가 씌었는지 내가 좋다고 따라다녔죠! 당연히 집에서는 반대했죠. 엄마는 입에 거품 물고 반대했는데, 결국 딸을 이길 수는 없었죠."

"……."

"그렇게 힘들게 결혼했는데 남편은 당연하다는 듯이 가부장적으로 집안에서 군림하려고 했죠. 엄마 눈치 보여서 이혼도 못하고 참고 살았죠. 물론 천성적으로 남편은 좋은 사람이었어요! 그래서 내가 결혼했겠죠. 그런데 결혼 생활 내내 등산을 너무 좋아했어요. 한 번 가면 1박 2일은 기본이었죠. 한 번은 따라가 보기도 했지만, 나는 별로 흥미를 느끼지 못했어요. 직장에서 받은 스트레스를 푸는 유일한 취미라고 해서 말릴 수가 없었어요. 그런데 동호회 사람들과 히말라야로 겨울 등산을 갔다가 조난을 당하는 바람에 그만…"

"저런…"

"……."

"은아 씨 괜찮아요?"

"운명이죠! 전 그렇게 생각해요. 지금은 웃으며 살고 있어요."

은아 씨가 달리 보였다. 나는 장애가 있다고 여자와 헤어졌지만, 은아 씨는 용감하게 장애를 가진 남자를 안고 살았던 것이었다. 계속해서 우리는 계곡 안쪽으로 올라갔다. 양쪽으로 절벽이 이어지고 절벽에는 다양한 모양의 암석이 붙어서 모습을 뽐내고 있었다. 나는 가만히 손을 내밀었다. 처음에는 눈을 껌뻑이며 잠깐 고민하는 듯하더니, 이내 은아 씨도 나의 손을 잡았다. 그렇게 우리는 시간을 잊고 계속해서 걸었다. 한참 후에 우리가 내려가자 기다리던 선배 부부가 늦게 내려왔다고 화를 내었다.

"뭐 한다고 그리 오래 있었어요? 다음 일정도 있는데…"

"미안해요. 시간이 이렇게 지난 줄 몰랐어요!"

몇 번이나 사죄를 하고 나서 우리는 선배 부부와 같이 서둘러 저녁을 먹으러 갔다. 한우 고기를 파는 큰 식당이었다. 사람들이 많아 30분 정도를 기다려야만 했다. 기다리는 동안 배가 고파 서비스로 제공하는 수정과를 여러 잔 마셨다. 한우 고기는 기다린 보람이 있었을 만큼 맛있었다.

"모두 실컷 먹어요!"

"돈이 되나요?"

"n분의 1입니다."

"다음은 어디로 가나요?"

"잘 곳으로 가야죠! 직장이 여기인 친구가 회사에서 제공하는 사택에서 살고 있는데, 지금 친구가 외국에 가 있어 비었답니다. 그러니 그리로 가보죠! 집 비밀번호를 알아놓았답니다."

저녁을 먹고 우리가 사택에 도착하였을 때, 주변은 불빛 하나 없이 어두웠다. 열쇠를 찾아서 사택에 들어가자 퀴퀴한 냄새가 열기와 더불어 몰려왔다. 창문을 모두 열고 선풍기를 틀었지만 후덥지근한 냄새는 빠져나가지 않았다. 남자들은 괜찮다고 생각했지만 여자들이 싫어했다.

"여기 마음에 들지 않아요?"

"……."

"그럼 청송읍으로 나가죠."

"에어컨이 없어서 여기는 더워서 못 자겠네요!"

"……."

전화를 하니 호텔은 방도 없고, 너무 비쌌다. 그래서 우리는 청송읍에 있는 모텔을 찾아 어두컴컴한 밤길을 나섰다. 다행히 금방 시설이 좋은 모텔을 찾을 수 있었다. 남자 방과 여자 방으로 나누어 투숙하게 되었다. 에어컨에서 찬 바람이 나와서 쾌적하게 잘 수 있을 듯했다. 짐을 정리하고 몸을 씻으려고 하는데, 여자들이 남자들 방으로 찾아왔다. 이대로 잠이 들기엔 억울하다고, 밖에 나가서 술이라도 한잔 하자고 하였다. 우리는 모텔 주인에게 물어서 괜찮은 식당으로 향했다. 늦은 시간이라 식당에는 우리 외에 아무도 없었다. 우리는 맥주를 서로의 잔에 부어 마셨다. 목이 말라서인지 맥주가 시원했다. 정호 씨가 물었다.

"진석 씨는 은아 씨 어때요?"

"……."

은아 씨와 나를 제외한 나머지 두 사람이 뚫어지게 우리를 보는 것을 느꼈다.

"은아 씨는?"

"……."

나는 가만히 은아 씨의 손을 잡고 들어 보였다.

"하하, 이제 답이 되었나요!"

"……."

"박수…!"

우리가 잡은 손을 보고 선배 부부는 웃음을 터뜨리고 박수를 치기 시작했다.

"잘 되길 바랄게요!"

"축하해요!"

"……."

은아와 나의 만남은 여행 후에 더 많아졌고, 주변의 후원 속에 드디어 결혼식을 올리게 되었다. 신혼여행을 갔다 와서, 나는 미루었던 결혼 신고서를 작성하기 위해 구청으로 갔다. 겨울이었지만 하늘은 맑고 푸르렀다. 주차장에 차를 대고 민원 센터로 가는데 아침 시간이라 주변에 사람이 보이지 않았다. 나이 든 남자 하나만 구청 구석에서 담배를 피우고 있었다. 나는 담배 냄새가 싫어 멀찍이 떨어져서 그 남자를 지나쳤다. 그런데 앞에 보니 가파른 계단이 보였다. 그래서 마음의 준비를 하고 계단을 올라가려고 했다. 그런데 아주머니 두 사람이 나를 스쳐 지나가면서 계단이 아닌 돌아가는 길로 가는 것이 보였다. 그래서 그 사람들을 따라가니 민원 센터가 바로 보였다. 민원 센터 앞에는 여러 가지 포스터와 표어가 잔뜩 붙어 있었다. 나는 그것들을 읽지 않고 민원 센터 안으로 들어갔다.

담당자를 찾아가니 머리가 새하얀 여자 직원이었다. 나는 마음속으로 '왜 염색을 하지 않을까?'라고 생각하면서 서류를 제출하였다. 여자 직원은 별말 없이 묵묵하게 서류를 접수해 주었다. 결혼 신고를 하는 일은 단순해 일찍 마칠 수 있었다. 그리고 민원 센터를 나오자 다시 겨울 찬바람이 옷 속을 파고들었다. 이번에는 돌아가는 길이 아닌 가파른 계단을 내려갔다. 계단을 다 내려왔을 때 멀리서 한 무리의 사람들이 내 쪽으로 오는 것이 보였다. 그런데 얼핏 아는 얼굴이 보였다. 구청 직원들과 웃으며 이야기를 나누며 오는 사람은 아라였다. 왠지 그녀를 만날 것 같은 느낌이 들었지만, 막상 보니 어디론가 피하고 싶었다. 하지만 근처에 몸을 숨길 건물이 보이지 않았다. 그래서 그녀를 지나칠 때 아는 척을 할지에 대해 고민했다. 아무것도 모르는 아라는 그동안 교정 수술을 받았는지 다리를 절지 않고, 꼿꼿하게 걸어서 나에게 오고 있었다.

유리 여자(SF)

1. 경비단장 이야기

지하 도시에서는 바람이 불지 않았다. 하지만 소독을 위한 비릿한 오존 냄새가 어디선가 날아왔다. 나는 순찰을 위해 점차 슬럼가로 변해가는 주택과 아파트를 하나하나 점검하며 걸어갔다. 재개발을 알리기 위해 주택 벽에는 붉은 페인터로 철거 예정이라는 글귀가 아무렇게나 칠해져 있었다. 빈집인가 싶어 자세히 관찰하면 약한 빛줄기가 집 밖으로 튀어나왔다. 빛줄기로 인해 먼지가 공기 중에 휘날리는 것을 볼 수 있었다. 사람이 있는지 확인하기 위하여 문을 두들기고 싶었지만 참았다.

지하 세계에서는 공기의 오염이 심각했다. 공기 정화기를 아무리 돌려도 공장에서 생필품을 만드는 과정에서 나오는 오염 물질을 모두 제거할 수는 없었다. 더구나 공장은 독재자와 관련된 유력한 가문에서 운영하고 있었다. 핵전쟁이 일어났을 때 지하 도시는 유일한 희망이었다. 지상에서 사람들이 방사능 낙진으로 죽어갈 때 이곳은 안락한 피난처였다.

나는 공식적으로 수십만 명이 거주하는 이곳의 12구역 경비 책임자였다. 물론 내 위로 정치적인 상관이 여러 명 있었다. 그들과는 큰 사고나 사건이 생길 때만 볼 수 있었다. 주로 경비 인력들만 내 명령을 받아 순찰을 도는 업무를 하였다. 급여가 적어 중간에 경비원을 그만두는 사람이 많았다. 그래서 일 년이 지날 때마다 신참이 배정되었다. 신참들도 경비원의 실상을 알게 되면 스스로 연기처럼 사라지고, 푼돈이나마 버는 것에 만족하려는 사람들이 그 자리를 채웠다.

나는 소형 전기차를 타고 도시 외곽의 내가 맡은 구역을 하루에도 여러 번 돌았다. 익숙한 길이었고 늘 맡는 냄새였다. 몇 차례 돌고 나면 지하 세계 천장에 있는 강력한 인공조명이 서서히 꺼지고 밤이 찾아왔다. 대륙 곳곳에 이런 지하 도시가 수십 곳 있었다. 산 밑을 파고, 조명을 달고, 집도 짓고, 인공 강과 호수도 만들었다. 이십 대에 경비직 말단으로 들어온 내가 어느덧 경비 책임자가 되었다. 그 사이 이십 년이 흘렀다. 초기에는 외부에서 몰래 침입하는 사람들을 막기 위해 경비가 꼭 필요했다. 경비원들은 은근히 자부심을 느끼면서 침입자들을 가혹하게 대했다. 지금은 침입자들도 사라지고, 출입구 여러 개가 다 봉쇄되어 하나만 지상과 연결되어 있었다. 구역 경비 책임자 중에서 가장 젊은 나는 일 년에 한 번 엘리베이터를 타고 지상으로 올라가 주변을 탐색하는 임무를 해야만 했다. 지하 세계에 적응해서 약해진 시력 탓에 낮에는 반드시 선글라스를 껴야 했다. 그래서 주로 밤에 지상으로 올라갔다. 지상에는 아무도 없었다. 신선한 공기와 불타듯이 빛나는 별들만이 세상을 차지하고 있었다. 울창한 숲 여기저기 설치한 측정 장비로 방사능 수치를 확인하고 생각보다 수치가 빨리 낮아져 놀랐었다. 지금 당장은 아니라도 지상으로 올라갈 날이 멀지 않음을 느끼곤 하였다.

내가 맡은 구역의 경계까지 왔을 때, 앞쪽에 경비원 두 명이 보였다. 신참인 듯했다. 더구나 한 명은 휠체어를 타고 있었다.

"새로 배정받은 팀인가요?"

그렇게 말을 걸자 두 사람이 동시에 나를 보았다.

"……"

"난 경비단장입니다."

"……"

내가 다가가자 두 사람 모두 경례를 했다. 휠체어를 탄 신참이 자기소개를 했다.

"이번에 경비원이 된 신참입니다. 첫 단독 순찰 중입니다. 옆쪽에 있는 사람은 저를 도와주는 보조원입니다."

보조원은 자기소개를 할 듯 입술을 몇 번 오물거리다가 끝내 소리를 내지 않았다. 나는 내 소개를 짧게 하고 그들을 보내 주었다. 아마도 장애인 할당제로 들어온 것 같았다. 보통은 사무직인데 경비 활동에 배정받다니

뜻밖이었다. 이미 사무실에는 귀가 들리지 않는 비서가 나를 도와주기 위해 배정되어 있었다. 보조원까지 두어 장애인을 우대하는 것은 장애를 가진 독재자의 아들 때문이라는 소문이 있었다. 덕분에 장애를 가진 사람들이 혜택을 받는 것은 잘된 일이었다. 그런데 보조원은 예상 밖이었다. 신참이 여자라서 여자 보조원이 배정된 모양인데, 키도 눈도 크고 얼굴도 지나치게 예쁜 여자였다. 미인 대회나 탤런트로 나가도 충분할 정도였다. 보조원을 할 사람으로는 보이지 않았다.

그다음 날부터 신참과 보조원은 수시로 볼 수 있었다. 아침 출근길에 보조원이 긴 머리카락을 휘날리며 경비 건물에 들어서면 여신이 지상에 내려온 것처럼 주변이 환해졌다. 이따금 그녀를 보기 위해 그녀의 출근 시간에 맞춰 출입구에서 서성거리곤 했다. 장애를 가진 신참은 출근길에 비싼 고급 차에서 휠체어를 탄 채 내렸다. 같이 온 아버지처럼 보이는 나이든 사람은 고위직을 뜻하는 제복을 입고 있었고, 훈장을 여러 개 달고 있었다. 볼 수는 있지만 신참과 보조원에게 내가 직접 말을 걸기는 어려웠다. 신참에게 명령을 내리는 직속 상관보다도 내가 훨씬 직위가 높았기 때문이다. 서류를 찾았더니 신참의 이름은 미라이고, 보조원의 이름은 지수였다. 그런데 얼마 지나지 않아 지수에게 말을 걸 기회가 생겼다. 그날 점심을 먹고 도서관에 갔더니 혼자 있는 그녀를 발견하였다. 그녀가 먼저 인사를 했다.

"단장님! 점심 식사하셨어요?"

"아!"

"저번에 뵈었는데…"

"아!"

"미라 씨의 보조원으로 들어온 지수라고 합니다."

"반갑습니다. 도서관에는 무슨 일로?"

"축제 준비로 빵을 구워 볼까 합니다. 그래서 자료를 찾기 위해…"

"아!"

마음과는 달리 얼른 책을 빌리고 서둘러 도서관을 나왔다. 그녀는 자료 찾기에 열중해서 내가 도서관에서 나가는 것도 신경 쓰지 않았다.

일 년에 한 번 경비단 차원에서 축제를 열었다. 경비단 건물을 개방해서 일반 시민들에게 빵도 구워주고, 작은 도자기도 만들어주고, 노래자랑도 하는 등 다양한 행사를 하였다. 준비하는 일주일 동안 경비단 전체가 몸살을 앓았다. 최소 인력만 경비에 투입되었다. 대신에 축제 행사에서 제외된 나는 순찰 지역을 끊임없이 돌았다.

도시 외곽에는 확장 공사를 위해 파놓은 동굴들이 많아서 범죄자들이 이용하기에 좋은 환경이었다. 나는 주택 지구와 공장 지역을 빠짐없이 살폈다. 어느 순간 제법 큰 광장이 나타났다. 한쪽에는 전기차 수십 대가 주차되어 있었고, 사람들이 길게 줄 서 있는 식당에서 구수한 냄새가 퍼져 나왔다. 평소 같으면 식당에 바로 들어갔을 것이지만, 조금 참았다가 축제 음식을 먹어야 했다. 순찰 후에 경비 건물에 들어가자 우연히 경비원들의 체력 단련을 책임진 지도사를 만나게 되었다. 그녀는 키가 작지만 다부진 인상을 가지고 있었다. 그런데 지도사가 곧장 내게 다가왔다.

"단장님, 혼자세요?"

"예!"

"잘됐네요! 저하고 같이 둘러보실래요?"

"……."

"괜찮으세요?"

"그러죠."

지도사는 스트레칭을 이용하여 경비원들의 피로를 풀어주기 위하여 고용된 사람이었다. 그녀는 몇 번이나 나에게 찾아와 다정하게 대하고, 밥을 같이 먹자고 호의를 베풀고자 하였다. 하지만 혹시 어떤 어려운 부탁을 받을까 싶어 평소에는 거절했었다. 하지만 이번에는 싫은 내색을 하지 않고 그녀와 같이 움직였다. 빵을 굽는 곳에 먼저 가고 싶었다. 서둘러 갔지만 그곳에는 이미 많은 사람이 와 있었다. 심지어 안면 있는 고위직 인물도 서넛 보였다. 지도사와 나는 함께 앉아 그들과 이야기를 나누었다. 고위직 중에는 경비단 일로 알고 지내던 사람도 있었다. 그는 토지와 건물을 싸게 사서 큰돈을 번 사람이었다. 12구역의 재개발에 관여한다고 내게 자랑스레 떠벌린 적도 있었다.

"단장님, 올해 축제에 사람들 참여가 많네요!"

"고맙습니다. 이렇게 참석해 주셔서…"

"당연히 와야죠!"

배가 고파 나에게 배정된 빵을 빨리 먹고 싶었다. 하지만 다른 사람들의 눈치를 봐야 해서 될 수 있는 한 천천히 먹었다. 시럽을 바른 빵은 생각보다 맛있었다. 다 먹은 후에는 빵을 굽는 방으로 들어갔다. 거기에서 지수가 땀을 뻘뻘 흘리며 빵을 굽고 있었다. 오히려 땀을 흘려서 그녀의 얼굴은 더 하얗고 아름다워 보였다. 여신처럼 고귀한 모습이었다. 옆에서 휠체어에 앉아 만들어진 빵에 시럽을 뿌리는 미라의 모습도 보였다. 두 사람 모두 나를 보자 꾸벅 고개를 숙여 인사를 했다. 나는 계속 거기에 있고 싶었지만, 지도사가 다른 곳에 가보자고 재촉해서 그곳을 나와야 했다. 구수한 빵 냄새가 한참을 따라 오다가 어느 순간 사라졌다.

지도사를 따라 강당에 들어서자 노랫소리가 귀를 때렸다. 출연자 모두가 일류 가수인 듯 노래를 잘 불렀다. 갑자기 지도사가 무대 앞으로 갔다. 출연 신청을 한 모양이었다. 나는 별 기대를 하지 않았는데, 폭풍우가 부는 것처럼 성량이 풍부하고 감동적으로 노래를 불러 지도사에게 칭찬을 하지 않을 수 없었다. 그녀는 당연히 1등상을 받고 나에게로 왔다.

"정말 잘 부르네요!"

"고맙습니다."

그렇게 말하고 지도사는 눈물을 보이기 시작했다. 그러면서 우는 목소리

여름 행성

로 자기의 속사정을 이야기했다. 그녀의 남편이 공장에서 일을 하다가 부당한 업무지시에 동료들과 같이 상사에게 저항하는 과정에서 몸싸움을 하였다. 그러다가 동료들과 감옥에 들어가 버려서 십 대인 딸과 둘이 어렵게 살고 있다고 했다. 지하 도시의 독재자는 특히 시민들을 위한 일용품을 만드는 공장 업무를 반대하는 사람들은 가혹하게 탄압을 해서 오랫동안 남편은 감옥에 있어야 했다.

"혹, 아시는 분이라도…."

"저도 도와드리고 싶지만, 그쪽으로는…."

도움을 바라는 지도사의 표정을 난처하게 보았다. 나도 모르게 고개를 돌렸다. 이제는 헤어질 때가 된 듯했다.

"미안합니다. 저는 다른 업무 때문에…."

"먼저 가세요. 여기 동료들과 있다가 조금 후에 갈게요."

"예, 그러세요."

나는 동료들 쪽으로 걸어가는 지도사를 물끄러미 바라보다가 강당에서 빠져나왔다. 다른 곳에 가려다가 포기하고 다시 한번 순찰을 돌기 위해 소형 전기차를 타러 갔다.

그다음 날이었다. 퇴근 무렵에 경비단 가족 모임 회장이 나를 찾아왔다. 그녀는 큰 체구와 약간 험악한 얼굴을 가졌지만, 어울리지 않게 애교가 많고 교양 있는 듯한 목소리를 내었다.

"단장님?"

"아! 회장님! 오랜만이네요."

"예. 잠깐 저하고 갈 데가 있으니 따라오세요."

"……."

나는 어리둥절한 기분으로 그녀에게 이끌려 근처 강의실로 갔다. 거기에는 이미 스무 명 정도의 사람들이 있었다.

"올해 가족 모임 주관으로 봉사 성금 모금을 위한 케이크를 만들기로 했거든요!"

"아! 문서에서 본 것 같네요. 제가 잊어버렸네요."

"단장님도 참석해 주셔야죠?"

"아, 당연하죠!"

나는 자리에 앉기 위해 둘러보다가 지수를 발견했다. 일부러 그녀와 멀리 떨어진 의자에 앉았다. 그런데 가족 모임 회장이 나에게 소리쳤다.

"단장님, 미안해요! 그 자리는 케이크 재료를 놓아야 해서 뒤쪽으로 가주시겠어요?"

"아, 예."

자리를 이동하는 과정에서 오히려 같은 조에 편성되어 지수와 미라 옆에 앉게 되었다. 나는 심장이 조금씩 빨리 뛰는 것을 느꼈다. 가족 모임 회장이 앞에서 조리법에 대해서 설명했다.

"주목해주세요! 바나나 케이크를 만들 건데요! 바나나와 케이크 재료를 믹서기로 섞은 다음 오븐에 넣고 구워 주시면 됩니다. 자세한 방법은 책상 위에 있는 프린트물을 참고하세요."

"……."

지수와 미라는 정성껏 빵을 만들기 위해 움직였다. 도와주는 과정에서 지수의 길고 가는 손가락이 내 손등을 스쳤다. 그러면서 전기가 흐르는 것처럼 몸에 떨림이 나타나서 나도 모르게 움찔했다. 지수는 아무런 내색을 하지 않았다. 미라가 먼저 나에게 말을 걸었다.

"단장님, 음식 만드는 것 좋아하세요?"

"……."

"참! 조금 전에 지수 씨가 남자 친구 사진을 제게 보여 주었어요!"

"저도 한 번 볼 수 있을까요?"

"결혼할 사람이라고 하네요!"

"……."

"잘생겼죠?"

"……."

나는 사진을 지수에게 돌려주며 말했다.

"남자 친구가 미남이네요! 지수 씨에게 어울리는……."

"고맙습니다."

사실 내가 보기에는 남자 친구가 생각보다는 미남이 아니었다. 그녀가 남자를 고르는 기준이 무엇인지 궁금해졌다. 우리는 재료를 오븐에 넣고 한참 기다렸다.

"이제 빵이 다 구워졌네요!"

"……."

지수는 빵을 오븐에서 꺼내어 식히기 위해 식당 주방에 있는 대형 냉장고에 두고 왔다. 그리고 함께 케이크에 장식할 과일을 자르고 생크림을 만들었다. 지수와 있는 순간순간이 즐거웠다. 다시 케이크를 가져와 이번에는 생크림을 바르기 시작했다. 하지만 생각과는 달리 생크림을 고르게 케이크에 입히는 일이 쉽지 않았다. 나와 다르게 지수는 전문가처럼 일정한 두께로 생크림을 케이크에 발랐다. 만든 후에 지수가 잘라 준 케이크는 바나나가 들어가서 더 맛있었다. 케이크 맛을 본 후에 우리는 주변을 정리했다.

"수고했어요! 지수 씨."

"단장님도 수고하셨어요! 생각보다 친절하시네요!"

"……."

나는 지수와 이야기하면서 쳐다볼 수 있어 행복했다. 이런 행복을 오래 가지면 좋겠다고 생각했다.

한 달이 더 지나는 동안 지수와 나는 수시로 마주쳤다. 복도를 지나가다가 전동 휠체어를 타고 있는 미라 옆에 걷고 있는 지수와 인사하고 나면, 잠시 후에 도서관에서 책을 고르는 지수를 볼 수 있었다. 이따금 전기차를 타고 퇴근하는 지수를 물끄러미 보다가 그녀가 주차장을 빠져나간 후에야 자동차에 시동을 걸곤 하였다.

　어느 날 상부로부터 문서가 배달되었다. 아무 생각 없이 문서를 열었다. 내용을 읽어 보고 깜짝 놀랐다. 그날 이후 삼사일을 밤잠 안 자고 고민하다가 드디어 결론을 내렸다. 나는 실행하는 날을 일주일 후로 잡았다. 그리고 주변을 정리하기 시작했다. 먼저 지도사에게 찾아갔다. 그녀는 나를 보고 깜짝 놀랐다.

　"단장님?"

　"잘 계셨죠?"

　"예. 그런데 무슨 일로?"

　"……."

　막상 그녀를 보자 말이 잘 나오지 않았다. 그녀는 지난주에 새로운 집으로 이사를 해서 정리한다고 정신없다고 했다.

　"이사하기가 쉽지 않네요!"

　"그렇죠."

　"근데 뭐 특별한 일이라도…."

　나는 저번에 부탁을 거절한 것에 대해 미안하다고 말하고, 경찰에 아는 사람을 통해 남편의 석방을 위해 노력해 보겠다고 약속했다.

　"정말로요?"

　"……."

　"감사합니다."

　라고 말한 후에 지도사는 나에게 남편의 석방을 위한 탄원서를 꺼냈다. 나는 짧게 생각을 한 다음에 조용히 서명을 했다. 지도사는 환하게 웃었다. 내가 갈려고 하자 지도사는 여러 번 감사하다는 인사를 하여 부담스러울 정도였다. 그리고 가족 모임 회장을 찾아갔다. 그녀는 경비단 건물 옆에서 옷가게를 운영했다. 내가 옷가게에 들어가자 입 주변에 크림을 묻힌 채 빵을 먹고 있는 그녀가 보였다. 나를 발견하고 그녀는 깜짝 놀라는 표정을 지었다. 짧은 원피스를 입은 그녀는 얼굴도 배도 허벅지도 불룩하였다.

"단장님, 여기는 어떻게?"

"안녕하세요?"

"예! 저야 잘 있죠."

"저번 모임에서 봉사 성금을 깜빡하고 내지 않아서…"

"아! 절 부르시죠. 직접 이렇게…"

많은 돈이 든 봉투를 그녀에게 내밀었다. 그녀가 봉투에 든 돈의 액수를 확인하고는 옷가게에 있는 동안 나에게 심한 애교를 부려서 민망할 정도였다.

드디어 일주일이 흘렀다. 나는 주변을 최대한 말끔히 정리했다. 마음이 담담해졌다. 건물 입구에서 기다렸다가 퇴근하는 지수에게 다가갔다. 다시 마음이 떨려왔다.

"지수 씨?"

"아, 단장님! 안녕하세요?"

"오늘 내가 차를 가져오지 않아서 그러는데 차 좀 태워 주실래요?"

"네, 그러시죠!"

"고맙습니다."

"단장님, 짐이 많으시네요!"

"……"

짐들을 지수의 차에 실었다. 나는 업무 때문이라는 핑계를 대고 지수에게 길을 안내해서 한 시간 정도 차를 타고 달렸다. 도시 외곽에 이르자 낯선 풍경이 나타났다. 거기에는 큰 동굴 입구가 보였다. 지수가 말했다.

"여긴 어디예요? 한 번도 온 적 없는 곳이네요!"

"……"

동굴로 들어가서 지상으로 통하는 엘리베이터 앞에 차를 세우게 했다. 그리고 내가 가진 열쇠로 엘리베이터 잠금장치를 열었다.

유리 여자

"지수 씨, 일을 조금만 더 도와주지 않을래요?"

"……"

"부탁해요."

"예, 그럴게요."

지수는 내키지 않는 표정을 지었지만, 시키는 대로 짐들을 엘리베이터에 실었다.

"저 이제 가도 되죠?"

"지수 씨, 나 혼자 짐들을 옮기기 힘드네요. 여기까지 왔으니…"

그제야 지수도 엘리베이터에 탔다. 나는 지상으로 올라가는 단추를 눌렀다. 일 년에 한 번 정도밖에 사용하지 않아 녹슨 기계 장치들이 부딪치면서 내는 굉음이 지상에 도착할 때까지 계속 들렸다. 불안감이 엄습했다. 지수의 표정도 어두웠고, 의심하는 눈초리를 보였다. 나도 지금 잘하고 있는지 확신이 없었지만 다른 방도는 없었다. 시간은 천천히 흘렀지만 어쨌든 마침내 지상에 도달했다. 엘리베이터 문이 열리고, 지하 세계에서는 맡을 수 없는 신선한 냄새가 났다.

"단장님, 여기는 어디예요?"

"지수 씨, 어서 나와요."

"……"

지수는 머뭇대다가 여러 번 재촉을 하니까 겨우 지상을 발을 딛고 몇 발자국을 걷다가 멈추었다. 그리고 놀라서 가벼운 탄식을 내뱉었다. 먼지 하나 없는 검은 밤하늘에 수많은 별이 불타듯이 이글대고 있었다.

"여기가 지상이에요! 저게 별이라는 것은 알지요?"

"……"

"아름답지요?"

지수는 지상에 처음 올라온 탓에 적응을 하지 못하고 어지러워했다.

"그런데, 제가 왜 여기에…"

"……."

"언제 다시 지하 도시로 내려가죠?"

"……."

나는 말 없이 가방에서 문서를 꺼내어 지수에게 보여 주었다.

"그동안 수배 중이던 지수 씨 아버님이 체포되었어요. 그래서 지수 씨와 남자 친구에 대한 체포 영장이 발부가 되었어요."

"아버지가…"

"독재에 반대하며 활동하신 훌륭한 분이었네요."

"……."

"하지만, 가족 중 한 명만 반역죄를 범해도 가족 전체가 강제 수용소로 가야 하는 것 아시죠?"

"……."

"수용소에 들어가면 힘들어서 일 년 정도밖에 살 수 없다는 것도 아세요?"

"흑흑…"

"다른 일로 감옥에 있는 남자 친구와는 미리 혼인 신고서를 제출했더군요. 법적으로 부부니까 남자 친구도 형기를 마치면 수용소로 가야겠죠."

"돌아가면 안 될까요?"

"지금요? 그러면 수용소에 끌려가서 개죽음을 당하겠죠. 물론 그것도 지수 씨의 선택이지만."

"……."

"그동안 친구인 미라 씨 덕을 많이 봤던데요? 미라 씨 아버지가 상당히 고위직이더군요."

"……."

"내가 독재자가 없는 다른 자유 지하 도시에 데려다줄게요. 아버지, 남편을 따라 같이 죽을 필요는 없잖아요?"

유리 여자

"왜 저한테 이렇게 과도한 친절을 베푸시는 거죠?"

"지수 씨가 발단이 되기는 했지만, 나도 이제 독재자의 도시에서 벗어나 자유롭게 살고 싶어요!"

나는 울고 있는 지수에게 근처에 있는 자유 지하 도시로 가자고 강하게 계속해서 설득했다. 한두 시간이 지나자 체념한 듯 승낙을 했다.

"단장님, 어쨌든 고마워요. 저를 위해…"

"지수 씨가 힘들죠. 아버지 때문에…"

내가 부축하려고 하니 그녀는 도움을 거부하고 스스로 일어났다. 나는 지상에 있는 엘리베이터 출입구의 잠금장치를 가방에서 꺼낸 망치로 깨뜨려 버렸다. 혹시라도 추적하는 경찰이 있더라도 잠금장치가 고장 나면 상당 기간 열기 힘들어져 우리가 다른 지하 도시로 가기까지 시간을 벌 수 있으리라 여겨졌다. 가져온 짐들에서 꼭 필요한 것들만 가방 하나에 넣고 길을 떠날 준비를 했다. 드디어 내가 이동하자 마지못해 지수도 따라왔다. 지수는 이따금 흐느끼는 소리를 내었다. 나는 앞만 보며 걸어갔다. 그러나 마음속은 괴로웠다. 밤길을 두세 시간 걷고나자 서서히 새벽이 밝아오기 시작했다. 마침내 아침 해가 나타났다.

"지수 씨, 빨리 선글라스를 써야 해요!"

"……"

떠오르는 해는 선글라스를 끼고 봐도 눈부셨다. 나도 일출은 처음이었다. 아침이 되자 모든 사물이 다양한 색깔을 나타내었다. 그런데 지금 지나가는 곳은 느낌이 이상했다.

"지수 씨, 여기 봐요. 나뭇잎들이 모두 붉은색이죠? 이런 곳은 방사능 낙진이 많은 곳이니까 서둘러 벗어나야 해요! 동물도 개미 말고는 없을 거예요!"

"……"

우리는 뛰듯이 그 지역을 벗어났다. 30분 정도 걷고 나자 비로소 푸른 숲이 다시 나타났다.

"이 근처에 조금 전 내가 말한 박사님이 알고 있는 기지가 있을 거예요!"

"……."

"우리는 그곳을 꼭 찾아야 해요!"

"박사님…. 기지…."

2. 조사원 이야기

나의 직업은 조사원이었다. 도시 주변 지역의 상세한 방사능 지도를 만드는 것이 우리 조사팀의 목적이었다. 나를 고용한 박사와 박사의 아내, 그리고 내가 한 팀이었다. 벌써 박사의 아내가 투덜대기 시작했다.

"다리가 아파요! 좀 쉬었다가 가요."

"이곳에 방사능이 있는지 모르겠군!"

"어디에나 방사능은 있어요! 쉬었다 가요!"

박사는 나를 보았다. 나는 방사능 측정기를 꺼내어 방사능 수치를 확인한 다음에 고개를 끄떡였다. 우리는 강가에 놓여 있는 바위 위에 걸터앉았다. 오는 도중에 전기 자동차가 고장이 나는 바람에 이곳까지 걸어와야만 했다. 그래서 나는 피곤함으로 인해 거칠어진 목소리로 말했다.

"박사님, 어디까지 가야 하죠?"

박사는 안경 너머로 나를 묘하게 바라보다가

"아마 이 근처일 텐데! 표지판이 보이지 않아!"

라고 말했다.

"분명 여기가 맞아요?"

박사의 아내가 앙칼진 목소리로 소리쳤다.

"몇 번이나 지도에서 확인했는데…."

박사는 힘없이 고개를 숙였다. 고개를 돌리다가 박사의 아내와 우연히 눈이 마주쳤다. 나는 그녀의 시선을 피하기 위해 애썼다. 왜냐하면 그녀는 지나치게 예쁜 여자였기 때문이다. 갈색 눈동자를 계속 보면 빨려들 것 같았다. 그녀를 처음 보았을 때부터 끌리는 마음이 있었지만, 나는 남의 아내를 건드릴 만큼 비윤리적인 사람이 아니었다. 더구나 나는 등에서 물고기의 비늘 같은 것이 계속 생겼다가 벗겨지는 피부를 가지고 있었다. 여자들이 좋아할 모습은 아니었다. 핵전쟁 전, 독재 국가에는 유전자 조작으로 신체 구조가 변한 돌연변이를 가진 사람들이 많았다. 덕분에 그 후손인 나는 등 아래쪽으로 비늘 같은 것이 계속 생겨났다. 우리는 포스트 22라는 임시 기지를 찾고 있었다. 전쟁을 대비해서 만든 기지였다. 원래는 거기에 머무르면서 주변 전체의 방사능 잔류 여부를 알아보는 지도를 만들 계획이었다. 시간이 흘러 방사능이 많이 약해져서 이제 사람들이 지하 도시에서 나올 시기가 된 듯했다.

"오늘 밤은 이 근처에서 자면 될까요?"

"……"

박사는 말없이 고개를 끄덕였다.

"배고파요!"

그렇게 말하며 박사의 아내는 계속 투정을 부렸다. 박사는 식량을 아껴야 한다고 아내를 나무랐다.

"제가 먹을 것을 좀 찾아볼게요!"

라고 말한 다음에 나는 강의 하류를 따라 내려갔다. 강물에서 비릿한 냄새가 났다. 나는 아랑곳하지 않고 강물에 뛰어들었다. 물 속은 생각보다 맑았다. 바닥까지 선명하게 보였다. 그러나 물고기는 보이지 않았다. 여기저기 바닥에 놓여 있는 돌을 들어내자 비로소 숨어 있던 물고기를 찾을 수 있었다. 그런데 물고기는 잘 움직이려 하지 않았다. 그래서 준비된 작살을 이용해서 손쉽게 물고기를 잡을 수 있었다. 나는 물 밖으로 나와서야 긴

숨을 내쉬었다. 그리고 강을 벗어나 박사가 있는 쪽으로 걸어갔다. 박사와 아내는 아직도 앉아서 이야기를 하고 있었다. 그다지 사이가 좋아 보이지는 않았다. 나는 소리치면서 손을 흔들어 잡은 물고기를 보여 주었다. 박사도 손을 흔들었고, 유진도 비로소 웃음을 보였다. 박사의 아내 이름이 유진이었다.

방사능 측정기로 잡은 물고기들을 검사했다. 다행히 기준 이하였다. 물고기들이 잘 움직이지 않는 것이 찜찜했지만 어쩔 수 없었다. 물고기들을 구웠는데, 먹을 만했다. 박사와 유진도 배가 고픈지 아무 말 없이 물고기를 먹기에 바빴다. 다 먹고 나서도 더 먹을 것이 없나 머릿속에서 찾아보았다. 아무리 생각해도 남은 식량을 최대한 아끼는 수밖에 없었다.

"오늘은 여기서 자야 되는데…"

"언제 안락한 곳에서 잘 수 있을지…"

"여보, 조사 활동 나와서 편한 잠자리를 구해선 안 돼."

"알았어요."

"당신이 지원했잖아?"

"알았어요!"

나는 박사 부부가 티격태격하는 것을 떨어져서 지켜보았다. 하늘에서 붉은 노을이 서서히 사라지고 슬금슬금 어두움이 꼬리를 흔들며 다가오고 있었다. 그때 별생각 없이 고개를 돌리는데 근처 언덕에서 형광 물질이 빛나고 있었다. 나는 박사에게 말하지 않고 조용히 그곳으로 갔다. 올라가는 길은 가파르지 않고 뾰족한 돌도 없었다. 그곳 수풀 사이에 형광을 내뿜는 녹슨 표지판 하나가 놓여 있었다. '포스트 22'라고 적혀 있었다. 나는 서둘러 박사와 유진을 언덕으로 데리고 왔다.

"바로 이곳이야!"

"이곳이 맞아요?"

"분명해!"

유진은 잔뜩 기대와 의심이 섞인 눈빛으로 박사를 보았다.

"그런데 입구는 어디지?"

나는 주위를 찬찬히 둘러보았다. 뭔가 눈에 띄었다.

"박사님, 여기 동굴이 있어요!"

그렇게 말하고 내가 먼저 동굴로 들어갔다. 그러나 이내 돌무더기와 마주쳤다. 박사와 유진은 따라 들어왔다.

"뭐죠, 이 돌무더기는?"

"전쟁 때 이 지역에 폭탄이 떨어졌을 거야!"

폭탄이 폭발한 충격으로 주변 암석이 떨어져 돌무더기가 쌓인 듯했다. 어쨌든 돌을 치워야 하는데 마땅한 기구가 없어 손으로 하나하나 돌을 날라야 했다. 나는 돌을 치우면서 손등까지 덮기 시작한 비늘을 보았다. 얼굴과 온몸이 비늘로 덮이는 것은 생각하기조차 싫었다. 하지만 뜻하지 않게 비늘이 덮여 단단해진 피부 때문에 돌을 치우는 것이 쉬워졌다. 내가 큰 돌도 솜털 다루듯이 하는 능력을 가지고 있었던 덕분에 우리는 이내 금속으로 된 출입문을 발견할 수 있었다.

"어딘가 출입문을 여는 장치가 있을 텐데…"

박사는 이곳저곳을 살피더니 입구에서 튀어나온 계기판을 찾아냈다.

"가만 있자, 암호를 적어둔 공책이 어디 있지?"

박사가 공책을 찾아서 들고 와서 계기판 버튼에 암호를 순서대로 눌렀다. 그러자 금속판으로 된 출입문 주위의 전등에서 붉은 불빛이 쏟아졌다. 드디어는 '웅' 하는 소리와 함께 두꺼운 출입문이 열렸다. 기지 안에 들어가자 밝은 불빛 때문에 한참 동안 눈을 뜰 수가 없었다. 그곳은 궁전처럼 넓고 안락하게 보였다. 출입문 바로 앞에는 분수가 설치된 작은 광장이 있었다. 광장이 끝나자 긴 복도 사이로 작은 방 수십 개가 보였다.

"사람이 있을까요?"

"살아 있는 사람이 있다면 벌써 나타났을 거야!"

그렇게 말하는 박사의 표정은 어두워졌다. 어쨌든 우리는 오랜만에 안심하고 잘 수 있는 푸근한 잠자리를 얻었다. 박사는 기지의 동력원이 잘 작동하는지 점검하기 위해 중앙 통제실로 갔다. 나와 유진은 식량 저장 시설을 살펴보기로 했다. 우리는 거대한 저장 시설에서 거의 상하지 않은 채 잔뜩 쌓인 식량을 찾았다. 배가 고팠던 우리는 축하하는 의미로 식사를 준비했다. 박사도 기분이 좋은지 노래를 흥얼댔다. 나는 그런 모습이 낯설었지만 입을 꾹 다물고 지켜봤다. 모두 식당에 가서 의자에 앉았다.

"다행히 동력 장치도 제대로 작동하고 있어."

"여기 있으면 밖에 비가 오는지 바람이 부는지 모르겠네요!"

"그건 갑자기 왜?"

"언제까지 여기 있어야 하나요?"

"당분간은…"

마음껏 먹고 이야기를 하자 비로소 사람 사는 냄새가 났다. 그동안 우리가 먹은 음식이라고 해봐야 건조 식량과 내가 잡은 물고기와 나뭇가지에서 딴 열매 같은 것뿐이었다. 식사를 마치자 피곤이 몰려왔다. 박사 부부는 긴 복도에 있는 방으로 가고, 나는 광장에 이불을 깔고 누웠다. 피곤하였지만 막상 잠이 쉽게 오지 않았다. 허리가 가려워 손으로 긁었다. 등에 난 비늘이 점점 번져 허리까지 내려간 듯했다. 아프지는 않았지만 신경이 쓰였다. 박사 부부가 들어간 방에는 바로 불이 꺼지고 아무 소리도 들리지 않았다. 이런저런 고민을 하다가 어느새 나도 모르게 잠이 들어 버렸다.

실컷 잤다는 생각이 들자 저절로 잠에서 깼다. 일어나니 유진이 나타났다. 어디서 목욕을 했는지 머리도 얼굴도 깨끗해서 더 예뻐 보였다.

"박사님은 어디 가셨어요?"

"남편은 아침 일찍 중앙 통제실로 갔어요! 산적 씨, 아침 식사 만드는 것 도와줄래요?"

산적 같이 우락부락하게 생겼다고 유진은 나를 산적이라고 불렀다. 나는 말 없이 고개를 끄떡였다. 그녀가 이야기하면 거부하기가 힘들었다. 우리는 열 사람이 먹을 정도의 많은 식사를 준비했다. 박사는 식사 시간이 맞추어 나타났다.

"무얼 이렇게 많이 차렸어?"

그리 말하면서도 박사는 허겁지겁 맛있게 먹었다.

"드디어 중앙 통제 시설을 완전 가동할 수 있게 되었어! 식량도 충분하고."

박사는 환한 얼굴로 웃으며 말했다.

그 후로 우리는 그 기지를 근거지로 해서 주변의 방사성 물질 잔류량 지도를 차근차근 만들었다. 방사능 낙진이 심했던 붉은 숲에서도 작은 벌레의 활동이 많이 보였다. 박사와 내가 조사 활동을 갔다 오면 유진은 저녁 식사를 준비하고 기다렸다. 일곱 번째 야외 활동 날이었다. 그전 사흘간 계속 비가 내렸다. 박사는 몸이 좋지 않다고 유진과 함께 둘만 나가보라고 하였다. 나는 아무 생각 없이 그러겠다고 했다. 비가 온 뒤라 공기가 깨끗했다. 방사능이 공기 중에서 사라진 듯했다. 유진도 그걸 느꼈는지 깊은 호흡을 여러 번 해서 공기를 마셨다. 오랜만에 야외에 나와서 기분이 좋은지 생글거리며 평소보다 더 친절하게 나를 대했다. 그러나 나는 그녀의 갈색 눈을 볼 수가 없었다. 그러면 내 마음을 들킬 것만 같았다.

우리는 웃으며 즐거운 마음으로 길을 걸었다. 그런데 순간 소름이 끼치는 느낌이 들었다. 숲 속에서 뭔가 본 듯했다. 그런 생각과 동시에 시커먼 물체가 우리에게 달려들었다. 순간적으로 유진에게 달려드는 것을 내가 막아섰다. 그 물체는 내 팔을 물려고 하였지만, 팔에 나 있는 비늘 때문에 멈칫하였다. 나는 화가 났다. 그 물체의 뒷다리를 잡고 몇 번이나 땅에 패대기를 쳤다. 끝내는 물체가 축 늘어져 움직이지 않았다. 유진은 전자총을 꺼내든 채 두려움에 눈물을 흘렸다.

"뭐예요?"

"고양이예요!"

"고양이?"

"방사능 때문에 돌연변이가 생겨 커진 것 같아요!"

"……"

"여러 마리가 있을 수 있으니 조심해야겠어요."

불안해서 유진은 거의 나에게 붙어 걸었다. 그러자 그녀의 체취가 내게로 밀려왔다. 황홀해서 정신을 잃지 않으려고 애썼다. 기지가 있는 동굴과 가까운 바위 앞에서 유진은 잠시 쉬어 가자고 하였다. 그녀가 핏기없는 표정으로 말했다.

"내가 왜 이번 조사 활동에 따라나선 줄 알아요?"

"……"

유진의 이야기로는 박사가 야외 활동으로 방사능에 많이 노출되어 백혈구가 파괴되고 혈액암이 생겼다고 했다. 그래서 박사의 수명은 길어야 일이 년이라고 하였다. 그러면서 유진은 눈물을 보이며 울었다. 울음을 멈추자 유진은 물기 어린 눈으로 이 이야기를 박사 앞에서 하지 말아 달라고 부탁했다.

"남편에게 도움을 주려고 따라나선 길인데 오히려 모두에게 폐만 끼치네요."

"……"

우리가 기지에 들어서자 벌써 감기몸살이 다 나았는지 박사는 부지런히 여기저기를 점검하고 있었다. 그때 외부로 연결된 초인종이 갑자기 시끄럽게 울렸다. 찾아올 사람이 없기에 순간 긴장했다.

3. 경비단장 이야기

초인종을 울리자 박사가 기지에서 나왔다. 우리는 웃으며 포옹을 했다.

"단장님, 오랜만이네요!"

"박사님, 기지에 올 수 있도록 해주셔서 감사합니다."

"별말씀을! 찾아오기 힘들었죠?"

"……"

나는 한 달 전쯤 정기 점검을 하기 위해 지하 도시 밖으로 나왔다가 혼자 조사 활동을 하고 있던 박사를 만났다. 기지 밖에서 처음 만난 사람이라 긴장했지만, 이내 좋은 사람이라는 것을 알았다. 그때 박사로부터 자유 도시에 대해 알게 되었고, 혹시 갈 일이 있으면 도와주겠다고 하였다. 그래서 지하 도시를 자신있게 빠져나올 수 있었다. 지수와 나는 천천히 기지 안으로 들어섰다. 기지 안은 생각보다 밝고 컸다. 기지 안의 사람들은 놀란 표정으로 우리를 지켜봤다. 먼저 지수와 나는 어색하게 인사를 했다. 기지에는 박사 외에도 박사의 아내와 조사를 도와주는 젊은이가 있었다. 아내는 박사보다 훨씬 젊고 아름다운 여자였다. 원래 대학교에서 가르치던 박사의 제자였다고 했다. 젊은 남자는 얼굴 생김새가 또렷하고 키가 많이 컸는데 언뜻 피부는 한눈에 보기에도 거칠었다. 그런데 지수가 젊은 남자를 보는 눈빛이 수상했다. 순간적으로 반짝거렸다. 나는 잘못 보았으리라 여기고 고개를 몇 차례 흔들었다.

기지에서의 생활은 단조로웠다. 박사 일행이 방사능 지도를 만들기 위해 야외 조사를 하는 동안 지수와 나는 음식 준비를 하였다. 지수와 둘이 있으면 뭔가 어색했다. 나이 차이가 많이 나는 것이 가장 큰 이유일 것이라고 생각되었다. 키가 작고 잘 생기지 않아서 남자로서의 매력이 떨어지는 것이 두 번째 이유였다. 대화를 하지만 지수는 집중하지 않고 건성건성 대답을 하다가 하품을 하곤 했다. 박사 일행을 기다리는 듯했다. 그중에서도 키 큰 젊은 남자를 기다리는 것이 확실했다.

그녀가 먼저 말했다.

"단장님, 언제까지 여기에 있어야 하나요?"

"박사 일행이 조사 활동을 마치면 이웃 지하 도시로 갈 거예요. 멀지 않아서…."

"……."

"그곳은 독재자가 없어 자유롭게 살 수 있는 곳이죠!"

"아버지는? 남자 친구는 어떡하죠?"

"일단 자유 도시로 가서 그분들을 구출할 방법을 찾아 봐요."

"……."

"미안해요. 당장 뚜렷한 해결책이 없어서…."

"아니에요! 단장님께는 늘 감사하고 있어요. 이렇게 살려 주셔서…."

지수의 눈에 물기가 어리고 내가 당황하고 있을 때, 보통 저녁 시간에 오던 박사 일행이 느닷없이 점심 식사를 하러 나타났다. 식사 시간은 분위기 좋았다. 박사의 아내는 쾌활하고 수다스러워 대화를 잘 이끌어 갔다. 그에 비해 박사와 젊은 남자는 말이 없었다. 식사가 끝난 후에 박사가 일어나서 말했다.

"식사했으면 모두 나를 따라오세요!"

"……."

우리는 어리둥절하였지만, 박사의 재촉에 기지 밖으로 나왔다. 박사를 따라 걷는 우리 앞에 전기차 한 대가 나타났다. 이미 운전석에는 젊은 남자가 타고 있었다.

"드디어 기지에 있던 전기차를 고쳤어요!"

"……."

"그 기념으로 오늘은 여러분을 모시고 소풍을 갈까 합니다."

박사가 미소를 띠며 말했다. 차 운전석 옆에는 박사가 타고, 나는 두 여인과 같이 뒷자리에 앉게 되었다. 자리 중간에 지수가 있다 보니 운전하는 동안 계속해서 몸이 밀착되었다. 나는 지수와의 스킨십에 머리가 어지러웠지만, 그녀는 얼굴을 찡그릴 뿐 표정이 없어 마음이 편치 않았다. 핵전쟁 전에 만들어진 길을 따라 30분 정도 가자 식물원이라는 명패가 달린 곳이 나타났다.

"자, 수고했습니다. 모두 내려요! 안으로 들어가 봅시다."

우리는 박사를 뒤따라 식물원으로 들어갔다. 그리고 바로 놀라운 광경과 만나게 되었다. 코스모스가 끝없이 펼쳐져 있었다. 하얀색, 붉은색, 분홍색 코스모스가 한꺼번에 바람에 날리는 모습이 아름다웠다. 코스모스 핀 양쪽으로 여러 채의 온실과 건물이 줄지어 서 있었다. 박사와 이야기를 주고받는 사이, 나머지 세 사람은 코스모스 속을 헤매고 다녔다.

"이제 조사 활동이 마무리되어 가네요!"

"박사님, 수고하셨습니다."

"단장님도 저희와 함께 자유 도시로 가셔야죠?"

"……."

"조만간."

"고맙습니다."

"별말씀을."

나는 두 여자 사이에서 웃고 있는 젊은 남자를 물끄러미 바라보았다. 그가 부러웠다. 내가 저 자리에 있고 싶었다. 오랜만에 지수의 밝은 표정을 보며 더 간절한 마음이 들었다.

조사 활동이 서서히 마무리되어 박사가 자료를 정리하는 동안 나머지 사람들은 자유 도시로 갈 준비를 하였다. 소풍을 갔다 온 지 두 달이 지나고 우리는 드디어 기지를 폐쇄하고 자유 도시로 향하는 길에 올랐다. 알게 모르게 정든 기지를 떠나는 것이 쉽지 않은 일이었다. 차에 오르는 발걸음이 무거웠다. 전기차를 타고 한두 시간 달렸을 때 박사가 별안간 차에서 내리라고 했다. 내려서 보니 도로에는 산에서 굴러떨어진 집채만 한 돌이 잔뜩 쌓여 있었다.

"돌 때문에 여기서부터는 걸어서 가야 합니다."

"……"

"얼마 안 가도 되니까 힘냅시다!"

"……"

벌써 계절은 겨울이었다. 차고 건조한 공기 속에서 쏟아지는 햇살을 받고 걷는 것이 생각보다 나쁘지 않았다. 추웠지만 걸으면 땀이 났다. 나는 지수와 함께 걷기 위해 애썼다. 슬프게도 자유 도시에 가면 헤어질 것 같은 예감이 들었다. 그런데 지수는 의식적으로 나를 멀리했다. 주로 박사의 아내와 말을 주고받았다. 나는 그녀에게서 소외될 수밖에 없었다. 맨 앞에는 박사와 젊은 조사원이 묵묵히 걷기만 했다. 삼사일을 걷자 몸이 노곤하고 발이 아파왔다. 그 무렵에 우리는 자유 도시 근처에 도착했다. 큰 호수가 우리 앞에 보였다. 호수 너머에 자유 도시가 있다고 하였다. 다행히 호수를 건널 수 있는 나무다리가 길게 놓여 있었다. 전쟁 때 부서진 것을 복구해 사용한다고 박사가 담담히 말해주었다. 우리는 다리를 조심스럽게 건넜다. 발을 내딛을 때마다 나무 특유의 삐거덕거리는 소리가 났다. 며칠 동안 추웠기 때문에 호수 표면은 얼어 있었다. 우리가 지나가면 다리에 붙어 있던 얼음이 힘없이 차례로 떨어졌다. 얼음은 고요한 호수 전체에 쨍그랑거리는 소리를 내며 얼어붙은 호수 표면에 부딪혔다가 옆으로 길게 미끄러져 갔다.

십여 분을 걸어 호수를 건너자 큰 표지판이 나타났다. 표지판에는 달빛 자유 도시라고 적혀 있었다. 있던 지하 도시 입구에는 표시나 지키는 사람이 없었는데, 여기는 표지판과 입구를 지키는 보초가 여러 명 있었다. 박사가 다가가자 그 사람들은 친근한 표정으로 아는 척을 하였다. 하지만 지수와 나를 보자 표정이 변했다. 보초들은 어디론가 전화를 걸었다. 곧이어 정보부 소속의 사람들이 우리 둘을 둘러쌌다. 그들의 안내에 따라 엘리베이터를 타고 지하 깊숙이 내려갔다. 자유 도시의 첫인상은 내가 있던 곳과 별 차이가 없었다. 역시 소독을 위한 비릿한 오존 냄새가 났다. 거기서 우리

둘은 박사 일행과 헤어져 정보부에 들어가 조사를 받았다. 박사가 미리 이야기를 했는지 정보부원들은 친절하게 우리를 대했다. 삼일이 지나자 우리를 석방시켜 주었다. 박사 일행은 그때까지 우리를 기다리고 있었다.

"자유 도시에 오신 것을 환영합니다!"

"감사합니다. 박사님 덕분에 조사를 수월하게 받은 것 같네요."

"아닙니다."

"다시 한번 고맙습니다."

"이제 어떡하시려고 합니까?"

"……"

"일단은 우리와 함께 가시죠?"

"……"

나는 고민에 빠졌다. 박사 일행을 따라가면 새로운 도시에서 정착하기는 쉽겠지만, 언제까지 신세를 질 수는 없었다. 그리고 이제는 지수와의 관계를 정리해야만 했다. 싫어하는 그녀 옆에 계속 있기가 부담스러웠다. 예상대로 지수는 박사 일행을 따라가려고 하였다. 나는 자유 도시를 둘러보고 천천히 박사 연구실로 가리라 약속했다.

"이쯤에서 헤어져야겠네요! 단장님, 도시 두루두루 보시고 꼭 오세요!"

"예. 그러면 박사님, 그때 뵙겠습니다."

나는 나머지 일행과도 인사를 나누었다. 정작 지수하고는 별다른 인사를 나누지 않았다. 지수는 먼저 소리 없이 차에 올라탔다. 나는 멍하니 지수가 탄 차가 멀어지는 것을 지켜봤다. 박사 일행은 계속해서 손을 흔들며 작별의 인사를 하였지만, 지수는 나에게 가벼운 목례를 한 후에 고개를 숙여 버렸다. 나는 그녀의 뒷모습만 뚫어지게 보았다. 내 직위와 운명을 걸었지만 나를 선택하지 않는 그녀에게는 어떠한 원망도 없었다. 그녀를 수용소에서 죽게 할 수는 없었다. 그러나 그녀를 떠나보내는 지금은 답답한 마음이었다. 차가 서서히 출발했다. 이제 지수를 자주 볼 수 없다는 생각에 가슴이 아팠다. 차가 멀어져 보이지 않게 되자 몸을 돌려 걸었다. 한참 후에 걷다가 파랗게 색칠되어 있는 도시 하늘을 한번 올려다 보았다.

내가 살던 지하 도시에서 가져온 짐에는 귀금속과 보석이 있었다. 지수에게도 얼마간 주려고 했으나, 그녀가 받지 않았다. 먼저 귀금속과 보석을 팔아 작은 집에 세 들어 살며 무엇을 할까 고민하기로 했다. 아무것도 되지 않으면 여기 도시 경비 책임자를 찾아가 일자리를 부탁하리라 마음먹었다.

몇 달 쉬는 동안 이웃집에 사는 한 남자를 알게 되었다. 그 사람이 먼저 나를 찾아왔다. 박사가 나에게 보낸 것이었다. 그 사람도 박사처럼 방사능 잔류 지역에 대해 조사하는 연구원이었다. 이따금 찾아와 내가 공공기관을 이용할 때 어려운 점을 돌봐주는 등 호의를 베풀어 주었다. 바다를 좋아하는 그는 자신을 캡틴이라고 불러 달라고 했다. 그래서 일부러 바다에 있는 방사능량을 측정하기 위해 지원하여 곧 항구로 가서 배를 탄다고 했다. 얼마 후 캡틴을 환송하는 모임을 열게 되었다. 낯선 사람들을 본다는 것이 스트레스로 다가왔지만, 캡틴을 생각해서라도 가야만 했다.

뜻하지 않게 30분 늦게 갔더니 모임 장소는 벌써 사람들로 만원이었다. 여기저기서 술판이 벌어졌다. 캡틴이 보였다. 나를 보고 손을 흔들었다. 성실하고 사람을 잘 챙겨주는 모범적인 사람이었다. 몇 번이나 식사비와 술값을 내주던 것이 생각났다. 캡틴은 나를 이끌고 가서 다른 사람들에게 나를 소개시켜 주었다. 캡틴은 얼마 후 이 도시를 떠나야 하고, 나는 남아야 했다. 그래서 캡틴은 아는 사람을 하나라도 더 소개시켜 주려고 애썼다. 나는 억지로 미소를 지으며 마지막 테이블까지 갔다가 지쳐버렸다. 그런데 거기에서 특이한 여자를 만났다.

그녀는 깊은 바다처럼 눈동자가 유난히 파랬다. 그리고 피부는 파란 줄무늬가 들어 있는 하얀 대리석 같은 빛깔이었다. 그녀는 사람이라기보다는 인형 같았다. 멈칫하는 사이에 캡틴은 사람 좋은 목소리를 내며 그녀에게 악수를 청했고, 나를 소개했다. 파란 빛깔의 투명한 플라스틱 바늘처럼 삐죽 나온 머리카락이 나를 찌를 듯하였다. 테이블에서 멀어지자 캡틴은 그녀에 대해 설명해 주었다. 그녀도 유전자 조작으로 피부가 변한 돌연변이 인간들의 후손이라고 하였다.

"바로 당신이 살던 도시에서 탈출한 피난민의 후손이죠!"

"……"

독재자가 유전자 조작이 실패했다고 실험 대상자들을 없애려고 했을 때 일부가 자유 도시로 탈출했다고 하였다.

"사람들은 피부가 유리 같다고 저 여자를 유리 여자라고 부르죠."

"유리 여자!"

조심스레 그녀를 다시 한번 살펴보았다. 그러다가 그녀와 눈이 마주칠 뻔했다. 얼른 다른 사람과 이야기하는 척하며 고개를 돌렸다. 캡틴은 떠나야 한다는 감상에 젖어 독한 술을 계속해서 마셨다. 나에게도 몇 잔을 주었다. 나는 술에 약해 독한 술을 마시면 기침이 났다. 드디어 술에 취한 캡틴은 머리가 아프다면서 나에게 기대었다. 그러고도 술을 더 가져다 달라고 큰 소리로 졸랐다. 시간이 꽤 늦어서 사람들은 하나씩 떠나고 있었다. 그 무리 안에서 천천히 걷고 있는 유리 여자를 볼 수 있었다.

캡틴이 떠나고 얼마 후에 박사가 찾아왔다.

"단장님, 오랜만이네요?"

"박사님 반갑습니다. 잘 지내시죠?"

"그럼요!"

박사는 나를 데리고 비싼 식당에 가서 고기를 사주었다. 고기를 굽는 과정에서 나오는 연기를 멀뚱히 보았다. 공기 정화 장치를 얼마나 가동해야 저 연기를 없앨 수 있을까 생각했다. 박사는 나에게 직장을 소개해주기 위해 왔다고 했다. 도시 홍보과에 근무하는 계약직이었다.

"실제로 지상에 나가 본 사람은 얼마 되지 않잖아요. 방사능도 약해지고 이제 사람들도 서서히 지상으로 나갈 때가 된 것 같아요! 지상이 위험하지 않다고 홍보할 누군가가 있어야 하겠죠?"

"……."

나는 무한정 놀 수도 없어 그 제안을 고맙게 수락했다. 그리고 바로 다음 날부터 출근하게 되었다. 도시 홍보과 건물은 도시 중심부에 있었다. 공장이 옆에 있어 공기는 좋지 않았지만 건물은 세련되고 실내는 아늑하고 넓었다. 나는 거기에서 아는 사람을 만났다. 유리 여자였다. 아마도 그녀는 장애인을 위한 특별 전형으로 들어온 듯하였다. 그녀는 몸의 피부가 유리 같이 뻣뻣해서 움직임이나 말하는 것이 느렸다. 그녀가 나를 알아봤는지는 알 수 없었다. 우리는 의례적인 인사만 나누었다. 나의 일은 일주일에 2일은 서류 작업을 하지만 3일은 강연 활동을 해야 했다. 회사, 공장, 그리고 학교에 가서 지상 활동에 대해 홍보하는 강연을 해야 했다. 강연의 어려운 점은 대부분 관심도 없고 듣지도 않아 흥이 나지 않는다는 것이었다. 어린 학생들은 강연 도중에 장난을 쳐서 진정시키는데 진땀을 흘리기만 하였다.

사무실에는 3명이 함께 근무했다. 실장, 유리 여자, 그리고 나였다. 실장은 고지식하고 엄격한 사람이었다. 규정에 없다고 사무실 여는 자물쇠 비밀번호를 우리에게 말하지 않아 실장이 늦게 오는 날에는 무작정 사무실 앞에서 기다려야 했다. 다른 도시에서 와서 자유 도시에 대해 잘 모르는 나에게도 사정을 봐주지 않고 사무적으로 대했다. 몸동작이 느린 유리 여자에게도 감당 못할 정도로 일을 많이 주었다. 다행히 실장은 하루에 한 시간 정도 간부회의 때문에 자리를 비웠다. 월요일 아침 시간과 수요일 점심시간이었다. 그 시간이 되면 유리 여자와 나는 느긋하게 따뜻한 음료수를 마시며 이야기를 나눌 수 있었다.

의외로 유리 여자는 친절했다. 일이 많은 날도 나와 대화를 하기 위해 일을 미룰 정도였다. 몸 움직임은 느리지만 다행히 대화를 할수록 그녀의 말은 점점 빨라졌다. 그렇게 친해졌다. 내성적인 성격이라서 남 앞에서 말하는 것이 두렵다고 그녀에게 말했더니, 눈을 크게 뜨며 함께 걱정해 주었다. 월요일 아침 시간이면 주로 내가 하는 강연에 대해 이야기를 했다.

"단장님, 지난주 강연은 어땠어요?"

"학교에 가서 학생들 대상으로 강연 했는데 최악이었어요."

"또 그랬어요?"

"학생들이 책상 위에 올라가서 이상한 소리를 지르고…."

"저런!"

"학생들은 안 듣고 나 혼자 강의했어요."

"……."

유리 여자는 늘 내 말에 호응을 해주었다. 그래서 그녀에 대한 호감이 커져 갔다.

어느 날은 그녀가 안경을 끼고 있었다. 진짜 인형처럼 귀여웠다.

"원래 눈이 좋지 않아요?"

"요사이 점점 눈이 나빠지네요."

"……."

"보기 싫어요?"

"아니, 예뻐요!"

그렇게 말해주면 그녀는 엷은 미소를 지었다. 수요일 점심시간이 되면 식당에 가기 위해 엘리베이터 앞에서 잠시 기다려야 했다. 그런데 엘리베이터 출입문이 스테인리스로 만들어져 있는데 거울처럼 모습이 비쳤다. 출입문에서 같이 서 있는 우리 둘의 모습을 보는 시간이 반복될수록, 그녀는 아무런 감정이 없는지 모르지만 나는 감정이 달라지는 것을 느꼈다. 엘리베이터가 1층에 도착하면 그녀는 직원 식당으로 가고, 나는 냉장고가 있는 휴게실로 갔다. 휴게실로 갈 때마다 귀찮게 담당자에게 열쇠를 빌려야 했다.

냉장고 속에는 내가 만든 죽이 들어 있었다. 전문가가 추천한 여러 가지 열매와 곡물을 갈아 직접 집에서 만든 것이었다. 방사능에 대한 몸의 저항을 높인다고 매일 점심마다 먹었다. 왜냐하면 지하 도시에서 지상으로의 진출이 확정되면 내가 제일 먼저 나가는 선발대가 될 것이 확실했기 때문이다. 그리고 점심을 다 먹고 나면 건물 출입구에서 그녀를 기다렸다. 그녀가 나타나면 건물 앞에 있는 잔디밭을 걷고 이야기하면서 여러 번 돌았다.

일 년이 흘렀다. 실장은 다소 부드러워졌고, 유리 여자는 나에게 점차 호감을 보내왔다. 그런데 어느 날부터 실장이 홍보실에 나타나지 않았다. 나는 강연을 다녀야 해서 홍보실에 일주일에 두 번밖에 오지 않기 때문에 그 사실을 늦게 알았다. 유리 여자가 나에게 말했다.

"단장님, 오늘 퇴근하시고 실장님 병문안 가실래요?"

"네? 실장님이 어디 아프시나요?"

"아, 모르셨군요! 실장님이…."

"……."

우리는 서둘러 병원으로 갔다. 병실에 들어가자 초췌한 얼굴을 하고 실장이 침대에 누워 있었다. 양손에 붕대를 감고 있었다. 실장은 철두철미하게 일하는 사람이었다. 그 과정에서 손가락에 관절염이 생겼는데 쉬지 않고 일한 결과 고칠 수 없는 상태가 되었다.

"기술이 좋지?"

"……."

"손가락 관절을 교체할 수 있는 세상이 되었으니."

"실장님, 언제 괜찮아져요?"

"한 달 정도 걸린다네. 그다음부터는 싱싱한 손가락 관절로 컴퓨터 작업을 할 수 있을 거야!"

병원에 누워서도 일을 생각하는 실장에게 질려 버렸다. 유리 여자가 실장과 이야기 할 것이 있다고 해서 먼저 병실을 빠져나왔다. 병원에는 손가락 관절 수술을 한 환자들을 수용하는 입원실이 꽤 많았다. 나도 언젠가 해야 하나 하는 생각을 하면서 천천히 병원 구경을 하며 걸었다. 병원 건물은 만든 지 얼마 되지 않아 깨끗하고 시설이 잘 되어 있었다. 근처 산부인과를 지나는데 어디서 많이 본 사람들이 서 있었다. 박사의 아내였다. 그 옆에는 젊은 조사원과 지수가 보였다.

"지수 씨? 유진 씨?"

세 사람은 동시에 나를 보았다. 우리는 반갑게 인사했다. 사정을 듣고 보니 여러 가지 일이 있었다. 혈액암에 걸린 박사는 일 년 전 나에게 홍보실을 추천해 준 직후에 죽었고, 조사원과 부인은 바로 결혼을 했다고 하였다. 그것도 박사의 권유였다고 했다. 그리고 부인이 아기를 임신했고, 얼마 전에 출산해서 입원해 있다고 했다.

"그럼, 지수 씨는?"

"저는 두 분 아기 보러 왔어요!"

"……."

"단장님, 오랜만이네요?"

"……."

나는 내가 근무하는 기관에 대해 이야기 해주었다.

"두 분 결혼 축하드리고, 출산도 축하드려요."

"감사합니다!"

부인과 젊은 조사원 사이에서 짙고 애정 어린 시선이 왔다갔다하였다. 두 사람 사이가 좋은 것을 한눈에 알 수 있었다. 궁금증이 생겼다. 지수도 젊은 조사원을 좋아했다는 생각이 떠올랐다. 어떻게 된 것인지 묻고 싶었지만 물을 수 없었다. 부인과 젊은 조사원을 입원실로 보내고, 지수와 나는 오랜만에 둘만 걸었다.

"잘 지내죠?"

"예, 단장님도?"

"물론 나도 잘 지내요."

"어디로 가세요? 여기서 헤어져야 할 것 같은데…"

나는 무슨 말을 하고 싶었지만 말이 잘 나오지 않았다.

"어디에 살아요? 사는 곳을 말해 줄래요?"

"……."

내가 여러 차례 사는 곳을 말해 달라고 해도 지수는 꿀 먹은 벙어리처럼 말이 없었다. 보지 않은 사이 살이 빠져 말라보이지만 여전히 예뻤다.

"단장님을 보면 아버지와 남자 친구가 생각날 것 같아요. 그래서 사는 곳을 가르쳐 드릴 수 없네요. 미안합니다."

"……."

"물론 저를 살려주신 은혜는 평생 잊지 않을게요! 시간이 지나 마음이 정리되면 언젠가 연락을 드릴게요."

"……."

그녀의 표정이 너무 단단해 무엇으로도 뚫을 수 없을 듯하였다. 더 이상의 아무런 말도 행동을 할 수 없는 무력함에 몸을 떠는 동안에 그녀는 내게 먼저 가겠다는 말만 하고 뒤돌아서 걸어갔다. 지수가 사람들 사이에 파묻혀 점점 멀어지는 것을 우두커니 보았다. 그녀 모습이 마침내 사라진 후 갑자기 가슴이 멍드는 것 같은 통증이 심해졌다. 눈물을 흘리지 않으려고 애썼으나 멈출 수 없었다. 텅 비고 허탈한 마음으로 길을 걷고 또 걸었다.

실장이 수술로 한동안 사무실에 나오지 않아 월요일과 수요일은 유리 여자와 단둘이 근무하게 되었다. 실장의 지시가 없어 업무량이 줄어들었다. 덕분에 쉬는 시간이 많아져서 이야기를 한참 나누다 보니 관계가 더 가까워졌다.

"오늘 마치고 저녁 할래요?"

나는 떨리는 목소리로 유리 여자에게 데이트 신청을 하였다. 그녀는 잠시 놀라는 표정을 지었다. 그러나 일이 초가 지나지 않아서

"그래요!"

라는 긍정적인 소리를 들려주었다. 뛸 듯이 기뻤다. 퇴근할 때 그녀의 전

기차를 타고 가서 상가가 밀집한 건물 앞에서 함께 내렸다.

"이곳이 요사이 인기 높은 상가예요! 영화관도 있고, 맛있는 음식점도 많고…"

큰 아이스크림 가게도 있었다. 그런데 가게에 있는 사람들이 흘끔흘끔 유리 여자를 쳐다보는 것을 느꼈다. 피부가 푸른 대리석 색깔이 나니 그럴 만했다. 주위가 복잡해 떨어지지 않기 위하여 처음으로 그녀의 손을 잡았다. 그녀의 손은 예상외로 고무처럼 부드러웠다. 그녀를 데리고 아이스크림 가게 옆에 있는 오리구이 음식점에 들어갔다. 그녀는 채소와 같이 먹는 오리고기를 좋아했다.

식사를 마치고 우리는 산책을 나섰다. 상가에서 조금 멀어지자 어둡고 긴 골목이 계속되었다. 거기에서 나는 가던 길을 멈추고 유리 여자를 끌어당겼다. 그녀의 보석 같은 파란 눈에 호기심이 가득해졌다. 유리 여자의 입술에 가만히 입맞춤을 하였다. 그녀가 눈을 감았다. 그런데 갑자기 입에서 비린 맛이 났다. 그녀의 입술에 붙어있는 날카로운 부분에 미세하게 베여 피가 나는 듯하였다. 나는 내색하지 않았다. 입맞춤이 끝나고, 그녀가 감았던 눈을 떴다. 다시 봐도 눈이 너무 아름다웠다. 그래서 다시 입맞춤을 하려다가 참았다.

"우리, 사귈래요?"

"……"

"내가 나이는 많지만 좋은 남자 친구가 될게요!"

"……"

그녀는 대답 대신에 고개를 끄떡였다. 나는 기뻐서 두 팔로 그녀를 꽉 껴안았다. 그녀의 유리같이 삐죽 나온 머리카락에 찔려 피가 나왔지만 팔을 풀지 않았다. 지수의 얼음 같고 서릿발 같은 마음보다는 피부는 깨어진 유리같이 날카롭지만 마음은 고양이 털같이 부드러운 유리 여자가 나에게 더 위로가 되는 듯하였다.

학교 유토피아

저녁 산책길이었다. 식사를 하고 느긋한 마음으로 걸었다. 의식적으로 몸을 움직일 필요가 있었다. 유난히 나온 뱃살을 쓰다듬으며 운동을 시작하리라 다시 마음을 먹었다. 지나가다 보니 우연히 헬스장 간판이 보였다. 퍼스널 트레이닝 10회에 40만 원이라고 큼지막하게 쓰여 있었다. 무작정 헬스장이 있는 건물로 들어갔다. 몇 번이나 치과 치료로 와 본 건물이었다. 이번에는 치과가 있는 3층이 아니라 5층으로 가는 엘리베이터를 눌렀다. 엘리베이터 문이 열리고 바로 앞에 헬스장 문이 보였다. 왠지 불안한 마음도 들었지만 출렁거리는 뱃살을 보면서 어쩔 수 없이 문을 열었다. 사람이 하나도 보이지 않았다. 그래도 생각보다는 실내가 넓어 보였다. 헬스 기구들이 보기 좋게 가지런히 놓여 있었다. 언뜻 보니 에어로빅을 할 수 있는 작은 방도 보였다. 이리저리 둘러보다 보니 사무실에서 사람이 나왔다. 덩치가 크고 운동으로 다져진 근육질의 남자였다. 약간 주눅이 들었다.

"어떻게 오셨어요?"

"건물 앞에 있는 간판 보고…"

"아, 예! 등록하실 건가요?"

"이것저것 물어도 보고, 오늘은 둘러보기만 하고 다음에…"

"그러세요!"

나는 회비와 이용 시간 등 궁금한 것을 물었다. 그리고 뱃살을 뺐으면 좋겠다는 이야기를 했더니, 그 남자는 고개만 끄떡였다. 그때 사무실에서 여자 한 명이 더 나왔다. 착 달라붙는 헬스 운동복이 살짝 민망해 보였다. 여자도 운동을 한 탓인지 체격이 늘씬하여 남자와 잘 어울렸다.

"제 안사람입니다. 같이 운영하고 있고, 에어로빅하기를 원하시면 지도도 받을 수 있습니다."

나는 가볍게 인사를 하였다. 그런데 인사를 받는 여자의 눈빛이 묘하게 변하는 것을 보았다.

"한솔 선생님 아니세요? 행복 고등학교?"

"어…!"

"선생님, 저 모르시겠어요? 고3 때 담임하셨잖아요?"

내가 맡은 담임 반 학생이었다는 말에 자세히 살펴보았지만 전혀 기억이 나지 않았다. 행복 고등학교에 근무한 것은 10년 전이었고, 아마도 이 제자는 공부를 특히 잘하지도 않고 사고도 치지 않은 채 졸업한 평범한 학생이라고 생각되었다. 그런데 지금은 운동을 해서 키도 크고 몸매도 늘씬하여 지나가는 남자들이 한 번쯤 쳐다볼 정도로 매력적인 여자가 되어 있었다. 그래도 담임을 맡았던 학생을 기억하지 못한다는 것에 미안한 감정이 들었다.

"그때 실장이 누구였지?"

"강수미!"

"아! 수미는 일 년 전까지는 연락 왔는데…"

"……."

우리는 10년 전 일을 이것저것 묻고 답하며 오래된 기억을 떠올렸다.

"벌써 결혼했구나! 아기도 있니?"

"저희 대학 가서 만났어요! 결혼한 지 몇 달 되지 않아 아직 아기는 없습니다."

"꽤 시설이 잘 되어 있고 넓은데. 여기 꾸미려고 돈 많이 들었겠다."

"시댁에서 도움받고, 나머지는 은행 빚이에요."

"……."

"선생님! 그럼 언제 오실 거예요?"

"좀 더 생각해보고 올게! 요샌 기력이 떨어져 저녁만 되면 잠이 와서…. 방학 때쯤 와도 되지?"

"그럼요!"

"지금 어느 학교 계세요?"

"샛별 고등학교."

"아!"

"참 이름이 뭐지?"

"저 민지예요! 김민지!"

"……."

나는 제자와 다시 볼 것을 약속하고 전화번호를 교환한 다음에 헬스장에서 나왔다. 그래도 소화가 덜 된 것 같아 동네 뒷산에서 30분을 더 걷고 집으로 향했다.

휴대폰 벨소리가 계속 울렸다. 나는 시계를 보았다. 저녁 9시였다. 잠에서 깨기 힘들었다. 머리를 흔들었다. 어릴 때는 밤 12시가 될 때까지 눈이 초롱초롱했는데 마흔 중반부터는 호르몬의 변화가 나타났는지 저녁 8시 정도만 되면 잠이 쏟아졌다. 휴대폰을 확인하니 며칠 전에 헬스장에서 만난 민지였다. 나는 잠깐 망설이다가 받았다.

"선생님! 저 민지예요! 며칠 전에 헬스장에서 본."

"응, 그래! 민지야! 무슨 일이야?"

"……."

"……."

"선생님! 수미가 죽었어요! 흑흑!"

"뭐! 수미가…. 왜?"

"위암 때문 이래요! 연락받고 장례식장에 가는 길이예요. 선생님도 오시겠어요?"

"…어느 병원이지?"

"……."

나는 충격을 받았다. 젊은 제자의 죽음 앞에서 어떻게 해야 할지 도무지 알 수 없었다. 나보다 나이 많은 사람들의 장례식장에는 가보았어도 한창

때의 젊은 사람을 위한 장례식장에는 가본 적이 없었다. 나는 전화를 걸어 자세하게 병명이나 진행 상황을 알고 싶었다. 하지만 예의가 아닌 것 같아 무작정 정장을 입고 장례식장을 찾아갔다. 제자의 죽음 앞에 마음이 무거워지고 가슴이 답답해지는 것을 어쩔 수 없었다.

장례식장에 들어서자 사람들이 군데군데 보였다. 하지만 일반적인 장례식장처럼 사람들로 꽉 차지도 않고, 떠들썩한 분위기도 아니었다. 나는 검은 상복을 입은 젊은 남자가 수미의 남편이라고 짐작하였다. 언뜻 보면 영화배우가 생각날 정도로 잘생긴 편이었다. 나는 영정 사진 앞에 섰다. 기분이 착잡했다. 아무리 하늘로 올라가는 것에는 순서가 없다고 해도, 젊은 제자의 죽음 앞에서는 할 말이 없었다. 수미의 영정 사진은 고등학교 때보다 성숙한 여자의 모습이었다. 나는 말 없이 엎드려 절을 하였다. 그리고 한참 고개를 숙이고 있다가 일어섰다. 이어서 남편 되는 남자와 맞절을 하였다. 문득 5년 전 아내의 장례식이 기억이 났다. 그때는 내가 상주로서 문상을 온 사람들에게 위로를 받았었다. 40대 초반이었던 아내도 젊은 나이에 죽었다고 말했는데 수미는 아내보다 더 어린 나이였다.

어디선가 가슴속에서 나오는 흐느끼는 울부짖음이 들려왔다. 나이 많은 아주머니 한 분이 구석에서 울고 있었고, 주변 사람들이 말리지 못하고 보고만 있었다. 아무래도 수미 어머니 같았다. 아무도 소리 내어 울지 않아도 자식을 낳은 어머니는 슬픔을 감출 수 없었던 듯하였다. 나는 영정 사진 앞에서 멈칫멈칫하고 있었다. 그때 눈물을 흘리고 있는 민지의 모습이 눈에 들어왔다. 나는 민지가 있는 테이블로 조용히 걸어갔다.

"선생님. 오셨어요?"

"그래…."

"인사하세요. 수미 아버님이세요. 아버님, 수미 3학년 때 담임 선생님이세요."

나는 죄인 같은 심정이 들었다. 담담한 표정의 수미 아버지와 악수를 하였다.

"선생님. 고맙습니다. 이렇게 찾아와 주시고…."

"아버님, 참 안타깝네요…."

"자기 운명이지요. 이렇게 연락받고 와주셔서 감사합니다."

"여기 민지가 연락을 했네요…."

수미 아버지는 시키지도 않았는데 딸의 죽음에 충격을 받아서인지 주저리주저리 말을 이어갔다. 부모들은 괜찮은데 할머니가 위암으로 일찍 돌아가셨다는 이야기와 대학교 가서 봉사 활동을 다니다가 언론에 알려져서 신문에도 나고 방송에도 몇 번이나 출연해서 졸업할 때는 대학 총장상도 받았다고 하였다. 그 덕분에 지금의 남편도 만났다고 하였다.

"직장에 나가고부터 일이 힘든지 수미 입가에서 웃음기가 사라져버렸어요. 하루는 수미가 웃는 것도 아니고 심각한 것도 아니고 이상한 표정을 해가지고 와서 갑자기 더 이상 직장 나가기 싫다고 했어요. 대신에 결혼할 남자가 있다고 해서 깜짝 놀랐죠. 그래서 설득을 해보려다가 자식 이기는 부모 없다고 결혼해서 행복하게 살기만 바랐는데…."

수미 아버지도 결국 흐느껴 울기 시작했다. 나는 어떻게 처신해야 할지 몰랐다. 무작정 수미 아버지를 달래었다.

그러는 와중에 수미와 관련된 일이 생각이 났다. 10년 전 실업계 학교에서 인문계 고등학교로 옮겨 처음으로 3학년 담임을 맡아 긴장이 되었다. 그때 반에서 투표를 하여 수미가 실장으로 뽑혔다. 수미는 생각보다 듬직하게 일을 잘하고 공부도 전교 수석은 아니지만 늘 상위권을 차지할 정도로 곧잘 하였다. 그래서 대학 입학시험을 치고 원서를 낼 적에 서울 지역 대학은 아니라도 대구 지역 국립대는 점수가 많이 남을 정도라고 큰소리치면서 상담을 하였다. 그런데 막상 입시 결과가 발표 났는데 대구 지역 국립대는 떨어지고 사립대에 장학생으로 합격이 되었다. 알고 보니 그 해에 갑자기 울산 지역 학생들이 대거 대구로 와서 원서를 내는 바람에 대구 지역 국립대 커드라인이 20점 이상 상승하였던 것이었다. 다른 학생들보다 수미에게 체면이 서지 않았다. 하지만 수미는 아무런 내색 없이 장학금을 받게 되어 부모님에게 부담을 주지 않아 좋다고 하면서 오히려 고마워했다. 그것이 더 미안하였다. 불가항력이라지만 신중히 좀 더 다른 자료를 찾아보았더라면 하는 아쉬움이 남아 있었다.

  다음 날 학교에 와서도 수미 일로 괴로웠다. 그래서 큰 소리를 내어야 하는 방송을 하기 싫었지만, 얼마 후면 시험 기간이라 어쩔 수 없었다. 방송 스위치를 올리고 목소리를 내자 내 목소리가 건물 전체에서 울리는 것을 느낄 수 있었다. 곧 교무실 앞으로 2학년 각반 실장들이 와서 나를 기다렸다. 나는 학습용 프린트물을 가득 들고 복도 가판대 위에다가 펼친 뒤 반별로 가져가라고 하였다. 실장들이 프린트물의 매수가 많다고 투덜대는 목소리가 낮게 들려왔다. 나는 그 말을 무시하고 다시 오지 않게 정확한 매수를 헤아려 가라고 호통을 쳤다. 그때 해진이가 나타났다. 해진이는 말이 많고 얼굴에 여드름이 많이 나서 걱정을 하지만 성격이 밝고 활발한 3반 학급 실장이었다. 해진이는 약간 몽롱한 표정으로 말을 걸어왔다.

"선생님! 안녕…?

"해진이니? 프린트물을 반 학생 수대로 헤아려 가라."

"선생님은 학생들 힘들게 프린트물만 계속 주시고…."

"미안…."

그런데 해진이는 프린트물이 있는 복도 가판대 쪽으로는 가지 않고 계속 내 옆에 붙어있기만 했다.

"해진아, 프린트물 가져가야지?"

"쉿, 잠깐만요! 가슴이 너무 뛰어요!"

"뭐라고…?"

"진석이만 보면 가슴이 콩닥콩닥 뛰어서 가까이 못 가겠어요!"

진석은 10반 학급 실장이었다.

"아니, 너 진석이 좋아하니? 작년에는 날 좋아한다고 하더니…"

"미안해요! 제가 변덕이 심하잖아요! 선생님, 비밀이에요! 조금만 있다가 진석이 가고 나면 프린트물 헤려러 갈게요!"

"……"

해진이는 내 옆에 숨어 있다가 진석이가 가고 나자 서둘러 가판대 남은 프린트물을 싹쓸이하다시피 해서 가져갔다. 나는 프린트물을 안고 도망가듯이 교실로 가는 해진이를 지켜봤다. 해진이는 처음 봤을 때부터 유난히 나를 따르고, 친구들 앞에서 나를 좋아한다고 큰소리쳤던 학생이었다. 그래서 좋기도 하였지만 한편으론 귀찮기도 하였다. 하지만 가만히 두면 감정이 가라앉을 것 같아서 별다른 대응을 하지 않았다. 그리고 드디어 좋아하는 남자애가 생긴 듯하였다. 홀가분하기도 섭섭하기도 했다. 요사이도 날 좋아한다는 핑계로 교무실로 자주 찾아왔는데, 사실은 올 때마다 과자나 사탕을 주어서 그 재미로 오는 듯하였다. 문득 해진이와의 첫 만남이 기억났다.

작년 3월이었다. 그날은 1학년 5반 첫 수업이 있었다. 먼저 내 소개를 하였다. 그리고 평가 관련 내용에 대해 이야기를 한 다음에 별생각 없이 수업 마치는 벨소리를 듣고 교실을 나왔다. 그런데 한 학생이 따라 나왔다.

"선생님! 마이크 제가 들고 갈게요?"

"그래, 수학 보조 학생이야? 고맙다!"

나는 수업 중에 말을 많이 하면 목이 아파 늘 마이크를 들고 다녔다.

"보조는 아니지만…"

"그래, 고맙다. 어쨌든 상으로 사탕이라도 줘야겠네…"

그 학생은 교무실 내 책상까지 따라왔다. 나는 사탕을 주고 말했다.

"이제 가 봐라!"

"선생님 제 이름 아세요?"

"첫 시간인데 당연히 모르지!"

"해진이에요! 신해진! 꼭 기억하셔야 돼요!"

"그래."

어쨌든 나는 해진이를 곧 잊어버렸는데 교실에 들어갈 때마다 자신의 이름을 물어보아서 결국엔 기억할 수밖에 없었다.

어느 날이었다. 창밖에서 쏟아지는 햇살 때문에 칠판이 보이지 않는다고 책상을 내가 있는 교탁 바로 옆으로 옮기기도 했다.

"선생님! 여기서 공부해도 되죠?"

"그래."

하지만 바로 옆에서 나를 빤히 지켜보아서 부담도 되었다. 그리고 수업 내내 사소한 질문을 여러 번 하였다. 내가 친절하게 대답하자마자 다시 다른 질문을 하였다. 수업이 드디어 끝나고 교재를 챙겨 교실에서 나갈 준비를 하고 있는데 해진이가 쭈뼛쭈뼛거리면서 나에게 다가왔다.

"음악실로 안 가니?"

다음 시간이 음악이라 학생들은 대부분 자리에서 일어나 음악실로 가고 있었다. 다만 수학을 잘하는 인영이가 물어볼 문제가 있는지 자리에 앉아 나를 뚫어지게 지켜보고 있었다.

"선생님, 저…."

"왜?"

"선생님과 악수 한 번 해도 돼요?"

"뭐? 악수?"

해진이가 나를 좋아한다는 것은 짐작하고 있었지만 이제는 정말이라고 생각했다. 하지만 악수를 거절하는 것도 이상했다. 그래서 나는 가만히 해진이의 손을 잡았다. 손은 부드러운 플라스틱처럼 느껴졌다.

"고맙습니다."

"……."

"그런데 선생님, 새치 있어요?"

뜻밖의 말에 나는 당황했다.

"그래."

"염색 안 하세요?"

"해야겠네."

해진이도 내가 늙어 보이는 것이 싫었던 모양이었다.

"선생님, 저 어제 많이 아팠어요!"

"뭐?"

"열이 40도까지 올랐어요!"

"……"

"……"

"학교를 쉬지 그랬어."

"선생님 수업 들으려 와야죠."

"고맙구나! 지금은 괜찮아? 조퇴라도…"

"헤헤, 다 나았어요! 그리고 오늘 청소 당번이라 조퇴하면 안 돼요."

분명 해진은 한동안 나를 좋아했던 마음이 착하고 명랑한 학생이었다.

학교에서 가장 아늑하고, 안에서 창밖을 보았을 때 경치가 좋은 곳이 미술 준비실이었다. 미술 선생님과는 같은 학년 담임을 했던 적이 있어서 친했다. 그래서 이따금 머리가 아프고 힘든 일이 있으면 미술 준비실에 가서 차를 마시곤 하였다. 미술 선생님은 키가 크고 세련된 스타일의 옷차림을 좋아했다. 서울에 있는 명문대를 나와 자부심도 컸다. 처음에는 미술실로 놀러 가는 것이 귀찮게 한다고 생각해 발길을 끊은 적이 있었다. 하지만 왜 놀러 오지 않느냐고 만날 때마다 이야기해서 그다음부터는 편하게 갈 수 있게 되었다. 이야기도 잘 통하여 같이 있으면 시간이 빨리 흘러갔다.

어느 비가 오는 날이었다. 그날도 쉬는 시간에 미술실에 있었다.

"비 오는 것 좋아해요! 특히 비 오는 날 그림 그리는 것 좋아해요."

"지영 선생님, 지금 비 오는데 그림 그리셔야 하겠네요."

"밖에 비 오나요? 선생님은?"

"저도 좋아해요. 라디오에서 캐나다 서부 해안은 일 년에 6개월 정도 비가 거의 매일 온다고 들었는데, 그런 곳에 이민 가서 살고 싶을 정도로 비를 좋아해요."

"……"

이야기하는 도중에 갑자기 문을 두드리는 노크 소리가 났다.

"누구지?"

"선생님, 저예요!"

문을 열고 나타난 사람은 윤리 과목을 가르치는 다연이었다.

"다연 선생님?"

"어, 한솔 선생님도 계셨네요! 반갑습니다!"

"반갑습니다."

둘이 있는 것보다 오히려 셋이 있으니 더 말하는 것이 편했다.

"이번 주말에 가희 선생님 결혼식인 것 아시죠?"

"결혼식장에 바로 가는 버스가 없어 환승을 해야 하는데…"

"산 위에 있어 버스 정류장에서 내려 한참 걸어가야 한대요."

"잠깐만. 제가 두 분을 태워 드리면 어떨까요?"

"……"

"……"

다음 시간 수업이 있어 나오는데 두 사람은 수업이 없어 이야기를 더 하기 위해 남겠다고 했다. 나는 두 사람을 두고 미술실을 나왔다. 수업을 가면서 다연에 대해 생각했다. 평소에 관찰한 다연은 착하고 귀여운 타입의 여자였다.

며칠 후 점심을 먹고 몸이 노곤해서 휴게실 쪽으로 가는데 밝은 표정의 해진이를 보았다.

"해진아! 얼굴이 좋아 보이네."

"하하! 선생님도 잘생긴 것 변함없네요!"

"진석이와 사귀기로 한 거야?"

"……."

"왜 말을 못해?"

"선생님, 비밀이에요! 저 며칠 전부터 진석이랑 사귀기로 했어요! 지금 너무 행복해요!"

"잘됐네."

"고맙습니다."

"잘 사귀어야 해. 학교에서 오래 가는 커플이 적던데…"

"……."

　해진의 눈동자에는 사랑을 하는 사람들에게만 나타나는 반짝이는 별빛이 숨어 있는 듯했다. 급하게 관계가 진행되는 것 같아서 불안함 마음도 들었지만 티를 내지 않고 격려를 해주었다.

　휴게실에서 쉬고 있는데 소란스러운 소리에 낮잠을 깨고 말았다. 나는 휴게실 문을 열고 밖을 내다보았다. 지나가는 학생 하나에게 물었다.

"무슨 일이야?"

"안녕하세요, 선생님! 아이들이 자기 반을 찾아가는 소리예요!"

　학생의 말을 듣자 생각이 났다. 오늘은 직업 체험을 하는 날이었다. 학생들은 자기 반에서 원하는 직업에 대해 설명해주는 강사가 있는 반으로 점심시간 동안 이동을 해야 했다. 그래서 시끄러웠던 것 같았다. 담임교사는 인원 체크를 하고, 직업 체험 강사에게 학생들을 소개해야 했다. 나도 반으로 이동을 해야 했다. 나는 맡은 반으로 가서 돌아다니는 학생들을 자리에 앉히고 컴퓨터를 점검하였다. 다행히 컴퓨터는 작동이 잘 되었다. 그런데 인원 점검을 하는데 학생 두 명이 나타나지 않았다. 강사가 와서 수업을 시작했지만, 책임감 때문에 복도에서 그 두 학생을 기다렸다. 10여 분이 지나자 학생 두 명이 나타났다. 여학생들이었다. 그중 한 학생이 몸이 아파서 보건실에 있다가 늦게 왔다고 했다. 나는 얼굴 표정이 좋지 않은 그 학생을 한참 보다가 옆에 있는 학생에게 먼저 물었다.

"넌 왜 늦었어?"

"친구 옆에서 병간호했는데요!"

나는 서둘러 교실에 들어가라고 손짓을 하려다가 출석부에 체크하기 위해 물었다.

"둘 다 몇 학년 몇 반이야?"

"저는 2학년 3반 이영진이에요!"

"너는?"

아파 보이는 학생은 힘이 없는 듯이 입술을 겨우 떼고는

"저는 2학년 2반 강수미라고 합니다."

"강수미…."

나는 강수미라는 말을 듣자 장례식장에 본 수미의 영정 사진이 연상되어 슬픔이 다시 몰려오는 듯하였다. 그래서 그 여학생을 자세히 보게 되었다. 생김새는 달랐다. 더 아담하고 동그란 얼굴이었다. 나는 다른 말을 하지 않았다. 자리에 가서 얼른 앉으라는 말만 하였다. 이름이 똑같은 건 흔한 일인데도 왠지 신경이 쓰였다. 두 여학생이 조용히 문을 열고 교실로 들어갔다. 나는 전담 강사가 열정적으로 이야기하는 것을 물끄러미 보았다. 학생들에게 시선을 돌렸다. 열심히 듣는 학생이 반, 딴짓하는 학생이 반 정도 되었다. 같은 이름을 가진 수미는 5분 정도 머리를 숙였다가 고개를 들고 강사를 응시하기 시작했다. 나는 살며시 복도에서 교무실로 향했다.

그 이후 강수미라는 이름의 학생 또 있다는 것이 저절로 마음에 새겨졌다. 가끔 수미를 학교에서 발견하면 나도 모르게 주의 깊게 보았다. 그런

데 다시 만난 수미는 나를 전혀 기억하지 못하였다. 그다음 어느 날, 복도에서 담임 반 학생들에게 청소를 시키는데 수미가 친구와 이야기를 나누면서 나를 지나갔다. 수미에게 공부가 잘 되느냐고 물었다. 수미는 의아한 듯이 나를 보았다.

"선생님! 저 말인가요?"

"직업 체험 시간에 아파서 교실에 늦게 들어왔잖아."

"……."

수미는 나를 기억하지 못했다. 약간 황당하다는 생각이 들었다. 그렇지만 이내 수미에게는 내가 큰 인상을 주지 못한 것을 인정하자 마음이 편했다. 그 뒤에도 학교 구석구석에서 수미가 보였다. 그런데 수미의 얼굴이 늘 표정이 밝지 못한 것이 마음에 걸렸다.

고등학교 2학년이 되면 학생들은 학교생활에 적응하고 입시 부담도 상대적으로 적어 교사가 다루기가 힘든 편이었다. 특히 남녀 사이의 애정 전선이 폭발적으로 늘어났다. 수학 수업 중인데도 불구하고 민수와 소원이는 스킨십을 계속하였다. 민수가 소원이의 얼굴을 만지면, 소원이는 민수의 다른 손을 만지작거렸다. 처음 봤을 때 소원이는 어린 남자애 같은 여학생이었다. 머리도 짧게 자르고, 교복도 치마보다는 바지를 즐겨 입었다. 그리고 춤도 잘 춰서 친구들에게 인기가 많았다. 그런데 자리 배치를 새로 해서 민수와 짝이 되고 나자 급속히 사랑에 눈이 뜬 듯하였다. 민수도 의외였다. 공부에 신경을 많이 쓰고 수업 시간에 간혹 엉뚱한 질문을 하는 학생이었다. 내 생각으로는 가장 여학생하고 사귀지 않을 남학생이었지만, 예상과는 다르게 지금은 훌륭하게 만남을 가지고 있었다. 나는 조금만 더 스킨십을 하면 주의를 주리라 마음을 먹은 채 몇 번이나 감정 조절을 하면서 참았다.

그 뒤로는 정수와 신애가 보였다. 참 어울리지 않는 한 쌍이었다. 정수는 덩치가 코끼리 같고, 성격은 냉소적인 남학생이었다. 공부는 잘했는데, 신애를 만나고부터 성적도 형편없이 떨어졌다. 신애는 애교 많고 외모에 집착하는 스타일이었다. 그리고 1학년 때부터 꾸준히 남학생을 사귀었다. 내가 볼 때, 정수는 신애가 서너 번째쯤 사귀는 남학생이라고 생각되었다. 작년부터 숱하게 후미진 복도에서 신애가 다른 선배 남학생과 손잡고 다정하게 이야기하는 것을 보곤 했다.

나는 학생들의 이성 교제에 어떻게 대처할지 몰라 답답했다. 수업이 끝나자마자 속상한 마음에 보건실로 향했다. 젊었을 때 한동안 축구에 미친 적이 있었다. 그때 무리하게 운동한 탓인지 날씨가 흐리면 무릎에 통증이 왔다. 보건실에서 파스라도 붙일 생각이었다. 그런데 내가 보건실 쪽으로 가자 거기에서 나오는 수미와 마주쳤다.

"안녕하세요?"

"응, 그래."

"……."

"수업 종쳤다. 빨리 교실로 가."

수미는 보건실에 자주 오는 듯하였다. 수미가 많이 아픈 곳이 있을까 하여 걱정이 되었다. 한편으론 내가 쓸데없이 지나친 신경을 쓰는 것이 아닌가 하는 생각이 들었다.

토요일이었다. 나는 11시까지 지영이 사는 집 근처 공터에 가서 두 사람을 기다렸다. 도로는 오전이라 한산했다. 생소한 동네라 여기저기 두리번거리면서 주위를 파악하였다. 공터 옆에는 크고 세련되게 지은 커피숍이 있었다. 다연이가 먼저 나타났다.

"일찍 도착하셨네요!"

"안녕하세요?"

"예!"

"건물을 잘 지었네요."

"아, 여기 커피숍! 유명한가 봐요! 입구에 봤더니 건축 잡지사에서 나와 취재한 걸 오려서 붙여 놓았네요."

"······."

다연이와 나는 10여 분을 기다린 끝에 드디어 지영을 만날 수 있었다. 지영은 키가 큰 탓에 모델처럼 옷이나 신발 등이 잘 맞는 듯하였다.

"이제 출발하죠?"

"······."

"······."

우리는 차를 같이 타고 결혼식장으로 갔다. 결혼식장은 산 위에 있었다. 한쪽은 미술관이었고, 미술관의 남는 공간이 결혼식장으로 운영되는 구조였다. 결혼식장에 들어가 신부 대기실에서 주인공인 가희 선생님을 만나고 바로 나와 식사를 간단히 했다. 그리고 근처에 있는 커피숍으로 갔다. 거기에서 나는 코코아를 시켰다. 따뜻한 코코아를 마시자 속이 풀렸다.

"두 분은 결혼 안 하세요?"

"전 아직 결혼 생각이 없는데요!"

"다연 선생님은?"

"전 좋은 사람 있으면…."

"참, 사모님은 어떤 분이에요?"

나는 순간 입을 다물었다. 그러나 이 자리에서 대충 얼버무리기도 싫었다.

"몇 년 전에 그만 병으로 그만…."

"어머, 미안해요!"

"괜찮습니다."

나는 화제를 다른 곳으로 돌려 이야기를 이어갔다. 하지만 분위기는 가라앉아 버렸다. 그래서 이내 헤어지게 되었다. 집에 가면서 쓸데없는 이야기를 했다는 자책감이 들었다.

학교 교사 수가 80명이 넘다 보니 같은 학년 담임이나 같은 부서가 아니면 학교의 모든 선생님과 친할 수는 없었다. 다연과도 얼굴만 대충 아는 사이였는데, 결혼식에 함께 갔다 온 뒤로는 친근하게 인사하게 되었다. 그러다 보니 교무실에 가면 다연을 먼저 찾게 되었다. 한번은 내가 근무하는 3층에 있는 2학년 교무실에서 1층에 있는 본 교무실까지 다연을 보기 위해 간 적도 있었다. 그때 교무실 문을 열자마자 입구에 있던 다연과 눈이 마주쳐서 심장이 철렁 내려앉는 충격을 느꼈다. 당황해서 다연과 대충 인사만 하고 곧장 나와 그녀가 이상하게 생각했을까 걱정되었다. 그리고도 또 다연이 보고 싶었다.

이런저런 생각에 잠겨 있는데 2학년 교무실로 해진이가 찾아왔다. 나는 미리 업무 때문에 바쁘다고 말했다. 그리고는 빨리 가주길 바라면서 사탕을 꺼내주었다.

"선생님, 오늘은 이걸로 안 돼요!"

"……."

"저…"

"왜, 무슨 일이 있니?"

"진석이하고 헤어졌어요."

"뭐? 벌써?"

"놀리실래요? 전 심각해요. 진석이는 성격도 급하고, 내 말도 잘 안 듣고, 자기 마음대로 하려고 하고…"

"……."

"근데 더 기분 나쁜 건 진석이가 먼저 헤어지자고…"

"저런, 왜?"

"공부해야 한다고…"

며칠 전에 헤어졌다고 하면서 해진이는 잔뜩 억울하고 실망한 표정으로 고개를 숙였다. 그래서 할 수 없이 감추어둔 고급 과자 한 봉지를 꺼내었다.

"이거면 되겠어?"

"헤헤, 역시 선생님뿐이에요. 다신 남자, 아니 남학생하고는 안 사귈래요! 선생님 최고! 사랑해요!"

과자 한 봉지에 웃는 표정으로 번개처럼 사라지는 해진이를 보내고 업무에 몰두하기 위해 마음을 가다듬었다. 사실은 가슴에 찔리는 게 있었다. 일주일 전쯤에 우연히 학교를 방문한 진석이 어머니를 만났을 때, 나도 모르게 진석이와 해진이가 사귄다는 사실을 말해버린 것이었다. 그때 깜짝 놀라던 어머니의 표정이 심상치 않았다. 공부에 신경을 써야 하는데 이성교제를 한다고 걱정하는 말을 어머니가 여러 번 하였다. 진석이와 헤어진 것이 나 때문일 수도 있다고 생각하니 해진이에게 미안해졌다. 그런데 갑자기 책상 위에 있던 학교 전화기가 울렸다.

"……"

"선생님! 미술실이에요!"

"아, 예."

"놀러 오실래요? 시간표를 보니 마침 비는 시간이시던데…"

"그러죠! 가야죠!"

나는 하던 일을 미루고 미술실로 갔다. 미술실에는 지영뿐만 아니라 다연이도 와 있었다. 다연은 나를 보고 미소를 지으며 반겼다. 조금 전 이유 없이 그녀를 찾아갔던 일이 가슴에 찔렸지만 모른 척하였다.

"제가 먹을 걸 좀 가지고 왔어요! 저번에 신세 진 것도 있고…"

"별로 한 것도 없는데…"

똑소리 나게 보이는 지영과는 다르게 다연은 첫눈에 착하게 보였다. 내가 말했다.

"이번 주말 뭐하세요?"

"별거 없는데…"

"저도…"

"제가 청도 쪽에 이사 갈 집을 보러 다니는데, 혼자 가기 심심하기도 하고…"

나의 갑작스러운 제안에 두 사람은 몇 초 동안 가만히 있었다. 다연이 먼저 입을 열었다.

"저는 괜찮아요! 재미있겠네요."

"지영 선생님은?"

"…저도 좋아요!"

그래서 토요일 오전에 결혼식에 가려고 만났던 장소에서 다시 한번 만나기로 하였다.

다시 토요일이 되었다. 한 번 가보았지만, 이번에도 길을 찾기가 힘들었다. 도착했을 때는 이미 두 여자가 와 있었다.

"내가 늦었네요."

"괜찮아요. 저희도 방금 왔어요."

"어서 타세요. 비록 중고차이지만…"

두 사람을 태우고 가는 길은 햇살도 많고 차도 막히지 않아 은근히 기분이 좋았다. 나는 학교 행사 때문에 청도에 여러 번 왔었기에 길을 찾는 건 쉬웠다. 나무가 울창한 산과 농작물이 자라는 논밭 사이에 놓인 길이 계속되어 깨끗한 공기를 마음껏 마실 수 있었다. 나는 청도에 도착해 근처에 있는 부동산 공인 중개사에게 찾아갔다. 거기에서 소개받은 몇 집을 둘러보았더니 벌써 점심때가 되었다.

"갑자기 왜 전원주택을 찾으세요?"

"고등학생이었던 딸이 서울에 있는 대학을 가고 나니까 공기 좋은 곳에 살고 싶어서…"

"……"

"혼자 외롭지 않을까요?"

"농사도 짓고, 음악도 크게 틀어놓고 듣고…"

학교 유토피아

"근데 배고파요!"

"대충 둘러보았으니 점심 먹죠?"

"청도에는 추어탕이 유명한데…."

"추어탕 괜찮네요."

다행히 두 여자는 추어탕을 싫어하지 않았다. 청도역 앞에는 수십 개의 추어탕 식당이 있었다. 그런데 어느 집이 맛있는지 알 수 없었다. 나는 지나가는 사람들에게 물었다. 물어본 사람들 모두 한 집을 지목했다. 그 집은 입구는 작았지만 내부는 학교 복도처럼 길게 펼쳐져 있었다. 뜨거운 추어탕은 시원하면서 양념 때문에 매웠다.

"추어탕이 괜찮네요!"

"……."

"이제 어디 가야 하죠? 다시 집을 보러 가나요?"

"집은 그만 봐도 될 것 같네요! 청도에 왔으니 유명한 곳을 한번 둘러보고 가죠."

"……."

"운문사라는 유명한 절에 가면 좋은데 여기에서는 너무 멀고, 가는 길에 박물관이 하나 있던데 거기에 갈래요?"

"그래요!"

"……."

나는 차를 몰아 박물관으로 갔다. 그곳은 놀랍게도 코미디 박물관이었다.

"신기하네요! 여기에 코미디 박물관이라니…."

"나도 지나가며 몇 번 얼핏 봤는데 코미디 박물관인 줄은 몰랐네요!"

"유명한 코미디언이 이곳 출신인 모양이죠?"

"……."

"어쨌든 한번 들어가 봐요!"

입장료가 만만치 않았지만 우리는 개의치 않고 박물관으로 들어갔다. 박물관 건물은 깨끗하고 현대적이었다. 전시물이 있는 방에는 코미디에 대한 여러 가지 자료가 수북이 놓여 있었다. 벽에는 옛날 코미디 프로를 계속해서 방영하는 TV 모니터가 달려 있었다. 그 밑에는 소리를 들을 수 있는 이어폰이 놓여 있었다. 다른 방에는 반짝이가 붙어있는 양복과 모자를 쓰고 춤을 추고 노래하는 시설이 있었다.

다연이는 보기와 다르게 용감하게 반짝이 양복을 입고 노래를 부르며 우스꽝스러운 춤을 추기 시작했다. 그러면서 나와 지영이에게 무대로 나오라고 손짓하였다. 나도 얼른 반짝이 양복을 입고 다연이에게 달려갔지만, 지영이는 손사래를 치며 우리를 보고만 있었다. 천장에는 조명이 돌면서 붉고 푸른빛을 쏟아주었다. 다연과 나는 그 빛을 맞아가며 함께 춤을 추고 노래하였다. 웃고 있는 다연의 눈동자를 보며 그녀가 분명히 나에게 호감을 가지고 있다는 것을 느낄 수 있었다. 고마웠다. 다연이도 내 마음을 알아차린 듯하였다. 하지만 나는 자격지심 같은 마음 때문에 무작정 다연을 좋아할 수 없었다. 처녀 선생님이 자식 달린 홀아비를 좋아한다는 것이 쉬운 일이 아니었다. 그런데도 다연은 웃으며 손을 잡고, 나에게 사랑이 담긴 눈길을 쏘고 있었다. 그래서 더 안타까운 마음이 들었다.

전날 늦게 잔 탓인지 다음 날 아침, 일어났지만 피로가 좀체 풀리지 않았다. 대학생이 되어 기숙사에 들어가서 비어 있는 딸이 있던 방을 지나 거실에 있는 거울 앞에서 크게 기지개를 켰다. 그런데 거울을 통해 왼쪽 눈이 빨갛게 변한 것이 보였다. 마치 흉악한 괴물 같았다. 나이가 들어 면역력이 떨어지고 피로 회복이 빨리 되지 않아 눈이 빨갛게 충혈되는 일이 많아졌다. 우선 학교에서 학생들을 만나기가 두려웠다. 그래도 결근할 수 없었다. 집을 나서자 하늘에 구름이 잔뜩 덮여 있었다. 나는 천천히 발걸음을 옮겨 학교로 향했다. 막상 수업에 들어가서 학생들에게 내가 먼저 눈이 충혈된 것을 이야기하였지만 예상과는 달리 아무도 관심을 보이지 않았다. 서운할 정도였다. 쉬는 시간에 해진이가 찾아왔다.

"선생님!"

"눈이 너무 빨갛지?"

"좀비 같지만…. 괜찮아요!"

하고는 심각한 표정을 지었다.

"무슨 일 있어?"

"진석이 있잖아요?"

"……"

알고 보니 진석이에게 새로운 여자 친구가 생겼다는 것이었다.

"선생님, 어떻게 헤어진 지 얼마 되지도 않았는데…."

"……"

"공부 때문에 헤어지자고 했으면서 공부는 개뿔…."

"부모님이 이성 교제를 싫어하시던데…."

"선생님! 요새 누가 부모님에게 허락 맡고 이성 친구 사귀어요! 좋으면 사귀는 거지!"

"……"

"선생님! 문제는 저예요. 아직도 진석이를 보면 가슴이 뛰거든요!"

"……"

"어쩌면 좋죠?"

"……"

나는 해진이를 달랬다. 신경을 쓴 탓에 해진이는 피부 트러블이 생겼고, 그래서 동그란 의료용 밴드를 얼굴 여기저기에 붙이고 있었다. 해진이 눈에 이슬 같은 눈물이 맺혔다.

"상대가 누군지는 알아?"

"아직 그것까지는…."

말없이 사탕 여러 개를 해진이에게 주었다. 해진이를 사탕을 받으면서 슬쩍 고인 눈물을 닦았다. 해진이를 보내고 나서 다연에게서 전화가 왔다.

"선생님?"

"안녕하세요?"

라고 인사한 후에 미술실로 와달라고 하였다. 미술실에 도착해보니 지영은 없었다.

"지영 선생님은 교무실로 잠깐 갔어요!"

"아, 예. 제 눈이 이상하죠?"

"약간 붉은 색을 띠네요! 눈병?"

"눈병은 아니고 피곤해서…."

"아! 피로가 눈에 안 좋죠!"

"이젠 많이 가라앉은 것 같네요."

다연과 둘이만 있으니 마음이 설레었다. 미술실 창밖으로 나무들이 푸른 잎을 지닌 채 길게 늘어서 있었다.

"선생님! 부탁이 있는데…."

"……."

다연은 아침에 학교에 오다가 차가 이상한 조짐을 보여 카센터에 차를 맡기고 왔다고 하였다.

"제가 얼마 전에 부모님 집에서 독립을 했거든요!"

"아, 예."

그러면서 부모님께 전달할 선물을 점심시간에 주기로 하였는데, 차가 없어 나에게 부탁을 한다고 하였다.

"저녁에는 제가 약속이 있어서 오늘 점심시간에 가기로 했거든요."

"선물이 뭔지 물어봐도 되나요?"

"아로니아 아세요? 항산화 잘되는 열매…."

"……."

"나이 드시니까 부모님이 면역력이 약해져서…."

"……"

"마침 선생님이 5교시 수업이 없으시데요. 전달해주시면 안 될까요? 같이 가야 하는데 제가 5교시에 수업이 있어서…"

"그래요! 마침 은행 업무 처리할 게 있어 외출하려고 했었어요."

아로니아는 미술실에 있는 냉장고 속 스티로폼 박스에 가득 들어 있었다. 나는 아로니아를 내 차에 옮겨 실었다. 그동안 다연은 계속 미안한 표정을 지으며 내 옆에 있었다. 나는 점심을 대충 먹고 외출 결제를 맡았다. 그리고 주차장으로 가서 자동차 문을 가볍게 열고 운전석에 앉았다. 특유의 차 냄새를 맡으며 시동을 걸고 거리로 나섰다. 거리는 흐린 하늘 때문에 회색 빛깔을 띠고 있었다.

차들은 별로 없었다. 다연의 부모님 집은 학교 근처 5분 정도 걸린다고 하였다. 다행히 다연이 말한 대로 작은 도로 안쪽에 있는 커피숍을 쉽게 찾을 수 있었다. 커피숍 옆에 차를 대고 기다렸다. 나는 빨갛게 된 눈 때문에 부모님을 놀라게 할 수 있다고 생각되어 선글라스를 끼고 있었다. 얼마 후에 키가 작고, 통통한 나이 많으신 아주머니 한 분이 작은 쇼핑 카트를 끌고 나타났다. 그리고 커피숍 근처에서 두리번거렸다.

"혹시, 다연 선생님 어머니 되세요?"

"그런데요…"

나는 다연 어머니의 경계하는 눈빛을 읽을 수 있었다.

"같이 근무하는 동료 교사입니다."

"아, 예."

"아로니아 여기 있습니다."

"고맙습니다!"

다연 어머니는 내가 시꺼먼 선글라스를 끼고 있어 수상하게 여기는 표정이었다. 하지만 충혈된 눈 때문에 선글라스를 벗을 수 없었다. 나는 아로니아 박스를 조심스럽게 쇼핑카트로 옮겼다. 이내 다연 어머니는 아로니아 박스를 신고 골목길로 사라졌다. 나는 그 모습을 지켜본 다음 차에 올라탔다.

다음 날은 토요일이었다. 영재 수업을 하기 위해 학교로 갔다. 수학 교사 한 명당 토요일 영재 수업을 한 학기에 두 번 하도록 계획이 되어 있었다. 첫 번째 수업이었다. 토요일이라서 학교 교실은 비어 있었고, 그래서 지나칠 정도로 조용했다. 나는 조용히 교무실로 가서 수업 자료를 꺼내 들었다. 그리고 수학 연구실로 향했다. 이미 연구실 앞에는 학생 서너 명이 기다리고 있었다. 내가 문을 열고 들어가서 자료를 정리하는 동안 학생들이 차례로 들어왔다. 뜻밖에도 수미가 보였다.

"안녕하세요?"

"……."

이번에는 수미가 먼저 알아보고 인사를 했다. 인사를 가볍게 받아주고 특별한 내색을 하지 않았다. 그리고 뒤이어 들어오는 학생들을 반겼다.

"모두 토요일인데 집에서 쉬지도 않고 나와서 고생이다."

"……."

"오늘 할 주제는 정다면체 구조 만들기…."

나는 칠판에 정다면체 만들기라고 적고 간단히 설명을 하였다. 본인이 희망한 수업이라서 학생들은 딴짓하지 않고 집중해서 들었다. 내 이야기에 귀를 기울이는 수미의 모습도 볼 수 있었다.

그다음 주 월요일, 체육 대회 날이 되었다. 학생들은 반마다 색다른 유니폼을 맞추어 입고 경기에 참여하거나 응원을 하였다. 하늘에 구름이 잔뜩 끼어 있었는데, 그 덕분에 따가운 햇살이 사라져 운동장에 있는 것이 부담되지 않았다. 한 시간 정도 경기를 지켜보다가 업무를 하기 위하여 교무실로 걸어갔다. 그런데 어두운 복도 구석에서 해진이를 발견하였다.

"해진아?"

"선생님!"

"운동장에 안 나가니?"

"……."

해진이는 표정을 찡그린 채 우두커니 서 있었다.

"무슨 일 있니?"

"진석이 여자 친구가 누군지 알았어요!"

"누군데?"

"……."

"말하기 싫으면…."

"인영이에요!"

나는 깜짝 놀랐다. 인영이는 진석이와 같은 반이었지만, 평소에 새초름하고 까칠한 성격이라서 같은 반 친구들이 말을 걸어도 대답을 잘 하지 않는 학생이었다. 한마디로 남학생을 사귀는 것과는 거리가 먼 학생이었다.

"진짜야?"

"운동장에 나가보세요! 확인 시켜 드릴까요?"

나는 재촉하는 해진이의 등쌀에 떠밀려 운동장으로 다시 나갔다. 시끄럽게 응원하는 소리가 다시 들렸다.

"빨리 이쪽으로 와보세요!"

"……."

운동장 한편에서 손을 잡았다가 놓았다 하면서 즐겁게 이야기하고 있는 진석이와 인영이를 볼 수 있었다. 인영이가 해맑게 웃고 있는 모습은 무척 낯설었다.

"진석이가 마음을 바꾸길 바랐는데…."

"……."

"이제는 어쩔 수 없네요."

"그럼 해진이도 다른 남자 친구를 사귀면 어때?"

"……."

"……."

"전 이젠 다시 남자하고 안 사귈래요!"

"……."

"평생 혼자 살래요!"

"……."

나는 해진이를 달래기 시작했다. 해진이는 샐쭉해져서 울기 일보 직전이었다. 내가 교무실로 가서 사탕 한 봉지를 준다고 꾀어도 소용없었다. 그때 휴대폰에서 문자 오는 소리가 들렸다.

'어디 계세요?'

다연에게서 온 메시지였다.

'운동장이에요.'

'지금 미술실로 오시겠어요?'

'그러죠!'

답장으로 문자를 보내고 살피니 해진이가 사라졌다. 고개를 돌려보니 해진이는 혼자 2학년 교실 쪽으로 걸어가고 있었다. 해진이를 좇아가서 다시 대화를 하려 했지만, 도무지 설득할 자신이 없었다. 그래서 며칠 지난 후에 해진이의 기분이 가라앉은 다음에 만나 위로의 말을 해야겠다고 마음먹었다.

나는 서둘러 미술실로 갔다. 다연과 지영이가 나를 반겼다.

"어서 오세요!"

"무슨 일이에요?"

"다연 선생님이 음식을 준비해 왔어요!"

"저번에 제 심부름도 해주시고 해서…."

"별로 한 것도 없는데…."

다연이 준비해 온 김밥을 맛있게 먹었다. 나를 바라보는 다연의 눈길이 따뜻했다. '나이 차가 적게 난다면 다연에게 고백을 해볼 수 있을 것인데.'라는 상상을 해보다가 고개를 흔들었다. 다연의 행복을 위해서는 그럴 수 없었다. 무엇보다도 선뜻 용기가 나지 않았다. 음료수를 마시는데 다연은 초콜릿 과자를 지영과 나에게 각각 하나씩 주었다.

"어제 시내에 갔다가 예쁘게 보여서 샀어요!"

수줍게 다연이 말했다. 초콜릿 과자는 무척 달콤했다.

"시내는 왜?"

"수요일 날 교육청에서 주최하는 독서 토론 수업 지도 모임이 있거든요! 참석하면 선생님들께 책을 선물해줘요."

"······."

"지영 선생님도 가시는데 같이 참석 안 하실래요?"

"······."

"작년에 우리 학교에서 다른 학교로 전근 가신 국어 선생님께서 모임을 이끌고 계세요."

"······."

결국 나는 다연의 설득에 못 이기는 척하며 그 모임에 가기로 하였다.

수요일이 되고 다연과 함께 교육청에 가기 위해 교무실에 갔다. 하지만 다연은 출장을 내고 먼저 가고 없었다. 교육청에는 주차하기 힘들어서 차를 두고 가기로 마음먹었다. 생각보다 지하철에는 사람이 많지 않았다. 그래서 내릴 동안 편안하게 자리에 앉아 휴대폰을 보면서 갈 수 있었다.

교육청에 들어가서 어슬렁거리며 모임을 하는 장소를 찾았다. 드디어 독서 토론 수업 지도 모임이라는 명찰이 붙어 있는 회의실을 찾을 수 있었다. 회의실에 들어가자 다연이 보였다. 조용히 앉아 있으리라 마음먹었지만 나도 모르게 모임 토론에 끼어들고 말았다. 사회자는 내가 알던 덩치가 큰 국어 선생님이었다. 수지침을 잘 놓아서 쉬는 시간이면 몸이 아픈 학생들이 선생님 앞에 줄을 서곤 하였다. 그리고 토론을 기록하는 사람은 초등학교 선생님인데 옷을 멋있게 차려입고 있었다. 그 선생님은 말을 조리 있게 하여 부러울 정도였다. 다연이도 중간에 자기 의견을 또박또박 말하는 모습이 귀엽고 사랑스러웠다.

　어느덧 모임을 마치고 눈치를 보면서 기다렸다. 그런데 다연은 다른 선생님과 인사한다고 바쁜 듯하였다. 그래서 혼자 가버릴까 생각하고 있는데, 다연과 눈이 마주쳤다. 다연이 나에게로 걸어왔다.

　"선생님, 많이 기다렸죠?"

　"……."

　"이제 같이 가요!"

　"……."

　"선생님, 차 가져오셨어요?"

　"주차할 데가 없다고 해서…."

　"저도 차가 없는데… 집이 같은 방향이니까 우리 버스 타러 가요!"

　우리는 살짝 초여름의 열기가 퍼져 있는 거리를 걸어서 버스 정류장까지 걸어갔다. 밤이었지만 거리에는 사람들이 많았다.

　"지하철을 타고 가면 환승해야 하지만 395번 버스를 타면 한 번에 갈 수 있어요!"

　"아!"

　우리가 버스에 타자 생각보다 사람이 적어 편하게 이인승 좌석에 앉을 수 있었다.

　버스가 움직이자 유리 창문을 통하여 움직이는 밤거리의 모습이 파노라마 화면처럼 펼쳐졌다. 다연과 이런저런 이야기를 나누게 되었다. 심지어 병으로 일찍 죽은 아내 이야기도 하게 되었다.

　"저런…."

　"다연 선생님은 어때요?"

　"전 사실 젊었을 때는 결혼할 마음이 없었어요."

　"……."

　"그런데 마흔 살이 넘자 마음이 달라졌어요. 저 생각보다 나이 많지요?"

"……."

"서른 살 때부터 좋다고 따라다니던 남자가 있었어요. 제가 보기보다는 활동적이라서 한동안 스킨 스쿠버를 했거든요."

"스킨 스쿠버?"

다연은 몇 년간 스킨 스쿠버를 위해 동해안과 제주도, 심지어 외국의 바다를 헤매고 다녔다. 거기서 한 남자를 만났다. 일방적으로 남자가 쫓아다녔지만 다연은 전혀 결혼할 마음이 없었다. 남자는 끈질기게 십 년간을 따라다녔다. 그런데 다연이가 마흔 살이 되었을 때, 남자가 결혼할 사이라고 하면서 이십 대의 어린 여자를 데리고 나타났다. 그때서야 다연은 결혼에 대해서 긍정적인 방향으로 마음을 바꿨지만, 남자에게는 그 마음을 나타낼 수 없었다.

"그 남자에게 축하한다고 했죠! 마음은 아팠지만…."

"……."

"하지만 이제는 좋아하는 사람이 생기면 조건 생각하지 않고, 마음을 열고 받아들일래요!"

"……."

나는 다연이 먼저 내리고 나서 버스가 몇 정거장을 더 가는 동안 그녀 말을 곰곰이 생각했다.

두 번째 토요일 영재 수업 날이었다. 금요일 저녁에 비가 내린 탓에 공기 중 미세 먼지가 사라져 하늘은 푸르고 솜사탕처럼 하얀 구름이 여기저기 둥실 떠다니고 있었다. 하지만 햇살이 약한 아침이라서 땅과 건물은 아직도 습기로 가득 차 있었다. 나는 일찍 학교에 도착해 수학 연구실 문을 열고 수업을 준비했다. 피곤해서 말이 잘 나오지 않았다. 정신을 차리기 위하여 머리를 흔들었다. 1조 수업을 마치고 나니 11시가 되었다. 나는 2조 수업을 위해 연구실 정리를 하였다. 그때 여학생 하나가 쏜살같이 뛰어서 나에게 왔다.

"선생님! 싸움 났어요!"

"뭐? 어디에서?"

"복도…."

나는 서둘러 복도로 달려갔다. 학생 폭력에 대처하는 연수를 여러 번 받았지만, 어떤 상황인지 몰라 겁이 났다. 다행히 주먹이 오고 가고 피가 흐르는 싸움이 일어난 것은 아니었다. 그러나 분위기는 험악했다. 1조 수업이 끝나고 집으로 가는 학생 사이에서 시비가 붙은 듯했다. 덩치 큰 학생한테 키가 작고 몸이 동글동글한 인상을 주는 학생이 욕을 하면서 대들고 있었다. 내가 중간에서 끼어들어 말리자 그제야 둘 다 기가 죽어서 해결이 될 듯하였다.

"둘이 계속 여기 있으면 싸우니까 너부터 먼저 집에 가라."

나는 둘을 떼어놓기 위해 덩치 큰 학생에게 가라고 말했다. 그런데 가면서 덩치 큰 학생이 욕을 했다.

"조그마한 게…."

"……."

가만히 있던 키 작은 학생은 욕을 듣자마자 알아들을 수 없는 괴성을 지르면서 덩치 큰 학생에게 덤벼들었다. 나는 서둘러 키 작은 학생을 팔로 안고 움직이지 못하게 잡았다. 그런데 뜻밖에도 키 작은 학생이 힘도 세고 동글동글한 외모 탓에 잡고 있기가 힘들었다. 오히려 내가 끌려갈 것만 같았다. 온 힘을 다해 큰 소리로 달래었다.

"그만!"

"……."

"넌 빨리 가고!"

"……."

"참아, 잘못하면 폭력 선도 위원회 간다."

덩치 큰 학생을 보내고 나서야 키 작은 학생을 진정시키고 교무실로 데리고 갈 수 있었다. 뜻밖에도 교무실에는 다연이 있었다.

"아니, 다연 선생님이 왜 여기에?"

"어머, 선생님! 전 토론 대회 준비 때문에…. 선생님은?"

"영재 수업한다고…."

"아, 예."

"그런데 다연 선생님, 미안하지만 이 학생 5분 정도 데리고 있다가 보내주시면 안 될까요?"

나는 자초지종을 설명했다. 학생 사이에 싸움이 났는데 같이 보내면 다시 싸움이 날 수 있어 한 학생은 일부러 늦게 보내야 한다고 말했다.

"그래요. 제가 학생 데리고 있을게요."

"고맙습니다."

"1학년 학생이지? 이리로 와!"

"……"

"선생님은 가서 수업하셔야…."

"그럼 부탁드립니다."

나는 정신적으로도 육체적으로도 힘이 들었지만 2조 수업을 위해 연구실로 달려갔다. 그리고 연구실에 도착해서 교탁으로 가서 숨을 헐떡이면서 출석을 불렀다. 그런데 한 학생이 보이지 않았다. 수미였다.

"수미는?"

"……"

주변 학생들에게 물으니 아파서 못 온다고 하였다. 나는 혹시 하는 걱정이 되었다. 학생들에게 학습 자료를 내주고 10분 정도 풀이할 시간을 주었다. 그리고 2학년 교무실로 서둘러 갔다. 다행히 교무실에는 몇 명의 선생님이 있었다. 나는 얼마 전에 결혼한 가희 선생님에게 갔다. 그녀는 수업 중에 꾸짖는 소리를 엄청 크게 질렀다. 그래서 학생들이 무서워하는 선생님이었다. 학생들이 그녀에 대해 내게 해준 이야기였다.

"가희 선생님 웬일이에요?"

"토론 대회 준비 때문에…."

"아, 우리 학교 토론 팀이 2팀이죠."

"……."

나는 전화번호가 적힌 학생 주소록을 보자고 하였다.

"아니, 주소록은 왜?"

나는 수미가 영재 수업에 참석하지 않아 확인하고 싶다고 하였다. 나는 주소록에서 번호를 확인하고 전화를 걸었다. 연결음이 계속되었다. 마침내 누군가 전화를 받았다.

"수미네 집인가요?"

"네! 누구세요?"

"학교 영재 수업 담당 선생님입니다. 수미 있습니까?"

"잠깐만 기다리세요! 수미야?"

수미 어머니인 것 같은 나이 든 목소리의 여자가 수미를 여러 번 부르는 동안 나는 기다렸다. 드디어 수미의 목소리가 들렸다.

"누구세요?"

"영재 수업 선생님이다."

"흑흑."

"아니, 수미야 왜 울어?"

"흑흑."

나는 큰 병이 생겨 우는가 싶어 걱정이 되었다. 장례식장에서 본 또 다른 수미의 영정 사진이 눈앞에 어른거렸다.

"……."

"저, 영재 수업 꼭 하고 싶은데 몸이 아파서…."

"괜찮아! 다 낫고 수업 들으면 되지."

"……"

"어디가 아파?"

"감기가 너무 심해서…"

"……"

"흑흑."

나는 감기라는 말에 마음이 놓였다. 큰 병이 아니라서 다행이라 여겨졌다. 나는 수미를 잘 달래서 전화를 끊었다. 옆에서 듣고 있던 가회 선생님에게 물었다.

"왜 한두 시간 수업에 빠진 걸 가지고 울까?"

"아마, 수미가 모범생이고 공부에 의욕이 많아 그럴 거예요. 걱정 마세요!"

그 말을 듣고 나는 가벼운 마음으로 햇살이 비추어서 서서히 습기가 사라져가는 복도를 지나 연구실로 걸어갔다.

다시 월요일이 되었다. 토요일 수업을 하고 일요일은 청도에 살 집을 수리하러 갔다 와서 주말 내내 쉬지를 못해 피곤하였다. 하지만 일어나 학교에 가야만 했다. 오전 수업을 하고 나니 벌써 점심시간이었다. 점심을 먹고 나서 오후 수업하기 전까지 하는 일은 휴게실에서 낮잠을 자거나 학교 운동장을 한 바퀴 도는 일이었다. 학교가 제법 크고 오래되어 나무도 많고 건물도 여러 채 있었다. 내가 운동장으로 걸어가자 도처에 떠들고 장난치는 학생들이 보였다. 나를 본 학생들이 여기저기서 인사를 하였다. 그때 등 뒤에서 갑작스레 뭔가 나타났다.

"깜짝이야! 누구야?"

"선생님, 저예요!"

해진이었다. 웃고 있었다. 좋아하는 남학생에게 차이고도 해맑게 미소 짓는 해진이가 부러웠다.

"오늘은 진석이에게서 새 소식 없니?"

"……."

"……."

"선생님, 미워요! 이제 제 앞에서 다시는 진석이 이야기하지 마세요!"

"……."

해진이는 토라져서 나에게 멀어져갔다. 그런데 몇 발자국 가지 않고 돌아서 나를 봤다.

"그래도 제가 선생님 좋아하는 것 아시죠? 헤헤…."

"……."

해진이의 좋아한다는 말과 윙크에 나는 웃음으로 답을 하여 주었다. 축구 골대 부근을 걸어가는데 운동장 멀리서 친구와 산책을 하고 있는 수미가 보였다. 감기가 다 나았는지 웃고 있는 모습이었다. 나는 수미에게 괜찮으냐고 묻기 위해 다가가려고 하다가 그만두었다. 관여하지 않아도 스스로 학교생활을 잘하리라 생각했다. 오히려 내가 참견하는 것에 기분 나빠할 수가 있었다. 나는 발길을 돌렸다.

여기저기서 남학생과 여학생들이 데이트를 하고 있는 모습이 보였다. 구석진 곳에서 함박웃음을 짓고 있는 커플도 있었고, 당당하게 친구들 사이를 손잡고 걸어가는 커플도 있었다. 강당을 지나는데 소리가 들렸다. 들여다보니 학생들이 강당에 꽉 차 있었다. 탁구를 하거나 과격하게 농구를 하는 학생들도 있었다. 입구 쪽에는 여학생들이 배드민턴을 치면서 웃고 있었다.

"선생님, 뭐 하세요?"

나는 고개를 돌려 소리가 나는 쪽을 보았다. 다연이었다. 다른 선생님 두 사람과 함께 있었다. 다연의 눈에서는 친절함과 나에 대한 애정이 넘쳐나는 듯하였다.

"……."

"식사하셨어요?"

"예. 산책하세요?"

"한 바퀴 돌고 있어요."

가볍게 인사를 나누고 다연은 우아하게 나를 지나쳐 운동장 쪽으로 걸어갔다.

그 순간에 햇살이 비추는 풍경이 좋았다. 운동장을 뛰어다니는 학생들 사이에서 다연이 천천히 걸어가는 것을 지켜보았다. 호수에 바람이 불어 물결이 한쪽으로 몰려가듯이 내 눈길도 그녀에게 향했다. 뱃살을 빼기 전이라도 너무 오랜 기다림은 좋지 않을 듯하였다. 미래는 알 수 없지만 어쨌든 오늘 다연에게 용기 내어 고백하기로 굳게 마음먹었다.

눈사감 나가(SF)

봄이 가까운 2월이었지만 햇살 속에서도 바람이 차가
웠다. 나는 거대한 아파트 건물 사이로 트인 푸른 하늘을 보다가 계속해서
거리를 걸었다. 길가에는 좌판 상인들이 온갖 물건을 팔고 있었다. 과일 좌
판을 지나가게 되었다. 평소에 과일을 좋아해서 여러 번 사 먹었지만, 주인
은 냉정한 아저씨였다. 한번은 수박을 사서 먹다가 맛이 이상해서 바꾸러
갔지만 거절을 당했다. 그 이후로는 거기에서 과일을 사 먹지 않았다. 하지
만 지나다니는 길이라서 자주 마주치는 것이 부담스러웠다. 어쨌든 지금은
혀에 염증이 생겨서 과일도 먹는 것이 힘들었다. 그래서 집에서 만든 식사
대신에 가게에 파는 죽을 사서 겨우 먹었다. 혀에 염증이 생긴 것은 작년
가을부터였다.

회사에서 힘든 한 주를 보내고 주말에 집에서 쉬고 있는데 입 안이 아팠
다. 거울 앞에 서서 보니 혀에 노란색 염증이 보였다. 저절로 낫겠지 하고
무관심하게 넘어갔다. 그런데 이삼일이 지나도 낫지 않았다. 그래도 조금만
더 고생하면 되겠지 하고 양치질을 평소보다 열심히 해서 입 안을 청결히
한 다음에 기다렸다. 그런데 일주일이 지나도 낫기는커녕 더 심해지는 것이
었다. 음식 씹는 것조차 힘들어졌다. 할 수 없이 병원에 가서 진찰을 받고
약을 먹었다. 약을 먹자마자 다음 날부터 혀에 난 염증이 거짓말처럼 사라
져버렸다. 나는 홀가분한 마음으로 회사에 출근하였다. 회사에서 맡은 일
때문에 말을 많이 했다. 입 안에 염증이 나면 말도 안 나오고 괴로웠을 거
라 생각하니 안심이 되었다.

그런데 약을 다 먹고 난 그다음 날 양치질을 하려고 하니 또다시 혀에 작
은 염증이 보였다. 신경질이 났다. 그래서 회사에 와서 쉬는 시간에 인터넷
을 검색하였다. 그런데 뜻밖의 검색 결과에 놀랐다. 입 안에 생기는 염증의
가장 큰 원인은 스트레스라고 적혀 있었다. 드디어 약을 먹어도 낫지 않는
염증이 일어난 이유를 알게 되었다.

나는 60살이 넘어 공기업에서 퇴임하였다. 일 년 정도 쉬다가 아는 사람을 통해 작년에 재취업으로 작은 회사에 들어가게 되었다. 거기에서 나보다 나이 어린 직장 상사를 만났다. 상사는 불독 같은 외모를 가지고 있었다. 악연이 될 줄 처음에는 몰랐다. 그런데 그 상사가 아무렇게나 내뱉는 호통에 여러 사람이 힘들어했고, 대상자 중 한 명이 내가 되었다. 스트레스를 심하게 받으니 밤에 잠도 잘 못 자고, 한두 달 사이에 머리카락이 눈에 띌 정도로 하얗게 변해갔다. 어렵게 업무 조정을 신청해서 다른 부서로 이동한 후에야 겨우 어려움을 극복할 수 있었다. 하지만 그 여파가 일 년이 지난 지금 입안 염증으로 다시 나타나는 듯하였다.

염증은 점점 심해졌다. 할 수 없이 큰 종합 병원으로 가서 정밀 검사를 받아보기로 하였다. 누구나 병원에 가는 것은 기분 좋은 일이 아닌데, 더구나 의사가 혀에 생긴 암이라는 말에 당황스럽고 겁이 났다. 아무리 암에 대한 치료 기술이 좋아졌다고 하지만 하늘이 무너질 정도로 걱정이 되었다. 병원의 의사들은 사무적이기만 하였다. 다른 곳으로 전이가 되지 않아 수술만 하면 살 수 있다고 하였다. 하지만 혀의 일부를 잘라내야 하는데, 그러면 말을 하는 것이 힘들다고 하였다. 나는 절망감을 느꼈다. 친구나 친척들에게 병문안을 가거나 심지어 다른 사람의 장례식에 가서 웃고 떠들고 하였지만 막상 나에게 심각한 병이 생기니 암담했다. 능력이 뛰어나거나 노력을 열심히 해서 살아온 인생이 아니건만, 가볍게 지낸 모든 것이 후회되었다. 많은 고민을 했지만 다른 방법이 없었다. 할 수 없이 두려움에 떨며 수술실에 들어갔다. 마취에서 깨어난 후 만난 의사 말로는 수술은 100% 성공적이라고 하였다. 한동안은 괴롭고 답답하였다. 입원실에 있으니 처음에는 두 다리를 이용해서 움직이는 사람들이 그렇게 부러울 수 없었다. 하지만 시간이 지나자 두 다리로 걸을 수 있었지만 말을 할 수가 없었다. 목소리를 내면 짐승이 의미 없이 내는 울음소리와 다를 바 없었다. 조금씩 나아졌지만 아무리 또박또박 발음을 하여도 내 목소리에 익숙한 가족들만 알아들을 정도였다. 아내는 나를 위해 면역력 회복에 좋은 식단을 차려 주었다. 그러나 입맛이 생기지 않았다. 아무런 의욕도 없었다.

봄이 되자 딸은 매일 산책을 함께해주었다. 봄의 싱그러운 바람 냄새를 맡았다. 마음은 봄처럼 되고 싶었다. 많이 걸어 약해진 체력을 회복해야 했다. 하지만 아직은 동네 공원의 가파른 언덕 계단을 내려오면서 딸의 손을 꼭 잡아야 했다. 그래도 따스한 봄볕을 받으며 딸과 함께 걷는 것에 감사하고, 만족해야 할 것 같았다.

그러던 어느 날 우연히 신문 광고를 보게 되었다.

〈의식 전환기 이용 안내〉
---사람의 의식을 다른 차원으로 이동 시켜 일 년 정도 생활하게 함. 매우 안전함.

이렇게 적혀 있었다. 그리고 광고 밑에는 자세한 설명이 나와 있었다. 과학자들에 의해 우주는 무수히 많은 차원으로 구성되어 있다는 것이 발견되었다. 그런 차원마다 무수히 많은 다른 내가 존재한다고 과학자들은 예측하고 있었다. 그리고 몸은 다른 차원으로 갈 수 없지만, 의식이나 정신은 이동할 수 있다고 이론적으로 증명되었다. 이번에 그 이론을 가능하게 하는 기계 장치를 만들었다는 것이다.

나는 혀의 일부를 잘라내 말도 잘 못했다. 방사선 치료 때문에 몸이 쇠약해져서 겨우 걸어 다녔다. 그렇지만 의식은 뚜렷하기에 이론적으로 다른 차원의 건강한 나에게로 갈 수 있었다. 비용이 문제가 되었지만, 보험사에서 받은 돈과 그동안 모은 저금으로 해결될 것 같았다. 다행히 아내와 딸이 불쌍한 내 모습을 안타까워하여 허락을 해주었다.

오랜만에 호수 공원에 갔다. 아침에 날씨가 흐리더니 가을을 재촉하는 비가 사납게 내렸다. 하지만 이내 비가 그치고 호수 너머 낮은 산들을 안개

구름이 감쌌다. 나는 천천히 호수 주위를 걸었다. 그리고 내 지나온 과거를 생각했다. 의식 전환기 회사에서 지금까지의 연구성과로 갈 수 있는 것은 과거 시간대로의 여행이라고 하였다. 과거의 모든 일을 하나하나 곱씹어 보았다. 그리고 과거의 인연들을 다시 만날 수 있다는 가능성에 몸이 떨렸다. 과거가 다시 한번 닥친다면, 이번에는 눈치 보지 않고 용감하게 살겠다고 결심했다.

느닷없이 날카로운 새소리가 흐린 대기를 뚫고 들려왔다. 뒤돌아보지만 새는 보이지 않았다. 다시 새소리가 들렸다. 고개를 들어보니 바로 앞 20층 아파트 옥상 위를 새들이 날고 있었다. 까마귀였다. 수백 마리 정도가 옥상에 앉았다가 다시 아파트 위를 소리 내며 날았다. 암 수술 전날처럼 불안했다. 하지만 더 이상 물러날 수 없었다. 나이도 건강도 내 미래를 보장할 수 없었다. 까마귀 소리를 뒤로하고 앞으로 걸었다. 내일 예약한 장소와 시간을 다시 한번 살폈다. 사람들은 느리게 걷고 있는 나를 자꾸만 앞서 나갔다.

마침내 의식 전환기에 누웠다. 딸과 아내가 물끄러미 나를 보았다. 나는 그만 가보라는 손짓을 하였다. 혹 잘못된다면 다시 볼 수 없다는 생각도 들었다. 의식 전환기 회사 사람들이 두 사람을 내보냈다. 얼핏 아내의 눈물을 보았다. 갑작스레 불안한 생각에 몸이 떨려왔다. 모든 것을 취소하고 싶었다. 손을 들어 전환기에서 꺼내 달라고 말해야 하겠다고 생각했지만 소리도 나오지 않고, 손도 꼼짝할 수 없었다. 천천히 추워졌다. 지독한 차가움이었다. 이윽고 혼란스러운 기억들이 계속되다가 스르르 잠이 들었다.

나는 눈 내린 대학 교정을 말없이 걸었다. 이곳에 온 지 일주일이 지났다. 들고 가던 원서를 다시 꺼내 보았다. 도서관학과라고 적혀 있었다. 나는 주저 없이 두 줄을 긋고 역사학과라고 바꾸어 적었다. 새로운 선택을 하

눈사람 나라

고 싶었다. 대학 본부 건물에 있는 접수처에 원서를 제출했다. 홀가분한 마음이었다. 역사학은 어릴 때부터 하고 싶은 학문이었다. 이제는 지민이를 찾을 차례였다. 지민이는 대학교 때 만나 늘 가슴에 품었지만 소심해서 좋아한다는 말 한마디 못 하고 헤어진 천사 같은 여자였다. 다시 주어진 기회에는 놓치지 않고 용감하게 고백해보리라 마음먹었다. 원래 차원에서는 3월의 입학식을 치른 다음 주에 지민이를 만났다. 그때까지는 기다려야만 했다. 그동안 무엇을 할까 고심하였다. 체력 단련을 위해 운동을 하고자 마음먹었다. 나는 눈이 녹기 시작하여 걷기 힘든 길을 불평 없이 묵묵히 걸어서 집으로 가는 버스 정류장으로 향했다.

대학 입학을 하고 나서 진석이가 바로 나를 찾아왔다. 우리는 고등학생 때부터 어울려 다녔다. 하지만 오랜만에 보니 낯설었다.

"……."

"한솔아?"

"……."

나는 진석이가 다니는 공대가 어떠냐고 물었다.

"아직 몰라! 며칠 다니지도 않았잖니?"

"……."

"우리 동아리 하나 가입하지 않을래?"

"동아리…."

나는 원래 차원에서처럼 진석이의 손에 이끌려 영어 동아리에 가입하기 위해 학생 회관 3층으로 올라갔다. 동아리실 앞에는 굿 럭 클럽(GLC)이라고 적혀 있었다.

"행운(Good Luck) 클럽이라고…."

"우리 과 선배가 여기 회원인데 괜찮아서 오라고 했어."

우리는 조심스럽게 문을 열고 안으로 들어갔다. 예전에 보았던 것처럼 동아리실은 무질서하였다. 어지럽게 책상과 의자가 놓여 있었고, 벽에는 영어로 된 포스터가 잔뜩 붙어 있었다. 들어오는 우리를 턱수염을 길러 나이 많아 보이는 남학생 하나가 지켜보고 있었다. 동아리 회장이었다.

"선배님?"

"진석이 왔어?"

"계셨네요!"

"……."

"여긴 제 친구입니다. 한솔이라고 합니다."

"반갑다!"

"반갑습니다."

동아리 회장은 환영의 표시로 악수를 하기 위해 손을 내밀었고, 나는 그 손을 잡았다. 내가 만나본 사람 중에 말을 가장 잘했던 사람이 동아리 회장이었다. 키는 작고 착해 보이는 인상을 가졌지만 다혈질인 사람이었다. 대학 졸업 후 사업을 해서 큰돈을 벌었고 외국으로 이민을 갔다고 들었다. 지금 다시 보니 외모는 보잘 것이 없고 대학생다운 어린 티가 얼굴에서 났다. 회장은 영어 동아리 가입을 환영하면서 동아리의 역사와 전통에 대한 자랑을 엄청나게 하였다. 내가 눈짓을 하자 드디어 진석이가 입을 열었다.

"선배님, 수업이 있어 강의실로 가야 되는데…."

"……."

"……."

"그럼 가봐라."

"그러면…."

"오늘 저녁에 신입생 환영회 있는 것은 알지?"

"저번에 미리 말했잖아요."

"아, 맞다!"

"갈게요?"

"잘 가라, 저녁에 보자!"

우리는 고개를 숙여 인사하고 동아리실을 나왔다. 사실 진석이가 동아리에 들고자 했던 이유는 리아라는 여학생 때문이었다. 입학식 때 우연히 보고 반해서 리아가 가입한 동아리까지 따라온 것이었다. 어쨌든 그 덕분에 나도 지민이를 만날 수 있었다.

대학 생활을 다시 할 수 있다는 것이 신기했다. 또한, 역사학과 수업을 듣는 것이 낯설고 흥미로웠다.

비가 내리다가 거짓말처럼 푸른 하늘이 나타났다. 진석이와 시간에 맞추어 동아리 신입생 환영회 장소로 갔다. 예전처럼 '소나무' 식당 지하였다. 술을 마시면서 시끄러운 모임을 하기에는 소리가 밖으로 새지 않는 지하가 편했다. 식당 지하는 꽤 넓고 전등이 여러 개가 있어 밝았지만 퀴퀴한 냄새가 나는 것은 숨길 수 없었다. 사실 나는 술을 잘 먹지 못하고, 사람들에게 친근하게 굴지도 않는 스타일이라서 선배들에게 인기가 없는 후배였다. 그래서 6개월 정도 진석이 때문에 억지로 다니다가 동아리를 탈퇴했던 기억이 났다. 그런데 지금 다시 보니 선배들이 초등학생 같았다. 어린 녀석들이 술을 마시고 이야기하는 것이 귀여웠다. 다루기 어렵지 않을 듯하였다. 그럴 수밖에 없는 것이, 지금의 나는 몸은 이십 대이지만 정신은 육십 대이기 때문이었다.

드디어 출입구 쪽에서 리아와 함께 지민이가 나타났다. 몇십 년 만에 다시 지민이를 보게 되었다. 가지고 있던 단체 사진에서가 아니라 살아 움직이는 지민이었다. 동그랗고 인형 같은 얼굴에 실내에서도 옅은 색깔의 선글라스를 씌고 있었다. 그리고 파스텔 물감을 뿌린 듯한 색깔과 무늬로 된 원피스를 입고 있었다. 나이 많은 어른이 된 뒤에 이따금 길 가던 여자들의 옷차림에서라도 보고 싶었지만 찾을 수 없었던 그 옷이었다. 나와 다르게 진석이는 리아를 보고 있었다. 리아를 보고 있는 진석이 얼굴이 붉게 변했다. 진석이는 서둘러 리아 옆으로 가서 앉았다. 그리고 나를 부르기 위해 손짓했다. 하지만 나는 고개를 젓고 자리를 옮기지 않았다. 어쩌다 지민이와 눈이 마주치려고 하면 아예 고개를 돌려 버렸다. 예전에 만났을 때도 신입생 환영회에서는 한마디도 말을 나누지 않았는데, 이번에도 그렇게 하고 싶었다.

언뜻 보니 진석이는 나를 부르는 것을 포기하고, 리아에게 집중하고 있었다. 웃는 얼굴로 계속 말을 걸고 있었다. 지민이 쪽으로 시선이 가지 않도록 조심하기 위해 애쓰고 있는데, 선배 하나가 불쑥 내 옆 오른쪽 빈자리에 앉았다. 기수 선배였다. 전형적인 모범생 타입이었지만 술을 먹으면 횡설수설하는 버릇이 있었다. 지금 내 왼쪽 옆에 있는 다솔이라는 여학생과 졸업 하자마자 결혼을 했다. 결혼 하고나서 직장 때문에 선배와 다솔은 십년 이상을 서로 다른 도시에 머물며 주말 부부로 살았다고 동기들이 말해 주었다. 그래도 두 사람은 동아리에 다닐 때부터 사이가 좋았다. 지금도 선배는 나에게 술을 권하면서 다솔이에게 은근하게 말을 걸었다. 예전이었다면 기분 나빴을 텐데, 이제는 괴롭지 않았다. 오히려 두 사람을 연결해 주고 싶기만 했다. 그래서 일부러 핑계를 대어 다솔이와 자리를 바꾸어 두 사람을 함께 앉게 했다. 다솔이도 괜찮은 여학생이지만, 어쨌든 내 이상형은 아니었다.

선배와 다솔이가 즐겁게 이야기를 이어가는 것을 지켜보며 지민이를 슬쩍슬쩍 훔쳐보았다. 지민이 모습은 볼 때마다 나를 기쁘게 하였다. 자기소개 시간이 되었다. 신입생이 한 명 두 명 일어났다.

"다솔이라고 합니다. 잘 부탁드립니다."

"기계과 일학년 박진석입니다. 잘 부탁…"

지민이 차례가 되었다. 나는 숨을 죽이고 귀를 기울였다.

"영어과 이지민입니다. 잘 부탁…"

지민이가 자기소개를 하고 다시 자리에 앉는 동안, 나는 선글라스 속 지민이의 눈동자를 깊게 응시하였다.

어느 정도 술을 먹었을 때 지민이가 보이지 않았다. 리아와 함께 먼저 집에 가버린 것이다. 그제야 진석이가 내 옆으로 왔다.

3월의 아침 하늘이 눈부셨다. 푸른 하늘과 흰 구름에 마음이 푸근해졌
다. 교문에 들어서자마자 나는 주위를 두리번거렸다. 원래 차원에서, 신입
생 환영회 다음 날 아침에 나는 처음으로 지민이에게 말을 걸었다. 대학 캠
퍼스를 걸어가는 수많은 학생 중에서 지민이를 찾는 것은 어려웠다. 그러
나 드디어 앞에서 바쁘게 가고 있는 지민이를 발견했다. 가슴이 두근거렸
다. 나는 떨리는 목소리로 지민이를 불렀다.

"저…?"

그 순간 지민이가 짧은 분홍색 원피스를 입고, 옅은 갈색의 선글라스를
쓴 채 고개를 돌려 나를 보았다.

"저 말인가요? 아니면 누구…?"

지민이는 나를 만난 것을 기억하지 못했다. 어제 한 번도 말을 걸지 않았
기에 당연하였지만 예전처럼 얼굴이 붉어지고 땀이 나기 시작했다.

"영어 동아리 회원 아니세요? 어제 환영회…"

"아, 예! 미안해요. 몰라봐서…. 제가 눈이 나빠서…."

"아니에요, 어제 서로 처음 봤잖아요!"

보면 볼수록 인형 같은 지민이의 모습에 빠져들 것 같았다. 마치 화가가
그린 그림이 살아 움직이는 느낌이었다. 나는 어설프게 물었다.

"오늘 동아리실 가실 거예요?"

"……."

"……."

"영어과라서 동아리에 선배들이 많아요! 열심히 다녀야죠!"

지민이처럼 영어과 학생들은 거의 의무적으로 영어 동아리 한두 개에 가
입하였다. 내가 다음 말을 생각하기 위해 멈칫거리고 있는 동안 대화를 마
쳤다고 생각한 지민이는 가볍게 목례하고 서둘러 강의실로 걸어갔다. 그제
야 나는 말을 꺼내려다가 멈추고, 멀어져 가는 지민이를 끝까지 지켜보았

다. 그리고 천천히 역사학과 강의실로 걸어갔다. 비로소 30년 만에 느껴보는 대학 등굣길의 자유로움을 마음껏 실감할 수 있었다. 냄새조차도 달랐다. 길옆 운동장 주변에서 새벽까지 친구들과 술 마시며 이야기하던 일이 엊그제 같았다.

운동장을 지나자 테니스 코트가 계속 이어졌다. 테니스를 배운다고 얼굴을 검게 태우고 땀을 뻘뻘 흘리던 일도 생각났다. 그리고 테니스 코트 옆에 세워진 체육관을 지나다가 평행봉을 발견했다. 아침이라 평행봉 근처에는 아무도 없었다. 다가가서 평행봉을 잡아 보았다. 금속의 찬 기운이 손을 통해 느껴졌다. 문득 예전에 체육 시간에 평행봉 시험을 통과하기 위해 한 달 동안 매일 한두 시간씩 연습하던 기억이 났다. 시험 날 아슬아슬하게 틀리지 않고 평행봉 시험을 마치고 나자 점수를 매기던 교수의 알쏭달쏭한 미소가 생생하게 생각났다. 내가 평행봉을 다루는 실력이 통과 점수를 주기에는 애매했던 모양이다. 힘들어하고 곤란해하는 나를 한참이나 지켜본 후에 결국 씩 웃으며 통과 사인을 보내 주었다. 그때 나는 기뻐 커다란 괴성을 질렀었다.

동아리에서는 신입생을 위한 영어 스터디 활동을 시켰다. 노는 동아리가 아니라 나름 공부하는 동아리라는 것을 알리고 싶어 했다. 오후 수업을 마치고 동아리실에 들어가자 이미 많은 신입생이 보였다. 고개를 숙이고 영어 프린트물을 보고 있는 지민이도 보였다. 원래 차원에서는 어릴 때부터 깊게 공부하지 않아 영어 과목에는 자신이 없었다. 특히 영어 듣기가 어려웠다. 동아리 스터디 시간만 되면 심장이 빨리 뛰고 진땀이 나곤 하였다. 하지만 이번에는 달랐다. 영어에 자신이 생겼다. 원래 차원에서 공기업 다닐 때도 꾸준히 공부를 했고, 몇 년간 동네 탁구장에서 만난 캐나다인과 친해지면서 영어 회화에 대한 두려움이 없어졌다. 내가 자신 있게 영어로 말하며 스터디를 이끌어 나가자 신입생들과 선배들 모두 놀라워했다.

"한솔이, 너 외국에서 살다 왔니?"

"아니요."

드디어 지민이마저 고개를 들어 나를 보며 미소를 지었다. 옅은 색 선글라스 안에 있는 눈도 웃는 듯하였다. 그때 느닷없이 문이 열리는 소리가 났다. 모두가 소리 나는 쪽으로 고개를 돌렸다.

"안녕하십니까?"

큰소리를 치며 들어오는 남학생이 보였다.

"철수야, 어서 와!"

동아리 선배 하나가 일어나 철수라는 남학생을 반겼다.

"여기 잠깐 주목! 신입 회원을 소개한다! 환영회 때는 일이 있어서 못 왔는데 예의 바른 후배라서 내가 추천한다. 철수라고…."

"늦게 나타나 미안합니다. 공대 다니는 김철수입니다. 고향은 부산입니다. 잘 부탁합니다."

그러면서 철수는 90도로 꾸뻑 고개 숙여 다시 인사했다. 우리는 박수를 쳐서 환영을 했다. 드디어 부산 호랑이 철수를 만나게 되었다. 자세히 보면 얼굴도 우락부락한 게 호랑이를 닮았고, 부산 출신이라서 내가 부산 호랑이라는 별명을 붙였다. 어깨도 넓고, 키도 크고, 성격도 서글서글하게 좋아 선배도 후배도 모두 좋아했다. 특히 여학생들한테 인기가 많았다. 원래 차원에서의 씁쓸한 기억이 하나 생각났다. 도서관에서 공부를 하다가 친한 여학생을 만났다. 이야기를 나누다가 내가 음료수 한 병을 사주었다. 그리고 헤어졌다가 십여 분 후에 우연히 부산 호랑이에게 그 음료수를 건네는 여학생을 보고 충격을 받은 일이 있었다. 나는 힘들게 용기를 내어 여학생에게 사귀자고 고백해도 차이는 일이 일상이었다. 하지만 부산 호랑이는 가지고 있는 매력 때문에 너무나 쉽게 여자와 사귀었다. 외모와 성격을 따라잡을 수 없기에 절망한 적도 있었다. 물론 오랜 시간 지난 후에는 외모가 전부가 아니라는 것을 알게 되었다. 심지어 원래 차원에서는 부산 호랑이가 여러 명의 여학생들과 잠을 잤다는 소문이 나돌았다. 그래서 충격을 받으며 그 이야기를 들었던 기억이 났다.

우리들은 스터디를 서둘러 끝내고 부산 호랑이 환영회를 겸해서 저녁을 먹으러 갔다. 동아리실을 나오자 저녁의 긴 햇살이 뻗쳐오는 하늘에 노을이 불타고 있었다. 나는 젊은 학생들 사이에서 다시 거리를 걷는 것이 즐거웠다. 이런 날이 다시 오리라고는 생각하지 못했다. 심지어 무릎도 조금도 아프지 않았다. 늘 파스를 붙이고도 통증을 참으며 억지로 걸었었는데, 지금은 날아갈 듯이 발걸음이 가벼웠다.

저녁 메뉴는 예상대로 라면이었다. 몇십 년 만에 대학 근처 식당에서 먹어 보는 라면은 꿀맛이었다. 사람들과 어울려 먹으니 더 맛있었다.

"우리 식사하고 나서 운동해야지!"

"운동…?"

"아! 후배들은 모르지. 우리 동아리에서는 전통적으로 스터디 끝나면 단합을 다지기 위해 탁구를 하지!"

나와 신입생들은 선배들과 함께 학교 앞에 있는 탁구장으로 갔다. 탁구장 안에는 아무도 없었다. 주인만 우리를 반갑게 맞아주었다. 예전에는 영어도 못 했고, 탁구도 그에 못지않았다. 공을 하도 빠뜨려 친구들이 구멍이라고 나를 놀리곤 했다. 하지만 이제는 달랐다. 나는 직장 생활을 하면서 취미로 이십 년간 탁구를 쳤다. 건강을 위해서 치다가 재미가 있어 탁구 선수에게 배우기도 하였다. 그래서 지금 보니 예전에는 잘 친다고 생각했던 선배들의 탁구 실력이 형편없어 보였다. 부산 호랑이하고도 시합을 하게 되었다. 원래 차원에서는 실력 차이가 너무 나서 부산 호랑이가 안 됐다는 표정으로 나를 바라보았는데, 이번에는 내가 일부러 실수하지 않으면 부산 호랑이가 한 포인트의 점수도 낼 수 없었다. 물론 몸놀림은 부산 호랑이가 빨랐지만, 내가 기술은 훨씬 뛰어났다. 그래서 부산 호랑이를 시합에서 데리고 놀 수 있었다.

"……"

눈사람 나라

"한솔이는 탁구 선수 출신이야? 왜 이리 잘해?"

"그래! 영어 회화도 잘하더니 도대체 못 하는 게 뭐야?"

사실 예전엔 영어 회화나 탁구 실력에 대한 칭찬은 부산 호랑이가 들었다. 그것이 나에게 향하자 기분이 이상했다. 나는 슬쩍 지민이를 보았다. 지민이도 나를 보고 있었다. 내가 고개를 까닥이자 지민이도 따라 했다. 나는 다른 차원의 과거로 온 후 처음으로 큰 기쁨을 느꼈다. 지민이에게 좋은 인상을 주었다는 것이 기분 좋았다. 늘 여자들에게 번듯하게 내세울 것이 없어서 기가 죽었는데 지금은 준비된 마술사처럼 여기저기 주머니에서 놀랍게 할 무엇을 가득 채우고 있는 느낌이었다.

다음 날부터 도서관에 가기로 마음먹었다. 전공을 바꾸어 공부할 것이 많았다. 역사학도 어려웠다. 무작정 일 년을 놀 수는 없었다. 도서관은 예전처럼 오층 건물이었다. 학생들에게 한 번에 최대 열 권의 책을 빌려주었다. 빌리기를 원하는 책 이름을 대출 종이에 써서 직원에게 제출하고 기다려야만 했다. 나는 대출 종이를 들고 사무실로 갔다. 그런데 입구의 유리창을 여는 여자를 보고 깜짝 놀랐다. 가인이었다. 예전에 도서관학과에 다닐 때 친하게 지냈던 사이였다. 키가 크고 성격이 시원시원한 여학생이었다. 아마 선배들의 부탁을 받았거나, 아르바이트로 책 대출 업무를 맡은 듯하였다. 먼저 말을 걸었다.

"이 책들 대출 부탁합니다."

"……"

"한꺼번에 많이 대출해 미안해요."

"아니에요."

예전에 가깝게 지냈기에 몇 마디 더 말을 하고 싶었지만, 가인이가 쌀쌀맞게 대해서 포기해야만 했다. 사실 원래 차원에서 지민이를 단념한 것은 가인이 때문이었다. 한번은 지민이가 나에게 인사하고 지나칠 적에 옆에 있던 가인이가 "같은 여자가 보아도 참 예쁘다."라는 말을 하는 순간 힘이 빠지고, 지민이는 접근할 수 없는 여자가 되어 버렸다. 나처럼 못난 사람이 여자도 인정하는 미인을 차지할 용기가 나지 않았다.

　빌려 가려는 책들을 기다리는 동안 도서관 이곳저곳을 둘러보았다. 그런데 한쪽에서 불현듯이 지민이가 나타났다. 나는 지켜보기만 했다. 지민이도 나처럼 책을 빌리기 위해 대출 종이에 뭘 열심히 적었다. 그러다가 가인이에게 종이를 내밀었다. 그리고 대출 입구 앞에서 지민이가 잠시 왔다갔다 했다. 이내 가인이가 다시 나타났다. 가인이가 가볍게 고개를 흔들었다. 그러자 지민이는 조용히 대출 종이를 아래쪽에 있는 종이 상자에 버리고 가 버렸다. 지민이가 사라진 것을 확인하고, 나는 천천히 걸어가서 종이 상자 안에서 방금 버린 대출 종이를 꺼내었다. 빌리려는 책의 제목은 '눈사람 나라'였다. 도서관에 책이 없어서 가버린 듯하였다. 다음에 그 책을 한번 읽어보아야겠다고 마음먹었다. 나는 지민이가 버리고 간 대출 종이를 곱게 접어 지갑 속에 넣었다. 빌린 책 열 권을 다 들고 가기가 힘들어 역사학과 건물에 있는 캐비닛에 일단 넣어 두었다. 그리고 점심을 먹으러 교내 식당으로 향했다.

　식당 안에는 이미 많은 학생들로 시끄러웠다. 줄을 서서 식판에 음식을 담고 앉을 자리를 찾아 이리저리 눈동자를 돌렸다. 그런데 뜻밖에도 가인이가 혼자서 밥을 먹고 있는 것이 보였다.

"안녕하세요? 좀 전에 도서관에서 책을 빌렸던…"

"……."

"앞에 앉아도 될까요?"

"……."

가인이가 말이 없어 승낙했다고 생각하고 자리에 앉았다.

"……."

"……."

별안간 가인이가 고개를 들어 나를 보았다.

눈사람 나라

"저한테 관심 있으세요?"

"……."

"……."

"아뇨. 사실 제가 역사학과인데 도서관학과에도 관심 있습니다."

"……."

"대학 들어올 때 어느 과로 갈지 고민 많이 했습니다."

"아, 예."

그제야 가인이는 의심을 거두고 나와 대화를 나누게 되었다. 특히 내가 도서관학에 관한 교과과정이라든지 선배와의 관계 등 도서관학과 학생이 아니면 잘 모르는 내용에 대해 이야기를 하자 놀라는 표정을 지었다.

"정말 관심이 많으시네요!"

이렇게 말하며 내 말을 받아주기 시작했다. 계속해서 나는 가인이의 성격을 잘 알기에 그녀가 좋아하는 취미나 관심 분야 쪽으로 이야기를 이끌어 갔다. 사실 원래 차원에서 학교 다닐 때 가인을 그냥 친구로서도 좋아했지만 이성 친구로 몇 번이나 생각했다. 하지만 기타를 잘 치던 선배와 사귄다는 소식을 듣고 나서 그녀를 포기했다. 물론 마음속과는 달리 실제로 다가선 적이 한 번도 없어서 내가 진지하게 좋아했다는 것을 가인이는 알 수 없었다.

가인이와 헤어져 공부를 하기 위해 도서관 쪽으로 걸어갔다. 그쪽으로 가는 오르막길에는 학교의 상징물 같은 크고 오래된 나무가 하나 있었다. 나무로 인해 생긴 넓은 그늘을 지나자 광장이 나타났다. 그런데 뜻밖에도 모퉁이에 있는 의자에 지민이와 리아가 앉아 이야기를 나누고 있었다. 나는 그들에게 다가가기로 마음먹었다. 하지만 먼저 다가가서 아는 척을 하는 사람이 있었다. 부산 호랑이였다. 분명 그도 지민이에게 호감을 가지고 있었다. 원래 차원에서도 그랬다. 그런데 부산 호랑이를 보고, 지민이가 미소를 지었다. 엷은 선글라스 속에 보이는 지민이의 눈이 반짝이는 것 같았다. 가슴 속에서 질투가 샘솟아 나왔다. 생각할 새도 없이 끝없는 용기가 생겨나 무작정 그녀에게 달려갔다. 그녀와 부산 호랑이는 막 이야기를 시작하고 있었다.

"안녕?"

"……"

내가 인사를 하자 지민이와 리아는 미소를 보였다. 하지만, 부산 호랑이는 어색한 표정을 짓고 불쾌한 몸짓을 나타내었다.

"무슨 이야기 중이에요?"

"우리 둘 다 역사학 과목을 수강 신청했는데 보고서를 쓸 줄 몰라서…"

"하하, 내가 역사학과잖아요!"

"아, 맞다! 한솔 씨에게 부탁 좀 하면 되겠네!"

"그까지 것쯤이야. 내가 역사학 자료 필요하면 구해줄게요."

"고마워요!"

우리가 이야기하는 사이에 어느새 대화에서 밀려난 부산 호랑이는 쓴웃음만 짓고 있었다.

며칠 후에 다시 만난 나는 필요한 자료와 중요한 부분을 노트에 요약한 것을 지민이와 리아에게 주었다. 그녀들은 고맙다면서 저녁을 사주겠다고 하였다. 나는 주저 없이 얻어먹겠다고 하였다. 그녀들은 학교 앞 레스토랑에서 돈가스를 시켜 주었다.

"이렇게 안 해도 되는데…"

"지민이 집이 부자예요!"

"리아, 네 집도 잘 살잖아?"

"……"

사실 영어과 여학생들은 어릴 때부터 과외를 받고 자란 돈 많은 집 자식들이 많았다. 입고 있는 옷마저 고급스럽고 비싼 티가 났다. 그래서 원래차원에서는 접근조차 하기 힘들었다. 내가 가난한 집에서 자라서 미리 겁을 먹은 탓이다.

"중간고사 때는 어디서 공부해요?"

"집에서 하면 능률이 안 오르던데…"

"학교 도서관은 어때요?"

"좋지만 시험 기간에는 자리 잡기가 힘들어서…"

나는 잠깐 생각하다가 말을 했다.

"내가 학교 일찍 와서 자리를 잡을게요! 같이 공부할래요?"

"그러면 우리는 좋지만…"

그녀들은 다시 고마워했다. 나는 그것으로 기뻤다. 시험 기간에 도서관에서 공부할 자리를 잡으려면 새벽에 일어나야 했다. 나는 즐겁게 그 일을 하리라 마음먹었다.

시험 기간이 되었다. 나는 새벽 네 시에 일어났다. 주위는 새까만 어둠에 싸여 있었다. 소리 내지 않으려 애썼지만 골목길을 걷는 내 발자국 소리가 크게 울려서 퍼져 나갔다. 나는 거리에서 총알처럼 지나치는 택시를 세우기 위해 손을 흔들었다. 택시를 타고 교문에 이르자 재빠르게 내려 뛰기 시작했다. 도서관으로 올라가는 고갯길에서는 숨을 헐떡였다. 도서관 출입구 앞에는 벌써 몇 사람이 와 있었다. 나는 서둘러 그 사람들 뒤로 갔다. 아직도 주위는 어둠 속이었다. 이윽고 출입문이 열리자 사람들은 미친 듯이 도서관 안으로 뛰어갔다. 나도 그 속에 섞여 파도가 치듯이 달려갔다. 출입구에서 떨어지고, 너무 안쪽도 아닌 곳에 자리를 잡았다. 내 옆 지민이와 리아 자리에는 다른 사람이 앉지 못하게 책을 몇 권 두었다. 안심이 되는지 졸음이 밀려오고 하품이 났다. 모자란 잠을 엎드려서 잤다. 여덟 시가 되어서야 나를 찾아 두리번거리는 지민이와 리아를 볼 수 있었다.

여름이 다가오고 있었다. 강의실 사이를 오고가다 보면 얼굴에 땀이 맺혔다. 눈부신 햇살에 눈이 찌푸려졌다. 나는 자만하고 있었다. 리아가 옆에

여름 행성

있었지만 지민이와 대화를 수시로 나누었고, 찻집에서 커피도 여러 차례 같이 마셨다. 늘 내가 재미있는 이야기를 하였는데, 한번은 지민이가 먼저 썰렁한 농담을 해서 억지로 웃은 적도 있었다. 하지만 부산 호랑이는 나보다 키도 크고, 성격도 내성적인 나와 달리 외향적이고 넉살 좋게 이야기를 잘했다. 객관적으로 여자들이 부산 호랑이 대신에 나를 사귈 이유가 없었다. 얼마 전부터 부산 호랑이가 영어과 건물에 자주 나타난다는 이야기를 진석이에게서 듣고 조마조마하는 마음이 들었다.

저녁 식사를 하고 나서 도서관 쪽으로 가다가 부산 호랑이와 함께 다정스레 걷고 있는 지민이를 발견하였다. 심장이 멎을 뻔하였다. 다리가 떨렸다. 두 사람은 무엇이 좋은지 계속 웃으며 서로를 쳐다보며 걸어갔다. 덩치가 산 같은 부산 호랑이 옆에 나비처럼 작지만 짙은 초록색 원피스를 입은 지민이를 보는 순간 날카로운 질투심이 다시 생겨났다. 그런 감정이 내 몸에서 흘러나와 온 대학 캠퍼스를 덮을 것만 같았다. 나는 조용히 몇십 초 정도 그들을 뒤따라가다가 문득 걸음을 멈추고, 멀어져가는 두 사람을 물끄러미 바라보며 오래오래 그 자리를 지켰다. 갑작스레 정신이 들었다. 그리고 어떤 설득을 하기 위해 굳게 마음을 먹었다.

두 사람이 도서관 쪽으로 갔으리라 짐작하고 그쪽으로 걸어갔다. 그다음 도서관 독서실 구석구석을 살피며 다녔다. 생각대로 지민이 앉은 자리 근처에서 부산 호랑이를 발견하였다. 머리를 숙인 채 두꺼운 전공책을 보고 있는 지민이의 뒷모습이 보였다. 지민이 몰래 부산 호랑이에게 다가갔다. 내가 책상을 가볍게 두드리자 부산 호랑이는 기분 나쁜 표정으로 나를 올려보았다. 나는 밖에 나가서 이야기하자는 손짓을 하고, 먼저 독서실에서 나왔다. 얼핏 보았지만 다행히 지민이는 여전히 고개를 들지 않고 있었다. 도서관 쉼터에서 기다리자 이내 부산 호랑이가 나타났다. 어리둥절하면서도 호랑이처럼 무서운 표정을 지었다.

"무슨 일이야?"

"……."

"불렀으면 말을 해야지."

"지민이에게 접근하지 않았으면 좋겠어."

"뭐? 내가 접근하든 말든 네가 무슨 상관이야?"

"……."

"너도 같은 동아리잖아! 왜 나만 안 된다는 거야? 지민이에게 사귀자고 말할 자신이 없는 모양이지?"

"……."

"나 들어간다."

"도서관학과 진희 알지?"

"……."

"동시에 여러 여자에게 작업 걸고 상처 주면 안 되잖아?"

"네가 어떻게…."

"……."

내가 진희 이야기를 하자마자 부산 호랑이의 얼굴빛이 달라졌다. 사실 원래 차원에서 부산 호랑이가 학교 다닐 때 진희라는 여학생을 임신시켰다는 말을 가인이에게서 들은 적이 있었다.

"……."

"지민이 옆에 접근하지 않으면 아무에게도 말 안 할게."

부산 호랑이는 괴로운 표정을 짓더니 이내 고개를 끄떡였다.

"대신에 진짜로 소문 퍼뜨리지 마라."

"그건 약속하지."

나는 독서실로 다시 들어가는 부산 호랑이를 한참 바라보다가 도서관을 빠져나왔다. 길가에서는 가로등이 어두운 길을 비추고 있었다. 나는 천천히 걸어가면서 식지 않는 여름의 열기를 느꼈다.

다음 날부터 부산 호랑이는 동아리실에 나오지 않았다. 연기처럼 사라져

버렸다. 나는 내색하지 않았지만 앓던 이가 빠진 것처럼 속이 시원했다. 그래도 동아리는 아무 일 없이 잘 돌아갔다. 수시로 새로운 신입생이 들어왔다가 나가곤 하였다. 그런데 아무리 동아리실에서 기다려도 지민이가 나타나지 않았다. 우연처럼 부산 호랑이가 사라진 그 날부터 지민이의 모습도 보이지 않았다. 그러자 온갖 소문과 추측이 난무하기 시작했다. 둘이 같이 동아리를 그만두고, 애인 관계가 되었다거나 심지어 지민이가 부산 호랑이의 아기를 가져 동아리에 남아 있기가 눈치 보여 그만두었다는 등 말이 많았다. 한편으론 지민이가 외국으로 유학을 가버렸다는 이야기가 그럴싸하게 들려왔다. 나는 리아에게 찾아가기로 마음먹었다. 영어과 강의실 앞에서 만난 리아는 뜻밖의 말을 들려주었다.

"지민이는 병으로 휴학계를 내었어요!"

"예?"

"나도 갑자기 소식을 들어 자세한 것은 몰라요."

"어디가 아프죠?"

"그건 본인 프라이버시라서 말하기 힘드네요."

"……."

"언제 복학하죠?"

"가을쯤…."

나는 지민이가 아프다는 이야기를 듣자마자 잔뜩 걱정이 되었다. 그리고 처음으로 휴대폰이 존재하지 않는 시대가 불편해졌다. 집 전화로는 연락이 되지 않았다. 현재로서는 지민이를 만날 방법이 없었다. 간단한 연락이나 정보전달도 차단된 과거의 다른 차원에서 길을 잃은 느낌이었다.

나의 마음과는 관계없이 시간은 흘러갔다. 한두 시간이 모여 하루 이틀이 되고, 드디어 계절이 흘러 2학기가 되고 가을이 가까이 왔다. 동아리실로 가는데 진석이가 보였다. 진석이는 나를 보자마자 하얀 이를 드러내며 웃어 보였다. 나는 고개를 갸우뚱거렸다. 왜 그러는지 이해가 되지 않았다.

"지민이가 돌아왔어!"

"……."

"리아가 말해줬어!"

"……."

나도 모르게 발걸음을 돌려 영어과 건물로 향했다. 파란 하늘 아래 숨쉬기 좋은 공기 속에서 헐떡이며 뛰어갔다. 드디어 나타난 영어과 건물 앞에서 출입구에서 막 나오고 있는 지민이를 발견했다.

"지민아?"

"……."

"괜찮아?"

"아…"

"……."

"반가워! 동기라고 이렇게 찾아주고. 고마워!"

나는 한참 서서 지민이를 뚫어지게 보기만 하였다.

"이제는 괜찮아?"

"너무 튼튼해서 탈이 날 정도로 괜찮아졌어!"

"……."

"……."

"오늘 시간 있어?"

"왜? 저녁이라도 사줄래?"

"물론이지."

"그럼, 동기에게 맛있는 것 얻어먹어 볼까?"

그렇게 말하며 지민이는 고개를 까딱였다. 나는 서둘러 약속 시간과 장소를 정하고 지민이와 헤어졌다. 자신 없이 한 말이지만 지민이가 내가 원하는 말을 해주어 기분이 몹시 좋았다. 지민이와 데이트를 한다고 생각하니 몸에 전기가 흐를 정도로 짜릿하였다.

여름 행성

온갖 상상의 나래를 여섯 시간 정도 펼치고 나니 만날 시간이 되었다. 첫 데이트라는 생각에 다시 가슴이 뛰었다. 그런데 지민이는 제시간에 거짓말처럼 담담하게 나타났다. 베이지색 재킷과 파란색 바지가 조화를 이루어 인형 같은 모습이었다. 나는 음식을 거의 씹지도 않고 먹었다. 그래도 배불렀다. 저녁을 먹자마자 나는 숨겨둔 카드를 꺼내었다.

"우리 영화 보러 갈래?"

"영화?"

"바로 옆 건물에 영화관이 있어. 지금 가면 딱 시간이 맞는데…."

"……."

"가자."

"그래. 오늘은 오랜만에 보는 동기 말대로 해야지…."

　지민이가 좋다고 해서 우리는 영화관으로 갔다. 사실 나는 이미 본 영화였다. 미친 살인마가 사람들을 연속적으로 죽이는 무서운 영화였다. 드라마에서 보면 영화를 보다가 무서운 내용이 나오면 여자가 남자에게 안기는 모습이 자주 나왔고, 나는 약간의 기대를 가졌다. 그런데 의외였다. 지민이는 강심장이었다. 다시 봐도 무서운 내용이었지만 비명 한 번 지르지 않고 꼿꼿하게 영화를 보는 것이었다. 영화를 다 보고 나서 지민에게 물었다.

"무섭지 않았어?"

"엄청 무섭던데?"

"그런 티가 하나도 나지 않던데?"

"뭘 기대한 거야?"

"……."

"비명이라도 지르고 안길 것을 기대한 거야?"

"……."

"속이 엉큼하다."

"……."

"……."

"좋아하면 그럴 수 있지."

"뭐? 한솔아, 나 좋아해?"

나는 순간 멈칫했다. 지금 고백을 해야 할지 그냥 친구로 지내야 할지 결정하기 어려웠다. 하지만 더 이상 속마음을 감추는 것은 의미가 없었다.

"그래, 좋아해! 너 없는 동안 많이 보고 싶었다."

순간 지민이의 선글라스 안에서 눈이 빛나면서 반짝이는 것 같았다. 나는 더 용기를 내었다.

"우리 사귀자."

"……."

"사귀는 의미로 악수하자."

"……."

내가 손을 내밀자 지민이는 한동안 멈칫하고 가만히 있었다. 그러나 끝내 손을 뿌리치지 않았다. 나는 손을 굳게 잡았다. 그러자 기쁨이 나를 감쌌다.

"야호!"

"그렇게 좋아?"

"그래!"

"그래도 천천히 사귀는 거야?"

"알았어! 천천히 너에게 접근할게! 십 년 정도."

"그건 너무 느리다."

"하하!"

우리는 자연스럽게 손을 잡고 거리를 걷기 시작했다. 거리가 이전과는 다르게 보였다.

"땀난다. 이제 손은 놓고 갈래?"

"그래."

여름 행성

"……."

"지민아, 내가 너 좋아하는 것 알고 있었어?"

"그렇게 대놓고 표날 정도로 나를 보는데 모르기 힘들지."

"……."

"……."

"우리 이제 자주 봐도 되겠지?"

"그래."

늦었다고 말해서 지민이를 먼저 보냈지만 뭔가 아쉬웠다. 키스라도 하고 싶었지만 용기가 나지 않았다. 다음 기회를 기다리기로 마음먹었다. 행복한 마음에 세상이 두근거리는 음악 소리에 파묻혀 쿵쿵대는 느낌이었다.

다음 날 즐겁고 가벼운 마음으로 대학 교정을 들어서는데 왠지 낯이 익지만 기분 나쁘게 생긴 사람이 내 옆을 스치고 지나갔다. 그 사람이 지나간 뒤에도 곰곰이 누굴까 생각해 보았지만 기억에서 끄집어낼 수 없었다. 행복한 감정 때문에 사소한 꺼림칙함은 잊어버릴 수 있었다. 수업을 마치고 지민이를 만나기 위해 영어과 건물로 다가갔다. 그때 내 앞을 가로막는 사람이 있었다. 아침에 본 그 사람이었다.

"……."

"누구세요?"

"나를 못 알아보겠는 모양이지?"

"……."

"조금만 더 생각해 봐!"

그 사람을 자세히 보았다. 나는 서서히 기억이 나기 시작했다. 민규 선배였다. 원래 차원에서 대학교 때부터 지민이를 스토커처럼 따라다녀 나쁜 소문이 났었다. 나는 학교 다닐 때는 민규 선배를 몰랐다. 그런데 이상한 인연으로 학교를 졸업한 후에 같은 직장에서 만났었다. 그리고 몇 년간 직속 상사가 되어 은근하게 나를 괴롭혔다. 물론 직장 상사 중에서 나를 힘들게 하지 않은 사람은 없었다. 민규 선배는 그중 첫 번째 사람이었다. 괴롭힘을 당한 또 다른 후배는 민규 선배를 스스럼없이 사이코패스라고 불렀다. 작은 키, 머리카락에 새치가 많았고 인상이 날카로웠다. 지금도 동그란 안경 속에 있는 날카로운 눈은 끊임없이 나를 노려보았다.

"아, 민규 선배!"

"이제 알아보셨군!"

태어날 때부터 나에게 적개심을 품고 있는 듯한 눈길이었다. 하지만 말은 너무나 부드러웠다.

"……"

"오랜만이지?"

"그러네요! 그런데 저한테 무슨 일로…"

"……"

"……"

"지금 잠깐 봐야겠는데."

"저는 지금 다른 일로…"

"지민이는 내 말 듣고 만나도 되잖아!"

나는 민규 선배에게서 지민이 이야기가 나오는 것을 듣고 불길한 생각이 들었다. 또다시 지민에게 스토킹을 한다면 가만히 있지 않겠다고 마음먹었다. 주먹을 불끈 쥐었다. 우리는 도서관 근처 벤치로 갔다.

"내가 왜 나타났는지 궁금하지?"

"……"

"널 감시하기 위해서야."

"아니, 왜 나를…"

민규 선배에게서 나온 말은 충격적이었다. 민규 선배도 원래 차원에서 왔다고 했다. 나 외에도 원래 차원에서 이쪽 차원으로 온 사람들을 만났다는 사실이 나를 강하게 흥분시켰다. 하지만 이어지는 민규 선배의 말을 듣고 기분이 나빴다. 의식 전환기 회사에서 내가 다른 차원에서 사고를 치지 않는지 지켜보기 위해 감시인을 지정하기로 했다고 했다. 민규 선배는 거기에 자원해서 나를 감시하기 위해 왔다고 했다.

"물론 나도 다른 차원에서 젊게 일 년을 살기 위해 회사에 의식 전환을 신청했지."

"……"

"나도 너 못지않게 비참했거든. 직장에서 일을 너무 열심히 한 탓에 중풍이 와서 한쪽 다리와 손을 못 쓰게 되었지. 그리고 큰 보상 없이 해고를…"

"……"

"의식 전환기 회사에서 준 감시 대상자 명단에서 한솔이라는 이름을 본 순간 바로 선택했지! 왠지 네가 지민이를 찾아가리라는 생각이 들었거든. 물론 예상대로였지만."

"……"

내가 이용하던 초기에는 없었지만 법적 분쟁에 휘말릴까 해서 회사에서 감시인 제도를 만들었다고 하였다.

"네가 여기 온 후에 규정이 강화되었어! 다른 차원에 사는 사람들의 인생 중에서 중대 사건에는 개입해서는 안 되는 거야! 네가 평생 여기서 살 수는 없잖아!"

"……"

"고작 일 년을 살고 나면 의식이 돌아온 사람은 황당하겠지. 잘 모르던 여자와 결혼해 있는 거니까!"

"……"

"그래서 좋아할 수는 있지만 사랑하거나 결혼해서는 되지 않도록 회사 규정이 바뀌었지! 그러니 당장 지민에게서 떨어져! 아니면 강제로 의식 전환기를 끄게 될지도 몰라."

눈사람 나라

민규 선배가 거짓말하는 것처럼 보이지 않아 나는 당황스러웠다. 이제 갓 시작한 지민이와의 사랑인데 헤어지라니 절망적이었다.

"……"

"일주일 정도의 시간을 주지. 그동안 지민이와의 관계를 정리해. 아니면 회사에 보고할 수밖에 없어."

그러면서 이미 먼저 와있던 사람에게 말하면, 그 사람이 의식이 돌아간 후 회사에 보고된다고 하였다.

"내 말에 따라주길 바란다."

"……"

"사실 여기 오기 전에 원래 차원에서 지민이를 찾아갔지."

"……"

"오른팔과 다리에 의지해 겨우 걸어가면서 지민이의 행방을 수소문했지. 지민이가 대학 졸업 후 외국 유학을 갔고 거기서 결혼했다는 것은 너도 들었을 거야."

"……"

"그런데 나이 들어 남편이 죽자 혼자가 되었고, 결국 우리나라로 돌아와서 요양원에 들어가서 살게 되었다고 하더군."

"……"

"내가 요양원에 찾아갔더니 지민이는 나를 못 알아보더군. 눈이 거의 보이지 않는 상태였어. 눈꺼풀이 처져서 눈을 뜨지도 못했어. 내가 누구라고 밝히니까 꽤 놀라면서 경계하더군."

"……"

"여러 이야기를 하다가 의식 전환기 이야기를 했지. 같이 일 년 정도 다른 차원에서 살아 보자고 제안을 했어."

"……"

"그런데 거절을 하더군. 다시 그 시절로 가고 싶지 않다고."

"……."

"일주일이야. 꼭 약속 지켜! 사랑하는 지민이에게 상처를 주면 안 되잖아."

나는 민규 선배에게 강한 분노를 느꼈지만, 그가 사라질 때까지 아무 말하지 않았다. 그도 이미 원래 차원에서는 건강을 잃은 노인일 뿐이었다. 이제는 지민이하고 만나는 것이 왠지 두려웠다. 그렇지만 만나지 않을 수는 없었다. 멈추었던 시계 초침이 느닷없이 움직이는 것처럼 나는 지민이를 찾아 나섰다.

지민이를 만난 것은 다음 날이었다. 영어과 건물 앞에 서 있는 나를 발견하고 밝게 웃어 주었다. 헤어지는 게 옳다는 생각 때문에 괴로웠다. 그렇지만 내색을 할 수는 없었다. 마지막이라는 생각이 들자 저녁을 근사한 곳에서 먹고 싶었다. 하지만 대학교 앞이라 싸고 푸짐한 식당은 많았지만 고급스럽고 맛이 특별한 식당은 찾을 수 없었다. 한참을 헤매다가 결국 지민이가 가 보았다는 고깃집에 들어갔다.

우리가 자리에 앉자마자 두꺼운 고기가 나오고, 점원이 하나하나 고기를 썰어주고 구워주었다. 계속 점원이 옆에 있어 오히려 지민이와의 대화에 방해를 받는 느낌이었다. 더구나 들뜨고 흥분된 마음에 두꺼운 고기를 먹다 보니 목으로 고기가 잘 넘어가지 않을 정도였다. 아무것도 모르는 지민이는 웃으며 생각보다 고기를 잘 먹었다. 고기를 먹고 나서 차를 마시는 동안에도 헤어지자는 말을 해야 하나 고민하면서 괴로움을 삼켜야 했다.

"다 먹었어?"

"응!"

"우리 이 근처 산책이나 할까?"

지민이가 어릴 때 다니던 초등학교가 근처에 있다면서 거기까지 산책하자고 했다. 공기는 부드러웠고, 대학 주변이라 젊은 사람들만 보였다. 멀리 초등학교 건물이 보였다. 그런데 앞으로 걷자 긴 터널같이 생긴 어두운 골목이 우리 앞에 놓였다. 내가 말했다.

"여기는 좀 무서운 듯한데."

"평소 내가 다니던 길인데 뭐."

그리 말하며 지민이는 두려움 없이 걸어갔다. 중간쯤 이르자 갑자기 강한 불빛이 눈앞에서 번쩍였다. 범죄를 예방하기 위해 설치한 조명등이라고 했다. 그런데 고장이 나서 꺼져 있다가 이따금 저절로 불이 켜져 사람들을 놀라게 한다고 하였다. 초등학교 앞에는 궁궐같이 생긴 큰집이 여러 채가 있었다. 지민이가 말했다.

"사실 저기 감나무가 있는 집이 우리 집이야."

"와! 부잣집이네."

"놀리지 마! 그렇게 잘 살지는 않아."

우리는 어두운 초등학교 건물 앞에 도착했다. 나는 교문을 밀어내고 운동장으로 먼저 들어갔다. 막상 운동장에서 보니 초등학교 건물이 굉장히 커 보였다. 5층 정도의 건물 다섯 채가 모여 단단한 요새처럼 웅장하게 보였다.

"이렇게 큰 초등학교는 처음인데."

"다들 그렇게 이야기하지. 이렇게 큰 초등학교는 나라 전체에 몇 개 없을 거야. 그래서 내가 다닐 때 학생들이 많아 늘 시끄러웠다는 기억만 남아 있어."

"……"

"보통 저녁이면 사람들이 여기서 많이 운동을 하는데 오늘은 안 보이네…"

"좋은데 한적해서!"

"참…"

운동장은 조용하고 아무도 없는 것처럼 보였다. 하지만 자세히 보니 한쪽 구석에 교복을 입은 고등학교 여학생 여러 명이 모여 이야기를 하고 있었다. 우리는 여학생들의 반대쪽에 있는 의자에 앉았다. 헤어지기 전에 지민이와 달콤한 키스라도 하고 싶었지만 참아야 했다. 별안간 지민이가 내 손을 살포시 잡았다. 그리고 다소 굳은 목소리로 말했다.

"보여줄 것이 있어."

"……."

"더 이상 나의 비밀을 숨겨둘 수가 없을 것 같아."

"……."

나는 무슨 말을 하는지 몰라 어리둥절하였다. 지민이가 갑작스레 늘 쓰고 있던 선글라스를 주저하지 않고 벗었다. 나는 깜짝 놀랐다. 일반적인 동양인처럼 눈동자가 검은색이나 갈색이 아니라 파란색이었다. 파란별이 빛나는 것처럼 선명한 색이었다. 어두운 초등학교 건물을 배경으로 눈동자에서 파란색 레이저를 쏘는 마녀 같았다. 너무 아름다워 다가가기 고통스러울 정도였다.

"놀랐지? 사실 어머니가 외국인이야. 그래서 눈동자 색깔이…"

"……."

"이래도 괜찮아?"

"예쁜데! 눈동자에 빠져들 것 같아! 파란색이면 어때."

"……."

"예쁜 눈동자인데 뭐가 걱정이야?"

"……."

"선글라스는 왜?

"약한 시력을 가지고 태어났어. 자외선을 많이 쬐면 안 된다고…"

"……."

"그래서 저번에 눈 치료 한다고 휴학을 했지."

"아…!"

지민이는 얼른 선글라스를 다시 썼다. 그러자 빛이 사라지고 일상의 풍경이 돌아왔다. 하지만 지민이의 아름다운 눈동자는 남은 내 인생 내내 머리에 박혀 있으리라 여겨졌다. 지민이가 머리를 살포시 내 어깨에 기댔다.

"의사 선생님이, 주의하지 않으면 시간이 지날수록 시력이 점점 약해질 거라고…"

"……"

지민이의 아픈 비밀을 듣는 그 순간에도 나는 그녀에게서 도망갈 궁리를 해야만 했다.

마음을 독하게 먹었다. 다음 날부터 의식적으로 영어과 건물과 동아리실에 가지 않았다. 그렇게 일주일이 흘렀다. 분명히 지민이의 마음에 의심이 점차 커질 수 있었지만 할 수 없었다. 드디어 리아가 먼저 나를 찾아왔다.

"한솔아, 무슨 일이야? 지민이 생각은 하는 거야?"

"……"

"갑자기 마음 변한 거야?"

"……"

"……"

"생각해 볼 일이 있어."

"뭔데?"

"……"

"변했네…"

리아는 마지막 말을 뱉고는 고개를 팩 돌리고 가버렸다. 나는 멍하니 서서 그녀가 급하게 영어과 건물 쪽으로 가는 것을 지켜보았다. 그러다가 마음속에 어떤 결정을 내리고, 도서관 쪽으로 무거운 발걸음을 옮겼다.

"오랜만이네요?"

"가인 씨?"

"……"

"부탁할 일이 있어요."

"……."

"꼭 들어 주었으면…"

"……."

다행히도 가인이에게 승낙을 받아 함께 영어과 건물로 갈 수 있었다. 영어과 건물 안에서 우리는 이리저리 걸어 다녔다. 수업 중이라 복도는 텅 비어 있었다. 벽에는 여러 가지 광고물이 잔뜩 붙어 있었다.

"언제까지 이렇게 있어야 해?"

"조금만 더 있어 줘요."

나는 미안한 표정을 짓고 가인이에게 사정을 하였다. 가인이는 인내심과 배려심이 많은 친구답게 잘 참아주었다. 드디어 수업을 마치는 종이 울렸다. 학생들이 강의실에서 나오기 시작했다. 가인와 나는 엘리베이터 앞에 서 있었다. 그리고 멀리서 지민이가 내 쪽으로 다가오는 것을 몰래 훔쳐보았다. 거리가 가까워져서 지민이가 의식했을 무렵에 나는 가인이의 손을 잡았다. 가인이가 놀라는 순간 미안하다고 눈짓으로 사과했다. 드디어 엘리베이터 문이 열리고, 우리는 엘리베이터에 올라탔다. 지민이는 엘리베이터 문이 닫힐 때까지 가인이와 정답게 이야기하고 있는 나를 지켜보기만 하였다. 나는 모르는 척 가인이의 눈만 쳐다보았다. 우리는 2층으로 올라가 한참 돌아서 다른 출입구 쪽으로 갔다. 영어과 건물을 나서자마자 가슴이 먹먹해졌다. 그래서 도서관으로 돌아가는 가인이를 배웅해줄 수조차 없었다.

그 후로 지민이에게서 어떤 소식도 없었다. 리아도 더 이상 나를 찾아오지 않았다. 나는 일주일 정도 학교에 나가지 않고 집에서 쉬었다. 그 후에는 의식적으로 역사학과 강의실과 집만 왔다갔다했다. 그래서 원래 차원으로 돌아갈 때까지 지민이의 모습을 볼 수 없었다. 분명 다른 차원이지만, 다른 사람의 운명을 결정적으로 바꾸어서는 안 되었다. 지금은 상처가 되더라도 이것이 지민이에게는 최선일 듯하였다. 지민이라면 내가 준 배신감을 극복하고 새로운 인생을 살리라 믿고 싶었다.

약속된 일 년이 거의 지나갔다. 이제는 돌아갈 날이 한 달 정도밖에 남지 않았다. 나는 마지막 시간을 도서관에서 보냈다. 그리고 가인을 만났다. 가인 옆에는 이미 기타 잘 치는 준호라는 선배가 나타나 있었다. 그래서 그 선배와 인사도 하게 되었다. 키가 작았지만 마음은 넓은 편이었다. 예상과 달리 나를 경계하기는커녕 보자마자 아는 척을 하면서 반겼다. 그래서 세 명이 여러 번 도서관 구내식당에서 점심도 먹게 되었다. 도서관을 나와 역사학과 강의실 쪽으로 가기 위해 천천히 걸었다. 그런데 시끄러운 소리가 들려 보니 한 무리의 교복 입은 여학생들이 내 쪽으로 걸어오고 있었다. 입학 설명회에 참가하기 위해 대학 본부 건물 쪽으로 가는 듯하였다. 풋풋한 초록 잎이 나기 시작한 어린 나무처럼 싱그러워 보였다. 그들의 젊음이 부러웠다.

그런데 지나가던 여학생 중 하나가 내 앞에서 걸음을 멈추었다. 그리고 나를 가만히 바라보고는 미소를 지었다. 어디서 본 듯하였지만 신비로운 미소에 아무 말도 할 수 없었다. 순간 나처럼 의식 전환기를 통해서 온 사람이라는 것을 직감적으로 느꼈다. 하지만 누구인지 알 수 없었다. 작고 계란 같은 얼굴에 입술 사이로 보이는 하얀 이빨이 귀여웠다. 나를 아느냐고 물어보기 위해 입을 열려고 할 적에, 그녀는 손을 흔들어 보이고 친구들 쪽으로 가버렸다. 멀어지는 그녀를 보다가 정신을 차리고 역사학과 강의실 쪽으로 계속 걸어갔다. 뜻밖에도 거기에는 리아가 나를 기다리고 있었다.

"오랜만이네?"

"……."

"지민이는 잘 있지?"

"아직 모르는구나?"

"……?"

"지민이 외국으로 유학 갔어."

"뭐?"

"표면적인 이유는 눈 치료를 겸한 유학이지만…."

"……."

리아의 말에 따르면 지민이는 나와 헤어진 후 충격을 받고 괴로워했는데 그 틈을 파고든 사람이 민규 선배였다. 영어과 선배라는 위치를 이용해서 위로하는 척하면서 만나서 한동안 사귀었다고 했다. 나는 화가 났다. 나에게는 온갖 이유를 들어 못 사귀게 하고 대신 접근한 것이었다. 그런데 너무 과도하게 행동을 제약해서 지민이가 헤어지자고 하였지만 돌아온 것은 스토킹이었다. 밤이고 낮이고 따라다니면서 괴롭힌 것이었다.

"결국 견디지 못하고…."

"……."

나는 마음속에서 분노가 치밀어 오르는 것을 느꼈다. 그래서 무작정 민규 선배를 만나기 위해 리아를 남겨 두고 영어과 건물로 달려갔다. 실컷 때려주고 싶었다. 그런데 도서관 건물 앞을 지나는데 난데없이 귀가 멍멍해지며 다리에 힘이 풀려서 넘어지고 말았다. 혼자서 일어나기가 힘들었다. 그때 누군가 내가 일어나도록 도와주었다.

"고맙습니다."

"괜찮아요? 한솔 씨?"

뜻밖에도 나를 일으켜 세운 사람은 준호 선배였다. 가인이와 헤어져 도서관에서 나오다가 나를 본 듯했다.

"저쪽 의자에 가서 좀 쉬죠?"

"……."

준호 선배는 고맙게도 내가 정신 차릴 때까지 옆에 있어 주었다. 그때, 불현듯이 어떤 생각이 났다.

"준호 선배, 당신도 저쪽 차원에서 왔죠?"

"……."

"맞죠? 분명 가인이와 당신은 지금 사귈 때가 아니잖아요?"

"……"

분명 준호 선배는 다른 여자와 사귀다가 그녀가 돈 많은 남자와 결혼한 후에 가인과 만났다고 들었었다.

"사귀던 그 여자는…?"

"배신할 여자를 왜 만나야 해요?"

"역시…"

결국 준호 선배도 원래 차원에서 온 것을 시인했다.

"근데 왜 쓰러졌죠?"

"……"

나는 지민이와 만날 때 민규 선배가 나타난 이야기와 갑작스레 귀가 먹먹하고 어지러워 쓰러진 일까지 모두 이야기했다.

"아무래도 민규 선배란 사람이 한솔 씨에 대해 좋지 않게 회사에 이야기를 한 모양이네요."

"네?"

"귀가 먹먹해지고 어지러운 증상은 의식 전환기에서 깨어날 때 나타나는 증상 같아요."

"그럼?"

"한솔 씨가 규정을 어겼다고 회사에서 예정 시간보다 빨리 의식 전환기에서 깨우려는 것 같아요."

"……"

"지금은 어쩔 수 없네요. 수 시간 내로 당신은 여기에서 원래 차원으로 의식이 돌아가게 될 것 같아요."

"……"

안타까워하는 준호 선배를 뒤로하고 나는 비틀거리면서 억지로 걸었다. 진석이에게는 헤어지는 인사를 해야 될 것 같았다. 사실 진석이는 사십 대에 해외여행을 갔다가 에베레스트산에서 트래킹 중에 실족사를 했다. 그래서 처음 이쪽 차원에 와서 진석이를 보니 낯설게 느꼈다. 그러나 잠시도 서 있을 수 없을 정도로 머리가 깨어질 듯 아파오기 시작했다. 진석이가 있는 공과 대학 건물에 들어서자마자 나는 쓰러졌다. 사람들이 몰려와 둥글게 둘러싸고 무어라고 나에게 소리쳤다. 나는 점점 의식이 희미해졌다.

의식이 다시 돌아왔을 때 원래 차원이라는 실감할 수 있었다. 일부가 잘려 나간 혀를 가진 늙은이로 돌아와 있었기 때문이었다. 전환기에서 내려올 때부터 저쪽 차원처럼 싱싱하고 건강한 몸으로 사뿐히 다리를 뻗을 수 없었다. 대신에 구부정하고 관절염이 심한 아픈 다리로 조심스럽게 바닥을 내딛을 수밖에 없었다. 나를 보자마자 회사 직원들은 수차례 조사를 반복했지만 나는 진실만을 이야기하였다. 그러나 아무도 나를 믿어주지 않았다. 큰 액수의 벌금을 내겠다고 서류에 서명을 하고 나서야 조사실에서 풀려날 수 있었다. 조사실 앞에는 내가 가장 보고 싶었던 딸이 기다리고 있었다.

"아빠?"

"수지야!"

그런데, 깜짝 놀랐다. 왜냐하면 의식 전환 전에는 나 때문에 식사를 불규칙하게 먹어 살이 많이 쪘었는데, 눈앞에 보이는 딸은 너무나 날씬해서 몰라볼 지경이었다.

"어떻게 된 거야?"

"……."

"살이 왜 다 빠졌어?"

"직장 다녀! 규칙적으로 생활도 하고 의식적으로 다이어트도 하고…."

"잘 됐다."

"아빠 목소리 많이 돌아온 것 같아!"

"그래."

"……."

"그런데 네 엄마는?"

아내 이야기를 하자 갑자기 수지는 나를 이끌고 의식 전환기가 있는 방으로 데리고 갔다.

"어디 가는 거야? 여기는 왜?"

"……."

딸이 데리고 간 곳에는 어떤 여자가 잠들어 있었다. 아내였다.

"어떻게 된 거야?"

"아빠가 여기 누워 있다가 몇 달 후에…."

나 때문에 스트레스를 많이 받았는지 아내 역시 암에 걸리고 말았다고 했다. 기술이 발전해서 일 년 정도 있으면 치료약이 나온다는 희망적인 소식이 들려왔다.

"그래서 일 년을 병원에 있는 것보다 의식 전환기를 사용하는 게 좋겠다고 엄마가 먼저 제안했어!"

"…돈은?"

"엄마 앞으로 된 보험금하고 내가 벌어서 갚고 있어!"

"……."

"엄마는 저쪽 차원에서 아빠를 만나보겠다고 했는데…."

"뭐?"

"만났어?"

순간 나는 내 앞에서 걸음을 멈추던 여학생을 생각했다. 그 여학생이 바로 아내였다. 몇 번 아내의 고등학교 시절 사진을 보기도 했지만 실물과는 달랐다. 나는 젊었던 모습과 대비되게 눈가에 주름이 몰려있는 얼굴로 의식 전환기 속에 누워 있는 아내를 한참 보았다. 아내가 일 년간 다른 차원에서 즐거운 경험을 많이 하기를 진심으로 빌었다.

일 년 동안 벌금을 나누어 낸다는 서약서를 내고 나는 집으로 갈 수 있었다. 다행히 6개월 후에 준호 선배가 깨어나 나에 대한 사실을 이야기해준 끝에 그동안 낸 벌금을 되돌려 받을 수 있었다. 그리고 스토킹에 대해서 보고를 받은 회사에서 민규 선배를 깨우기로 결정하였다. 일부러 민규 선배가 누워 있는 의식 전환기 앞으로 가보았다. 거기에는 새하얗고 짧은 머리카락과 뒤틀리고 주름진 얼굴을 가진 늙은이가 얼굴을 잔뜩 찡그린 채 착한 아기처럼 잠을 자고 있었다. 주변에서 회사 사람들이 민규 선배를 깨우기 위한 작업을 하고 있는 것을 보고 나는 집으로 왔다.

시간이 지남에 따라 나는 차차 일상에 젖어 들었다. 이따금 지민이를 만나보러 가야 하겠다고 마음먹기도 했다. 하지만 그때마다 혼자 요양하고 있는 그녀를 찾아가서 불편하게 해서는 안 된다는 생각이 들었다. 초라한 그녀를 확인하고, 병든 내 모습을 보여주는 것은 서로에게 고통일 듯했다. 그러나 하루에도 여러 차례 그녀가 생각나는 것은 어쩔 수 없었다.

딸이 일찍 출근을 하고 나면 혼자 일어나 아침밥을 먹었다. 그리고 아침 산책을 하기 위해 호수 공원으로 향했다. 농업용수로 사용하기 위해 둑을 쌓아 만든 인공 호수이지만, 주변에 있던 논과 밭이 다 사라져 버리고 아파트만 있어 지금은 주변 사람들을 위한 여가 시설로 사용되었다. 호수를 빙 둘러 산책길이 조성되어 아침부터 밤까지 사람들의 발길이 끊이지 않았다. 호수 중앙에는 분수대가 있어 때때로 시원한 물줄기를 볼 수 있었다. 사람만큼 많은 개들이 사람들과 같이 걸어 다녔다. 호수 속에는 물고기들이 헤엄치며 잔뜩 살고 있었다. 과자를 던져주면 물고기들이 순식간에 몰려들어 먹었다. 그 모습을 관찰하는 것이 큰 기쁨이었다.

공원 주변에는 멋진 레스토랑도 많지만, 낮 12시가 넘으면 내 발걸음은 나라에서 운영하는 복지 회관으로 향했다. 복지 회관 식당은 값도 싸고 맛있는 메뉴가 가득 있었다. 그리고 오후부터 복지 회관에서 제공하는 다양한 활동에 참여할 수 있었다. 컴퓨터나 그림 그리기가 인기 있었다. 나는 드럼반에 등록을 했다. 드럼을 치면 스트레스도 사라지고 짧은 혀로 말을 할 필요도 없었다. 그러던 어느 날 드럼반이 휴강이라는 쪽지가 강의실 앞에 붙어 있었다. 할 수 없이 복지 회관을 나가려다가 1층에 새로 만들어진 도서관을 보았다. 원래 그 자리는 꽤 큰 빈 공간이었는데 공사를 해서 도서관으로 만든 것이었다. 나는 안으로 들어갔다. 새로 지어 깔끔하고 안락해 보였다. 그리고 내부 전체가 밝은 노란색으로 칠해져 저절로 기분이 좋아졌다. 나는 무슨 책을 읽어 볼까 돌아다니다가 눈에 익은 제목의 책을 발견했다.

『눈사람 나라』

나는 그 책을 서가에서 끄집어낸 후에 자리에 앉았다. 그리고 읽기 위해 묵묵히 책표지를 넘겼다.

큰돌(SF)

길을 가고 있었다. 그때 우연히 눈에 든 것은 큰 돌이 었다. 금속처럼 번쩍이는 덮개가 있는 트럭에 실려 있었다. 덮개가 울렁일 때마다 돌이 가렸다가 다시 보였다가를 반복했다.

나는 무작정 그 트럭을 따라가리라 마음먹었다. 큰 돌 속에는 외계인이 숨어 있을 것이고, 신고한다면 많은 보상금을 받으리라 생각되었다. 다행히 트럭은 좁은 길을 천천히 나아갔다. 가을이었지만 날씨는 늦은 봄이면서 초여름이었다. 비는 자주 왔지만 대기는 건조했다. 물을 마시고 싶었다. 멀리 보이는 푸른 산은 파란 하늘과 대비되어 이상향처럼 느껴졌다. 근처에는 식당이 많았다. 여기저기서 사람들이 몰려나왔다. 30대 정도의 여자가 건물에서 나와 내 쪽으로 걸어왔다. 짙은 녹색 블라우스와 치마를 입은 여자는 나이가 들어 보였다. 나는 걸음 속도를 늦추고 그녀를 지켜보았다. 진한 입술과 새까만 눈동자가 부담스러웠다. 그녀는 무어라고 한참 지껄인 다음 휴대폰을 닫고 앞만 보고 걸어 나를 지나쳤다.

나는 다시 한번 트럭을 살폈다. 트럭은 계속해서 골목길을 가더니 사거리가 나오자 우회전을 하였다. 그곳에는 대나무가 많이 심어져 있는 작은 숲이 있었다. 밤에 이 길을 걸어갈 때는 대나무가 노래하듯이 울부짖는 소리를 들을 수 있었다. 숲 옆에는 꽤 큰 레스토랑이 있었다. 한번 가고 싶은 레스토랑이었다. 거기에서 서너 명의 여자들이 몰려나왔다. 그 중의 키가 작은 여자는 어디서 본 듯한 여자였다. 그녀는 모든 남자가 말을 걸기를 원할 정도로 귀여운 모습이었다. 걸어가면서도 몇 번이나 입을 가리고 웃는 모습이 특히 예뻤다. 몇 년 전인가 그녀를 본 적이 있었다. 이름이 특이해서 그녀를 기억했다. 그 당시에는 그렇게 어여쁜 여자가 아니었지만, 젊음이 그녀를 살리고 미모를 꽃피웠다.

큰 돌을 놓쳐버리지 않을지 조바심을 내며 이번에는 빠르게 걸음을 내딛었다. 그래서 그녀가 무어라고 마지막으로 하는 소리도 못 듣고, 나와 눈이 마주친 그녀가 놀라는 표정을 보이는 것에 답도 하지 않고 큰 돌을 따라갔다. 늘 타던 자전거라도 있었으면 하는 생각이 들었다. 하지만 현실을 인정해야만 했다. 아무리 사소한 실수라도 지나가면 고칠 수 없었다. 뛰어가느라 숨이 찼다.

대나무 숲이 순식간에 끝나고 다른 풍경이 전개되었다. 돌과 진흙으로 만들어진 담이 계속되었다. 이제는 사람들이 보이지 않았다. 나는 트럭에 탄 사람이 내가 뒤따르는 것을 알아챘을까 두려웠다. 돌담을 지나자 주택가가 이어졌다. 저녁 무렵이라 어둠이 서서히 찾아왔지만, 오가는 사람이 드문드문 나타나 마음이 놓였다.

빈 공터가 펼쳐지면서 트럭이 멈추었다. 헤드라이트 불빛이 꺼지고 운전사가 트럭에서 내렸다. 그는 다부지게 생긴 사내였다. 머리는 짧고, 선글라스를 끼고 있어 눈빛은 볼 수 없었다. 줄무늬가 있는 티를 입고 있었다. 시선을 내가 있는 쪽으로 보내는 듯해서 고개를 돌려서 소리 없이 공터를 가로질러 주택 단지 쪽으로 가는 골목길을 천천히 걸어갔다. 나는 골목길에서 한참 서서 고민했다. 신고를 할 것인지, 아니면 좀 더 관찰할 것인지. 만약 외계인이 있다면 상당한 포상금을 받겠지만, 없다면 여러 가지 곤란한 일이 발생할 것이다.

어쩔 줄 몰라 하고 있는데 갑작스레 빈 공터에 덩치 큰 사내들이 나타났다. 단단한 주먹에 한 대 맞으면 쓰러질 것 같아 뒤로 주춤거리며 도망갈 길을 살피고 있는데, 그 남자들은 나에게는 전혀 신경 쓰지 않고 곧장 트럭으로 가서 올라탔다. 그리고 트럭에서 금속 널빤지를 내려서 땅바닥에 걸쳐두었다. 그다음 트럭 위에 있던 큰 돌을 굴렸다. 금속 널빤지를 타고 내려온 큰 돌은 한두 바퀴 돌기 전에 '쿵' 하는 소리를 내며 멈추었다. 몇 분이 흘러가자 큰 돌에서 문 같은 것이 서서히 열렸다. 나는 몰래 지켜보았다. 외계인이 나올 것 같았다. 그런데 큰 돌을 땅바닥에 내린 사내들이 별안간 뛰기 시작했고, 이내 골목 속으로 사라졌다. 그러자 큰 돌에서 불빛이 쏟아져 나왔다. 흰색에서 노란색으로, 붉은색에서 보라색으로 색이 변해갔다.

큰 돌

그리고 나는 어느 순간 큰 충격을 받고 쓰러졌다.

깨어났을 때, 주위에 열 명 정도의 사람이 보였다. 추웠다. 아침의 찬 기운이 피부로 스며들어 몸이 저절로 움츠러들었다. 사람들은 공터에 놓여 있는 헬스 기구로 운동을 하고 있었다. 그들은 나를 보지 않으려고 애쓰는 것 같았다. 사람들이 나를 노숙자라고 느꼈으리라 생각되었지만 아무 말도 할 수 없었다. 뒷골이 깨질 듯 아파서 머리로 손을 가져가다가 깜짝 놀랐다. 나의 머리가 커진 것이다. 정확히 말하면 머리에 뿔같이 생긴 혹이 여러 개 삐져나와 있었다. 울퉁불퉁한 나의 머리를 여러 번 쓰다듬다가 외계인의 우주선에서 나온 광선을 맞으면 머리에 뿔이 난다는 말을 들은 것이 생각났다. 그리고 그 혹을 머리뿔이라고 한다고 들었다. 예전에 머리뿔이 난 머리를 가리려고 큰 모자를 쓴 사람을 몇 번 본 일이 기억났다. 나도 모자를 써야 할지 갈등이 되었다.

큰 돌은 두 쪽으로 벌어진 채 아직 공터에 그대로 있었다. 속은 비어 있었다. 버려진 기계 장치 같았다. 사람들은 이상하게도 큰 돌에 관심이 없었다. 운동에만 집중하고, 귀찮은 일에는 관심 없다는 듯이 행동했다. 나는 큰 돌을 툭툭 발로 건드려 보았다. 큰 돌의 안쪽은 두 사람 정도 들어갈 정도로 네모나게 파여 있었다. 지금이라도 우주 항공 정보대에 신고해야겠다고 마음먹었다. 그러나 머리에 난 뿔을 생각하자 아쉬움이 생겼다. 트럭을 쫓지 않았다면 머리가 이렇게 흉측하게 되지 않았을 것이라는 후회가 되었다. 그래도 과거는 되돌릴 수가 없었다. 일단 병원에 가보기로 마음먹었다.

일주일이 흘렀다. 고통스럽고 초조했지만 참고 병원에 다녔다. 의사들은 알아듣지 못하는 의학 용어와 약물을 이용해서 삐져나온 머리에 생긴 혹을 고쳐보겠다고 했지만 아픔만 남겼다. 그들이 원하는 것은 오로지 돈이었다. 외계인 전문 의사라는 한 무리의 사람들이 와서 마지막으로 권한 것은 레이저 수술이었다. 하지만 시술을 하자마자 이상을 느낀 그들은 머리에 생채기만 남기고 수술을 중단해버렸다. 그리고 그들은 머리뿔이 자랄 것이라는 말과 함께 다른 사람처럼 모자를 쓰라고 했다.

비참한 마음이었다. 집 밖에 나가고 싶지 않았다. 가족들하고도 이야기를 하기 싫었다. 하지만 어쩔 수 없었다. 회사에는 가야 했다. 회사에서 나는 다른 사람들의 시선을 의식하지 않을 수 없었다. 그런데 의외로 사람들은 남의 일을 담담하게 받아들였다. 머리에 튀어나온 혹이 없다는 듯이 나를 대했다. 거기에 적응되어 나 자신도 어느 순간부터는 거울을 보지 않으면 머리뿔을 의식하지 않게 되었다. 그래서 나는 특별한 일이 아니면 일부러 거울을 보지 않았다.

우주 항공 정보대에서는 별다른 연락이 없었다. 신고해주어 감사하다는 편지 한 통뿐이었다. 절망감 속에서만 살 수 없었다. 나는 회사 내에서 튀지 않게 지내려고 노력했다. 게다가 나만 그런 것이 아니고 큰 모자를 쓰고 회사를 다니는 사람들 몇 명을 보기도 했다. 심지어 곧 중역이 될 사람도 있었다. 나는 모자를 몇 번 쓰고 다니다가 갑갑해서 벗어 버렸다. 그리고 스트레스 때문에 폭식을 하다가 점점 살이 찌게 되었다.

회사 연구실에 근무하는 은경이라는 여자가 있었다. 키도 크고 팔도 무지 긴 여자였다. 키가 작은 나와는 어울리지 않았지만 나에게 친절했다. 부서는 달랐지만 업무상 협의할 일이 많아서 여러 번 보게 되었고 결국 친하게 되었다. 처음에는 여자로 보고 접근하였다. 한번은 그녀가 야간 근무가 있다는 것을 알고 저녁 늦게 회사에 들어가서 말을 걸었을 때, 그녀는 깜짝 놀란 눈과 서글서글한 특유의 표정으로 왜 다시 왔느냐고 물었다. 나는 뭘 두고 가서 왔다고 서툴게 변명했다. 컴퓨터를 켜는 순간 사무실로 찾아온 그녀가 "난 이제 일 마치고 갈게요." 하고 말했다. 그래서 같이 퇴근해 술이라도 마실 것을 은근히 원한 나의 기대를 산산이 부셔버렸다. 덕분에 그 사실을 나중에 잘못 파악한 팀장이 나에게 "요사이 퇴근 후에도 남아서 열심히 하네요." 하고 칭찬을 해주기도 하였다.

호감이 있었던 내가 그녀에게 스스럼없이 말을 걸면 주변에 있는 동료들은 놀라워했다. 왜냐하면 사람들을 엄격하게 대하는 그녀를 무서워했기 때문이다. 그 후에도 몇 번 접근하였지만, 그녀가 나를 남자로 보지 않는 것을 알고 마음을 접게 되었다. 그래서 동료로 친하게 지냈다. 호감을 가지고 있는 것을 알았던 것인지 아니면 단지 키가 작은 내가 귀여웠던 것인지는 알 수 없었다. 그러나 어려운 부탁을 하더라도 싫은 표정 하지 않고 들어 주었다.

그녀는 아주 힘이 세었는데, 심지어 남자들도 들지 못하는 역기를 들 수 있었다. 그리고 특이하게 화가 나 고함을 치면 목소리가 연구실 너머 회사 전체에서 들렸다. 나는 일 때문에 매일 연구실에 가서 그녀를 볼 수 있었다. 한쪽에 있는 역기를 들어보라고 몇 번 부추기면 그녀는 한두 번 역기를 드는 모습을 보여 주었다.

어느 비가 오는 날이었다. 연구실에서 그녀를 찾았지만 보이지 않았다. 그다음 날도 지나고 일주일이 순식간에 흘렀다. 오랫동안 이어진 비가 그치자 창을 열었다. 차들이 지나가며 내는 시끄러운 소리가 멀리 들렸다. 하지만 도로 건너편에 보이는 푸른 들과 산이 마음을 편하게 풀어 주었다. 그제야 연구실 동료에게서 은경이 소식을 들을 수 있었다. "그녀가 외계인에게 납치되었다."라는 뜻밖의 말에 소스라치게 놀랐다. 나 외에 다른 사람에게도 외계인 관련 일이 일어난 것에 놀라 단서라도 찾기 위해 공터에 있던 버려진 큰 돌을 찾아갈까 하는 생각까지 순간적으로 들었다. 그리고 머리를 매만졌다. 삐죽삐죽 나온 머리뿔이 좀 더 커진 것 같았다. 책상 서랍 안에 넣어둔 모자를 다시 쓸까 하는 마음이 들었다.

일주일이 더 지나도 은경이를 찾았다는 소식이 없었다. 그러다가 우연히 오십 층에 있는 사장실을 지나가게 되었다. 찝찝한 생각이 들어 돌아보니 복도 한쪽에 동상 같은 것이 서 있었다. 마네킹 같기도 하였다. 그런데 자세히 보니 은경이었다. 나는 반가운 마음에 달려갔다. 그런데 은경이는 아무 표정이 없었다. 눈동자만 이리저리 구르고 손도 움직이지 않았다.

"은경 씨, 오랜만이네! 어디 있었어요? 출장이라도…."

"반가워…요! 잘 지냈…죠?"

한참 만에 은경이가 느릿느릿 입을 열었다. 그녀의 이야기를 종합하면 집 근처 큰 돌이 놓여 있는 길에서 운동을 하고 있었는데, 큰 돌이 열리면서 외계인이 나와 그녀를 위협했다. 짙은 선글라스 같은 안경과 초록색 우주복을 입은 외계인의 모습이 끔찍했다. 그녀가 소리를 크게 지르자 외계인이 힘으로 제압하려고 하였다. 당연히 힘이 센 은경이는 가만히 있지 않고 반항하였다. 외계인은 은경이의 괴력에 당황하더니 이내 어떤 액체를 주사기 같은 것으로 은경이 몸에 주입하였다. 액체가 몸에 들어오자 갑자기 은경이 몸이 굳어갔다. 힘이 없어져 팔도 축 처지고, 모습이 마네킹처럼 변해 갔다. 그런 은경이를 그대로 두고 외계인은 도망쳐 버렸다. 다행히 지나가는 사람들의 도움으로 병원에 갈 수 있었지만, 연속적인 검사가 끝난 후에 의사들의 절망적인 얼굴만 확인하고 집으로 보내졌다. 그래서 지금은 눈동자만 굴리고 말만 겨우 할 수 있었다. 손도 발도 뻗을 수 없었다. 나는 예의상 좋아질 것이라는 희망적인 말만 해줄 수밖에 없었다. 하지만 사장이라는 사람이 목소리와 눈동자로 컴퓨터로 조작하여 회사에서 계속 일을 하라고 강요했다는 은경의 말에 분노를 느꼈다.

아무리 회사 이익이 중요하더라도 사람이 먼저 살고 봐야 하지 않을까 생각하니 사장이 괴물 같이 느껴졌다. 나는 은경이에게 한 일 년 정도 휴식을 취한 다음에 병을 고치고, 그 후에 회사 복귀에 대해 생각해보라고 말하였다. 사장실에서 그녀의 아버지가 나와서 은경이를 마네킹 휠체어에 태웠다. 언뜻 은경이 눈에서 나오는 눈물을 보았다. 그리고 은경이는 엘리베이터가 있는 복도 끝으로 점차 멀어졌다.

큰 돌

토요일이었다. 나는 회사에 출근해 사무실 창가에서 아래를 내려다보았다. 회사 운동장 너머 도로에는 차들이 빵빵거리며 지나갔지만, 하늘은 높고 푸르렀다. 날이 따사로웠고 잠이 쏟아졌다. 일부러 토요일 근무를 신청한 것이 후회되었다. 하지만 프로젝트를 완성하지 못하면 회사에서 도태될 수 있었다. 그래도 창가에서 떠나 책상으로 가기가 싫었다.

우연히 운동장 한쪽을 보다가 윤희의 빨간 자동차를 발견하였다. 순간 전율이 일어났다. 윤희도 회사 안에 있다는 생각이 들었다. 분명 그녀도 어떤 일로 내가 있는 사무실 바로 아래층에 있는 것이었다. 서둘러 윤희의 사무실로 가고 싶은 마음은 굴뚝같았지만 참아야 했다. 어제도 회사 동료들과 그녀를 만났다. 자주 보면 그녀가 싫증을 낼지도 몰랐다. 나는 일을 하는 둥 마는 둥 하며 안절부절못했다.

막상 보면 말이 나올 것 같지도 않았다. 하지만 그녀를 보고 싶다는 생각에 일이 손에 잡히지 않았다. 부서 단체 회식이 있는지도 몰랐다. 그렇다면 아래층이 시끌벅적할 터인데 조용하였다. 그래도 같은 공간에 그녀가 있다는 사실이 무료함을 없애 주었다. 그녀를 생각하면 긴장감과 짜릿한 몸의 떨림을 느낄 수 있었다. 10층 높이에서도 그녀의 빨간 차를 또렷하게 볼 수 있을 정도로 시력이 좋아서 행복했다. 그녀에게 전화를 걸까 하는 생각도 들었지만, 할 말이 생각나지 않아 이내 그런 마음을 억눌렀다. 그렇지만 그녀를 직접 보고 싶은 마음은 점점 커져만 갔다. 빨간 자동차는 제자리에 멈춰 있었지만 나의 추측은 점점 깊어졌다.

여자들끼리 모임이 있나 하고 생각했다. 그럴 리는 없었다. 개발부의 오 대리를 만나기 위해서 왔을까 하는 생각도 들었다. 그가 미심쩍었다. 예전에 전화를 받은 윤희가 먼저 "오 대리예요?" 하고 묻고는, 같이 점심 먹자고 이야기했던 적이 있었다. 개인적으로 물었을 때, 오 대리도 윤희에 대해 호감을 표시한 적이 있었다. 하지만 윤희와 오 대리를 한 그림에 넣는 것은 합리적인 판단이 아니었다. 왜냐하면 윤희가 더 어려 보이지만 오 대리가 네

살이나 더 젊었기 때문이다. 윤희는 연하남을 싫어했다. 더구나 오 대리는 과체중이면서 지방 중독증을 가지고 있었다. 회사 들어오기 전에 외계인 수색대에도 근무했다지만, 지독히 움직이는 것을 싫어했다. 수색대에 간 이유도 특이했다. 어느 날 오 대리가 술을 많이 먹고 누워 자고 있었다. 그때 사이가 좋지 않던 동생이 몰래 장난치듯이 지원서를 작성해서 잠든 오 대리를 차에 태워 수색대에 넣어버렸다. 오 대리는 수색대에 있는 동안 지옥과 같았다고 말했다. 훈련 아니면 외계인과의 전투가 계속되어서 하루도 옳게 쉰 적이 없었다고 하였다. 드디어 무게가 많이 나가던 오 대리의 몸은 살이 빠지기 시작해서 수색대를 나올 때는 거의 정상 체중을 가지게 되었다.

오 대리가 삼 년간의 계약 기간이 끝나고 수색대를 벗어나 가장 먼저 한 일은 동생을 찾는 일이었다. 하지만 일 년간이나 찾을 수 없었다고 하였다. 찾았을 때는 이미 화가 많이 풀린 상태였다고 하였다. 그리고 수색대에서 나오자마자 다시 살이 찌기 시작하였다. 수색대에서 마음대로 음식을 못 먹었던 탓에 오히려 더 과하게 먹게 되었다. 그리고 고기를 너무 좋아해서 밤 12시가 넘어서도 매일 튀긴 닭고기를 먹는다고 하였다. 닭고기의 껍질은 지방 성분이 고소해서 특히 좋다고 했다. 오 대리는 수색대에서 외계인을 쫓다가 격투를 벌이는 과정에서 피부 접촉을 했는데, 그 후에 얼굴이 붉게 변하는 알레르기 반응이 자주 일어났다. 그래서 그는 술을 한 잔도 못했다. 술만 마시면 붉은 사과나 석류보다 얼굴이 더 빨개졌다.

갑자기 전화 벨소리가 요란하게 울렸다. 정신이 번쩍 들었다. 전화가 받았더니 윤희가 아니었다. 업무에 관한 전화였다.

다시 창가로 갔을 때, 운 좋게 윤희가 자동차로 걸어가는 것을 볼 수 있었다. 그녀와 나의 거리는 멀고, 그녀는 시력이 나빴다. 그래서 좋은 내 눈으로 그녀를 마음껏 볼 수 있었다. 그녀의 우아한 걸음걸이를 지켜보는 것이 행복했다. 튀어나온 머리가 원망스러웠다. 그녀와 함께 했던 회사 연수

큰 돌

가 한 달 전이 아니라 십 년도 더 된 일처럼 느껴졌다. 다른 지점으로 파견 나가서 연수를 들었는데, 사실 그때까지 윤희를 좋게 생각하지 않았다. 그녀는 이기적이고 고집이 세고 눈치도 없었다. 그러나 하루하루 함께 연수를 듣는 과정에서 나도 모르게 그녀에게 빠져버렸다. 물기 어린 눈동자와 긴 생머리가 나를 사로잡았지만, 고백할 자신이 없었다. 여자 직원들은 남자 직원과의 교제를 좋아하지 않았다. 회사 내에서 결혼을 하면 알게 모르게 여직원들에게 불이익이 돌아갔기 때문이다.

연수하던 어느 날, 건물 옥상에서 외계인 우주선 감지 장치를 그녀와 실험하게 되었다. 그때 엘리베이터가 고장 나는 정전 사고가 났다. 마침 휴일 저녁이라 도움을 줄 수 있는 사람이 아무도 없었다. 80층에서 우리는 걸어서 내려와야 했다. 30층 정도 잘 내려가다가 다리가 아팠는지 그녀가 울기 시작했다. 나는 대책 없이 옆에 서 있다가 작고 하얀 그녀의 손을 잡았다. 그녀가 울다가 나를 멍하니 보았다. 그녀를 일으켜 세우고 말없이 부축해서 계단을 내려왔다. 계단 주변은 깜깜했지만 나는 어둠 속에서도 그녀와 있는 순간순간이 행복했다. 다리도 아프고 힘들었지만, 마음은 계단 위를 훨훨 날아가는 것처럼 좋았다. 계단을 다 내려와서 숙소에 가서 그녀를 안정시키고 자리에 눕혔다. 그녀는 피곤했는지 이내 잠이 들어 버렸다.

그녀의 머리맡에서 한참을 있었다. 자고 있는 그녀의 입술이 예뻐서 입맞춤을 하고 싶었다. 하지만 그녀의 마음을 알 수 없었다. 그리고 나에 대한 그녀의 마음을 확인하는 것이 한편으로는 두려웠다. 언제 한번은 그녀에게 묻고 싶었다. 그때 자는 척한 것인지, 아니면 정말 잠들었는지 궁금했다. 그런 일이 있고 나서 갑작스레 그녀와 나는 친해졌다. 한동안은 힘든 일이 있으면 꼭 묻고, 귀찮을 정도로 나에게 전화를 했지만 그것이 오히려 즐거웠다. 하지만 시간이 흘러 특별한 일이 없자 연락이 점점 뜸해졌다.

윤희가 드디어 차에 올라탔다. 차는 한 바퀴 빙그르 돌아 출구 쪽으로 향했다. 아쉬운 마음에 계속 눈길을 보냈다. 그런데 길옆 수풀 속에서 뭔가 휙 튀어나왔다. 그리고 곧장 그녀의 차 위에 올라타서 붙어 버렸다. 나는 볼 수 있지만 윤희는 볼 수 없었다. 외계인 같았다. 그녀는 아무것도 모른 채 차를 몰았다. 마음이 급해졌다. 외계인이 그녀를 해칠까 두려웠다. 은경이처럼 마네킹 인간이 될 수도 있었다. 그럼 그녀 몸에서 나는 향수 냄새도, 컴퓨터 자판을 두드리는 말랑말랑한 손가락도 사라져 버릴 것 같았다. 서둘러 건물을 내려왔다. 그리고 주차장으로 가서 차를 탔다. 그녀는 회사를 이미 빠져나갔지만, 나는 그녀의 집으로 가는 지름길을 알고 있었다. 신고를 할까 했지만, 우주 항공 정보대에서는 아무런 조치도 취하지도 못하고 윤희만 귀찮게 하리라는 생각이 들었다. 차가 많아 도로가 막혔지만 지름길로 들어서자 노란 은행나무 가로수 밑으로 차가 한 대도 보이지 않았다. 힘껏 가속 페달을 밟았다. 차는 바닥에 쌓인 은행잎을 날리면서 달렸다.

윤희는 평소처럼 월요일 출근 시간에 맞추어 회사에 왔다. 컴퓨터를 켜면 회사 내 모든 직원의 출근 여부를 알 수 있었다. 능력이 많지 않아 회사 내 발언권이 크지 않은 나는 다른 직원보다 더 일찍 나오고 늦게 퇴근하는 식으로 눈치를 보고 있었다. 그러니 매일매일 피곤했다. 능력 있는 윤희는 출근 시간보다 10분 일찍 오는 법이 없었다.

토요일 추적은 실패였다. 신호등에 걸리는 바람에 윤희의 차에 매달려가는 외계인을 지켜만 보았다. 신호 위반을 할까 하다가 얼마 전에 교통사고를 낸 탓에 겁이 났다. 핸드폰을 꺼내서 연락을 하려다가 윤희는 운전 중에는 어떤 전화도 받지 않는 것이 생각났다. 멀리 다시 보니 윤희의 차에서 무엇인가 떨어져 나가는 것이 보였다. 순간적으로 외계인이 다른 곳으로 가버린 것이 아닌가 하고 안심이 되었다. 하지만 혹시나 하는 짙은 의심은 마음 한곳에 여전히 남아 있었다. 하루 종일 안절부절못하고 모습을 확인하고 싶었지만, 일없이 불쑥 윤희를 찾아간다는 것이 힘들었다. 컴퓨터로 보안 사이트에 들어가면 회사 내의 사무실을 전부 볼 수 있지만, 기록이 남는 탓에 몇 번이나 로그인을 클릭하려다가 그만두었다. 사무실 사람들이 내 모습을 보고 어디 아프냐고 물었지만, 체해서 속이 좋지 않다고 대충 둘러댔다.

요사이 나는 사무실에서 인기가 있었다. 그동안은 몸이 아파서 술자리에 참석하지 않았지만, 이제는 회복되어 몇 번 어울린 덕분에 동료들은 나를 반겼다. 대신에 잦은 음주로 인해 속이 쓰렸다. 이러다가 병에 걸리는 것이 아닌지 걱정되었다. 성격이 단호하지 못해 술자리 참석을 거절하기가 어려웠다.

전화가 왔다. 다른 사람을 기분 좋게 만드는 목소리였다. 윤희였다. 내가 소심한 탓에 보통 연락을 먼저 하는 쪽은 윤희였지만, 이번에는 깜짝 놀랄 정도로 흥분되었다.

"안녕하세요?"

"안녕하세요! 별일 없죠?"

"부탁할 일이 있는데…. 한번 만나면 안 돼요?"

수상했다. 전화는 윤희가 먼저 했지만 주로 단순한 안부 전화이거나 일과 관련된 내용이었다. 항상 전화 말미에 가벼운 식사라도 하기 위해 만나자고 한 것은 나였다.

"무슨 일인가요?"

"만나면 이야기할게요! 저번처럼 우리 집 근처 만두집 아시죠?"

그리고는 일방적으로 전화를 끊어버렸다. 윤희가 외계인에게 잡혀가 세뇌라도 당했을까 겁도 났지만 호기심을 이길 수 없었다.

늦가을이었지만 햇살이 따가웠다. 두근대는 가슴을 안고 차를 윤희 집 쪽으로 몰았다. 고속도로에서 나와서 일차선으로 차를 몬 다음에 좌회전을 하면 윤희가 사는 집 근처이었다. 그리고 그 도로가에 유명한 만두집이 있었다. 맛도 있고, 발효 만두라고 해서 건강에도 좋아 사람들이 많이 찾았다. 주차를 할 곳이 어정쩡하여 도로가에 차를 세웠다. 차에서 내리지 않고 윤희가 나올 동안 운전석에 앉아 있었다. 약속 시간이 한참 지나 초조한 마음에 휴대폰을 꺼내는데 골목에서 가방을 메고 나오는 윤희가 보였다. 차에 타는 윤회에게 물었다.

"가방은 왜?"

"그냥 허전해서!"

윤회의 얼굴은 화장기 하나 없이 말끔했다. 윤회는 나를 만나기 위해 오히려 집에 가서 화장을 지우고 나온 듯했다. 나를 동료 이상의 남자로 여기지 않는 표시였다. 그래도 윤회가 차에 타서 옆에 앉으니 기분이 좋았다.

"어디 가고 싶은데 있어요? 아니면 전에 갔던 그 식당에 갈까요?"

"남부 구역 공터로 가요! 그 근처에 식당이 많이 있다던데…"

마음속으로 거기 있는 괜찮은 레스토랑을 생각했다. 저번에 큰 돌을 따라갔다가 본 식당이 머리에 떠올랐다.

'그런데, 그곳은 큰 돌이 있던 자리인데, 혹 외계인 때문에…' 하는 의심이 마음 밑바닥에서 솟아났다. 얼굴과 손에서 식은땀이 자꾸 났다. 윤회는 "웬 땀을 흘려요? 여름도 다 지났는데."라고 말하며 수건을 꺼내 직접 얼굴을 닦아주었다. 평소와 달리 나는 흥분되지 않았다. 오히려 수상한 생각이 들었고, 마음도 차분해졌다. 차를 몰아서 도착한 공터에는 낙엽이 여기저기 쌓여 있고, 서서히 어둠이 짙어져 사람들은 보이지 않았다. 둘러싼 집 담벼락만 성벽처럼 높아 보였다.

"어느 레스토랑에 갈까요?"

"여기는 레스토랑이 많네요. 저쪽에 차를 세우죠."

라고 말하며 윤회는 주위를 신중하게 살폈다.

나는 윤회가 원하는 곳에 차를 세우고 내렸다.

"잠깐, 저기 자판기에 가서 일회용 커피 한잔 해요."

윤회는 그렇게 말하고는 차에서 내려 앞서 걸어갔다. 평소 가끔 자판기에서 커피를 같이 먹었기 때문에 아무 말 없이 윤회를 따라갔다. 날이 추워서 따뜻한 커피가 반가웠다. 자판기 옆에 나무 의자가 있어 앉았는데 차가왔다. 일어서려고 하는데 윤회의 눈이 보였다. 눈이 평소와 달라 보였다. 반짝이고 있었다. 그리고 슬금슬금 내 쪽으로 다가왔다. 좋기보다는 겁이 났다. 이럴 여자가 아닌데 하는 생각이 스쳐 지나갔다. 드디어 윤희가 팔로 내 어깨를 두르고 입술을 내밀었다. 나도 모르게 윤희를 밀어내고 말았다. 윤희가 의외라는 눈빛으로 나를 보았다. 그때 갑자기 외계인 두 명이 나무 뒤에서 튀어나왔다. 순간 윤희도 변장한 외계인일까 하는 의심이 들었다. 순식간에 외계인이 광선총을 꺼내며 쏘는 불빛을 보자마자 힘이 빠져나가면서 쓰러졌다. 그래도 의식은 남아 있었다. 외계인이 윤희에게 무어라 말했다. 하지만 윤희는 멍하니 듣기만 하였다.

외계인은 쓰러진 나를 질질 끌고 나무 뒤에 숨겨둔 큰 돌 속에 밀어 넣었다. 전에 보았던 큰 돌보다도 두 배 정도 크게 보였다. 큰 돌 속에 들어오자 불완전하게나마 몸을 움직일 수 있었다. 두 명의 외계인은 나에게 아무런 신경을 쓰지 않았다. 공간이 좁아서 서 있었는데 바로 옆에 인형처럼 가만히 있는 윤희의 몸과 밀착되어 그녀의 입술이 내 얼굴이 닿을 정도였다. 눈 감고 죽은 듯이 있는 윤희를 나는 보고만 있었다. 갑자기 붕 뜨는 느낌이 났다. 그리고 정신을 잃어버렸다.

외계인에게 잡혀갔던 일은 잘 떠오르지 않았다. 어떤 시설에 가니 외계인이 많이 있었다. 그들도 인간처럼 이야기를 나누거나 일에 몰두했다. 거기에서 나는 기억력 장애라는 병을 얻고 말았다. 기억이 중간중간 토막이 나서 생각이 잘 나지 않는 병이었다. 외계인들이 나에게 어떤 장치를 이식했는지 단순히 실험을 했는지 모르지만 겉보기에는 모든 게 정상이었다. 눈을 떠 보니 늘 다니는 거리에 서 있었다.

아무 일 없는 것처럼 회사에 나가서 일을 하고 저녁이면 집으로 돌아왔다. 매일 같은 날의 반복이었다. 하지만 주위의 친구들은 결혼을 하거나 회사에서 승진하며 변해 갔다. 나에게는 그런 일들이 현실로 다가오지 않았다. 피해 의식을 느끼며 다른 사람을 멀리 하자 그들도 나를 꺼리게 되었다. 이따금 윤회를 만나야 된다는 강한 생각은 들었지만, 이상하게도 그녀를 볼 수 있는 기회가 생기지 않았다.

회사에는 수많은 직원과 사무실이 있었다. 그 속에서 우연히 윤회를 보면 무슨 말을 할까 하는 생각을 했지만 아쉽게도 만날 수 없었다. 그녀의 부서가 회사에서 제일 높은 50층으로 가버렸고, 나도 그동안 몇 번의 출장이 있었다. 전화를 걸어야겠다는 생각도 했지만 왠지 두려웠다. 그동안 정책이 변해서 회사에서는 강제적으로 전 직원에게 일 년짜리 헬스 이용권을 주며 운동하기를 권했다. 처음에는 싫었지만 점점 운동하는 일이 재미있어졌고, 빠져들었다. 몸에 근육이 생길 때마다 기분이 야릇했다. 몇 달 전의 사진과 비교하니 나는 전혀 낯선 사람이 되어 있었다. 몸이 강해지자 보이는 모든 사물이 달라지고 자신감이 생겼다. 한편 나는 점심을 특수 건조 음식을 배달해 먹었다. 머리뿔이 난 후부터 속이 울렁거리는 현상이 나타나서 건조가 잘 된 특수 음식을 먹었다. 오전 11시쯤 되면 머리에 큰 모자를 쓴 아줌마가 와서 음식을 배달을 해주었다. 그러면 사무실 옆에 있는 비어 있는 쉼터 공간에서 점심을 먹었다. 점심시간에 직원 식당에 간다면 운이 좋을 경우 윤회를 볼 수 있겠지만 그렇게까지 하고 싶지는 않았다.

그러던 어느 날 거짓말처럼 윤회에게서 문자 메시지가 왔다.

'어떻게 지내세요? 요사이… 통 볼 수 없네요.'

그 메시지를 받자마자 나는 반사적으로 50층으로 올라가는 엘리베이터를 탔다. 갑작스레 미치게 윤회가 보고 싶었다. 엘리베이터에서 내리자 긴 복도가 나타났고, 그 옆으로 사무실 수십 개가 연달아 보였다. 그 속에서 또 수백 명의 사람이 일하고 있었다. 나는 윤회가 일하는 사무실을 찾을 수 없어 당황스러웠다. 그래서 할 수 없이 문자 메시지를 날렸다.

'지금 50층에 왔는데… 잠깐 옥상에서 봐요!'

그리고는 엘리베이터에 다시 탑승해 옥상이 있는 51층을 눌렀다. 51층에 내리자 모든 것이 조용해졌다. 누군가 숨어 있는 것처럼 느껴졌다. 옥상으로 가는 문을 여는데, 잠겨 있었다. 분명 얼마 전까지만 해도 열려 있었는데 하는 생각이 들었다. 이 문을 열고 나가면 나무와 꽃이 심어져 있는 정원이 있고, 거기에 있는 벤치에서 이야기를 나눌 수 있었다. 그때 엘리베이터 문이 열리면서 목소리가 들려왔다.

"오래 기다렸어요? 역시 문이 잠겨 있지요?"

윤희는 보지 않은 사이에 더 예뻐졌다. 반짝이는 눈을 보면 빨려들 것 같았다. 그녀가 가만히 음료수 캔을 내밀었다.

"이것 마셔요! 그동안 연락도 없고⋯. 꼭 여자인 내가 먼저 연락해야 되고⋯. 여잔 자존심이 있단 말이에요!"

"미안⋯."

윤희는 토라져 있었다. 우리는 계단에 걸터앉아 몇 마디를 나누었다. 나는 좋으면서도 혹시 다른 사람이 나타날까 조심스러웠다.

"이야기할 시간이 별로 없네요. 좀 있으면 낮잠 시간이라서 빨리 가봐야 돼요."

나는 순간 당황했다. '낮잠 시간? 그런 게 있었나?'라는 생각을 했다.

"회사에서 새 정책을 많이 만드네요! 아마 다른 부서에서도 곧 낮잠 자는 시간을 만들 거예요!"

윤희는 외계인에게 잡혀갔던 일을 잊은 듯이 말했다. 실제로 모를 수도 있었다. 하지만 나는 어떻게 기억이 다 나는 것일까 하는 의심이 들었다. 윤희는 외계인의 명령을 받는 로봇 같은 존재가 된 것은 아닌지, 내 몸에도 무엇인가 이식해 놓은 것은 아닌지 걱정이 되었다. 그래도 지금은 윤희를 한번 안아보고 싶었다. 그러나 자신 없는 나는 윤희에게 아무 말도 못했다. 늦으면 다음에 보자고 하고 빨리 사무실로 가라는 이야기만 했다. 윤희는 "그럼 다음에 봐요."라고 말하고, 또각또각 구두 소리를 내며 엘리베이터 쪽으로 걸어갔다.

윤희가 준 음료수를 마시고 잠시 앉아 있다가 가려는데 옥상 쪽 문에서 괴상한 소리가 들렸다. 기계 소리 같기도 하고 짐승 소리 같기도 했다. 순간적으로 외계인이라는 생각이 들었다. 또 신고를 할까 하는 생각을 했다. 하지만 사실이거나 아니거나 외계인을 탐지하는 회사에 외계인이 숨어 있다면 회사의 신용도는 추락하고 말 것이었다. 혹시라도 내가 모든 책임을 떠안게 될 것 같아 겁이 났다. 그래서 그냥 모른 채 서둘러 엘리베이터를 타고 내려왔다.

며칠 지나지 않아 회사의 새로운 방침이 발표되었다. 낮잠 시간이 생겼다. 의무적으로 정해진 수면 지역에서 낮잠을 자야 했다. 처음에는 억지로 누워있는 일이 힘들었다. 하지만 차차 베개에 머리를 대면 바로 잠이 왔다. 회사에서 낮잠을 자고 있으면, 늘 불빛이 번쩍이는 꿈을 꾸었다. 어느 순간 외계인들이 내게 한 실험이며 명령 등이 생각났다가 깨어나면 바로 잊혀졌다.

어느 날은 머리가 아파 휴게실로 갔다. 아무도 없었다. 수면 시간에 돌아다니는 것은 회사 규정 위반이었다. 조심스럽게 의자에 앉아 잠시 눈을 감고 쉬다가 낮게 떨리는 소리에 눈을 떴다. 창밖을 보았다. 키 큰 나무들이 거인처럼 서 있었다. 바람도 별로 없는데 나무들이 잎을 흔들며 떨고 있었다. 주변은 고요했다. 나는 멍하게 있다가 머리를 만졌다. 제법 뿔이 많이 돋아나 있었다. 그러다가 마음속에서 들려오는 생생하고 강한 명령에 휴게실 문을 열고 내달리기 시작했다.

며칠 후 회사 내 친한 친구에게서 전화가 왔다. 그런데 자기 소식을 전하는 것이 아니라 윤희 이야기를 하였다. 당황했지만 마음을 드러내지 않았다. 윤희가 발가락 부상을 당했다는 것이었다. 윤희가 다쳤다는 사실이 염려스러웠지만, 한편으로는 드디어 말을 걸 수 있는 구실이 생겼다는 사실이 반가웠다. 친구와 연락을 얼른 끊고 서둘러 윤희에게 전화를 했다.

"발을 다쳤다면서요? 괜찮아요?"

"아니요. 후후! 그냥 다친 게 아니고 뼈가 부러졌죠!"

뼈가 부러진 것이면 심각한데 라고 생각했다. 하지만 나는 평소처럼 똑똑하게 말하지 못하고 버벅거렸다.

"아니, 왜?"

"벽시계를 옮기다가 그만 정통으로…!"

"몸조리 잘해야겠네요!"

"뭐 상큼한 위로 없어요? 상투적인 말 대신."

"저…"

"아니에요. 농담이에요. 고마워요! 전화해줘서. 발 나으면 한 번 봐요!"

멋있는 위로를 하지 못하는 내가 한심했다. 우유부단한 나는 다시 전화 못하고 속으로만 끙끙거렸다.

십여 일 후에 윤희에게서 먼저 전화가 왔다.

"안녕하세요?"

"예! 윤희 씨는 어때요?"

"다쳐서 집에만 있으니 답답해요!"

"그럼 제가 이번 주 토요일 점심이라도…"

"좋죠! 근데 둘이 만나면 이상하니까 친구 데려가도 돼요?"

"그러죠 뭐…"

나는 속으로 투덜댔지만 표시 내지 않고 약속 시간과 장소를 정했다. 한동안 하늘을 나는 기분이었다. 약속 날짜까지 일주일을 기다리는 것이 힘이 들 정도였다. 그런데 기다리는 와중에도 우리 부서로 새로 온 직원이 신경이 쓰였다. 늘씬한 여자였다. 젊고 패기만만하고 농구 선수처럼 키가 컸다. 목소리도 시원시원해서 마네킹이 된 은경이하고 비슷한 점이 많았다. 그러나 마음 씀씀이는 달랐다. 상사가 되는 나에게도 고분고분하지 않았다. 상대방에 대해 말도 함부로 하고, 규정에 없는 일을 시켰다가 인사 위원회에 신고하겠다는 경고를 들어야 했다. 조용히 불러 타일렀지만 알아듣는 표정이 아니었다. 그렇다고 특별히 나를 싫어하는 것 같지는 않았다. 어쨌든 서서히 그녀에게서 마음이 멀어졌다.

그녀가 왜 나에게 아무렇게 대하는지 궁금했다. 그래서 그녀를 주의 깊게 관찰하기 시작했다. 때마침 회사에서 배당된 프로젝트 때문에 그녀와 일을 함께 하지 않을 수 없었다. 그래서 밤늦게까지 회사에 남아서 그녀와 일을 하였다. 그녀는 키도 크고 목소리도 커서 내가 지은 그녀의 별명은 '키 큰목소리'였다.

한번은 휴게실에서 쉬고 있는데, 그녀가 옆에 앉더니 코를 심하게 풀고 계속해서 전화를 하였다. 나는 좀 있다가 나가겠지 생각하고 눈을 감고 휴식을 취했다. 하지만 계속적으로 같은 동작을 반복했다. 시끄러워 눈을 반쯤 뜨고 키큰목소리를 째려보았다. 그때 나는 그녀가 코를 풀 때마다 코가 2센티나 3센티 정도 높아지는 것을 보았다. 코가 높아졌다 낮아졌다가 하는 것이 신기하기도 하였지만 두려웠다. 하는 행동을 보면 키큰목소리는 외계인이 분명한 것 같았다. 그제야 키큰목소리는 나를 보고 씩 웃고는 휴게실에서 나가버렸다. 외계인이 우리 회사에 침투한 것이 분명했다. 그 뒤에도 키큰목소리를 보면 나에게 눈을 반짝이며 신호를 보내는 듯했다.

지루한 일주일이 흘렀다. 나는 회사 옆 주택 단지로 가서 윤희의 친구 경애를 태웠다. 나는 차를 몰아 윤희의 집으로 갔다. 경애도 회사 직원이어서 전에 몇 번 본 적이 있었다. 물론 말을 건 적은 없었다. 그런데 경애는 어딘가 달라 보였다. 살이 많이 쪄 있었다. 얼굴이 터질 듯이 커져 있었다. 말도 어눌하게 하였다. 내가 칭찬을 하자 경애는 기뻐하며 대화를 즐겼다.

"경애 씨, 일 잘한다고 회사 내에서 칭찬이 대단하더군요. 저번 프로젝트는 창사 이래 최고 성공작이라고 하던데요."

"아니에요! 몇 달 고생은 했지만요. 그 정도는 아니에요."

경애는 평소 신경질 많다고 소문이 났기에 조심해서 말을 했다. 우리는 약속 시간보다 일찍 도착해서 윤희 집 근처 만두 가게에서 기다렸다. 그런

큰 돌

데 윤희가 너무 늦었다. 전화를 하자 윤희는 목욕을 하고 가겠다고 하였다. 약속 시간을 지키지 않는 윤희가 미웠다. 하지만 아쉬운 것은 내 쪽이라 아무 말할 수 없었다. 점심시간이 한참 지난 탓에 배가 고팠다.

"경애 씨, 우리 배고픈데 만두 먹을래요? 저 집이 굉장히 유명하답니다."

"윤희가 너무 늦네요. 그렇게 해요!"

우리는 사이좋게 만두집에 가서 만두를 사서 차에서 먹었다. 혹 그사이에 윤희가 올 수 있었기에 앞을 계속 바라보았다. 음식을 먹는 과정에서 경애와 친해질 수 있었다. 회사에서 3년간 같이 있었지만, 음식을 먹는 지금보다 이야기를 많이 하지 않았다. 그런데 경애가 비정상적으로 살이 많이 찐 것이 이상하게 생각되었다. 더 이상한 것은 눈동자였다. 불합리하게 크고 짙은 검은색이었다. 그래서 외계인이 아닐까 하는 의문이 들었다. 수상한 점이 더 많았지만 많았지만, 아무런 내색하지 않고 만두를 먹었다.

만두는 정말 맛있었다. 다 먹고 나서 느닷없이 경애가 정색을 하며 눈을 동그랗게 뜨고 나를 노려보았다. 나는 겁이 났다. 경애도 외계인이 분명하다고 확신했다. 갑자기 경애가 크게 소리쳤다.

"윤희가 오네요. 나가봐요!"

그렇게 말하며 나를 차 밖으로 밀어냈다. 강한 힘에 꼼짝 못 하고 차에서 내렸다. 정신을 차린 다음에 당연한 것처럼 윤희가 있는 쪽으로 천천히 걸어갔다. 윤희는 미소를 지으며 작은 공원을 가로질러 오고 있었다. 어느 순간 그녀가 멈춰 섰다. 그녀는 무얼 기대하는 듯이 나를 보았다. 그러다가 팔을 잔뜩 벌린 채 나에게 오라고 손짓했다. 도저히 그녀의 기대를 거스를 수 없어 달려가 윤희를 안았다. 우리는 외계인의 송수신 장치가 된 것 같았다. 나의 뿔은 안테나로 사용되고, 윤희가 메고 다니는 가방 안에는 도청 장치가 있는 지도 몰랐다. 그러나 감정이 남아 있는 한 윤희를 안고 싶었다. 윤희는 눈을 꼭 감고 있었다. 시간이 멈춘 듯했다. 나는 말 없이 다시 한번 힘껏 윤희를 안았다.

만남의 해석

1. 지선

　　　　　아파트 엘리베이터에서 내리는 순간 섬찟 놀라서 뒤를 돌아보니 붉은 귀신이 있었다. 아무 말도 없이 나를 보고 있었다. 겁이 났다. 하지만 나는 태연하게 아파트 현관을 빠져나와 주차장 쪽으로 걸어갔다. 귀신은 그리 보기 좋은 모습은 아니었다. 어쨌든 기분은 나빴다. 그렇지만 돌아다니는 귀신을 무시할 수는 없었다. 푸른 귀신도 있다고 하는데, 그 귀신마저 볼까 두려웠다.

　저녁이 다가오자 머리가 깨질 것처럼 아파왔다. 엄마처럼 나이가 들면서 낮에는 멀쩡하다가 어둠이 내리면 거짓말처럼 두통이 왔다. 집안 내력이었다. 병원에 가도 원인을 찾을 수 없었다. 서둘러 동네 공원으로 차를 몰았다. 산으로 둘러싸인 공원은 경치도 좋고, 호수에서 헤엄치며 돌아다니는 물고기에게 먹이도 줄 수 있어 근처 사람들이 많이 놀러 왔다. 특히 저녁 무렵에 노을이 내리는 공원은 그림 같이 예뻤다. 주차장에 차를 세우고, 아픈 머리를 손가락으로 천천히 누르며 산책을 시작했다. 젊은 커플도 있었고, 개를 데리고 산책하는 사람들도 많았다. 널따란 광장에서 부모를 따라온 아이들이 뛰어다니는 모습을 보며 공원 끝까지 갔다. 여기서부터는 산으로 올라가는 등산로가 시작되었다. 나는 그 자리에 한참 서 있었다. 울창한 나무들이 빽빽하게 자라고 있는 산과 계곡을 바라보기만 하고, 등산을 할 생각은 엄두를 내지 못했다.

　나는 학원 수업이 끝날 때를 애타게 기다렸다. 돈도 좋지만 목도 아프고, 무릎 관절이 좋지 않아 계속 서 있기가 힘들었다. 5분이 1시간 이상인 것처럼 길게 느껴졌다. 그래도 토요일인 것이 다행이었다. 평일이라면 7시간 이상 수업을 해야만 했다. 한 며칠 훈훈했는데, 겨울바람이 오늘따라 쌀쌀했다. 수업을 마치고 서둘러 학원을 나섰다. 박 선생이 보였다. 나는 웃으며 같이 가자고 했다. 그녀와는 며칠 전에 싸웠지만, 지금은 대충 풀어진 상태였다. 우리는 김 선생에 대해 이야기했다. 그녀는 얼마 전에 학원을 그만두었는데 결혼한다고 연락이 왔다.

하늘을 보았다. 하늘은 티 하나 없이 파랬다. 결혼하기 좋은 날씨였다. 김 선생은 복을 받은 것이었다. 우리는 결혼식장으로 갔다. 처음에는 몰라서 내비게이션으로 몇 번이나 위치를 확인했지만, 근처에 와서는 비교적 쉽게 찾을 수 있었다. 차를 초등학교에 주차시켰다. 이미 많은 차가 운동장을 채우고 있었다. 결혼식장은 바로 옆에 있었다. 안으로 들어가자 하객들로 발을 디딜 곳이 없을 정도로 사람들이 많았다. 서둘러 김 선생에게 갔다. 식장 입구에서 사람들에게 인사하는 신랑이 보였다. 듬직하고 잘 생겨 보였다. 돈도 잘 번다고 하였다. 김 선생은 오래 기다려서 시집 잘 간다는 생각이 들었다.

신부 대기실에 들어가니 김 선생이 보였다. 신부 화장이라는 것이 맞지 않으면 이상하고 가면을 뒤집어 놓은 것 같다는데, 김 선생은 자기 미모보다 더 예뻐 보였다. 웃음을 짓고 있었다. 나이가 들어도 결혼을 한다는 것이 좋은 모양이었다. 나는 반갑게 그녀와 인사했다. 주변에 그녀의 친구들이 둘러싸고 있어서 축하한다는 이야기 외에는 편안하게 말할 수 없었다. 나는 얼른 대기실을 나와 사람들이 없는 공간을 찾아 희정이에게 전화를 하러 갔다. 액정이 깨져버린 휴대폰을 수리를 맡겼는데 마침 아침에 택배로 받았다. 깜빡 잊어버리고 있다가 조금 전에 휴대폰을 켰을 때 제일 먼저 희정이의 메세지를 확인할 수 있었다.

희정과는 일 년 정도 사귀었다. 하지만 요즘은 그녀가 시큰둥하게 여기는 것 같아서 나도 짜증이 난 상태였다. 그런데 서로 연락을 안 한 지 한 달이 다 되어가니까 그녀가 먼저 메시지를 보내왔다. 나는 기뻤다. 그녀의 번호로 통화 버튼을 누르자 그녀가 바로 전화를 받았다. 그녀의 목소리가 나를 반기고 있었다. 순간 기뻤다. 옮긴 학원이 어떤가 묻고 한번 보자고 하니 그녀가 선뜻 그러자고 하였다. 기분 좋게 전화를 끊었다. 그리고 점심을 먹으러 식당에 갔다. 식당에는 동료 학원 선생님들이 꽤 와 있었다. 모두 여선생이었는데 나만 남자였다. 나는 이야기할 상대를 고르기가 힘들었다.

음식은 뷔페였다. 그런데 먹고 나니까 입에서 냄새가 많이 났다. 속도 좋지 않았다. 식사 후에 다른 선생님들이 찻집에 가서 차나 한잔 하자고 하였다. 김 선생을 한 번 더 보고 갈까 하다가 사람들을 따라나섰다. 근처 찻집에 가서 한 30분 이야기 하고 나자 저마다 할 일이 있다고 가버렸다. 사람들과 헤어지고 나니 불현듯이 일 년 전 김 선생과 만났던 일이 생각났다.

내가 김 선생과 호수에서 만난 것은 일 년에 두 번 정도 있는 작년 직원 회식 후였다. 우연히 우리 둘만 남게 되었다. 몇 년 같이 근무했지만 이런 경우는 처음이었다. 5월의 토요일 눈부신 오후였다. 우리는 회식 장소에서 조금 걸어 집에 가는 버스를 타기 위해 정류장에 섰다. 근처 농협 마트에서 미숫가루를 팔고 있었다. 김 선생은 엄마에게 준다며 한 봉지를 샀다. 그리고 그것을 작은 가방 속에 넣었다. 나보고 사라고 했지만 나는 거부했다. 그런데 도무지 버스가 오지 않았다. 버스를 기다리다가 내가 아무 생각 없이 놀러 가자고 꼬셨다.

"김 선생, 오늘 날씨도 좋은데 놀러 안 갈래요?"

"지금까지 놀았잖아요!"

"겨우 점심만 먹고 바로 집에 들어가기에는 아쉽잖아요?"

"그런가…?"

"……."

"그럼, 어디 갈 건데요?"

"……."

김 선생이 반대할 줄 알았는데 순순히 같이 놀러 가자고 해서 오히려 내가 놀랐다. 평소에는 도도해서 접근하기도 힘든 여자였는데 그날은 달랐다. 택시를 잡으려고 하니 버스 잡기보다 더 힘들었다. 차라리 버스를 기다리자고 말하려 했는데 그 순간 빈 택시가 나타났다. 우리는 마치 오래된 연인처럼 택시에 탔다. 놀러 간다고 과자와 음료수도 농협 마트에서 산 탓에 기분이 은근히 좋았다. 택시는 우리를 태우고 공항과 대형 빌딩을 지나 곧 게 뻗은 길을 달렸다. 창으로 들어오는 바람이 싱그러웠다. 어디로 갈까 하 다가 김 선생이 근처 자작나무 호수로 가자고 하였다. 나는 한 번도 간 적 이 없기에 호기심에 그러자고 했다. 얼마 후 한적한 도로 위에 우리를 내려 주고 택시는 가버렸다.

　나는 여자를 만날 때면 어떻게 처신해야 할지 모를 때가 많았다. 그 날도 그런 날이었다. 나는 김 선생에게 호수가 얼마나 괜찮은 곳이냐고 묻고는 더 이상 할 말이 생각나지 않아 입을 닫아 버렸다. 그래도 들뜨는 마음이었 다. 호수는 언덕을 한참 올라가야 했다. 주차장도 있었는데 차를 가져오지 않은 것이 후회되었다. 차가 있었으면 좀 더 오붓하게 있을 수 있었을 텐데 하는 생각과 나같이 마음 여린 사람이 빈틈없는 김 선생과 뭘 할 수 있을 까 하는 생각이 함께 들었다.

　짐작과 다르게 호수는 넓고 보기 좋았다.

"언제 여기 왔었어요?"

"음…. 지금 프랑스 간 신 선생하고 일 년 전쯤…."

"둘이 정말 친하게 지냈지요?"

"……."

"김선생은 프랑스 갈 생각은 없어요?"

"더 이상 공부하기 싫어요!"

"공부하면 김 선생이 더 잘할 타입인데."

"공부에 타입이 있나 뭐…."

　호수에는 보트를 타고 돌아다니는 사람들도 있었다. 우리는 호수를 한 바퀴 빙 둘러보기로 하였다. 나는 좀 전부터 지선의 손을 잡아보고 싶었 다. 둘이서만 놀러 오니 평소에 좋아했던 마음을 행동으로 옮기고 싶은 유 혹이 생기는 것을 감출 수가 없었다. 그래서 내가 불쑥 말했다.

"김 선생, 손 한 번 잡아보면 안 돼요?"

"미쳤어요?"

김 선생이 대답했다. 사실은 내가 이혼남이라서 자격지심에 시달리고 있었다. 아내가 사업을 크게 한 후에 부도를 내고 외국으로 도망가 버렸다. 그래서 나는 오 년간 월급의 반을 차압당해서 힘들게 살았다. 그런데 아내는 내게 이혼을 요구한 다음에 미국에서 만난 사람과 재혼을 하였다. 나는 한동안 좌절했지만 내 옆에 있는 아이 둘을 생각해서 열심히 살아야만 했다. 그러나 새로운 여자를 만나고 싶은 생각은 나이가 들수록 간절했다. 어느 정도 호의가 있어 김 선생이 나를 따라왔다고 생각하고, 다시 한번 말없이 손을 내밀었다. 김 선생은 나를 잠깐 째려보더니 순순히 내 손을 잡았다. 갑자기 짜릿한 전류가 몸에 들어와 흐르는 듯했다. 내리막길에서 손을 계속 잡고 가자 "이렇게 오래 잡아야 해요?"라고 물을 정도였다.

김 선생이 갑자기 왼쪽 발이 아프다고 징징대었다. 내가 왜 그러냐고 물으니 내리막길에서 헛짚었다가 무릎이 바위에 부딪혔다고 했다. 내가 한번 보자고 하니 그녀가 멈칫했다. 왜 그러냐고 물으니 자기 몸 중에서 못 생긴 곳이 발이라고 했다. 나는 어이가 없어 속으로 웃었다. 궁금증이 생겼다. 여러 번 이야기를 하여 겨우 발을 볼 수 있었다. 지선의 말대로 발이 이상하게 생겨 예쁘지는 않았다.

문득 옛날 생각이 났다. 무역 회사에 잠깐 다닌 적이 있었다. 그때 경리를 보는 여직원이 있었다. 얼굴도 마음씨도 예쁜 여자였다. 우연히 집으로 가는 방향이 같아 버스를 같이 타고 퇴근하곤 했다. 마음에는 들었지만 나이가 어려 여동생처럼 생각하려고 애썼다. 하루는 한적한 버스에서 이런저런 이야기를 하다가 회사를 옮긴 이유에 대해 그녀가 내게 이야기를 했다.

"예, 사실 저번 회사를 다닐 적에…"

"……"

그때 직속 상관이 있었는데, 결혼한 유부남이었다고 하였다.

"과장님이 저에게 무척 친절했어요! 그런데 전화를 자주 해서 만나자고…"

"저런, 나쁜 놈이네!"

"그래서 몇 번 만났어요. 영화도 보고…"

"참…"

"나중에는 안 만나주면 죽겠다고 하고 저한테 집착하는 거예요! 사모님한테 전화하겠다고 하니…"

"그랬더니?"

"그다음부터는 나를 모르는 척하데요!"

그 후에 여직원은 우리 회사로 직장을 옮겼다고 했다. 이야기를 듣는 과정에서 나는 착한 그녀에게 마음이 끌렸다.

"영화 좋아해요?"

"그럼요!"

"우리 영화 볼래요?"

"……"

"난 유부남이 아니잖아요!"

"……"

우리는 약속 날짜를 정했다. 나는 그날 아침 일찍 겨울바람을 가르고 영화관으로 갔다. 영화 시작 시간이 다 되어서야 그녀가 나타났다.

"혹시 제 이름 아세요?"

"민지!"

"이름 모르고 데이트하는 남자도 있더라고요."

영화를 보고 나서 그녀는 약속이 있다고 바로 헤어졌다. 회사에서 그녀를 다시 만났을 때, 그녀는 나를 보고 웃었다. 그런데 내가 옆으로 가자 부끄러워하며 쳐다보지 말라고 했다. 나는 그녀의 얼굴을 보고 있었는데 그녀는 전혀 다른 말을 했다.

"제 몸에서 가장 못생긴 부분이 손이에요! 그렇게 뚫어지게 보면 싫어요!"

그제야 나는 그녀의 손을 자세히 보았다. 정말 그녀 말대로 예쁜 얼굴에 비해 손이 이상하게 보였다. 손가락이 끝이 둥글지 않고 네모 모양이었다. 그녀는 손을 감추어 버렸다. 후에 몇 번 더 만났지만 군대에 있던 그녀의 남자 친구가 제대해서 매달리는 바람에 그녀와 결국 헤어지게 되었었다.

나는 손으로 지선이의 발을 여러 번 주물렀다. 그러나 이내 그녀는 그만 하라고 나를 밀어냈다. 걷는 것이 힘들다고 해서 "업어줄까요?" 하고 지선에게 물었다.

"안 돼요! 보기보다 무거워서 넘어질 거예요!"

"……"

"손이나 잡아줘요."

나는 그녀를 부축하기 위해 손을 잡고 한참을 걸었다.

"지선 씨?"

"왜 갑자기 내 이름을 불러요?"

"이제부터는 이름으로 부를게요."

"참, 맘대로 해요!"

"지선 씨!"

이름을 부르고, 이야기를 나누며 우리는 길을 걸었다. 이렇게 순식간에 남녀가 친해질 수 있다는 것이 신기했다. 우리는 버스 정류장까지 걸어갔다. 바로 텅 빈 버스가 나타났다. 나는 성큼성큼 맨 뒤쪽 의자로 갔다. 지선이 내 옆에 앉았다. 얼마 가지 않아 길가에 영화관이 하나 보였다. 갑작스레 지선이 말을 걸었다.

"나 저 영화 보고 싶은데…"

"영화?"

지선이 뜬금없이 영화 이야기를 하여 보았다. 영화관에는 새로 나온 영화 포스터가 붙어 있었다. 신문이나 방송에서 인기 있다고 한 바로 그 영화 같았다.

"저 영화! 보고 싶었는데 같이 갈 사람이 없어 못 갔어요."

"음!"

"지금 내려서 보러 갈래요?"

"예?"

나는 고민했다. 왜냐하면 부모님하고 저녁 약속이 있었기 때문이었다. 하지만 지선처럼 도도한 여자가 먼저 영화를 보자고 하는 일은 굉장히 드문 일이라 갈등이 되었다. 왠지 그 영화를 보면 지선과 잘 되어 결혼까지도 가능하리라는 생각이 들었다. 그러나 이번 저녁 모임은 부모님의 금전적인 도움이 필요해서 내가 먼저 약속을 잡은 탓에 취소하기 힘들었다. 더구나 부모님은 곧 해외여행을 갈 예정이었다. 그래서 당분간은 가족 모임을 가질 시간이 없었다. 할 수 없었다.

"지선 씨, 미안해요! 지금 내가 다른 약속이…"

"아, 네!"

"꼭 다음에…"

"그러죠!"

내가 먼저 내릴 때 지선의 표정을 살폈다. 웃으며 잘 가라고 손을 흔들었지만, 살짝 서운함이 묻어있는 얼굴이었다.

그다음 날부터 다시 학원 일로 바빴다. 더구나 아이 둘이 동시에 복통이 생겨 병원에 입원을 해서, 지선이가 보고 싶다는 그 영화가 영화관에서 상영을 멈출 때까지 그녀가 원하는 말을 할 수 없었다. 그 이후에는 평소처럼 시간이 남았다. 영화 수백 편을 볼 시간이 생겼다. 하지만 이번에는 지선이 바쁘다고 했다. 그러다가 그녀는 학원을 그만두어 버렸다. 생각하면 남녀 사이에는 경제적 능력, 성격도 중요하지만 타이밍도 그에 못지않다고 느껴졌다. 서로 만날 운명이었다면 웨딩드레스를 입은 지선이 나에게도 올 수 있었을 것이다.

2. 영환

휴게실에 가니 진 선생과 원 선생이 함께 차를 마시고 있었다. 나는 나갈까 하다가 그냥 들어갔다. 자판기에서 차를 한 잔 꺼내 들었다. 원 선생이 반갑게 나를 불렀다.

"이리 오세요."

"예! 점심시간 아직 20분 남았죠?"

"……"

나는 두 사람 근처에서 한참 말없이 있었다. 진 선생과 원 선생은 성격이 원만하지 않은 사람들이었다. 하지만 둘이 잘 어울려 다녔다. 그런데 갑자기 진 선생이 묘한 눈길을 하고 나를 보다가 불쑥 한마디 던졌다.

"여러 사람 만난다고 바쁘시죠?"

"네?"

진 선생이 무슨 말을 하는지 몰랐다. 하지만 느낄 수 있었다. 그러나 그녀가 왜 나에게 적대감을 가지고 말을 하는지 알 수 없었다. 하지만 그녀에게서 뿜어져 나오는 냉기에 나는 몸을 떨어야 했다. 문득 그녀의 눈에서 붉은 귀신이 보이는 듯했다. 그러나 그럴 수는 없었다. 잘못 본 것이 아닌가 하고 다시 한번 진 선생의 눈을 똑바로 보았다. 내가 뚫어지게 보는 것이 마음에 들지 않았는지 진 선생은 고개를 잠시 돌리면서 말했다.

"윤아가 말하데요!"

한동안 무슨 말인지 몰라서 어리둥절했다. 진 선생은 굉장히 과격한 면이 있었다. 그것은 그녀가 받은 수술과도 관계가 있었다. 심각한 허리 수술을 받고 마취에서 깨어난 후에 정신적으로 이상이 생겼다는 이야기를 들었다. 간혹 진 선생은 다른 사람과 쉽게 흥분해서 잘 싸웠다. 그래서 학원 내의 다른 사람들도 그녀를 무서워했다. 그래도 나하고는 친하게 지내 왔다. 하지만 드디어 내 차례인가 하는 생각이 들었다.

휴게실에서 나와서도 한동안 기분이 나빴다. 진 선생이 말하려는 의도가 무엇인지 한참 생각했다. 윤아가 머릿속에 떠올랐다. 내가 몇 번 데이트를 하자고 하였고, 그것이 윤아에게는 부담으로 작용해서 진 선생과 의논을 했던 모양이었다. 그 당시에 나는 희정이와 사이가 좋지 않았다. 그래서 희정이와 헤어질 마음을 먹은 상태였다. 그때 우연히 윤아와 몇 번 밥을 같이 먹었는데, 나는 그것을 호의라고 착각했다. 물론 나중에 윤아가 키가 작은 남자는 단지 친구로만 여긴다고 말해서 그녀를 포기해야만 했었다. 왜 윤아가 진 선생 같은 사람에게 나와의 이야기를 한 것이지 원망스러웠다. 진 선생이 무서워졌다. 더 이상 그녀 근처에 모습을 보이지 않아야겠다고 생각했다. 별안간 직장에 다니는 일이 피곤해졌다. 얼른 집에 가서 쉬고 싶어졌다. 하늘은 비가 올 듯 흐렸다.

저녁비가 내렸다. 바라보는 거리는 어둡고 차가웠다. 휴대폰이 울렸다. 시계를 보니 밤 11시였다. 나는 누구일까 하는 궁금증이 생겼다. 영환이였다. 술 냄새가 전화기에서 풍겨져 나왔다. 혀 꼬는 소리로 영환이는 나를 불렀다. 그리고 무작정 베트남에 가자고 하였다.

"뭐? 베트남?"

"그래! 너 말고 다른 친구들은 다 연락했어. 3개월 후면 학원도 한가하잖아?"

갑작스러운 제안에 어안이 벙벙했다. 잠시 동안 머리를 굴렸다. 그리고 마침내 대답을 했다.

"안 되겠어. 사실은…"

"그래. 그럼 너 빼고 추진한다?"

영환이 내가 여행을 못 가는 이유를 설명하기도 전에 알았다고 말을 해서 기분이 나빴다. 하지만 술집에서 전화를 하는지 전화기를 통해 시끄러운 소리가 들려와 자세한 이야기를 하기도 힘들었다.

"그럼 내일 동창회는?"

"……."

동창회도 가기 싫었다. 하지만 친한 친구의 제안을 모두 거절하는 것은 눈치가 보였다. 그래서 동창회는 같이 가기로 약속했다. 말이 끝나자 영환이는 바로 전화를 끊었다. 전화를 받는 동안에 잠이 도망을 가서 눈이 말똥말똥해졌다. 사실은 친구들과 같이 여행을 가고 싶었다. 하지만 지금은 여행을 갈 돈이 없었다. 형에게 빌려준 몇천만 원이 증권이 폭락하면서 사라졌기 때문이다. 나는 괴로워하는 형을 보면서 그 돈을 포기했다. 오히려 옥탑방으로 가는 형에게 얼마간의 돈을 더 줄 수밖에 없었다.

아침부터 비가 내렸다. 늦게 잤지만 평소처럼 일어났다. 아침밥을 먹자마자 차를 타고 집 근처에 있는 호수 공원으로 갔다. 차가운 공기가 상쾌했다. 녹조로 인해 호수가 엷은 초록색을 띠었다. 바람이 불면서 호수에도 초록색의 물결무늬가 생겼다. 주변의 산에 있는 푸른 나무들도 바람이 불자 일렁거리며 울음소리를 내었다. 휴일인데다 비가 내린 탓에 공원에는 아무도 보이지 않았다.

갑자기 휴대폰 벨소리가 났다. 영환이의 전화라고 생각했지만 어머니였다. 잠깐 집에 왔다가라고 하였다. 그래서 태어나고 어릴 때부터 살았던 집으로 갔다. 3층까지 계단을 바쁘게 올라갔다. 어머니가 나를 반겼다. 그리고 떡을 찾으러 아버지와 같이 가라 하였다.

"무슨 떡인데…"

"……."

어머니가 무릎 수술을 하시는 동안 찾아와준 사람들에게 떡을 돌린다고 하였다. 어머니는 수술한 후에 아기처럼 조심스럽게 걸었다. 그리고 나이든 탓인지 선명하였던 눈동자가 흐릿하게 보였다. 엘리베이터가 없어 무릎이 좋지 않은 아버지는 엉금엉금 계단을 내려갔다. 미리 몇 번이나 어머니와 같이 수술을 권하였지만, 아버지의 고집을 꺾을 수 없었다. 사실 형은 아버지에게도 많은 돈을 빌려서 아버지도 경제적으로 힘든 상태였다. 아버지는 1층 한쪽 구석에서 오래된 자전거를 꺼내었다. 아직 비가 덜 그쳤지만 아버지는 자전거에 올라탔다. 그러자 제비처럼 자전거가 미끄러져 가기 시작했다.

시간이 어중간했다. 그래서 무작정 영환이를 기다리기로 하였다. 비가 그치자 날씨는 더 쌀쌀해졌다. 기다리기에는 너무 추웠다. 그래도 참고 기다리고 있는데 내 앞으로 윤아가 나타났다. 거짓말처럼 그녀는 내 쪽으로 뛰어왔다. 큰 소리로 윤아를 불렀다. 그녀가 고개를 돌리다가 나를 발견하고 놀라는 표정을 지었다. 귀여운 토끼를 닮은 그녀가 나를 보았다. 가슴이 떨려왔다. 이 근처에 있는 헬스장에서 운동을 하고 가는 길이라 하였다. 나는 필연적 운명이나 어떤 계시를 받은 것처럼 좋은데, 그녀는 나를 만난 것이 그다지 반갑지 않은 모양이었다. 그녀는 그냥 인사만 주고받고 빨리 지나가길 바라는 것 같았다. 할 수 없이 그녀를 그냥 보낼 수밖에 없었다. 그녀를 보내고 10분 정도 지나 번쩍번쩍 빛나는 대형차를 타고 영환이가 왔다. 재혼한 처가가 부자라 하더니, 남자 신세도 한순간인 듯했다. 감탄하면서 차를 여기저기 만져 보았더니 영환이가 씩 웃었다. 내가 먼저 말을 꺼냈다.

"동창회는 왜 가려고 그래? 갑자기…"

"선배, 후배도 보고, 교수님도 좀 뵙고…"

영환이가 나오자 해서 나왔지만 썩 내키지 않는 자리였다. 대학 다닐 적에 그다지 공부도 하지 않고 아르바이트 자리에만 신경을 기울였던 탓에 선후배들에게 좋은 인상을 주지 못했기 때문이다. 영환이는 성실하며 넉살도 좋아서 대학 다닐 적에 학회장도 하였고, 두루두루 인기가 많았다. 하긴 미국 가서 박사 학위까지 받아와 교수 한 자리는 차지해야 되는데 옆에서 보고 있는 나도 답답했다. 한때는 나도 그런 꿈을 꾸었다. 이름도 가물가물하지만 경희라는 여자와 사귈 때였다. 교수 부부가 되자고 했는데, 그녀는 지금 어디 있는지 알 수 없었다.

차를 주차장에 대고 5층 연회장으로 갔다. 연회장 옆방 다른 모임에서는 아기 돌잔치로 시끄러웠다. 우리가 늦게 간 탓에 참가한 사람들은 자리에 앉아 한창 이야기를 나누는 중이었다. 대학 졸업하고 15년 만에 보는 선배도 있었다. 내가 졸업한 후에 입학한 후배들과는 서먹한 인사만 했다. 영환이는 여기저기 불려 다니면서도 교수들에게 인사하기 바빴다. 지금처럼 교수가 되기 힘든 때는 어쨌든 자주 인사를 하는 것이 필요하다고 생각했다. 내가 앉은 자리에는 여자 후배들이 많았다. 그런데 영환이에게 더 관심을 가지고, 나는 따돌림 받는다는 느낌이 들었다. 말주변이 없는 탓이라지만, 어쩐지 씁쓸했다. 그때 친한 후배인 미영이가 말을 했다.

"너희들 귀신 본 적 있어?"

"뭐? 아니!"

"난 가끔 봐!"

"뭐? 거짓말이지…."

내가 본 붉은 귀신에 대해서도 이야기 할까 생각했다. 그런데 미영이의 말이 사실인지 먼저 확인하고 싶었다.

"미영아, 정말이야?"

"선배, 정말이에요!"

미영이 말로는 한동안 집에서 귀신과 같이 살았다고 했다. 그녀의 눈을 보니 거짓말하는 것은 아닌 듯했다. 그러자 주변에 있던 한두 명이 또다시 귀신을 봤다고 말했다. 듣고 있던 나는 귀신 이야기가 재미있지 않았다. 무섭기만 했다. 그래서 다른 주제로 이야기를 하고 싶었다. 마침 교수님 한 분이 일어났다. 영환이는 주위 사람들이 민망할 정도로 벌떡 일어나서 출입문까지 따라나섰다. 그리고 계속 굽실거리며 잘 가라는 인사를 했다. 김 교수님이었다. 그분은 연구보다는 행정적인 일을 잘했다. 곧 있을 인사이동에서 대학 총장이 될 수도 있었다.

불현듯이 박 교수님이 생각났다. 박 교수님은 원리원칙을 고수하며 융통성을 발휘할 줄 몰랐다. 대학 다닐 때는 학점 따기가 힘들어서 박 교수님을 싫어하기도 하였다. 그렇지만 박 교수님은 매일 밤늦게까지 학교에 남아 연구를 하였고, 우수한 논문도 많이 작성했다. 그런데 너무 열심히 했는지 과로로 일 년 전에 돌아가셨다는 이야기를 들었다. 그런 박 교수님이 이 자리에 없다는 생각을 하자 씁쓸했다. 영환이는 계속 다른 교수님께 인사해야 한다고, 더 있다가 가자고 하였다. 하지만 나는 더 이상 자리에 앉아있지 못하고, 영환이 몰래 먼저 연회장을 빠져나왔다. 밖으로 나오자 어둠 속에서 겨울 공기가 차가왔다. 기침이 나왔다. 거리는 낯설었다. 어쩌면 인생 자체가 이 거리처럼 차갑고 낯선 것인지도 몰랐다.

3. 희정

희정이를 만나러 가는 길이었다. 그녀의 집 부근에서 10분 정도 기다리니 그녀가 나타났다. 그녀는 휴대폰으로 계속 누군가와 통화를 하고 있었다. 몇 번이나 차에 타라고 해도 그녀는 전화만 걸었다. 주위를 지나는 사람들이 의식되어 창피했다. 큰소리로 재촉하자 그녀는 그제야 전화를 끊고 차에 탔다. 그리고는 전화 걸고 있는 것 보이지 않느냐 하며 오히려 화를 냈다. 그녀와의 시작은 항상 이런 식이었다. 내가 늘 양보하고 져주었다. 그래서 한동안 냉각 기간을 갖기 위해 연락하지 않은 것인데…. 그녀가 먼저 만나자 해놓고 예전과 태도가 똑같아서 허탈했다. 좋아하는 것도 여기까지인 듯했다. 여차하면 그녀와 헤어질 마음을 가져야만 했다. 하지만 그 마음을 티 내지는 않았다. 운전하는 동안 유머를 섞어 가며 이야기하였지만, 희정이는 그냥 "응응." 하며 고개만 끄떡였다.

우리는 자주 갔던 레스토랑으로 향했다. 그 레스토랑은 산 중턱에 있었다. 산 아래에서는 비가 내렸는데, 산 위로 올라가니 비가 눈으로 바뀌었다. 눈이 오자 분위기가 좋아졌다. 어쩌면 이번 만남은 잘 될 것 같았다. 눈은 잠시 만에 온 산에 눈꽃을 피게 하였다. 레스토랑 의자에 앉아 바라보는 창밖의 풍경도 환상적이었다. 희정이의 목소리도 눈 때문인지 촉촉이 젖어 들었다. 슬쩍 그녀의 손을 잡았다. 평소 같으면 얼른 손을 뺏을 텐데 가만히 있었다. 나는 좀 전의 서운한 마음이 봄눈 녹듯이 사라져 버리는 것을 느꼈다. 이제는 그녀와의 연애 기간을 줄이고 싶었다. 확실한 결론을 내야 할 시점이었다. 이렇게 만남 자체만을 반복할 수는 없었다.

식사를 하고 나자, 그녀가 레스토랑이 춥다고 해서 산을 내려와야 했다. 눈 구경을 하러 가는지 수많은 차가 산으로 올라가고 있었다. 나는 좋은 분위기를 이용하자는 엉뚱한 생각을 했다. 그래서 길가에 차를 세우고 그녀에게 가볍게 키스를 하려고 시도했다. 그녀가 나를 제지했다. 그래서 나는 화가 난 채로 운전대로 잡았다. 그녀는 계속 창밖만 바라보았다. 나는 갑작스레 말했다.

"희정아, 귀신 본 적 있어?"

희정이는 갑작스러운 내 물음에 한동안 말을 않고 있다가 이윽고 말했다.

"어릴 때 이웃집에 귀신이 돌아다닌다는 말을 들은 적이 있긴 해요."

"며칠 전에 우리 아파트에서 봤어."

그 말에 희정이가 흥미를 느꼈는지 다시 물었다.

"어떻게 생겼어요?"

"뭐, 다른 괴물이나 비슷하게 생겼어. 동물원에 가면 신기한 동물들이 많잖아. 그 동물들보다 안전하니 괜찮지 뭐."

희정이는 고개를 끄덕대더니 더 이상 가타부타 말이 없었다. 집에 가기 싫었다. 왜냐하면 아이들 둘 다 학교에서 하는 야영을 가서 집에 없었기 때문이었다. 나는 사실 어릴 때부터 형제들이 많아 혼자 잠을 잔 적이 없었다. 그래서 밤에 혼자 잠을 자는 것이 무서웠다. 어른이 되어서도 마찬가지였다. 혼자 있으면 밤새 텔레비전을 보면서 잠들지 않으려고 애쓰곤 하였다.

별안간 내 인생에서 가장 무서웠던 때가 생각났다. 군대에서 근무할 때였다. 깊은 산 속으로 훈련을 가게 되었다. 초여름이라서 낮에는 찌는 듯이 더웠지만, 밤에는 선선해 지낼 만했다. 나는 도시에서 태어나고 자라서 반딧불이를 본 적이 없었다. 그런데 밤이 되자 근처 개울에서 수백 마리의 반딧불이가 뜨겁지 않는 빛을 밝히며 어지럽게 날아다녔다. 황홀한 마음마저 들었다. 그때 소대장이 나타나 경계 근무를 서라고 하였다. 그런데 그 장소가 숲 한가운데였다. 숲 속에 있는 돌무더기 옆에서 두 시간 동안 보초를 서는 임무가 주어졌다. 소대장이 가고 나니 이 세상에 나 혼자 남은 듯했다. 심지어 내 손조차 보이지 않을 정도로 주변이 깜깜했다. 누가 바로 옆에서 나를 만져도 확인할 수 없을 정도로 아무것도 보이지 않았다.

무서웠다. 공포감이 밀려왔다. 그런데 군대에서 보초를 서다가 자리를 이탈하는 건 있을 수 없는 일이었다. 일 분이 한 시간인 것처럼 길게 느껴졌다. 그런데 난데없이 옆에서 둥근 붉은색 빛이 나타났다. 처음에 반딧불이인 줄 알았다. 하지만 벌레가 내는 불빛에 비해 둥근 빛이 너무 커 보였다. 깊은 숲에서 호랑이를 보면 눈이 불꽃처럼 보인다고 하던데, 우리나라에서는 이미 호랑이가 멸종된 상태라고 들었던 기억이 났다. 나는 놀라 움직일 수도 없었다. 그 두 개의 붉고 둥근 빛은 쉴 새 없이 이리저리 움직였다.

두려움에 나는 그만 자리를 이탈했다. 빠르게 달려 나무가 많은 숲에서 빠져나오자 평지가 펼쳐졌다. 평지도 깜깜했지만 사방이 터 있어 견딜 만했다. 어쩔 줄 모르고 한참 더 이상 이동하지 않고 자리를 지켰다. 소대장이 오면 어떤 변명을 할까 하는 고민을 했다. 거기서도 시간을 잘 흐르지 않았다. 그렇게 무서워하며 한참을 있을 수밖에 없었다. 그런데 느닷없이 산 쪽에서 웅성거리는 소리가 들리더니 이내 시꺼먼 물체가 내 앞을 가로

막았다. 나는 놀라서 '꽥' 하고 소리쳤다. 그런데 찬찬히 보니 사람이었다. 서너 명의 사람들이 나를 둘러쌌다. 더구나 나와 같은 군복을 입고, 같은 부대 마크를 달고 있었다. 그중에 한 사람이 말을 걸었다.

"왜 너는 자리를 이탈했지?"

"······."

가만 보니 훈련을 점검하기 위해 다니는 사람들 같았다. 위장을 하기 위해 얼굴에 검은 칠을 하여 표정을 읽을 수 없었다. 깜깜한 숲 속 길을 뛰듯이 다니는 그들에 대한 존경심이 생겨났다. 그러나 여기서 말을 잘하지 않으면 처벌을 받을 수도 있었다.

"말해 봐."

"수상한 소리가 들려 확인 중이었습니다!"

"확인 중이었다고···."

사실 그 사람들도 누구를 처벌하기를 원하지 않는 듯했다. 어설픈 내 해명에도 수긍하고 이내 가버렸다. 다행히 그 후 바로 후임자가 와서 보초 업무를 교대를 하게 되었다. 가는 길에 숲 쪽을 보니 두 개의 둥근 빛이 여전히 공중에서 돌고 있었다.

희정이에게 좀 더 같이 있자고 했다. 그녀는 처음에는 싫은 티를 내다가 내가 애원을 하자 마지못해 그렇게 하겠다고 했다. 무얼 할까 고민하다가 심야 영화를 보자고 했다. 희정이도 좋다고 하였다. 밤 열두 시에 시작하는 영화를 보기 위해 영화관으로 갔다. 영화는 재미있었다. 희정이도 더 이상 싫은 내색을 하지 않았다. 그런데 그날 피곤해서 영화 보는 내내 졸음이 왔다.

영화가 끝나고 나오니 새벽 두 시가 넘었다. 희정이가 배가 고프다고 가볍게 먹고 헤어지자고 하였다. 그래서 근처 콩나물국밥집으로 갔다. 추워서 뜨거운 콩나물국밥이 더 맛있게 느껴졌다.

"영화 보는 동안 계속 졸면서 왜 심야 영화를 보러 오자고 했어요?"

"내가 졸았어?"

"코도 골던데요."

"뭐…."

나는 사실대로 말할 수 없어 대충 얼버무렸다.

"그래도 괜찮았어요! 오늘."

"정말?"

"그리고 연락 좀 자주 해요. 알겠어요?"

"……."

기대하지 않았던 그녀의 긍정적인 말에 기분이 좋았다. 그녀와 잘 될 수도 있다는 희망이 생겼다. 그녀와 헤어진 후 집에 오니 심한 피곤이 밀려와 바로 누웠다. 손끝마저 움직이기 힘들었다. 그래서 점심까지 먹지 않고 잠이 들었다.

정신이 들자 섬뜩한 기분이 들었다. 순간적으로 귀신이 나타났다고 생각했다. 눈을 뜨기가 무서웠다. 그런데 밖에서 문이 열리면서 야영 갔다가 돌아오는 아이들의 목소리가 먼저 들려왔다. 안심이 되었다. 눈을 뜨고 일어서 주변을 살폈지만 아무것도 변한 것이 없었다. 귀신은 보이지 않았다. 나는 방으로 들어오는 아이들을 반겼다. 내 보물들이었다. 나를 딸 바보 아빠로 만드는 아이들이었다. 하지만 성격이 달랐다. 첫째는 이혼한 아내를 닮아 낙천적이었다. 매사에 넉살이 좋아서 누구나 좋아했다. 가끔 잘못한 일이 있어도 첫째에게 화를 낼 수 없었다. 왜냐하면 첫째는 늘 웃고 다녔기 때문이다. 내가 왜 웃느냐고 물었다. 사는 것이 늘 즐겁다고 당연하다는 듯이 대답했다. 둘째는 나처럼 내성적이고 질투가 심했다. 머리가 좋아서 어려운 일은 피해 다녔다. 산책을 가면 둘째는 늘 나와 팔짱을 꼈다. 그러면 애틋한 마음을 가지지 않을 수 없었다.

4. 세라

진성이에게서 오랜만에 전화가 왔다. 철수가 미국에서 왔다고 했다. 그래서 같이 보자고 하였다. 나는 좋다고 말했다. 다만, 느닷없이 위장병이 생겨 술을 먹기 위해 만나는 날까지 일주일간 약을 계속 먹어야 했다.

만나는 날이 되었다. 겨울비가 내리고 나서 날씨는 다시 추워졌다. 토요일 저녁이라 거리에는 사람들이 생각보다 많았다. 나는 지하철역에서 올라와 횡단보도에서 푸른 신호등을 기다렸다. 그때 웬 여자가 내 옆으로 다가오는 것을 슬쩍 보았다. 특이했다. 팔에 문신도 보이고, 입술과 귀에는 피어싱을 하고 있었다. 머리도 짧고 붉은색으로 염색한 채였다. 나는 그 여자가 없는 쪽으로 고개를 돌렸다. 거기에는 나이 든 부부가 마주 보며 이야기를 하고 있었다. 부부 중에 여자는 귀티 나는 옷과 장신구로 치장하고 하얀 피부를 가지고 있어 젊어 보였다. 남자는 보통 늙은이처럼 앞머리가 빠지고 얼굴에 깊은 주름을 가지고 있었다. 드디어 신호등 불빛이 푸른색으로 바뀌었다.

식당으로 들어가자 철수가 이미 와 있었다. 이십 년 만에 본 철수는 대학교 다닐 때에 비해 살이 빠져서 몸이 젓가락처럼 보였다. 우리는 가볍게 안았다. 철수의 아내를 보았다. 처음 봐서 쑥스러웠지만, 그녀는 오히려 당당하게 인사를 해왔다. 애교가 많아 보였다. 나이 든 티가 났지만 예뻤다. 그녀는 철수의 팔짱을 끼고 부드럽게 웃으면서 외국에서 사는 외로움에 대해서 이야기를 했다. 그때 진성이가 나타났다. 늦게 왔다고 꾸짖었더니 변명을 하면서 웃어 보였다. 진성이의 아내는 키도 크고 예뻤지만, 회사 일이 힘들다며 불평을 많이 했다. 그녀의 얼굴에 직장 생활의 피곤함이 새겨져 있었다. 이혼한 내 사정을 미리 들었는지 내가 아내를 데리고 오지 않은 것은 아무도 묻지 않았다. 다른 친구들과 다르게 혼자 와서 주눅이 들었다. 그래서 조용히 자리를 지키고만 있었다.

음식을 시키면서 같이 술을 주문했다. 사실 나는 위장이 좋지 않아 될 수 있는 한 조금씩 술을 마셨다. 하지만 다른 사람들은 술을 마시기 위해 모인 것 같았다. 오히려 여자들이 술을 더 잘 마셔 나를 놀라게 하였다. 진성이는 술을 마시자 말이 많아졌다. 말과 함께 손짓을 하며 부동산으로 꽤 많은 재산을 모은 것을 자랑했다.

"오늘 술값과 음식값은 모두 내가 낼게."

"……."

"안 돼! 친구 사이에 모두 똑같이 내자!"

결국 철수가 끝까지 반대하여 모두 같이 돈을 분담하기로 하였다. 식사를 끝내고 술을 본격적으로 마시기 위해 술집으로 이동하려고 거리에 나섰다. 매서운 바람이 불어왔다. 술이 확 깨는 느낌이었다. 5분 정도 걷자 술집이 나타났다. 실내 장식이 잘 되어 있는, 굉장히 큰 술집이었다. 입구 쪽에는 노래를 부를 수 있는 시설이 갖추어져 있었다. 이미 많은 술을 마셨지만, 친구들은 계속해서 술을 시켜 마셨다. 드디어 술에 취한 진성이가 입구 쪽으로 가서 마이크를 잡고 노래를 부르기 시작했다. 그리고 술집 안에 있는 모든 사람들에게 손을 흔들라고 요구했다. 다행히 술집에 있는 우리 일행 외 십여 명의 사람들도 시키는 대로 손을 흔들었다. 진성이는 신이 나서 마이크를 나에게 넘겨주고, 술집 안을 춤을 추며 돌아다녔다.

나는 몸 상태가 좋지 않아 목소리가 나오지 않았다. 몇 번이나 소리를 내보려 애썼지만 헛수고였다. 그러자 철수가 마이크를 달라고 했다. 철수와 아내가 둘이서 부르는데 듣기 싫지 않았다. 애교 많은 철수 아내는 노래를 부르는 도중에도 철수와 팔짱을 끼고 있었다. 나는 자리에 돌아가 조용히 앉았다. 이내 친구들이 옆에 와서 술을 마셨다.

그런데 입구 쪽에서 낯선 여자의 목소리가 들려왔다. 노래를 시원하게 불러서 호기심이 생겼다. 고개를 들어 그녀를 보았다. 긴 머리를 하고 안경을 쓴 키 큰 여자였다. 멀리서 봐도 미모가 돋보였다. 그녀를 보고 싶었지만, 술집 안을 춤추며 돌고 와서 옆에 앉은 진성이가 술을 권하는 것을 거절한다고 정신이 없었다. 그러다가 술집 안의 공기가 나빠 가슴이 답답해졌다. 잠시 밖으로 나왔다. 그런데 건물 한쪽 구석에서 담배를 피우고 있는 여자를 발견했다. 조금 전 노래를 부르던 여자였다. 나도 모르게 그녀를 관찰하다가 깨닫게 되었다. 그녀는 세라였다.

몇 년 전에 같이 학원에 근무한 적이 있었다. 그녀와는 친했지만 약간의 거리감이 있었다. 예쁜 여자와 만나면 나는 왠지 자신감이 사라졌다. 그녀는 늘 금융권에 임시직으로 있었던 것을 자랑했다. 거기에서 받던 월급이며 보너스에 대해 이야기했다.

"회식을 해도 여기와는 다르게 분위기 좋고 비싼 식당에서 하죠!"

"……"

"갑자기 해외 악재만 터지지 않았다면 정규직이 되었을 텐데…"

"……"

결정적으로 그녀와 친해지게 된 것은 담배 때문이었다. 학원 내에는 담배를 피울 장소가 별로 없었다. 그리고 아직도 학원에서는 공개적으로 여자들이 담배 피는 것을 수긍하지 않는 분위기였다. 어느 날, 나보다 고참인 윤 선생이 내가 맡고 있던 문서를 보관하는 방 열쇠를 빌리러 왔다. 그리고 몇 시간 후 다른 일 때문에 갔을 때, 문서고 안에는 흰 연기가 가득했다. 거기에는 윤 선생과 세라가 있었다. 그녀들은 책상 위에 작은 재떨이를 두고 담배를 피며 이야기를 나누고 있었다. 내가 들어서자 그녀들의 당황한 모습을 볼 수 있었다.

"미안해요!"

"괜찮습니다."

"이왕 알았으니 다음에도 부탁해요."

"예, 언제든지."

그 후로 그녀들은 수시로 열쇠를 빌리려고 왔다. 몇 개월 후에 세라는 학원을 그만두게 되었다. 그런데 열쇠를 자주 빌려 갔기 때문인지 나에게 저녁을 사주겠다고 하였다. 기분 좋게 승낙했다. 근처 식당까지 윤 선생이 모는 차를 타고 가기로 했다. 그런데 뜻밖에도 세라가 뒷좌석에 앉고, 내가 운전석 옆에 앉게 되었다. 자리에 앉자 윤 선생은 나에게 목이 마르지 않느냐고 하면서 음료수를 건네 왔다. 그런데 그 음료수 캔은 윤 선생이 반쯤 마시던 것이었다. 거절하면 결벽증이 있다고 할까봐 순순히 마셨다. 하지만 순간적으로 윤 선생이 나에게 관심이 있는 것은 아닌가 하는 의심이 들었다. 식당의 작은 방에서 세라와 윤 선생과 밥을 먹었다. 두 여자 모두 술을 잘했다.

"그만두고 뭘 하시려고…."

"저번에 말했죠? 제가 금융권에 있었다고."

"예!"

"같이 근무하던 사람이 자리가 비었다고 오라고 해서…."

"아!"

그때 술이 많이 취한 윤 선생은 고함을 지르듯이 말했다.

"세라 씨를 회사로 부른 사람이 그 회사 과장인데, 둘이 사귄다네요! 얼마 있으면 결혼한대요!"

"아, 예! 축하드립니다."

"고맙습니다."

거절 당할까 호감을 표시도 못했지만 세라가 막상 결혼 한다는 이야기를 듣자 뭔가 아쉬웠다. 고개를 돌려 술을 먹고 있는 윤 선생을 보았다. 나도 애가 딸린 이혼남이라서 좋은 조건은 아니었다. 그녀는 얼굴도 귀엽고 성격도 좋았지만, 나보다 네 살이나 더 많았다. 그래서 선뜻 다가서기 힘들었다. 나는 한 번도 연상의 여자와 사귄다는 생각을 해본 적이 없었다. 그리고 그녀는 남자처럼 머리를 짧게 깎았다. 그래서 어떤 때는 남자 같은 느낌이 들어서 싫었다. 새로운 여자를 만나고 싶었지만, 딱 맞는 여자를 만나는 것이 힘들었다. 막상 윤 선생이 나에게 다가온다면 어떻게 해야 할지 확신이 서지를 않았다.

"이제 우리 2차 가요!"

"2차?"

윤 선생은 근처에 자기 집이 있다면서 식당에 차를 두고 가서 술을 한잔 더 하자고 하였다. 그때 나는 평소와는 다르게 술을 많이 해서 취한 탓에 사리 분별이 잘 되지 않았다. 그래서 부담감을 느끼지 않고 따라갔다. 윤 선생은 작은 아파트에 살았다. 한 사람 살기에 적당한 크기의 아파트였다. 담가 놓은 과실주를 우리 앞에 가져왔다. 윤 선생은 혀가 꼬여 말을 잘하지 못했고, 세라도 볼이 발갛게 되었다. 나는 화장실을 가는 길에 의도치 않게 방을 구경했다. 문을 여니 화장실이 아니고 안방이었다. 안방은 깔끔했고, 침대가 놓여 있었다. 그런데 침대 옆 화장대에는 사진 두 개가 놓여 있었다. 술에 취해서 아무런 생각 없이 방으로 당당하게 들어갔다. 그리고 그 사진을 보았다. 남자 사진이었다. 한 명은 젊은 남자이고, 다른 한 명은 머리가 벗겨진 나이 든 남자였다. 자세히 보니 눈매라든지 얼굴 형태가 비슷했다. 같은 사람의 젊은 모습과 나이 든 모습이었다. 나는 누구인지 추측했다. 가족은 아니었다. 애인 같았다. 그런데 왜 결혼하지 않았는지 궁금했다. 그렇다고 물어보기도 이상했다. 나를 부르는 윤 선생의 목소리를 듣고 그 방을 나왔다. 우리는 새벽까지 술을 마셨다. 세라는 윤 선생의 집에 자기로 했다. 내가 아파트를 나오는데 세라가 말했다.

"윤 선생님한테 좀 잘해줘요."

"……."

나는 그 말을 의미심장하게 받아들였다. 바래다주는 윤 선생의 촉촉한 눈망울을 외면하기 힘들었다. 하지만 끝내 윤 선생과 나는 아무런 인연을 맺지 못했다. 윤 선생도 다른 학원으로 옮겨서 열 살 정도 나이 많은 남자와 결혼했다는 이야기를 들었다. 그 후에 한번 버스 정류장에서 장바구니를 든 윤 선생을 본 적이 있었다. 어디서나 볼 수 있는 가정주부의 모습이었다. 버스가 바로 출발해서 정류장에 서 있던 윤 선생과 눈빛으로만 인사를 했다.

그 후 처음으로 여기에서 세라와 만나게 되었다. 그동안의 일도 물어보고, 담배를 끊으라고 충고를 하기 위해 그녀에게 다가갔다. 그런데 난데없이 세라가 혼자서 고개를 흔들었다. 몰래 보니 옆에 푸른 귀신이 지키고 있었다. 전에 본 붉은 귀신하고는 달랐다. 나는 다가가지 못하고, 그 자리에서 관찰만 하였다. 푸른 귀신이 무어라 하는지 세라가 몸을 계속 떨었다. 언뜻 그녀의 과거가 순탄하지 못했을 것이라는 생각이 들었다.

이윽고 푸른 귀신이 사라지고, 세라는 주저앉아 울고 있었다. 어떻게 할까 고민했다. 그녀의 인생에 끼어들지 잠시 고민했다. 날씨가 추웠다. 공기가 찼다. 조용히 친구들에게 다시 돌아갔다. 진성이는 다른 술자리에 가서 모르는 사람들과 술을 마시며 노래하고 있었다.

집에서 혼자가 되었다. 아이들은 시내에서 친구들과 새로 나온 만화 영화를 보고 저녁까지 먹고 온다고 했다. 학원도 수능 시험이 막 끝난 후라 쉴 수 있었다.

오랜만에 맛보는 자유에 압도되어 누워만 있었다. 발가락 하나 움직이지 않고 누워 있었다. 그때 별안간 가벼운 바람 소리가 들렸다. 집 어디의 문이 열렸나 싶었지만 눈을 감고 있었다. 그런데 눈을 뜨니 붉은 귀신이 나를 내려다보고 있었다. 너무 피곤해서 쫓아내지도 못하고 가만히 있었다. 붉은 귀신은 천장을 빙빙 돌더니 '툭' 하는 소리와 함께 천장을 통과해 가버렸다. 그와 동시에 아래쪽으로 무엇이 떨어졌다. 살펴보니 방바닥에 작은 초록색 괴물이 하나 보였다. 저 괴물을 잡다가 희정이에게 보여주면 좋아할 것이라는 생각에 억지로 몸을 일으켜 잡으려고 하였다. 그러나 작은 괴물은 순식간에 방문을 열고 달아나 버렸다. 나는 손도 못 쓰고 보고만 있었다. 의식은 수학 계산을 할 만큼 또렷했다. 하지만 피곤에 지쳐 다시 무기력하게 누워 있어야만 했다.

상수와 계희

어느 해 겨울, 기차를 타고 대구에서 서울로 간 적이 있었다. 몹시 추운 날이었지만 기차 안은 머리에서 열이 날 정도로 더웠다. 사람들은 편안하게 잠을 자거나 빠르게 지나가는 차장 밖 황량한 들판과 산을 바라보았다. 나는 눈을 지그시 감고 무언가를 골똘히 생각하고 있었다. 이렇게 고향을 떠나 일을 하는 것이 마음에 들지는 않았지만 뾰족한 수가 없었다. 미래가 막막하게 펼쳐져 있고, 그 한가운데를 기차에 탄 채 가로지르고 있는 느낌이었다. 그런데 어디선가 두런두런 말소리가 들려왔다. 힐끗 보니 웬 아줌마 하나가 앞에 앉은 나이 많은 아저씨와 이야기를 나누고 있었다.

기차는 멈춤 없이 덜컹대며 가고 있었다.

잠이 들었는가 싶은데 문득 저절로 깨어났다. 고개를 돌렸다. 창밖으로 눈 덮인 들판이 계속 스쳐 갔다. 목이 말랐다. 마른 기침이 나왔다. 지나가는 역무원에게 커피 한 잔을 시켰다. 커피가 뱃속으로 들어가자 이번에는 딸꾹질이 났다. 가슴을 마구 두드리자 딸꾹질이 겨우 사라졌다. 억지로 잠을 자려고 눈을 감았는데, 나이 많은 여자의 낮고 느릿느릿한 말소리가 다시 들려왔다.

어둠이 몰려왔다. 오후 내내 찔끔찔끔 내리던 눈은 어느새 소담스럽게 쌓여 온 산과 들을 하얗게 바꾸어 놓았다. 상수는 집을 나설 적에 자고 가라고 애써 말리던 어머니가 생각났다. 이럴 줄 알았으면 일찍 집을 나서야 했다. 아직도 넘을 고개가 둘이나 있는 터라 슬금슬금 염려가 되었다. 유난히 눈이 많은 고장이었다. 이런 비상시를 생각해서 스노우 체인을 늘 챙기고 다녔다. 하지만 하늘에서 눈이 오면 걱정이 앞섰다. 다행히 상수가 모는 트럭은 고물차이지만 힘은 장사라서 힘겹게나마 고개를 넘을 수 있었다. 이따금 바퀴가 눈길에 '딜딜' 거리는 소리 내며 헛돌기라도 하면 덜컥 겁이 났다.

아침에는 빙판길이 될 수도 있기에 눈이 얼기 전에 고개를 넘어야 했다. 신경이 곤두서고 식은땀도 났다. 두드려보고 건너야 하는 인생살이처럼 조심조심 두 개의 고개를 차례로 넘었다. 그러자 마침내 넓은 평야 지대를 가로질러 곧게 뻗은 국도가 나타났다. 안도의 한숨이 저절로 나왔다. 아스라이 상주 시내 초저녁 불빛이 보였다.

그렇게 안심하고 트럭을 몰고 가는데 앞에서 고물고물 천천히 움직이는 것이 보였다. 처음에는 귀신인가 싶어 섬뜩한 느낌이 들었다. 그런데 가까이 가서 보니 웬 여자가 혼자 걸어가고 있었다. 상주시까지는 빤히 보여도 한참을 가야 했다. 더구나 지금은 눈이 쌓여 걷기 힘들었다. 상수는 여자에게 말을 걸기로 마음먹었다.

"여보세요?"

그렇게 몇 번을 불러도 여자는 묵묵히 앞만 보고 길만 갔다. 그래서 할 수 없이 운전대에 있는 클랙슨을 몇 번 울렸다. 그제야 길을 가던 여자가 돌아보았다. 여자는 얼굴이 새파랗게 질린 채 오들오들 떨고 있었다. 얼굴은 동그랗고 키가 작은 여자였다.

"여보세요?"

"저 말이에요?"

"아니, 여기 아가씨 말고 여기 누가 또 있나? 어디까지 가요?"

"상주 시외버스 터미널까지요!"

"거기까지 걸어가다간 얼어 죽겠네! 태워줄게요. 타요!"

여자는 몇 번 망설였다. 하지만 눈길을 걸을 자신이 없는 터라 말없이 슬쩍 차에 올라탔다.

"버스 안 타고 왜 걸어가요? 이 눈길에 걸어가면 얼어 죽어요."

"마을버스가 잘 안 오데요. 그래서 길을 걷다가 버스 오면 세우기로 마음먹고…."

"사람이 참 겁도 없네!"

"……."

"참 겁 없네."

겁도 없다는 말을 몇 번이나 하고 나니까 상수도 할 말이 없어졌다. 그래서 한동안 곧게 뻗은 눈 덮인 도로에서 트럭만 몰고 갔다. 상수는 운전하는 도중에 가만가만 여자를 훑어보았다. 작고 가냘프지만 예쁜 여자였다.

"집이 어딘데요?"

"밤골인데요."

"아, 아, 아!"

"……."

"나는 감나무골에 살아요."

"……."

상수는 시외버스 터미널에 가까이 갈수록 뭔가 아쉬운 마음이 생겼다. 여자를 힐끗힐끗 보다가 어렵게 상수가 말을 꺼냈다.

"버스 타고 어디 가는데요?"

"대구요!"

"마침 잘 됐다. 나도 대구 가는데 같이 갑시다."

"……."

"내 차비는 반만 받을게요!"

"……."

"혼자 가면 심심하기도 하고, 졸음 오면 깨워주는 사람도 필요하고…."

여자는 한참을 망설이다가 기어들어 가는 작은 소리로 말했다.

"대구 내당동 가는데…."

"내 거기까지 태워 줄게요."

상수가 씩씩하게 말했다. 상수는 여자가 다른 소리할까봐 얼른 시외버스 터미널을 비켜가는 길로 차를 몰았다. 상주에서 선산까지 가는 내내 눈이 내렸다.

"올해 풍년 들겠네! 눈이 이렇게 와서."

상수가 혼잣말로 중얼대는데 여자도 고개를 끄떡였다.

"이름이 뭐라요?"

"계희라고 해요."

"……"

"……"

"난 상수라고 합니다."

서로 이름을 알고 나서야 경계심이 풀렸는지 계희는 "농악 놀이하는 상쇠가 아니라 상수 말이에요?" 하고 짓궂게 물었다. 상수가 크게 웃었다.

"이 아가씨 이제 보니 영 숙맥은 아니네! 농담도 할 줄 알고."

"……"

대구까지 와서 상수가 겨우 얻어낸 것은 계희의 전화번호였다. 그날 밤 두근대는 마음으로 뜬 눈으로 지샜다. 바로 다음 날 전화하니까 그녀가 처음에는 "누군데요?"라고 모르는 척하였다.

"상주에서 눈 올 때 대구까지 태워준…."

"아!"

그제야 그녀가 아는 표시를 했다. 상수가 만나자고 어렵게 말을 꺼내니까 그녀는 생각보다 쉽게 "그래요."라고 승낙했다. 그렇게 상수는 계희와 만나기 시작했다.

제 눈에 안경, 짚신도 짝이 있다고 했다. 상수에게 있어 계희가 그랬다. 계희를 만나는 하루하루가 신이 났다. 계희를 만난 후로 상수는 무슨 일을 해도 기운이 났다. 세상이 온통 즐거웠다. 처음으로 사랑이라는 게 이런 것이구나 하는 생각이 들었다.

계희는 얼굴도 예뻤지만 마음씨가 더 착했다. 돈이 없어 데이트 한번 변변히 못해도 군소리가 없었다. 상수가 대구 갈 적마다 고작 시내에 있는 경상 감영에 공짜로 들어가서 둘러보다가 손 한번 잡는 것이 데이트의 전부였다. 그래도 손을 잡는 동안 계회의 눈은 반짝거렸고, 상수는 계회만 있으면 온 세상이 천국으로 변했다.

한두 달 계회와 사귀다가 상수는 어머니께 어렵게 말씀을 드렸다. 어머니는 한번 보자는 말만 하였다. 홀어머니 밑에서 누구보다 효자인 상수는 자신 있게 계회를 집으로 데리고 갔다. 계회는 상수를 만날 때와 비교할 수 없을 정도로 다소곳하게 어머니에게 인사했다. 상수는 계회가 긴장해서 몸을 떠는 것을 느낄 수 있었다. 계회가 가고 나서 어머니가 물었다.

"처녀가 좀 부실한 것 아니가?"

"아니라요! 어머니, 계회가 얼마나 튼튼한데요!"

상수는 웃으며 어머니 말을 부정했다. 더 이상 어머니는 아무 말이 없었다. 그리고 몇 주 후 어머니가 상수를 조용히 불렀다. 그리고 무겁게 입을 열었다.

"상수야, 그 처녀 사귀지 마라."

"어머니, 무슨 얘기입니꺼?"

상수는 깜짝 놀란 눈으로 어머니를 보았다.

"상수야!"

자식 이름을 불러놓고 한참 가만히 있던 어머니는 깊은 한숨을 내보낸 후에야 말을 이어갔다.

"그쪽 동네 사람을 통해 알아보니까, 그 처녀 폐가 안 좋다 하더라. 마음씨는 착한데 원래 몸도 약하고, 어릴 때부터 공장에 다니고 해서 내내 약을 달아놓고 먹는다고 하더라."

"……."

"상수야?"

"어머니 걱정 마이소. 요새 얼마나 약이 좋은데. 계회 아픈 것도 금방 나을 겁니다."

상수는 이미 계회에게 마음이 온통 기울어진 터이라 어머니 말이 귀에 하나도 들어오지 않았다.

기차는 계속해서 덜컹대고 있었다. 잠결이었지만 아주머니와 아저씨가
하는 이야기가 귀에 선명하게 들려왔다.

"그때 알아보고 더 강하게 뜯어말리던지 아니면 그냥 허락을 해줄 긴데."

"그럼 아주머니, 그때 헤어진 게 아니었네요?"

"아니요. 둘이가 전생에 부부였던지 도저히 그냥은 갈라놓을 수는 없데
요. 그런데 그다음 해인가 아들한테 군대 영장이 나왔데요. 그래서 마침
잘 됐다 싶어 아들한테 내가 말했어요. '상수야, 군대는 갔다 와야 결혼도
할 것이 아니냐고.' 하니까 저도 어쩔 줄 몰라 씩씩대더니 결국 군대에 갔어
요!"

"……."

"아들이 군대 가는 자리에 그 처녀가 나왔데요."

"……."

"헤어질 때 그 처녀가 우니까 상수도 얼마나 서럽게 우는지…. 친엄마가
죽어도 그만큼은 안 울 낀데…."

"……."

"아들을 군대 보내고 집으로 오는 길에 처녀를 불러서 조모 조목 이야기
를 했지요! '몸 약한 처녀가 우째 종갓집에 와서 윗대 제사를 어떻게 다 지
내겟노? 처녀도 제 명에 못 살고, 상수는 상수대로 신경 쓰이고 상수가 군
대 간 사이에 관계를 끊어라.'라고 그랬어요."

"……."

"처녀가 처음에는 완강하게 거부하데요. 그래도 내가 모질 때는 모진 사
람이거든요. 그리고 자식 일이라서 냉정해지데요. 가시 같은 말만 골라서
처녀를 찔렀지요. 그 뒤에 상수가 군대 있는 동안 두 번 더 만난 후에 처녀
가 내 앞에서 펑펑 울고 나서 체념한 듯이 헤어지겠다고 하데요."

"……."

"처녀가 예의 바르고 착한데…. 몸 약한 것만 아니면…."

"……."

"그 사이에도 아들하고 몇 번은 만나는 것 같은 느낌이 들어서 찜찜한 마음이 있었는데, 처녀가 한날은 불쑥 날 찾아왔데요! 자기는 곧 결혼할 것 같으니 상수를 잘 설득해서 좋은 여자 구해주라고 말하데요."

"……."

"나는 그 말을 듣고 시름이 다 없어지는 것 같데요. 그래서 처녀에게 고맙다고 말하고 잘 살라고 하였지요. 그런데 그게 아니데요….

상수는 군대를 제대하자마자 계희가 결혼했다는 것을 들었다. 군대 가서 한 일 년 동안은 가뭄에 콩 나듯이 연락이 되더니 그 후에는 연락이 끊어져 버렸다. 상수가 근무하는 강원도 산골짜기에서는 어떻게 해볼 수도 없었고, 휴가 기간 내내 눈에 불을 켜고 계희를 찾아도 그녀를 볼 수 없었다. 그런데 제대하고 집에 갔더니 어머니의 눈치가 이상했다. 슬금슬금 상수를 피하기만 하였다.

상수가 계희만 찾자 하루는 어머니가 상수를 불렀다. 어머니에게서 계희가 결혼했다는 이야기를 듣는 순간 피가 거꾸로 솟는 기분이었다. 그때부터 식음을 전폐하고 계희를 찾았다. 마침내 물어물어 계희가 산다는 동네에 가 보았다. 마침 동네에 결혼식이 있는지 신부의 가마를 따라가는 사람들을 발견할 수 있었다. 여기저기서 웃으면서 수군대는 소리가 들렸다. 그 사람들 중에 멍하니 구경하는 계희를 발견할 수 있었다. 옛날에 보던 여리고 예쁜 모습 그대로였다. 그 옆에는 계희를 감싸고 있는, 키는 작지만 다부져 보이는 남편인 듯한 젊은 남자가 있었다. 저절로 주먹이 쥐어졌다. 그 남자를 죽이고 싶었다. 혼자 분에 못 이겨 가쁜 숨을 쉬다가 발걸음을 돌려 동네 밖으로 나왔다. 그때부터 며칠 동안 심장이 터질 듯하여 쉽게 결정을 내리지 못하고, 먼발치에서 계희를 살폈다. 그러다가 그녀가 혼자 밭에서 농사짓고 있을 때 불쑥 나타났다.

"계희야?"

"어마? 상수 씨 아닙니꺼!"

계희는 상수를 보고 처음에는 놀란 표정이다가 이내 주변 눈치를 살피는 얼굴이 되었다.

"그래, 내다."

"……"

"와 내 몰래 결혼했노? 그 새를 못 기다렸노?"

"미안해요. 하지만 이미 엎질러진 물이에요."

"아니다. 지금이라도 늦지 않았다. 내하고 같이 가자!"

그러자 계희는 말없이 자기 배를 손가락질하여 가리켰다.

"임신한 지 6개월 됐어요."

그렇게 말하며 계희가 소리 없이 흐느끼기 시작했다. 그제야 계희에게서 임산부 특유의 부은 듯한 얼굴을 발견할 수 있었다. 그러나 짙은 눈썹, 서글서글한 눈빛과 붉은빛이 살짝 묻어 있는 입술은 여전히 그리웠다. 손으로 그 모든 것을 다시 만지고 싶었지만 상수는 몸을 꼼짝할 수 없었다. 상수는 한참을 서 있다가 하늘을 한번 보고는 힘이 빠진 채 계희를 그대로 두고 되돌아올 수밖에 없었다. 계희의 우는 소리가 상수를 한참 따라왔다.

그 후로 상수는 트럭 운전이고 뭐고 좀체 마음을 잡을 수가 없었다. 세상이 제대로 보이지 않았다. 그러다가 가족들이 등을 떠미는 데로 동네 처녀와 덜컥 혼인식을 올리고 말았다.

무정한 세월이라고, 시간은 흐르고 아이도 하나 생겼다. 그래도 상수는 계희를 잊을 수 없었다. 그래서 상수는 가슴이 아프면 술을 마셔야만 잠이 들 수 있었다. 그러면 세상과 계희를 잊을 수 있을 듯하였다.

아주머니와 아저씨의 고즈넉한 말소리가 다시 들려왔다.

"그래서 어떻게 되었어요?"

"내가 그때 얼마나 후회가 되던지…."

"……."

"아들이 결혼해서 자식을 낳고도 영 그 처녀를 잊지 못하는 거라! 하루 하루 술만 먹고 밥은 먹지 않으니 얼마나 야위어 가는지…."

"……."

"시간이 지날수록 아들의 희던 살색이 시꺼메지는 것을 보는 어미 마음도 찢어지는 기라! 그때서야 둘이 붙여주는 건데 하는 후회가 되데요."

"……."

"아들 녀석 사는 집에 가면 사람 사는 집이 아닌 기라. 집 여기저기 소주 병이 굴러다니고, 손자는 마당에서 혼자 흙장난만 하고 있고, 며느리는 일 나가 코빼기도 볼 수 없고, 아들 녀석은 방에 들어앉아 술만 마시고…."

"……."

"그러다 술에 장사 없다고, 아들은 술을 그만 마시라는 말을 듣지 않더니 결국 간이 부어 죽고 말았어요. 남들은 울화가 치밀어 그런 거라 하데요."

"저런…."

"이 박복한 년이 자식을 내 손으로 고향에 묻어 주었지요. 그리고 외손자 키운다고 타지에 나와 살면서 일 년에 한 번씩 자식 무덤에 가보지요. 오늘 갔다가 이제 딸네 집으로 가는 길이에요."

"자식은 가슴에 묻는다는데 마음 아프시겠네요! 그런데 친손자는?"

"며느리가 착하네요. 재혼도 안 하고 자식을 키우고 있어요!"

"그러면 그 처녀는…."

"동네 아는 사람이 처녀도 애 하나 낳고 폐병이 악화되어 시름시름 앓다 가 죽었다고 하데요. 아들 죽고 그다음 해인가에. 다 내 죄지요."

고생한 흔적이 얼굴에 묻어 있는 아주머니와 아저씨의 두런두런 말소리와 덜컹대는 기차 소리를 들으며 나는 이야기 속의 젊은 총각과 처녀를 생각했다. 그들은 기차 창 밖 너머 어디선가 지금은 서로 행복하게 살고 있을 것만 같았다. 세상에는 백 년을 행복하게 사는 부부도 있지만, 몇 년 같이 살지 못하더라도 운명이 맺어준 사이도 있을 것이었다. 이유 없이 좋아지고 사랑에 빠지는 것은 인생이라는 강물에서 벗어나지 않는 이상 어쩔 수 없을 듯하였다.

　아주머니는 지친 삶과 자식에 대한 죄의식을 털어버리기라도 하듯이 낯선 사람과 소주잔을 기울이며 얼굴을 붉히고 있었다. 술에 취해서 넋두리하는 사람들을 싫어하였지만, 지금은 아주머니의 붉은 얼굴이 미워 보이지 않았다. 무심히 흐르는 인생처럼 기차 창밖으로 어두운 풍경들이 휙휙 쏜살처럼 지나가고 있었다.